Tenebra

Seix Barral Biblioteca Breve

Daniel Krauze
Tenebra

Para Inés. Y por ella también.

Porque a cualquiera que tiene, se
le dará más, y tendrá en abundancia;
pero a cualquiera que no tiene,
aun lo que tiene se le quitará.

MATEO 25:29

Apenas aterrizamos me asalta la certeza de que Cozumel se está pudriendo; hundidos en préstamos, escapando de la ruina, parece que mi familia está donde merece estar. Mi papá cerró su último negocio en la capital y usó lo poco que le quedaba de dinero para traernos aquí, donde el aire huele a pescado y fruta vieja. Gordo desde siempre, no me acostumbro a sudar en las noches, a no hallar un solaz bajo techo, un rincón que no sea húmedo y hostil. Optimista, mi mamá ensalza las supuestas virtudes de nuestro nuevo hogar. «Aquí sí puedes salir a caminar, Martín. Ándale. Vete a dar una vuelta por la playa.» Aunque la idea de vagar sin compañía me entusiasma, abro la puerta y, por primera vez, reconozco la naturaleza de las islas. El cerco del mar. La cárcel que supone. No solo estoy lejos de mis abuelos, mis tíos, mis primos y mi escuela: aunque quisiera no podría llegar a ellos. Me siento más que remoto. Me siento atrapado.

Voy por el malecón, cerca de la arena. La luz de los postes de la calle multiplica por cuatro mi sombra en el pavimento; parezco caminar sobre una brújula. Volteo hacia arriba y veo el halo de los focos, empañado de bruma. El Caribe está ahí, a unos pasos, pero su masa turbia, cuya oscuridad se funde con la noche, me inquieta. Una pareja de gringos borrachos sale de un bar. Ella me grita *fatty* y él se ríe. Todos los turistas hablan a gritos; por más que intento no distingo una sola conversación, una sola palabra. Afuera de los bares, los vendedores de mangos, conchitas y pulseras los miran con una mezcla de ansiedad y recelo: los necesitan y los odian. Las fachadas de los locales tienen los colores chillantes de un circo. No puedo creer que hace una semana estaba en mi casa en San Ángel, con un jardín en el que todos mis compañeros cabían para jugar futbol, la sala siempre oliendo a comida recién hecha y rosas en los floreros. Ahora estoy acá, y Cozumel no es como mis papás me lo pintaron. No hay placidez sino ruido. No hay buen clima sino bochorno. Al cabo de unas cuadras decido alejarme del malecón y regresar.

El bullicio de la playa se desvanece, reemplazado por esa quietud ominosa del trópico, donde los sonidos vienen de criaturas ocultas entre la maleza: no vemos nada, pero nos sabemos observados. Soy un niño burgués del DF. Le tengo miedo a las serpientes, a los payasos y, sobre todo, a los robachicos. Palpo las bolsas de mis bermudas en busca de dinero para subirme a un taxi. Lo único que encuentro es una paleta.

Escucho voces al final de la calle, ahí encuentro un terreno baldío entre casitas adocenadas, de muros grises, atravesados de grafiti. Una reja me impide la entrada. Mis dedos se trenzan del alambre y acerco la cara para ver quién está dentro. Tres chicos —calculo que tienen mi edad— forman un círculo alrededor de un punto en el piso. Mi primera impresión es que juegan al trompo. Conforme me desplazo por la reja, rumbo a ellos, advierto que estoy equivocado. Rodean a un perro de orejas abundantes, cuerpo largo y cilíndrico y manto blanco, tan rizado que parece espuma. El animal gruñe y da vueltas sobre su propio eje en busca de una salida. Uno de los chicos alza la mano y el destello de un cuchillo me salpica el rostro. «Órale», le dicen sus amigos. «Órale ya.» Uno de ellos patea al animal. Otro lo pisa. El último se agacha y empieza a picarlo, casi tentativamente, como si quisiera saber qué pasaría al clavar el metal en un ser vivo. El perro aúlla cuando le hincan el cuchillo en el vientre, aúlla cuando le cortan la cola y finalmente guarda silencio —un silencio manso— mientras le toman una de las orejas y la rebanan a la mitad. Quiero que muera con dignidad, que muera peleando y mordiendo. No es así. Los aullidos se convierten en gemidos muy leves, más bien confusos, y el animal voltea a verse el trasero, con mucho esfuerzo, quietecito, como si sus heridas lo asombraran. Después, con las manos temblando, el último de los chicos vierte el líquido de una botella sobre el animal y le prende fuego. El perro arranca, más desconcertado que molesto, incapaz de escapar de sí mismo, dejando trozos de pelo y flamas a su paso, mientras ellos le avientan cuetes y se ríen y vuelven a correr para alejarse de la quema.

El perro al final se derrumba sobre un arbusto. Satisfechos, los chicos tiran la botella y salen por un doblez en la reja. La luz de un coche les da de frente, como si la calle les hubiera tomado una fotografía. Cuando dan la vuelta en la esquina entro al terreno. Quizás aún hay tiempo para salvarlo.

Lo que queda del perro es una maraña de vísceras, pelo quemado y burbujas de sangre hirviente. Aún tiene los ojos abiertos, negros y apagados.

Nunca lo platicaré con mis papás ni con Emilia, mi hermana menor. No lo escribiré en un diario o se lo confesaré a mi esposa, mis amigos y familiares. Nunca le diré nada a mi hija, que desde muy chica ha querido una mascota. No le diré nada a la policía, ni siquiera al director del colegio después de encontrar a los tres niños sentados frente a mí en el salón de la primaria. Más que el incidente, nunca olvidaré mi silencio. Ese perro, su cuerpo una llama, aún da vueltas en aquella isla.

¿Si pudieras tener otro nombre cuál escogerías?

Cualquier nombre menos Julio.

Describe a tu primera mascota.

Mi primera y única mascota fue un pastor alemán que se llamaba Rumba. Se murió cuando mi papá dejó veneno para ratas en el jardín. La encontramos tirada en la cocina. Me odiaba.

En las noticias descubres que tienes un hermano(a) gemelo(a) que nunca conociste. Te enteras de que vive al día, a duras penas tiene para comer y está muy enfermo(a). ¿Qué haces?

Le mando dinero.

¿Quién o qué es tu mayor enemigo?

La gente que no hace bien su trabajo.

Descríbete con un objeto. Ejemplo: soy una vela apagada, una nube, una taza de chocolate caliente.

Soy un coche último modelo.

Estás en una junta de negocios en un bar. Te disculpas con tus socios y vas al baño. En la pared del apartado hay una frase escrita con plumón. ¿Qué dice?

Me cagan los cuestionarios.

Un payaso se acerca a ti en un restaurante para hacerte una figura con globos. ¿Qué le pides?

Que se vaya.

Describe tu jardín perfecto.

Árboles de frutas, vacas y pollos.

¿En qué piensas cuando llueve?

Pienso que está lloviendo.

¿Cómo se llamaría tu autobiografía?

Sáquenme de aquí.

¿Cuál sería la última profesión en la que trabajarías y por qué?

Sastre.

¿Estás cómodo con el lugar que tienes en la vida?

Voy a estar cómodo cuando acabe este pinche examen.

PRIMERA PARTE

Julio

—¿Y eso de qué me sirve, Julito?

Esa es la bronca de negociar cuando estás pedo. Crees que ser terco y ser firme es lo mismo. Hubiéramos cerrado el trato después del postre si Caballero no insistiera en chupar y hablar, hablar y chupar. Mientras, yo brindo con un caballito de agua. Siempre llego antes a las citas de trabajo y le paso una lana al mesero para que me sirva agua en vez de tequila. Solo me tomo una copa de vino si piden una botella que valga la cruda.

—Licenciado, lo único que le estamos pidiendo es su apoyo. No tiene que hacer campaña ni subirse al estrado. ¿Sí me entiende?

—Ustedes los políticos. —Caballero barre con la mirada a dos viejas a las que les dobla la edad—. Apoyo el que le doy a mi mamá cuando me habla de su casa hogar. Lo que me estás pidiendo es lana. Soborno.

—Nada de eso, licenciado. Es un trueque. Un trueque justo.

Caballero echa el cuerpo contra el respaldo y jala aire, inflando la barriga. Un botón de su camisa rosa está desabrochado y en el hueco entre la tela se asoma un parche de grasa y pelos tiesos. Sabe que le puede ofrecer dinero a presidentes municipales, incluso directamente a Ávila, y tal vez conseguiría los permisos que quiere. Pero no sin pelearse con mi jefe. Y eso no le conviene.

—Te voy a decir qué me emputa. ¿Quieres otro tequila?

—No, muchas gracias, licenciado. Así estoy bien.

Levanta la mano, le truena los dedos al mesero al ritmo de «oye, oye, oye, a ver, ven acá, tráeme otro Herradura reposado», y luego prende un cigarro. Le da una buena fumada, con el filtro entero en la boca, succionando. Al lado de nosotros, un hombre igual a Caballero, con el mismo cuerpo mantecoso, le lengüetea la oreja a una mujer con *look* de secretaria. El restaurante huele a carne, cebollas fritas y vinagre.

—He «apoyado» a Óscar desde que tú estabas dedeándote a tu noviecita de secundaria. Y no solo con lana. Hice y deshice para conseguirle un chingo de negocios en Quintana Roo. Que si para pasarle un billete a este ejidatario, lubricar a este otro. ¿Quién crees que le presentó a Kuri para que pusiéramos los hotelitos esos?

—Me parece que su ayuda ha sido bien remunerada. Tengo entendido que tiene, ¿cuántos?, ¿quince expendios en los aeropuertos del estado?

No tiene quince sino veinte, pero quiero ver qué tan mamón es.

—Veinte —me responde con la frente en alto—. Pero ese no es el punto. Vengo buscando a tu jefe desde hace meses. Por fin consigo una pinche cita y ¿a quién me manda? A su achichincle. ¿Me merezco este trato?

—A su operador.

—Mira, Julito. —Caballero apaga el cigarro en el cenicero. El mesero le trae el tequila y se lo echa de un trago—. Si quieres decir que eres su gerente, su escudero o su nana, a mí me vale un kilo de verga. Eres su achichincle. Su gato. El que va con un recogedor detrás, levantando la caca. ¿Sí me explico?

No digo nada.

—Pero no te encabrites. Si te suelto netas es por tu bien.

—Usted me puede llamar como quiera. Eso no va a cambiar la oferta del senador.

—¿Y de a cómo va a ser? Escríbelo ahí en una servilleta.

El senador me pidió que no hablara de cantidades con Caballero, un tipo que tiene fama de indiscreto, como buen alcohólico.

—Julito, que no se te vaya a ir el gordo —me dijo en su oficina, cuando ya no había nadie.

Si me lo hubiera dicho a las doce del día o durante una comida, me la tomaría con calma. Cuando me pide que me quede después de las nueve para hablar conmigo es porque el asunto le importa.

—No se preocupe. Yo me encargo de que le entre.

El senador se quitó los calcetines para cortarse las uñas sobre el escritorio y yo le acerqué un basurero. Otros miembros del equipo ya me habían platicado que andaba nervioso por lo de Caballero. Para él, estar nervioso significa mencionar algo dos veces en una semana. Landa, al que se le afloja la lengua, la cartera y la bragueta hasta con un chocolate envinado, me pidió que tuviera cuidado con Caballero. «Es un cabrón bien poderoso, Negro», me dijo cuando me fui a despedir a su oficina.

¿Bien poderoso? Puta, acá ya es poderoso el que es amigo de un tío de un primo de un diputado. Hasta Landa se sentía poderoso siendo el secretario particular del senador. Todos son poderosos por contagio.

—Caballero se va a hacer pendejo, va a decir que es mucha lana, se va a encabronar de que no fui personalmente. —El senador acabó con un pie y se fue al otro. Clic, clic, clic—. Tú te mantienes firme. Lo dejas flojito. Ya después le echo una llamada pa' soltarle la cifra.

No puedo decir cuánto queremos que nos dé, pero nada me impide confirmar o negar estimados.

—¿Usted qué tenía en mente, licenciado?

Estamos hablando de permisos para tres establecimientos, con giros que no le van a gustar a los habitantes de la zona. El de Playa del Carmen, en particular, es un problema. El local que le pertenece está a un paso de la Quinta. Caballero recarga el cachete sobre los nudillos, desparramando pellejo sobre el dorso de la mano. Está revisando su teléfono debajo de la mesa.

—¿Licenciado? —repito—. ¿Qué cifra le parecería aceptable?

Caballero aguanta un eructo.

—¿Ahora vamos a jugar adivinanzas?

—Si no le molesta.

Si se va para abajo será más fácil pactar la cantidad que el senador tiene en mente. Si se va para arriba, el senador se puede arrepentir de no haber pedido más lana. Sospecho que se irá ligeramente abajo. No le conviene dar la impresión de que tiene más dinero del que nosotros creemos que tiene.

—A ver —me dice. Los nudillos le dejaron una mancha blanca sobre la cara que poco a poco se va enrojeciendo. Una gota de sudor le cuelga de la barbilla, pero no cae sobre el mantel—. Conociendo a Óscar yo te diría que quiere, no sé, ¿cinco?

Cruzo los brazos. Caballero entiende que no le ha atinado. Se rasca la nuca con sus dedos de salchichón.

—Tiene que ser un número redondo. ¿Ocho?

No muevo un párpado. De esto depende todo. Un pendejo como él tiene que entender que no estamos jugando.

—Sería una chingadera si me piden más de diez.

—Estoy de acuerdo.

Caballero levanta la uniceja.

—Diez. Órale, pues. Lo que está haciendo tu jefe es ponerme una tarifa. Cogerme porque puede, pues.

En mi experiencia así son todas las cogidas. Le pregunto si debemos pedir la cuenta y Caballero vuelve a alzar la mano, «oye, oye, oye, tráeme la terminal, órale, como vas». Me toco el cuello. Yo también estoy sudando. Le pido un cigarro para festejar que muy pronto voy a estar en mi departamento, sin él. Me ofrece fuego. Siento su mirada mientras me acerco para prender el cigarro. Cuando nos separamos y él apaga la flama, veo que me sonríe.

—Me acuerdo cuando te conocí.

—Yo también me acuerdo, licenciado.

—En Cancún, hace como diez años. Una reunión en la que cantó el marica del Buki. Estábamos en el Ritz Carlton.

—El Grand Velas.

Caballero asiente, con ritmo. No para de sonreír.

—No te veías así de pulido, cabrón. Ahí andabas, siguiendo al entonces gobernador por todos lados. Dabas la mano viendo a los ojos, muy serio, muy pro. Un mocosito de veintitantos de asesor de uno de los políticos más peludos del país. Debes haber pensado que eras la gran verga. Ay, sí, ay, sí, trabajo para Óscar Luna Braun —dice Caballero, rematando con tonito de puto—. Pero no veías lo que todos veíamos. Tu trajesucho de poliéster. Tus mocasines con borlas. Tu corte y tus modales de pobretón, que solo aparenta tener clase porque sabe agarrar la cuchara.

Caballero se retuerce en carcajadas, interrumpidas por un gargajo atorado en los pulmones, hasta que empieza a toser. Nos traen la cuenta. Me detiene antes de que saque la cartera y avienta su American Express Black sobre el mantel.

—¿Y ora crees que por tu saco Armani y tu cadenita de oro ya eres otra persona?

—Mi saco es Brioni, licenciado.

Caballero empuja la silla hacia atrás y se levanta.

—Bien por ti. Ahora agarra tu saquito y vamos a cerrar esto como hombres.

Martín

Regresar a Cozumel a un velorio es lo único que le faltaba a mi semana. Llevaba un año sin venir y ahora estoy acá, vestido con el único traje negro que tengo, esperando que llegue mi familia y me salve de darle las condolencias a estas personas a las que no veía desde la adolescencia. Los pocos que reconozco me preguntan si sigo viviendo en la capital. Si sigo casado con Alicia. Si tengo hijos. El padrino de un amigo de la infancia, cuyo nombre no recuerdo, me pregunta si sigo estudiando Derecho, como si la idea que tiene de mí se hubiera quedado detenida en 1993, el año en que me fui a cursar la carrera.

Sí, Carmen, todavía vivo en la capital. Fíjate que me divorcié, Janito. No, nada grave. Llevábamos mucho tiempo juntos. Así es, Paola. Paula, perdón. Tengo una hija de seis años. Se llama Matilda. ¿Quieres ver una foto?

Se siente incómodo, casi indecente, hablar de una vida tan nueva como la de mi hija cuando con extender el brazo basta para tocar el ataúd de un hombre que murió a mi edad. Paula sabe, o presiente, esto. Me dice que la niña está bonita, su boca apenas capaz de formar una sonrisa, y después me pregunta qué me pasó en el pómulo.

Lo mismo me preguntó Alicia la última vez que pasé por Matilda hace unos días.

Me gustaría decir que llevo una buena relación con mi exesposa, que acabamos en buenos términos y ahora somos uno de esos divorcios zen, donde cada quien vive su vida, acordamos lo mejor para nuestro retoño y nos deseamos prosperidad. Por desgracia, Alicia y yo somos el cliché de la discordia. A juzgar por su trato, cualquiera pensaría que nos divorciamos porque me acosté con su hermana y su mamá al mismo tiempo, sobre su cama, el día de su cumpleaños, y no porque un día decidió que ya no me quería. La desilusión de Alicia cuando me abre la puerta es siempre fresca. Fuimos novios tantos años que intuyo lo que piensa. ¿Cómo te pude escoger para padre de mi única hija? ¿Por qué cada semana te ves peor? ¿Por qué encontré pareja apenas firmé el divorcio y tú sigues viviendo solo, en el mismo polvoriento y mal pintado departamento?

Llegué al Pedregal a las siete de la noche y me estacioné frente a la casa que Christian le compró cuando se comprometieron. Hay sucursales bancarias más acogedoras. De portón de metal y muros color crema, coronados por una hilera de púas, la casa podría estar en cualquier suburbio del planeta. Su falta de identidad embona con Christian, un tipo que recuerda la alineación entera de los Cowboys de Dallas, pero no sabe el nombre de un solo integrante del gabinete presidencial. La mansión encarna los verdaderos motivos por los que Alicia me dejó. Siempre quiso estar en un lugar así, casada con un hombre amable, adinerado y soso como Christian; alguien capaz de proveer una vida plana, donde la única duda es qué se regalarán para su aniversario.

Toqué la puerta y me disculpé por la demora, alegando que el tráfico de la Del Valle al Pedregal fue un caos. Alicia se cruzó de brazos, no me invitó a pasar, gritó «¡Matilda!» y me rogó, como si me lo hubiese pedido cien veces antes, que la niña no se durmiera después de las nueve y media, que se acostara en *su* cama, cenara algo saludable y no se la viviera pegada a mi iPad.

Le pregunté si por iPad se refería a mi teléfono, probablemente uno de los prototipos originales del aparato.

—No es broma, Martín. Platica con ella, ponla a dibujar o léele un cuento, tú que eres dizque culto.

—Pensé que la cultura era el fuerte de su madre, tan ilustre historiadora del arte.

—El próximo miércoles tengo entrevista en el Tamayo, así que aprovecha. Nomás te quedan unas semanitas para burlarte de que estoy desempleada.

—¿Desempleada o mantenida?

—Con lo que me depositas no podría pagar ni el lunch de Matilda.

—Para eso tienes a tu vendedor de seguros, lucrando como sultán con la miseria ajena.

—A diferencia de ti, que estás salvando a México un cliente a la vez. —Alicia recarga el rostro sobre su hombro, en actitud de compasión socarrona—. ¿Ya tienes un cliente?

Me duele admitirlo, pero esas discusiones con Alicia son el momento más emocionante de mi semana. Hasta sentí el pulso de mi verga endureciéndose al final del toma y daca. Aunque sé cómo se ve, sabe y huele la piel detrás de esos pants grises, esa camiseta holgada y esa chamarra de mezclilla, no me la quise coger, en parte porque recuerdo nuestros últimos acostones, más tristes que un sepelio (y, en muchos sentidos, similares). Mi erección fue la respuesta al único estímulo semanal que recibo. Sospecho que si fuera a un restaurante decente o viera una buena película, mi cuerpo reaccionaría con el mismo confuso entusiasmo.

—¿Qué te pasó en el cachete?

Me palpé el pómulo y el ardor me llevó al partido del domingo, en la liga llanera en la que juego, donde todos los fines de semana me veo envuelto en riñas y melés. No puedo evitarlo. Juego mal y jugar mal me irrita: a una falta respondo con una patada, a un jalón de camiseta con un escupitajo, a un insulto con un puñetazo. Cualquier organismo medianamente civilizado ya me hubiera corrido hace años. Por suerte, las ligas llaneras de la Ciudad de México son territorios bárbaros, donde está permitido amedrentar, empujar al juez de línea y mear la puerta de la oficina en la que se atrincheran los organizadores. Pobres: pocas personas reciben mayor cantidad de mierda por trabajos más inanes.

—¿Te sigues peleando en el futbol?

—Me pegué saliendo de la regadera.

No sé por qué cuando inventamos accidentes le echamos la culpa al baño.

—Qué mal mentiroso eres, qué bárbaro.

Matilda apareció arrastrando su mochilita azul cielo con su típica lentitud caracolesca, incómoda de tener que ir otra vez con su papá a ese departamento donde no están sus juguetes y vestidos favoritos. Para variar traía un exceso de tonterías para entretenerse, como si mi casa fuera un búnker. Con la mano izquierda jalaba su mochila y con la derecha cargaba unos DVD de *La era del hielo*, sus plumones para colorear y —el golpe de gracia— un mamut de peluche que Christian le trajo de San Diego, a donde todos los años va a una convención para nerds como él. Así baja Matilda todas las semanas, sin importar qué tanto abastezca el departamento con las películas que le gustan o con juguetes nuevos. Alicia está detrás de esto, claro. La imagino antes de que yo toque la puerta, pidiéndole a mi hija que no se le olvide su peluche favorito, solo para quemarme el hígado.

—¡Pulga! ¿Qué tanto traes ahí?

—Nada —me respondió, sin alzar la mirada, recostando la frente sobre la cintura de mi exesposa. Alicia le rodeó la nuca con los dedos, le acarició los bucles castaños y después la apretó hacia ella. Más que indeseado me sentí trivial, como un vendedor de enciclopedias, interrumpiendo una linda tarde entre madre e hija para ofrecer algo que nadie quiere ni necesita.

Aún sin soltar a Matilda, Alicia me volteó a ver y suspiró.

—Vi lo del huracán —me dijo—. Le mandas un beso muy grande a Emi y a tus papás de mi parte. Ojalá todos estén bien.

No había manera de que le comunicara sus buenos deseos a mi familia, con quienes disfruto pretender que Alicia nunca existió. De cualquier modo le aseguré que así sería y le di las gracias. Tomé la mochila de Matilda, pero no me dejó ayudarle con el resto de sus tiliches. Alicia le dio un beso en la boca (sí, es de esas personas) y nos despedimos, con una mano arriba, manteniendo el Protocolo de Distancia Postmarital.

—¡Que duerma en su cama! —me gritó, y cerró la puerta.

Matilda tiende a animarse cuando ya estamos solos. Apenas arranqué empezó a platicarme de una amiga suya que se había enojado con la maestra. Cada vez que Matilda se sube al asiento de atrás y empieza a hablar conmigo siento que disfruta mi compañía, que soy un buen papá. El divorcio fue un acierto, Martín. La niña no resiente tu ausencia. Está feliz de verte. Es más: estaría menos contenta si te viera diario.

Apenas metí la llave en la cerradura, Matilda me pidió que la ayudara a hacerse una trenza. Puse mi portafolio sobre la mesa del comedor y me pidió que viéramos una película. Coloqué su mochila sobre la cama (el mamut de *La era del hielo* decora el edredón) y me pidió que me sentara para enseñarme algo que había dibujado en la mañana. Cuando por fin pude abrir la boca, le pedí que leyera un rato en lo que terminaba de trabajar.

—Pero quiero estar contigo.

—Después de cenar.

—¿Por qué después de cenar?

—Porque voy a trabajar un rato.

—¿Y por qué no trabajas conmigo?

Le dije que podía leer junto a mí solo si me prometía no hacer ruido. Me juro que así sería. A los cinco minutos ya la había escoltado de vuelta a su cama con un libro que le compré en internet, *Caminando con bestias prehistóricas*, que me costó casi cuarenta dólares. Revisé las noticias. El huracán Héctor acababa de tocar Cozumel. Nadie de mi familia respondía mensajes.

Antes de perder todo, cuando aún era un tipo ocurrente, mi papá decía que para conocer a una persona lo mejor era visitarla al atardecer, en el limbo entre el trabajo y la rutina de la noche, antes de que se siente a cenar, se ponga la pijama y prenda la tele. Quién sabe por qué se nos quedan algunos consejos. Supongo que recordamos los más acertados o los más idiotas. Este de mi papá nunca lo he olvidado. Pienso en mi departamento. El ruido de avenida Revolución, demasiado cerca. La ventana que da a una calle sin árboles, a la luz de una modesta papelería, a peatones que caminan como si no quisieran llegar a donde van. El sol que únicamente ilumina la sala en la tarde, cuando rebota sin fuerza en las ventanas del edificio de enfrente. La pantalla sucia de mi televisión. Mi librero con los CD de Frank Sinatra, novelas que leí en mis veinte y *souvenirs* de mi matrimonio que conservo más por abulia que por nostalgia. Los rincones donde debería de haber plantas, las paredes que necesitan cuadros, las repisas que se verían mejor con postales y fotos. La taza despostillada en la que tomo otro café, mientras trabajo y contengo otro bostezo. Mi hija leyendo sobre animales que existieron en un pasado tan remoto que solo nos queda imaginar cómo fueron. Me veo desde afuera, a las ocho de la noche, y veo una vida en la que cada día es menos alegre que el anterior.

Matilda se durmió a las diez, después de que le preparara sus quesadillas y una leche con vainilla en polvo. La llevé a su cama. Al separarla de mí, sus uñas se aferraron a mi cuello.

Una hora después apareció en el marco de la puerta, con el mamut bajo el brazo, tallándose los ojos con los nudillos. No tuvo que decir nada. Palmeé la almohada que le pertenecía a su madre y la invité a acostarse junto a mí.

Le digo a Paula o Paola que me pegué saliendo de la regadera. Me ve como Alicia, con cara de no te creo una palabra. Después nos quedamos callados, las preguntas de rutina ya echadas, y ella se disculpa y se va, dejándome solo con el ataúd. El metal está helado.

Julio

El *penthouse* de Caballero da al Castillo de Chapulte-pec. Me acaba de dejar solo, supongo que para comprar coca, y yo salgo al balcón a fumar. Desde acá escucho los cláxones encabronados del tráfico en Reforma. Mi celular vibra y, como es una llamada personal, no contesto. Vuelve a entrar la llamada, del mismo número, seguida por uno, dos, tres mensajes de WhatsApp. Apago el teléfono.

El escenario y los personajes cambian, pero esta escena ya la he vivido muchas veces. Caballero abre una botella de whisky, se mete unas líneas, llegan dos putas, él escoge primero, yo me llevo a la fea y, si tengo suerte, me voy de su departamento a las cuatro, cuando la peda lo tira o el polvo se acaba. En una de esas salgo más tarde. Lo bueno es que vivo a tres cuadras de aquí. Lo malo es que quedé de desayunar en El Cardenal con el senador a las nueve.

Caballero abre la puerta sorbiendo mocos, echa sus zapatos contra la pared con una patada del pie izquierdo y otra del derecho, y luego se hinca frente a la mesa de madera al centro de la sala para frotar la bolsa de coca y separar unas rayas con su tarjeta de crédito. Me sorprende que un güey así de pirado no se moleste cuando le digo que no, muchas gracias, no le entro al polvo. Hubiera jurado que no me iba a bajar de puto. Prefiero que hable, aunque sea para insultarme, a que esté así de calladito. El cabrón algo trama. Parece un perro dizque manso, hasta que te le acercas y te muerde. El viejo me compró uno así, justo después de que mi jefa se murió, para que me hiciera compañía. El animal no sirvió un carajo. Al año ya era un pastor alemán al que no te le podías acercar sin que te gruñera. Uno de tantos recuerdos culeros de mi infancia.

A diferencia del 99% de los políticos, los libreros de Caballero no tienen *bestsellers* ni enciclopedias sino novelas en inglés, libros de ensayo y, detrás de una puerta de cristal con llave, una colección de tomos de historia de México, de pasta marrón con letras doradas, que parecen del siglo XIX. En otra de las puertitas hay un decantador de cristal y un Macallan de 55 años dentro de una botella Lalique.

El portero del edificio habla por el interfón para avisar que ya llegó la compañía. Caballero abre la puerta del departamento y luego regresa a su whisky y sus rayas, mientras yo prendo otro cigarro en el balcón.

—Que nunca se te olvide, Julito, que un hombre es tan viejo como la mujer que se anda cogiendo.

La primera puta toca la puerta y, al ver que está abierta, entra diciendo *hello*.

—Pasa, ándale —le dice Caballero, sin voltear a verla. Tiro el cigarro a la calle y me acerco para ofrecerle algo de tomar. Trae un vestido violeta, muy pegadito, y una pashmina negra alrededor de los hombros. Qué bueno que ni su ropa, maquillaje o perfume parezcan de puta. No tiene nalgas ni tetas, pero con su cara basta y sobra. Blanca, pelo castaño, ojos claros. Las facciones de todas las que siempre me han gustado.

—¿Cómo me dijiste que te llamas? —le pregunto, y ella se sienta cerca de Caballero. Qué olfato tienen las viejas para saber quién puso el varo.

—Lisette.

—Mucho gusto. ¿Cómo te sirvo tu whisky?

Lisette deja su bolsa Coach de imitación sobre el piso.

—Poquito hielo, porfa.

—¿No viene una amiga tuya?

Alza los hombros y se hinca junto a Caballero para robarle un pase. Se ve diminuta al lado de él. Tres Lisettes cabrían enroscadas en su barriga.

Ella se hace para adelante y extiende la mano hacia el billete hecho taco con el que Caballero acaba de meterse una raya. Él le suelta un manotazo en la muñeca, tan fuerte que hace eco en el departamento.

—Epa, epa. Si no es gratis, reina.

—¿Chupar sí puedo?

—Chupar, lo que quieras.

Lisette vuelve a sentarse. Con una mano se soba la otra, en la que acaban de darle su estate quieta. Nadie habla. Los únicos sonidos son la nariz de aspiradora de Caballero y los hielos en el vaso de Lisette. Hace un buen rato que no me ceno una piel de su edad. Nos ve como novata, sin miedo y sin hueva. Apostaría lo que fuera a que tiene apenas unos meses en esto. Hasta me sorprendería encontrar una credencial de elector dentro de su bolsita de tianguis.

Caballero se para, no con un solo movimiento sino en una serie de esfuerzos. La rodilla sobre la alfombra, el antebrazo contra la otra rodilla, un pujido y acaba sentado en la mesa, casi encima de la coca. Con otro pujido se pone de pie, toma aire y, ¡aleluya, gloria a Dios en las alturas!, extiende las piernas. Si fuera mi amigo me hubiera cagado de risa, pero no se me olvida que todavía tenemos un trato que cerrar. Lisette, en cambio, sí se ríe, usando el vaso para taparse la boca. Me cae bien la putita. Qué pena que solo me tocará oír a Caballero cogiéndosela en el cuarto.

—¿Ya? ¿Lista?

—Lista. Nada más que son cinco mil más por persona.

Caballero saca la cartera y deja un fajo de billetes de mil sobre la mesa.

—¿Con esto tienes?

Lisette cuenta el dinero y lo mete en su bolsa.

—Así va a estar la cosa, mija —le dice, rascándose el culo—. Yo me voy a sentar aquí en el sofá mientras te coges a mi amigo, pero tú y yo vamos a ir hablando, ¿ok? Me vas a decir «papá». No papá de papacito. Papá, papá. Papá, el que te trajo al mundo, el que te crio, ¿me explico?

He salido a chupar con dos o tres diputados a los que les encantan las putas con deformidades: viejas con la pierna chueca, con un muñón mal amarrado en vez de brazo, bizcas, patizambas. Un día, un diputado perredista muerto de hambre no paró de mearse de risa cuando una vieja a la que le habían quitado las tetas en una cirugía se quitó el brassier. A Landa de repente le da por echarse travestis. Siempre dice que andaba muy jarra y no se daba cuenta hasta que ya era demasiado tarde, aunque, según yo, nunca es demasiado tarde para decir no, muchas gracias, no quiero verga. Oñate, una momia con la que cerramos unos negocios en Nayarit, se ponía pedo y pedía putas enanas a gritos. «¡Alguien que me la mame sin hincarse, chingada madre!» Pobre cabrón, nunca se le hizo. Con todo, hasta a mí el asunto este de pedirle a una vieja que te diga papá se me hace raro. Me da desconfianza, pues. Lisette, en cambio, se ve cómoda. Otra vez vuelve a taparse la boca con el vaso para disimular la risa.

—No te rías —le dice Caballero—. Es tu trabajo. No es un chiste.

—Discúlpame.

—¿Cómo dijiste?

—Discúlpame... papá.

—Muy bien. —Caballero se mete el dedo a la boca en busca de un pedazo de carne que sobró de la comida—. ¿Tú qué esperas, Julito? A caballo regalado...

Preferiría no tener que hacer lo mío enfrente de este gordo, pero no veo de otra. Empiezo a desamarrarme las agujetas.

—¿Qué edad tienes? —pregunta Caballero.

—Veinte —responde Lisette, con el choro bien pulido que tienen todas las putas. Me llamo Brittany, vivo en la Condesa, estudio diseño gráfico y son naturales..., significa me llamo Martha, vivo en un edificio culero de la Nápoles, para ganarme la vida abro las piernas y mis tetas, mis nalgas y mis pestañas son postizas.

—Desde ahora tienes catorce, ¿ok? Tienes catorce y estás en secundaria. Te acabas de ir a... —Caballero se detiene para meterse otra raya—... a extraordinario de física. ¿Te regañó tu mamá?

—Mucho —dice Lisette, todavía sin saber cómo meterse en el papel.

Me quito los pantalones. Yo tampoco tengo claro qué hacer. Me acomodo la verga. Está arrugada y guanga. Lisette va a tener que hacer milagros para que se me pare.

—Quítate los calzones, Julito. ¿Si no cómo?

Lisette se pone de rodillas arriba del sillón, se recoge el pelo y se levanta el vestido hasta la cintura para que Caballero pueda verle las nalgas. Me baja los calzones y empieza a lamerme los huevos. Luego se la mete completa, con oficio. Apenas me doy cuenta de los pasos de Caballero, primero junto a mí y después a mis espaldas. Oigo el rechinido de la puerta del departamento que se abre y se cierra. Qué rara sensación quedarnos solos.

En secreto, como si Caballero todavía pudiera oírnos, le pido a Lisette que se dé la vuelta. El sillón es tan angosto que me cuesta trabajo mantener el equilibrio, así que le rodeo la cintura y la cargo hacia la alfombra. Se pone en cuatro y para las nalgas. Se me olvida el trabajo, las juntas en la oficina, las visitas al senado y la pinche cena con Caballero.

Llevo un rato dándole cuando se escucha que patean la puerta.

—¡¿Qué chingados está pasando aquí?!

Es Caballero, en una entrada de policía de película. Trae la camisa arremangada, las manos hechas puños y la mandíbula de fuera. Lisette y yo intercambiamos miradas confundidas. Creo que ella no sabe si reírse o seguir cogiendo. Yo tampoco.

—¿Qué le haces a mi hija?

—Licenciado —le digo, o le pregunto, pero él no me da tiempo de pensar en qué más decirle o preguntarle porque se lanza hacia nosotros. Nadie pensaría que un gordo pudiera ser así de ágil. Lisette pega un grito y gatea tan rápido para alejarse de mí que el condón se le queda colgando en la vagina. Yo apenas tengo tiempo de reaccionar. Acabo arrastrándome como cangrejo, hombro a hombro con Lisette.

Caballero se planta frente a mí, tan ancho que su espalda tapa el candelabro de la sala. Está a contraluz, así que no puedo verle la cara. Luego la escucho a ella gritar y me doy cuenta de que Caballero la tiene del pelo, zangoloteándola de un lado al otro. Cada vez que Lisette quiere decir algo, él vuelve a jalar.

—¿Qué clase de puta se pone a coger en la sala de su papá?

Creo que Lisette intenta decir que no entiende qué está pasando.

—Así no te eduqué. Así no te eduqué, chingada madre.

—Perdón, perdón —dice ella. Su mano, acariciándome el brazo, me recuerda a esos insectos que, después de pisarlos, todavía sacuden las patitas.

—¿Conoces a este cabrón? ¿Es tu novio?

—No, no es mi novio.

—¿Te estaba violando entonces? —Caballero habla a punto de llorar, casi gruñendo—. Contéstame, carajo. ¿Te estaba violando este hijo de puta?

Sin soltarla, se sienta en cuclillas entre nosotros y me pone una mano mojada sobre el muslo.

—¡Contéstame!

—Me estaba violando, papi.

—No me digas eso, mijita.

—Me engañó, me amenazó. Ayúdame, papi. ¡Ayúdame!

Caballero gira hacia mí. Me dice hijo de tu reputísima madre en voz muy baja, apretando los dientes. Ojalá me diera a entender de alguna manera que esto es una broma, porque no recuerdo a otra persona así de encabronada.

—¿Crees que puedes venir acá a mi casa a cogerte a mi hija?

—¿Qué le pasa, licenciado? No-

—¡Tiene catorce años, cabrón! ¡Catorce! Va en secundaria. —Caballero señala a Lisette—. ¿Verdad, preciosa? ¿Verdad que vas en secundaria?

—Sí, papi. Me acabo de ir a extraordinario de física.

—¿Oíste? ¡En secundaria, cabrón!

—Licenciado… usted la contrató.

—¿Que yo la contraté? Cuidado con lo que dices.

—Es una escort. Una puta.

—No le digas puta a mi niña o te rompo tu madre.

—Soy Julio Rangel. Trabajo para el senador Luna Braun —le digo para ver si entra en razón—. Venimos de cenar en el Rincón Argentino.

—Lo que eres es un violador y te va a cargar la chingada.

—Mátalo, papi. ¡Mátalo!

—Tú cállate, pinche golfa —le grito.

Para Caballero, ese insulto es la gota que derrama el vaso. No he cerrado la boca cuando se me echa encima, apretándome la tráquea con sus pulgares. Me zafo empujándolo con el antebrazo, mientras Lisette le echa porras con yo diría que demasiado entusiasmo. Caballero me corretea alrededor de los sillones. Busco algo, lo que sea, con lo que pueda defenderme, pero nomás encuentro libros y botellas bajo llave. Ni siquiera la chimenea tiene esas pinzotas de metal con las que remueven la leña.

Corro hacia la escalera de espiral y, de un brinco, Caballero me atrapa del talón y me arrastra hacia abajo. Mi cuerpo cayendo por los escalones hace tak-tak-tak, las tablas se me clavan en la costillas, el abdomen y las nalgas. «¡Ahora sí, hijo de puta!», grita Caballero, agarrándome del pelo para zarandearme la cara. De un rodillazo consigo moverlo y luego me escabullo por el arco entre sus brazos y piernas. La entrada me queda más lejos que el balcón, así que decido salir y cerrar la puerta. Sigo desnudo. Los camastros para tomar el sol están bocabajo, la sombrilla cerrada y el piso lleno de plumas de paloma.

—Es mi hija. Mi hija. Ve nomás cómo la dejaste. ¡Vela, cabrón!

—Licenciado, no es su hija. Piense, carajo.

—Que sí soy su hija, pinche violador —me dice Lisette.

—No es chistoso, licenciado. Vea cómo me dejó el cuello. Ya estuvo, ¿no?

—Ahora te quedas ahí hasta que pidas una disculpa.

Caballero le pone el seguro a la puerta.

—¿Y si no qué? ¿Le va a llamar a la policía?

—Ni esos cabrones te darían la madriza que te voy a dar.

—Ok, ok. ¿Si le pido una disculpa se tranquiliza y me deja salir?

Mi teléfono está adentro. Empieza a llover. De aquí a la calle hay por lo menos veinte pisos.

—Pídele una disculpa, ándale.

—Perdón, Lisette.

—¿Perdón por qué?

—Por… no sé, ¿por… violarte?

—Y ora pídeme disculpas a mí por faltarme al respeto.

—Perdón por faltarle al respeto. ¿Ya me va a dejar entrar?

—Ora pídeme perdón, pero hincado.

Le suelto un puñetazo al cristal y luego me azoto contra él. Ni se pandea. Debe estar blindado o algo.

—¡Abra la puerta!

—Así menos te dejo salir. ¿O es entrar?

—Me estoy mojando, licenciado.

—Híncate y a pedir perdón.

—Híncate —repite Lisette.

Pongo una rodilla en el piso, cuidando no tocar uno de los charcos de caca de paloma que la lluvia ha ido aguadando. Caballero se ve enorme desde esta perspectiva. Lisette fuma y nos mira con compasión. Hombres, debe pensar. Ay, hombres. Vuelvo a pedir una disculpa y, con los dientes de fuera, Caballero le quita el seguro a la puerta.

Martín

Mis papás y mi hermana no han llegado, así que me alivia cuando entra un trío de compañeros de la preparatoria a hacerme compañía. Bernardo, que trabaja para el presidente municipal, es el último en pasar por la puerta. Las playas no están hechas para los velorios: por cumplir con el traje oscuro todos están bañados en sudor.

Estoy consciente de cuánto pelo he perdido: un día me veré en el espejo y lo que antes era una mata castaña, casi rubia, será un toldo de calvicie cuarentona. También he engordado. El peso es una de las víctimas colaterales del divorcio. Alicia me dejó de cocinar y alimentarme se volvió una tarea en vez de un placer. Lo que haya es bueno: hamburguesas, tacos de canasta, sándwiches del Oxxo. El resultado es esta barriga que se nota hasta cuando me pongo bata y estas tetillas que cargo donde otros hombres, más jóvenes y disciplinados que yo, tienen pectorales. Comparado con Bernardo, no obstante, yo sigo siendo el mismo. Me cuesta trabajo encontrar a mi compañero del colegio, el que presumía su abdomen cuadriculado, el de la risa aguda y contagiosa, el que me pedía que nos robáramos las cuatrimotos de mi papá para ir a ligar gringuitas. Si no fuera por su traje creería que es un náufrago al que acaban de rescatar. Tiene un fuego costroso en la orilla de la boca, los cachetes inflamados y las manos tatemadas por culpa del sol.

—Pareces Robinson Crusoe —le digo, después de abrazarlo.

—¿Parezco qué?

—Estás todo quemado.

—Échate dos días coordinando rescates al aire libre y a ver cómo quedas tú.

—¿Qué? ¿Sí estuvo muy feo?

Bernardo se lleva los dedos a la frente para sobarla. Creo que le hace falta una aspirina.

—Nueve muertos. Quién sabe cuántas familias se quedaron sin casa. No tenemos ni dónde ponerlas.

—¿Acá en el pueblo?

—En el pueblo, en el ejido, por todos lados.

¿Le digo que lo lamento? ¿O las condolencias están reservadas para los muertos a los que estás velando en ese instante? Bernardo ve el ataúd sin tristeza. No hay nada dentro. Lo señala inclinando la cabeza.

—¿Tú cómo te enteraste?

Le doy la versión larga. Lo que sea para matar el tiempo.

Matilda durmió junto a mí, en el extremo de la cama que antes era de su madre. Sus manos prensaban la almohada, frunciendo la tela entre sus puños rosas. Balbuceaba con angustia; incluso dormida atora la lengua en las consonantes. Algún horror infantil la asediaba: arañas, la oscuridad, extraviarse en la calle. Lo que tememos antes de que la vida nos enseñe a qué le debemos temer.

Me había despertado un sueño, benigno y confuso como los mejores sueños. Salía al balcón y me encontraba con un amanecer de ceniza y ámbar. En el edificio de enfrente, un departamento tenía las cortinas corridas. Una mujer rondaba allá adentro, tapándose el vientre con las manos. Una ventisca me sacudió el pelo y escuché el mar muy cerca. Abajo, en la calle, rompían las olas.

Entré a internet en busca de información sobre el huracán Héctor y, al no encontrar nada útil, le marqué a mi hermana. Me mandó a buzón. Lo único que me quedaba era seguir frente al teléfono. En cuatro horas tenía que despertar a Matilda para llevarla al kínder. En seis debía ir al juzgado para presentar pruebas en el juicio de reparación por daño moral que estaba llevando por parte del demandado y que voy perdiendo en tiempo récord. En ocho una cita con Arturo, tío de mi amiga Beatriz y el dichoso demandado. Mientras tanto, no tenía manera de saber cómo estaba mi familia. No pude dormir.

Matilda se bañó y vistió sin exigirme nada a cambio. A veces se niega a ponerse los zapatos si no le prendo la tele o a hacerse la cola de caballo si no le pongo su canción favorita de Katy Perry. Era un milagro que dieran las siete y ella ya estuviera en el asiento de atrás, con la mochila sobre los muslos, viendo las gotas de lluvia que se deslizaban horizontales sobre el cristal del coche.

Lleva tan poco tiempo siendo una persona —una persona con películas favoritas, comidas que odia, un vocabulario, gestos e intereses propios— que no la conozco suficiente como para descifrar su estado de ánimo.

Los niños son una rara mezcla de clichés y especifici-
dades. Todos quieren el mismo juguete de moda, pero
sus reacciones cuando lo obtienen nunca son iguales.
Y cuando Matilda es Matilda, y no una niña intercam-
biable con cualquier otra, no logro entenderla. ¿Estaba
molesta conmigo? ¿No le gustan los días grises? ¿Extra-
ñaba a su mamá?

—¿Pape? ¿Verdad que no tengo que ir a comer a
casa de Cynthia si no quiero? —me preguntó, mientras
yo tocaba el claxon para que avanzara la fila de coches
que lleva a la entrada del kínder.

—¿Quién es Cynthia?

—Una niña que me invitó a comer a su casa.

La voz displicente de mi hija es la voz displicente
de mi exesposa, igual que sus ojos cobrizos y azorados,
las pecas en sus hombros y la forma en la que sacan la
lengua cuando un bocado les disgusta. Ver a Matlida es
como hallar el rostro de tu enemigo cada vez que te
miras al espejo.

—¿Y qué tiene de malo la casa de Cynthia?

—No sé. Huele raro. No tiene iPad, nunca hay postre y su mamá le pone huevo al arroz.

—¿Y ella te cae bien?

—No sé.

—Pues si no te gusta no vayas. —Nuestras miradas se encontraron a través del retrovisor—. Hay lugares
que no son para uno. Seguro Cynthia encontrará alguien como ella que quiera ser su amiga.

Se sintió bien dar un consejo sin medias tintas.

—Adiós, Pape —me dijo, como me ha dicho desde
que empezó a hablar, y después se bajó del coche y
corrió hacia la puerta del colegio. La lluvia en el para-

brisas distorsionaba la imagen de su mochila azul, alejándose de mí hasta que desapareció detrás del portón de metal.

Cada vez que un semáforo me detenía revisaba el teléfono, buscando las mismas palabras: Héctor Cozumel, Héctor Huracán, Huracán Fallecidos. Cuando me bajé del coche, la mancha multicolor ya estaba por el golfo de México. La compasión tiene límites: me alegró que Héctor anduviera por otros rumbos.

Los juzgados mexicanos son los rincones más lamentables de la lamentable burocracia mexicana, y cualquier estudiante de preparatoria que quiera ser abogado debería visitarlos: no se me ocurre una mejor manera de reducir el número de ingresos a la carrera de Derecho. En la oficialía de partes a veces me atiende una burócrata obesa, fanática de los tacos de chorizo, que ensucia mis documentos con huellas de grasa. A veces me atiende un burócrata tílico, su rostro prematuramente arrugado, que no deja de bostezar. Ese día me tocó un tipo de cabello abundante y canoso, con piel color papel de estraza, que debe llevar ahí medio siglo.

—Buenos días, licenciado —me dijo, con ese letargo mexicano que hace de tres palabras una sola.

Recargué el portafolio sobre el muslo para botar la hebilla y después lo coloqué sobre el mostrador. No olía a cuero viejo sino a frutas químicas, como goma de mascar.

—¿Todo bien, licenciado?

Le pedí que me regalara un minuto y abrí el portafolio. Sentí papel y después un grumo pringoso. Nunca compro dulces, pero quizás Irma —con ese afán suyo de darme golosinas— metió un paquete de mentas con chocolate ahí. Del otro lado de la ventanilla, el burócrata se rascaba la barbilla.

Saqué la mano y descubrí mis nudillos embadurnados de pasta de dientes. Me llevé un dedo a la boca y me supo a menta y un poco a frutas. Era la pasta de Matilda. Y no vertió un poco dentro. Todos los documentos estaban pegados unos a otros, las hojas adheridas al fólder y el fólder al interior del portafolio. Debió exprimir el tubo entero y luego distribuir meticulosamente el contenido sobre los papeles, sin dejar una esquina limpia.

—¿Trabaja en el baño, licenciado?

—No, no —le respondí—. Mi hija. Tiene seis años.

—¿Y no quiere imprimir otra copia?

Nadie revisaría con seriedad un escrito de ofrecimiento de pruebas cubierto de pasta de dientes olor tutti frutti. Pedí una disculpa, guardé los documentos y cometí el error de limpiarme las manos con el gel desinfectante que tienen a la salida del juzgado. Mis manos escurrían antiséptico y pasta y no tenía con qué limpiarme. De camino al estacionamiento paró de llover.

Arturo tocó el timbre a mediodía, siempre puntual para recibir malas noticias, caminando por el despacho como si el aire fuera una sustancia viscosa. Traía su traje fúnebre, la hebilla del cinturón a varios agujeros de la tensión correcta y los puños de la camisa con manchas amarillentas cuyo origen preferí no averiguar. A veces llega acompañado de Alvin, un basset hound, su mascota y gemelo. Los dos tienen el cuerpo abatido por la gravedad, los cachetes flácidos y la mirada derretida de quien no sería feliz aunque ganara el Melate. En los muslos y la solapa del traje de Arturo encuentro los pelos cafés, blancos y negros de su perro. Sospecho que duermen abrazados.

—¿Cómo vamos con ese ofrecimiento de pruebas, Martín? ¿Ya fuiste al juzgado?

Le dije que no había podido completar el trámite esa mañana, pero que volvería más tarde. No sé si me escuchó. Se acomodó el cabello mal cortado detrás de las orejas y después tomó el frasco de cristal que Irma insiste en llenar con pequeños chocolates y mentas. Las envolturas crujían mientras Arturo extendía los dedos en busca de un chicloso al fondo del recipiente. No tardó en admitir su derrota y verter el contenido del frasco sobre el escritorio para dar con el dulce.

—¿Y crees que todo salga bien?

—¿Qué quieres que te diga? Lo que necesitamos es que se presente a testificar tu fuente.

—Le voy a volver a mandar un correo a Víctor exigiendo que nos veamos. —En boca de Arturo, exigir suena a pedir, pedir a suplicar, suplicar a rendirse.

Le mentí, por piedad:

—Me parece una buena idea.

Arturo se limpió la boca con los nudillos y me señaló el rostro.

—¿Qué te pasó ahí?

—Nada, me tropecé el otro día jugando con mi hija.

—¿Qué edad dices que tiene?

—Seis.

—¿Cómo se llama? ¿Matilde?

—Matilda. Con «a» al final.

—¿Y por qué? —me preguntó, como si la niña se llamara Escusado o Aspirina.

Hace unos meses, antes de ser un desempleado triste y jodido, Arturo era un secretario de redacción de un portal de noticias, igual de triste y jodido, pero con un sueldo y una oficina. Ambos se le fueron gracias a un artículo que publicó sobre un grupo de políticos y empresarios con cuentas en paraísos fiscales. Los políticos apenas si levantaron una ceja. Los empresarios tampoco dieron acuse de recibo, salvo un tal Manuel Camposeco, que presentó una demanda contra Arturo para obtener la reparación por daño moral exigiendo el pago de daños y perjuicios, aduciendo que por culpa del artículo había perdido clientes y, por lo tanto, dejado de percibir ingresos. Para evitar que los efectos de la demanda también los afectaran a ellos, el portal corrió a Arturo. Desde entonces no ha encontrado trabajo y le frustra. Todas nuestras reuniones desembocan en ese tema.

—No me han vuelto a hablar de *Reforma* o *El Universal*. A este paso, hasta *La Razón* me va a mandar a la chingada —dijo, viendo la ventana—. Me voy a sacar los ojos si no puedo escribir.

—¿Por qué no te vas de viaje? Imagínate un rato en la playa. Tu liquidación no estuvo mal.

—Con eso no alcanza ni para la quinta parte de la indemnización que está pidiendo Camposeco. Apenas tengo dinero para pagarte, y mira que has sido considerado con tus honorarios.

—Ni lo menciones —le dije y sonreí, o fingí sonreír, porque en efecto no necesitaba mencionarlo. Así como él no deja de pensar en su asunto, yo no dejo de pensar en los dos pepinos que recibo a cambio de esta friega.

Por fortuna tengo algo ahorrado de los años que pasé en el otro despacho, antes de abrir este próspero negocio.

—Tienes que hacer algo para distraerte. Ve al teatro, júntate con tus amigos.

—Después de los sesenta los amigos se cuentan con los pulgares. La única persona que tengo cerca es mi sobrina.

Consciente de que Arturo estaba al borde de la catatonia, le dije que confiaba en el resultado, sobre todo en la solidez de la prueba testimonial, y en que él lograría convencer a Víctor de atestiguar.

—¿Tú crees que sí me conteste? Hasta ahora lo único que he conseguido es que me bloquee en el Facebook.

—Ya verás que te va a buscar —le dije con la certeza de que Víctor jamás le volvería a dirigir la palabra por miedo a perder su empleo en una de las empresas de Camposeco—. Y con que él testifique ya estamos.

Me despedí de él, acompañándolo al elevador con una mano sobre el hombro. Caminaba con largas zancadas. Mi instinto era abrazarlo antes de que se fuera, pero me contuve.

—Cuídate, hombre —me dijo—. Ni quién te crea que eso no fue un golpe. Mira que agarrarte a madrazos a tu edad. Eso es para chamaquitos de prepa. Ahora entiendo por qué se preocupa tanto por ti la Beatriz.

—Beatriz siempre está preocupada por mí.

—Te quiere.

Se abrieron las puertas del elevador.

—Tú estate tranquilo. Todo va a salir bien.

El elevador engulló a Arturo y las puertas se cerraron sin que él se diera la vuelta para despedirse de frente. El engranaje del elevador —sus cables, motores y poleas llevando a mi cliente hacia la planta baja— sonó torpe y pasmoso; adecuado para la situación.

Regresé a la oficina, compuesta por dos espacios: el *lobby*, donde Irma se pintaba las uñas de un amarillo color mango de manila, y mi oficina, un cuarto donde apenas cabe el escritorio, el archivero de metal y el librero que decoré con mi título y unos cuantos libros de segunda mano que mi secretaria compró en el Centro.

Irma me trajo un café. Sabía a guayaba rancia.

Aparté la taza de la boca.

—¿Qué le pusiste?

—Dos de Splenda, leche de soya y una ramita de canela, licenciado.

Supongo que Irma improvisa para entretenerse. Al día recibe tres llamadas en promedio. Una es de mi mamá, otra de Arturo y la última del banco, ofreciendo promociones. Le gusta quedarse cotorreando con el representante de Bancomer sobre tarjetas y líneas de crédito que nunca contratamos.

—¿No le gusta? ¿Le traigo uno nuevo?

—Así déjalo. —Le hubiera roto el corazón si rechazaba su horroroso coctel.

Irma sonrió —sus labios manchados de lápiz labial púrpura— y después se dirigió a la puerta, meneando el cabús.

—Si quieres ya te puedes retirar. ¿Sabemos algo de nuestro pasante?

—Habló en la mañana, licenciado. Que se intoxicó con mariscos ayer.

—Se intoxicó con quince mezcales, qué.

Irma me miró contrariada. Seguro estaba a punto de corregirme —«No, licenciado, se intoxicó con mariscos»— cuando le pedí que cerrara la puerta con un hasta mañana. El próximo año espero poder contratar a un abogado de la Libre y no a un pasante de la Ibero que solo pierde el tiempo de aquí a que se gradúa y su papi lo nombra socio del despacho de la familia.

Sonó el teléfono. Irma pegó un grito desde el vestíbulo, a pesar de que su escritorio y el mío están a cinco pasos de distancia.

—Licenciado, ¡le habla su hermana!

Mi pecho reaccionó como si hubiera recibido la carga de un desfibrilador. Por fortuna, Emilia me dijo que, en efecto, el huracán ya había pasado.

—¿Estás con mi mamá? ¿Puedo hablar con ella?

—No durmió en toda la noche. Mejor déjala descansar.

—¿Pero está bien?

—Mucho más tranquila.

Me estaba dando buenas noticias, pero no se oía aliviada.

—Tengo algo que decirte, güero.

—Dime —le pedí, pensando en colgar. Oídos que no escuchan, corazón que no siente.

—Charlie estaba en la plataforma.

Junto con Bernardo, Carlos fue mi amigo más cercano hasta los dieciocho años, cuando salí de Cozumel y vine a la Ciudad de México a estudiar Derecho. Como todos los que se quedaron, fue a dar a un trabajo deplorable, en una de las plataformas petroleras del golfo de México. No sé qué hubiera sido peor, acabar en Pemex o como el resto de mis compañeros: gerentes de hoteles y bares, dueños de locales para rentar equipos de buceo o achichincles de la presidencia municipal.

—¿Y qué chingados hacía ahí? ¿Por qué no lo sacaron?

—Que según esto Pemex mandó un barco para evacuar, pero no cupo ni la mitad del equipo.

Imaginé el mar, esa sustancia a la que solo los turistas miran encandilados, erizándose, sacudida por el viento, su superficie cada vez más irregular. Las olas coronadas de espuma revuelta, batiéndose contra el metal herrumbroso de la plataforma. Y Carlos adentro. Carlos con el que jugaba frontón en el club de su tío. Con quien esnorqueleaba en busca de barracudas. Con el que me encerraba a ver películas porno en el tapanco de su casa. Carlos, el primer amigo que hice en Cozumel.

—Hubo un accidente en la plataforma.

—¿Cómo que un accidente?

—Nos acaba de hablar Susana. La llamó el supervisor de Carlos hace una hora.

Irma tocó la puerta y se despidió de mí. Apenas si la volteé a ver.

—¿Emilia te dijo que lo estaban dando por muerto? —me pregunta Bernardo. Mi hermana, en realidad, ni siquiera pudo decirlo antes de echarse a llorar en el teléfono. No hubiera sido una llamada suya de no haber acabado en melodrama. En este caso su llanto estaba justificado. Carlos creció con ella. Es más, creo que a Emilia le gustaba cuando éramos chicos. Con el tiempo, a mí también me daría tristeza no por el Carlos que se ahogó en el golfo de México sino por el niño que se sentó junto a mí en el primer día de clases y me ofreció prestarme sus apuntes de matemáticas para que me pusiera al corriente.

—Y ya. Fui a dejar a mi hija a casa de mi ex y me vine para acá.

Su silencio lo dice todo: qué carajos importa cómo nos enteramos; lo que importa es que Carlos ya no está. Lo que era un trío ahora es un dúo, o menos que eso: dos personas que fueron amigos y que ahora no tienen de otra más que verse aquí. Me gustaría prometerle a Carlos que su muerte me acercará a Bernardo, pero, como dice Alicia, no soy buen mentiroso. Regresaré al DF mañana a no pensar en ellos ni en esta isla.

Bernardo recibe un mensaje en el radio prehistórico que trae colgado del cinturón.

—Tengo que regresar a la oficina. Pa' qué te cuento los desmadres que traemos.

Antes de irse me da otro abrazo.

Julio

Llego a El Cardenal a las nueve en punto, dejo el coche en el *valet parking* y me trago un Advil y unos Tums. No tomé una gota y de todas maneras estoy frito. Llega una edad cuando la cruda es más por no dormir bien que por alcohol. A mi dolor de cabeza mutante no le ayuda que El Cardenal es un restaurante enorme, atascado de gordos ruidosos. Uno pensaría que los políticos hacen tratos en voz baja, escondidos en su oficina, como en *House of Cards*. No en México. Acá se cierran negocios a gritos, donde cualquiera puede ver el apretón de manos. Senadores del PAN saludan a senadores del Verde y los del PRI cachondean con los de Morena. Una gran familia. La gente se queja de que no hay transparencia, cuando según yo la política mexicana es la más transparente. Basta ir a los lugares adecuados para ver quién come, platica y hace *deals* con quién.

El senador está en su mesa de siempre, al fondo, lejos de la ventana. Le gusta sentarse ahí para recorrer el lugar, saludar, ver y ser visto. Catalino Barrientos, el periodista con el que vamos a desayunar, preferiría que nos viéramos en un lugar menos popular. Debe tener décadas escribiendo sobre política y sigue sin entender que, con nosotros, para hablar en privado hay que estar en público. Cada vez que le echo un grito por teléfono escucho como sale al balcón de la oficina y me pide que le avise antes de marcarle, para evitarse pedos. Como si la mitad de México no supiera que desde hace años lo tenemos aceitado con un chayote mensual.

Le doy los buenos días a Catalino y al senador. Espero a que me invite a tomar asiento y saco una libreta del portafolio.

—Ya estuvo, Julito —me dice el senador, mientras limpia los restos de comida en su plato con la punta de un bolillo—. Quedamos acá con Catalino que le vamos a dar cinco más al mes. Cinco, ¿verdad?

Catalino voltea a las mesas de junto. Creo que, si se tratara de otro político, ya le hubiera pedido al senador que baje la voz. Es el único periodista que se pone nervioso cuando hablamos. Los demás se llevan de piquete de ombligo con nosotros y con la oposición. La chinga es que Catalino también es el más conocido. Hasta ayer tenía 200 mil seguidores en Twitter, además de salir en la radio y publicar una columna diaria, donde los loquitos de izquierda entran a mentar madres. El éxito no se le nota en la cara. Sus ojos están hundidos entre ojeras y hueso, y siempre miran con resignación, así estén viendo un cheque o unas enchiladas suizas. El senador, en cambio, se ve fresco. Su loción atraviesa el olor a comida, tortillas y aceite. Su voz también parte el ruido del restaurante. A diferencia de Catalino, que tiene manchas de salsa verde en la camisa, el senador está más limpio que un monaguillo en domingo. Quiero creer que he aprendido algo de él, que yo también puedo sentarme a comer unos tacos de chicharrón prensado y no mancharme ni los dedos.

Catalino dice que sí como si estuviera aceptando una liquidación y no un aumento de sueldo. Supongo que se debe sentir de la chingada haber soltado madrazos contra el PRI de los ochenta y los noventa, y luego terminar cerrando tratos con nosotros. Llega el capitán de meseros, haciendo reverencias japonesas, para ver si se nos ofrece algo más. El senador le aprieta el codo.

—Nada, capi, muchas gracias. Mándeme la cuenta, si es tan amable.

—Claro que sí, senador. Un placer. Encantado. Ahorita se la mando. Muchas gracias. Muy amable. Con permiso.

Catalino revisa la hora en su reloj chiquito y chafa. Yo subrayo el monto, $5 000, en el cuaderno. El senador se limpia el bigote con la servilleta.

—¿Ya conocías a Julito, entonces? —pregunta el senador. Pasa José Luis Moreno González, editor de un periódico en línea, y Ernesto Covarrubias, un diputado de Morena que cuando está pedo se queja de que la Ciudad de México apesta a pobre. Los dos se despiden de mano de mi jefe, sin pelar a Catalino o a mí—. Julito es como de la familia.

Ver a Catalino sonreír es un espectáculo de veras horrible.

—¿Sabías que estudió la secundaria y la prepa con Óscar chico? Compadres desde escuincles, estos dos. Cuatazos. Julito siempre dormía en la casa. Ya hasta le teníamos su cuarto, pero prefería dormir junto a mi hijo, aunque fuera en la alfombra.

El senador se ríe. Yo también me río. Catalino echa un ojo a la puerta.

—Luego estudiaron juntos en el ITAM. Bueno, tú estudiabas, ¿verdad, Julito? El huevón de mi hijo nomás se la pasaba correteando faldas. —El acento del senador es una mezcla de todo México. Nació en Quintana Roo y por un rato vivió en Mérida, así que de repente se asoma un ritmito yucateco. Luego le sale un tono norteño, tal vez porque estudió la carrera en Monterrey—. Julito se metió a Derecho como yo. Un estudiante de puro diez. Beca completa desde el primer semestre hasta el último. Llega mi hijo a la mitad de la carrera y me pide irse a Barcelona medio año. Ahuevo quería irse con este güey. Que ya había visto departamento, que por favor le echara la mano a su compadre para irse juntos, porque acá mis ojos no tenía dinero. Pues no tuve de otra, ¿verdad? Que le llamo a este y le digo, ¿qué te dije, Julito?

—Me dijo que en la vida hay gente a la que vale la pena deberle favores.

—Y que les pago el semestre a estos dos canijos. Uy, pinche departamentazo que tenían. Cuántas viejas no habrán pasado por ahí.

Llega el capitán, el senador le da su American Express Black, pide que le ponga 20% de propina, vuelve a apretarle el codo, a darle las gracias y luego regresa a la anécdota.

—Óscar chico se acabó quedando un año, pero aquí Julito vino directo a mi oficina, a pedirme chamba. No creas que quería lana. ¿Sabes qué me dijo, Catalino? «Quiero pagarle todo lo que ha hecho por mí.» Así me dijo, ¿tú crees?

El senador voltea a verme con esos ojos que siempre parecen acusarte de algo.

—No, pues, me sentí muy honrado. A la semana siguiente Julito tenía un puesto en mi equipo en Quintana Roo. Siempre el primero en llegar al changarro y el último en irse. ¿Tú tienes hijos? —Catalino dice que no, sin voz, sin moverse casi—. Entonces no sabes el milagro que es encontrar a un güey de una pieza como este entre tantos jovencitos huevones. Lo que te quiero decir es que Julio es como mi segundo hijo.

Al senador le cambia el gesto. Su cara, que da miedo aunque la hayas visto diario por años, se vuelve la de un hijo de puta capaz de darte un tiro por debajo de la mesa.

—Yo no tengo tiempo de leer tus chingaderas, pero Julio sí. Ese es su trabajo. Ver que todo fluya. Y conmigo, su opinión es ley. Nomás espero que no vuelva a encontrar ni una palabra a favor de Bravo Robles.

—Pero, senador, con todo respeto —las manos de Catalino juegan con el mantel mientras habla—, ¿no le parece que el senador Bravo Robles ha impulsado reformas importantes?

—Ahora resulta que es el mejor líder que hemos tenido en el partido.

—No dije eso, senador, cómo cree. Solo digo que es un político respetable.

—Respetables mis huevos. Si nomás está ahí para controlar la lana. Solo tú crees que le importan las pinches reformas.

Catalino trae cara de que se quiere aventar al ruedo para seguir debatiendo, porque solo eso le limpia las culpas. El senador lo ataja antes de que abra el hocico.

—Ni un elogio más a ese pendejo. ¿Entendido?

Catalino suspira el suspiro más triste que he oído.

—Entendido.

Satisfecho, el senador le guiña el ojo. Uno nunca sabe dónde van a acabar sus pláticas. A veces empieza a insultar a Landa y acaba mentándome la madre a mí, otras veces se arranca a contar un chiste y acaba llorando por México.

Despedimos a Catalino. El senador me pide que deje mi coche en el restaurante y lo acompañe a la oficina. Aunque me muero de hambre, me paro de la mesa y salgo con él, mientras sus guardaespaldas nos escoltan con paraguas. La camioneta huele a coche nuevo, loción y puro.

—¿Cómo viste al insurrecto este? Justo antes de que llegaras me estaba dando una lección de democracia. Que según él vamos a perder Veracruz y Quintana Roo. Hazme el chingao favor.

—Si quiere le platico cómo me fue con Caballero.

El senador revisa su celular.

—¿Todo bien con él?

—Todo en orden.

Si no me pregunta más es porque no necesita saber más. Lo dejo con su teléfono.

—Casi se me olvida. Me habló Damián desde Quintana Roo hoy en la mañana.

—¿Por el huracán?

—No me chingues. Qué le va a preocupar el huracán. Hubo una bronca con su hijo antier. Landa se sabe los detalles, para que hables con él ahorita que lleguemos a la oficina.

Ya sé la respuesta, pero de todas maneras lo pregunto.

—¿Necesita que me vaya para Cancún?

—Ya te están comprando tu boleto. Vuelas mañana después del bautizo. ¿Sabes si mi hijo va a ir?

—Quedamos de vernos ahí a la una.

—Más le vale al cabrón. Jorge es como su primo.

Jorge es un hijo de la chingada. Un júnior de mierda, hijo del exgobernador de Oaxaca, que en la secundaria me gritaba prieto, naco y pobre cada vez que me veía. Ojalá se muera, él y la gata de su vieja y su pinche engendro recién nacido.

—Todos queremos mucho a Jorge, senador. Le aseguro que ahí estaremos para festejar el bautizo.

Martín

Mi papá tiene la cara que uno esperaría en un hombre de 69 años, velando a un joven al que vio crecer. La desgracia es que mi papá traería ese gesto así estuviera en casa, con una copa de vino, mientras el América gana la final. Lo digo con conocimiento de causa: el tipo ni siquiera sonrió cuando cargó a Matilda por primera vez. Preguntó si estaba enferma, aunque él mismo podía contar diez dedos en las manos y diez en los pies. El mensaje me pareció claro: si el nacimiento de mi hija no había sido una tragedia, en algún momento lo sería.

Matilda nunca me acompaña a Cozumel. Prefiero que imagine a sus abuelos viviendo en la idea que los niños tienen de la playa, un lugar donde se juega en la arena, el cielo no tiene nubes y el agua está tibia. Eso pensaba de Cozumel cuando llegué a los nueve años. Mi mamá me prometió que la lluvia nunca me obligaría a meterme a la casa, que diario iríamos al mar y que la gente sería más amable y alegre que en la ciudad. Palabras más, palabras menos, ese paraíso le describo a Matilda cuando me pregunta por sus abuelos. No le llama la atención comprobarlo. Tal vez le basta saber que existe.

¿Qué pensaría mi hija si estuviera en esta funeraria bochornosa, viendo ese ataúd sin cuerpo, rodeado de sillas vacías salvo por algunos ancianos y los pocos amigos y familiares de Carlos que siguen en la isla? ¿Si viera a su papá, solo, recargado contra una pared, mordiéndose las uñas? ¿Y qué pensaría al ver las playas yermas, los árboles pelones, las calles encharcadas y las noticias de los muertos que dejó el huracán? Supongo que le ofendería el abismo entre la fantasía que le he construido y la realidad.

Cuando regresé a la Ciudad de México para estudiar Derecho apenas si empaqué ropa. La idea era dejar el pasado en su bastión, visitarlo de vez en cuando y aceptarlo como la isla que es. Vuelvo solo, y así recuerdo mi vida. Nadie puede acompañarnos cuando visitamos el pasado.

Soy, o fui, nieto de Íñigo Ferrer, un hombre menudo, de carácter recio, con los dedos arrugados y curvos de un buitre, quien hizo fortuna en el *boom* inmobiliario y turístico de los cuarenta y cincuenta. Hijo de un sastre catalán, el abuelo fue el primer Ferrer nacido en México. Procurando las amistades políticas y bancarias adecuadas, construyó un imperio. Casas en Acapulco, terrenos en el Pedregal, desarrollos en nuevas colonias de la Ciudad de México, qué sé yo: las inversiones que solo los millones permiten. Nunca se alejó del poder. Sexenio tras sexenio siguió cultivando contactos con el círculo cercano del presidente, incluido José López Portillo, el que habló de «administrar la abundancia». El abuelo hizo justo lo contrario. Pensando que el precio del petróleo seguiría subiendo, le hizo caso a los consejos de sus amigos políticos y multiplicó sus apuestas en industrias, hoteles y cadenas de autoservicio: empresas endeudadas a corto plazo en dólares que vendían a largo plazo en pesos. Pero el precio se derrumbó, sepultando a muchos. Uno de esos fue el abuelo.

Poco a poco se fue su fortuna. Antes de verse obligado a vender su mansión en Rancho San Francisco, sus caballos, terrenos y automóviles de lujo, mi abuelo llegó a cenar a casa, donde lo esperaba mi abuela, le dio un beso en la frente, dijo que volvería en un segundito, se encerró en el baño, se metió el cañón de un revólver Smith & Wesson a la boca y se dio un tiro.

Para ese entonces, mi papá ya había empezado a independizarse del abuelo. Por un tiempo hurtó con éxito conceptos de Estados Unidos, tan lejanos a aquel México aislado: hamburgueserías *que se parecían a* McDonald's, restaurantes *que se parecían a* Chuck E. Cheese, locales de maquinitas y comida rápida *que se parecían a* Dave and Busters. En la primaria, su oficio me trajo muchos amigos. Luego llegó McDonald's a México y los negocios dejaron de ser rentables; el abuelo se pegó un balazo y, junto con las empresas, nos heredó también todas sus deudas. Para 1986, mientras mis compañeros de primaria se alistaban para ver el debut de la Selección Mexicana en el Mundial, mi papá ya nos había llevado a Cozumel, convencido de que el auge de Cancún derramaría toneladas de dinero para las zonas aledañas.

Antes de irnos, mi mamá nos llevó a comer a Burger Kid, el último restaurante que quedaba del imperio de mi padre. Queríamos despedirnos del restaurante que había sido nuestro, donde podíamos pedir refrescos y papas sin que nos cobraran un centavo. Al salir, mi mamá vio cómo me guardé la servilleta del lugar en la bolsa del pantalón y me pidió que la tirara a la basura. «No te va a servir de nada.» Recuerdo haberla odiado tanto como compadecí a mi papá. Guardé el pedazo de papel, con el logo de un niño rubio y gordo, tan similar a mí, y lo llevé a Cozumel.

Mis padres se quedaron con una buena parte de los muebles de la casona de San Ángel en la que nací, de tipo colonial, con acabados de madera oscura, tapetes persas en cada recámara y objetos de plata y cristal sobre los comedores que nos heredaron. El resto no cabría en nuestro nuevo hogar. Sospechaba que nos mudaríamos a una choza en la playa o, peor aún, a vivir en un departamento como los que habitaban esos compañeritos a los que les rechazaba invitaciones para comer, avergonzado de ir a hogares clasemedieros donde comían sopa de fideos, bistec y arroz, en vez de estofados catalanes como los que mi mamá aprendió a cocinar para darle gusto a la familia de su marido.

Ahora mis padres viven en una casucha de dos recámaras, muros color yema de huevo, ventanas apretadas y sillas y mesas de plástico. El jardín está perennemente salpicado de los juguetes baratos con los que Emilia entretiene a sus hijos: pelotas coloradas en vías de desinflarse, muñecos, palas, cubetas de hule. En la sala hay una barra de madera agrietada, en la que mi papá se sirve sus whiskies con agua mineral, y en la terraza un camastro con la silueta de mi mamá tatuada por el sol. Los mosquiteros de las puertas están agujerados. La cocina tiene ese olor pungente de pollo hervido en un lugar estrecho y mal ventilado.

La casa a la que llegamos a Cozumel era distinta. Había alacranes y arañas en los clósets, pero los pasillos eran amplios, la vista al mar espléndida y el jardín fértil y repleto de arbustos y flores. Los muebles rústicos de nuestra otra vida contrastaban con las paredes y las lozas blancas del piso. Mi mamá no tardó en admitir que sus sillas de caoba no resistirían el calor ni la humedad. Intentó venderlos, pero no hubo compradores y llevarlos a la Ciudad de México era un gasto imposible. Los acabó rematando en una venta de garage. Cuando la mudanza se llevó la última mesa, mi mamá pegó la frente contra el refrigerador.

—Voy a llorar —dijo, pero nunca lloró. La frase se quedó ahí, como una cuenta pendiente.

Supongo que para ella vivir en Cozumel resultaba una calamidad aún mayor que para su marido. Mi abuelo materno tenía dinero desde que se inventó el peso. Ahora, mi mamá era el hazmerreír de sus cuatro hermanas. La que se había casado con el mejor partido, la que viajaba en Concorde a París, la que pasaba sus tardes montando, ahora vivía en una isla, mientras su esposo ponía una hamburguesería y una farmacia.

Mi papá pasó sus primeros años en Cozumel hinchado de proyectos y buen ánimo. Íbamos a esquiar los fines de semana, a comer ostiones y a andar en unas cuatrimotos que, para molestia de su mujer, él había comprado cuando el restaurante tuvo un buen verano. Admiraba su elegancia, sus pantalones blancos, camisas de lino, lentes de sol y sombrero panamá. Admiraba su forma de andar, su pecho como la proa de un barco abriéndose paso entre olas. Admiraba, también, su trato suave y atento con sus empleados, aunque me diera lástima verlo apilar medicamentos detrás del mostrador de la farmacia o regatear con un distribuidor. Nos vestíamos del América para ver futbol. Durante los partidos, y para mi infinita molestia, Emilia se dormía sobre su pecho y mi papá me obligaba a festejar los goles en silencio. Besarle la frente húmeda en vez de gritar se volvió una costumbre. Manito, me dijo, desde niño. Devolverle el apodo me hacía sentirme más su par que su hijo.

Hablar del abuelo no lo entristecía tanto como lo irritaba. Solo alzaba la voz cuando a alguien se le ocurría mencionar al presidente en turno o a alguien de la política. Estos hijos de puta, decía, como si ellos hubieran tirado del gatillo.

Cuando dejé Cozumel, listo para cursar la carrera que mi abuelo había estudiado y que mi papá, por rico, optó por desdeñar, dejé una familia en paz con su mediocridad. Mi mamá se volvió una mujer religiosa, dispuesta a que la iglesia fuera el caucho para los huecos que no había sabido cómo rellenar. Nunca faltaba a misa, decoró la casa con imágenes del Señor e invitaba a los padrecitos a desayunar, comer y cenar. Mi papá aprendió a tolerar ese fanatismo, en parte porque había descubierto pasatiempos más enriquecedores que su matrimonio. Aunque mi abuela lo había impulsado a leer, de joven mi papá fue devoto de lo frívolo y alérgico a los libros. En Cozumel retomó el consejo de su madre y se volvió un lector omnívoro. Sus primeros negocios jamás repuntaron, pero el último, el Barbanegra, un bar que apestaba a margaritas y cerveza, con las paredes decoradas con pericos de felpa y símbolos piratas, resultó un imán para las hordas de turistas gringos que diario llegan en cruceros. Con las ganancias me pagó la renta de un cuarto en la ciudad y la carrera en la Libre, a la que entré gracias a nuestros viejos aliados en la política. Años después, mi hermana conocería a Nick, su marido, en el baño del bar. Solo por eso no recuerdo al Barbanegra con cariño.

La tristeza infectó a mi papá más adelante. Envalentonado por sus nuevos ingresos y por la reciente popularidad del bar, decidió que para vengar a mi abuelo, un hombre a quien los políticos arruinaron, él se postularía a la presidencia municipal de Cozumel. Desde el principio de su candidatura se abalanzó contra el entonces gobernador de Quintana Roo, Óscar Luna Braun, un dinosaurio que ha logrado mantenerse en la cúpula del poder a lo largo de treinta años, brincando de un puesto a otro, inmune a cualquier acusación, ya sean sus vínculos con el narcotráfico, abusos de influencia o desapariciones forzadas durante los últimos sexenios del PRI en el siglo XX.

Le aconsejé que fuera prudente. Se lo dije durante una visita, cuando aún vivían en esa primera casa, sentados en el jardín, frente a un atardecer opaco, mientras compartíamos una botella de vino.

—No estás viendo bien el tablero, manito. Aquí hay mucho más en juego que tu candidatura.

—¿Qué va a hacer Luna? —me preguntó, quitándose las alpargatas y dejando al descubierto esos pies, puro callo y hueso peludo, que desde niño me daban risa.

—Vas y le dices corrupto en la radio. Amenazas con armar una coalición en su contra. Dices que tienes el apoyo de ejidatarios. Me preocupa.

—¿A poco crees que le va a importar lo que diga un viejito en Cozumel?

Resultó que a Luna sí le importaron las declaraciones de ese viejito en Cozumel. Los socios del abuelo ya habían muerto o tenían Alzheimer o simplemente no quisieron ayudarnos. Al poco tiempo recibí una llamada de Emilia. Las autoridades turísticas les habían informado que los cruceros tenían prohibido parar en el bar. Esa fue la primera advertencia. Cuando mi papá insistió en seguir arriba del ring, Luna mandó una inspección de Salubridad y cerró el negocio. Después compró el edificio donde estaba la farmacia y lo derribó para construir departamentos. Mi papá abandonó la candidatura cuando un miembro del equipo de Luna tocó la puerta, amenazó con deportar a Nick y avisó que Emilia perdería su trabajo como maestra de primaria.

Nunca tuvimos pruebas de que fue Luna, pero no cabía duda. Al final de la campaña, mi familia no tenía nada. Durante años tuve que mandarles dinero desde la capital. Desde entonces me obsesiona la idea de arruinar a Luna. Alicia opina que mi cruzada es una necedad. Mi papá la ve, supongo, como una venganza inútil. Beatriz abiertamente dice que es una estupidez. Yo más bien creo que es una búsqueda de justicia. Pensar en Luna me remite a mi familia, más jodida y humillada ahora que cuando quebraron los restaurantes en el Distrito Federal y liquidar las deudas que había dejado el abuelo nos mandó a la quiebra. Pero sobre todo pienso en Cozumel, la isla en la que crecí, y en México, un país en el que la impunidad es una plaga. Hallar la forma de hacerle daño a Luna es mi granito de arena.

La estrechez económica de mis padres no les ha impedido seguir de botarates con sus magros ingresos, uno de tantos vicios que tienen los que fueron ricos. Si hay limitaciones, que no se noten. Para pretender, se escapan a un hotel de cinco estrellas en la Riviera Maya una vez al año. Como apenas les alcanza para pagar la habitación, mi mamá se desquita robando hasta colmar la maleta. Su baño es una colección de champús, acondicionadores y jabones de resorts de lujo. La bata que mi papá usa para deambular por la casa tiene el logo del Grand Velas en la espalda. Nada de esto les da vergüenza.

Hoy, por supuesto, tuvieron que poner la casa para después del velorio. Mi papá compró cajas y cajas de alcohol, y mi mamá sacó los viejos manteles repiqueteados para poner una tabla de quesos, carnes frías y pinchos catalanes. Me sirvo un whisky hasta derramarlo sobre el mantel y arranco una rebanada de jamón serrano. No pruebo la comida catalana, que odio. Supongo que todo este teatro me daría risa si no me encabronara tanto.

Mis sobrinos, de ocho y siete años, se llaman Íñigo y Diego. Solo eso tienen de hispanos. Estaba difícil que no salieran rubios cuando Emilia y yo heredamos el pelo pajizo de la familia de mi papá, pero sus barrigas, brazos y piernas como de malvavisco son 100% Michigan. Hablan en inglés entre sí y le gritan *Mom!* a mi hermana. Cada vez que me ven pretenden que no me conocen, obligando a Emilia a presentarme. Es Martín, niños. Su tío. El que vive en el DF. Es incómodo cuando la gente revela su desprecio olvidando tu nombre. Humillante es que eso pase con un familiar.

Barajo la posibilidad de jugar con ellos en el jardín, pero saber que mi esfuerzo no rendirá frutos me convence de quedarme sentado frente a la barra, sirviéndome otro whisky y calculando cuánto tiempo tendré que estar acá antes de encerrarme en el hotel.

Emilia deja sola a mi mamá y un par de amigas suyas, y se sienta junto a mí. Se me entiesa el cuerpo entero, como si mi hermana trajera una jeringa y estuviera a punto de vacunarme.

—¿Cómo estás, güero? —me pregunta, con ese tonito de conmiseración del que abusa cuando hablamos. Por el rabillo del ojo la veo comunicarse a base de ademanes con alguien detrás de nosotros. Cuando volteo encuentro a mi mamá del otro lado de la sala, con el pulgar arriba, agradeciéndole a mi hermana que se haya acercado a hablar conmigo.

—¿Le puedes decir a la señora que se tranquilice? No voy a meter la cabeza al microondas, te lo juro.

—No le gusta verte solo.

—Estoy bien.

—Pero Carlos era tu mejor amigo.

Nick está en el jardín, acostado en un camastro con una Budweiser Light en la mano, vestido con bermudas y camiseta negra: su atuendo luctuoso. Quizás es la única camiseta que tiene de ese color porque adelante dice, en letras amarillas y en inglés: este es mi disfraz de Halloween; estoy disfrazado del cabrón que se cogió a tu mamá. Ningún ser humano ha necesitado más una capa de barniz social que él.

—Sí, Emi. Carlos era mi mejor amigo, cuando yo vivía acá arriba, estaba más gordo que ahorita, quería ser futbolista y me masturbaba pensando en tus amiguitas de la escuela.

—Ay, Martín, ¿por qué dices esas cosas?

A Emilia se le ha contagiado la hipersensibilidad mojigata de mi mamá, que da un salto si digo carajo y se tapa los ojos cuando un actor se quita los pantalones en la tele.

—Porque es cierto. ¿Cómo se llamaba la morena esa que venía a dormir a la casa? La chaparrita, ¿ya sabes?

—Nancy.

—¡Nancy! Qué rica estaba.

—Pues está soltera. Quédate y organizo un *double date.*

No sé si me molesta más que Emilia encauce cada conversación hacia la terapia o que se haya vuelto una pocha. Volteo a verla antes de pararme por un *refill,* como diría ella. Detesto lo que Nick ha hecho con su rostro. La chica de cabello aclarado por el sol, con los ojos mansos de un venado y esa sonrisa simpática por imperfecta, de dientes grandes y saltones, convertida en esta señora precoz, de ceño apretado y corte de pelo de monja. El problema con mi hermana es que no sabe que algo le falta. Sería peor, sin embargo, si Emilia realmente fuera feliz.

—Respeta mi voto de castidad, por favor.

—Qué ganas de sufrir las tuyas.

—Ya te dije que estoy bien. —Me tomo el resto del whisky y golpeo la madera hueca de la barra con el vaso—. Dejen de fregar.

Huyo al otro lado de la barra justo cuando llega Bernardo, caminando jorobado por la sala para abrazar a Susana, la mamá de Carlos, y después a sus dos hermanos menores, que también trabajan para Pemex. Alzo el brazo y agito la mano para saludar a mi viejo amigo.

Advierto que así saludan los niños y dejo de hacerlo. Mi papá se para junto a mí, hombro a hombro. Huele a sudor y repelente para moscos. Es lamentable que ese olor te remita a casa.

—Salud, mano. Por Carlitos. —Solo mi papá levanta el vaso.

Levanto el mío.

—Dice tu mamá que te vas pasado mañana.

—Tengo que trabajar.

—¿Sigues en eso con el tío de Beatriz?

—Con Arturo, sí.

—Lo que le hicieron es típico de esa bola de políticos hijos de puta.

—Lo demandó un empresario.

—La misma cosa.

Mi papá se relame las canas con ambas manos y después las coloca sobre la barra, inclinando el cuerpo hacia adelante. Su atuendo limpísimo, que antes admiraba, ahora me irrita: parece un trasunto del hombre que fue mi padre. Un mal imitador, además. Mi papá no era un resentido, un borracho o un llorón. Despilfarraba, sí, pero solo cuando había dinero. Mi familia tiene algo de muerta en vida: son ellos, pero no son lo que eran.

—Carlitos preguntaba mucho por ti. Quería estar más en contacto contigo.

—No me metas culpas por no hablarle. No lo veía desde hace años.

—Es bonito escuchar que la gente nos quiso. Eso es todo. —Me palmea la espalda, su voz ya entrecortada—. Considera quedarte un rato más con nosotros. Te haría bien.

Al cabo de un par de whiskies, me pongo de pie y salgo al balcón, donde Bernardo está fumando, con el cuerpo replegado en sí mismo. A unos pasos de nosotros, Nick ya sestea sobre el camastro, con una cerveza acurrucada en la axila.

—¿Qué dices, Berna? ¿Nos vamos?

—Acabo de llegar.

—Ándale. Unos tragos en honor a Charlie.

Bernardo patea una de las pelotas de plástico que le pertenecen a mis sobrinos. En su superficie amarilla está dibujada una cara feliz.

—Con una condición.

—La que quieras.

—Nada de política. —Bernardo se da cuenta de que finjo haberme ofendido con su petición—. Lo digo en serio. Nada de intentar sacarme cosas del gobernador, ni de la presidencia municipal, ni intentar reclutarme para tu causa.

Es cierto que la última vez que vine discutimos cuando él se negó a ponerme en contacto con un ejidatario que tenía información en contra de Luna Braun. Y sí, es cierto que llevo mucho tiempo queriendo recabar datos para que Beatriz escriba un reportaje sobre las transas de ese hijo de puta. Pero me duele que Bernardo piense que hoy sería capaz de tocar el tema.

—Te lo prometo.

—Júramelo. No quiero acabar como la vez pasada.

—Te lo juro, ¿ok?

Me despido de mi familia —mi mamá me aconseja quedarme porque apenas si ha platicado conmigo— y un instante más tarde ya estoy arriba de la camioneta negra de Bernardo, rumbo al malecón. El piso y los asientos del coche están espolvoreados de arena.

—¿Quieres un lugar *nice* o te llevo al bar más pinche del país?

—Al bar más pinche, *por favor.*

Bernardo exagera. He ido a bares mucho más pinches que este. Los del futbol escogen cada cuchitril para celebrar el último partido de la temporada: karaoke, luces neón, 3x2 en licores nacionales y otra mesa de cuarentones frustrados con los que nos madreamos cuando acaba la noche. Comparado con esos tugurios, este bar es Shangri-La. No tiene clientela, salvo por un grupo de gringos adolescentes, varados en Cozumel tras el huracán, bebiendo coloridos daiquiris y caballitos de tequila. La única decoración es una pantalla, de tamaño absurdo, que transmite un partido de basquetbol que ni siquiera a los gringos les interesa. La brisa del mar arrastra un ligero tufo a orines. Al menos nadie está cantando «Gavilán o paloma», de José José.

Nos atiende un cantinero de piel muy oscura y brazos venosos: un galgo maya con el que no me gustaría meterme en un pleito. Bernardo le pide una cerveza y un tequila. Lo acompaño.

—Me da gusto verte —me dice, levantando el caballito de la barra. Qué calvo se ha quedado. Su cabeza es un casco rojizo, repleto de gotitas de sudor—. ¿Se vale que hoy me dé gusto?

—Claro que se vale.

Bernardo choca su vaso contra el mío y se lo toma de un trago.

—No sabes qué triste estaba Charlie. —Bernardo voltea el caballito y lo deja sobre la barra—. Cada vez que nos veíamos para jugar póquer llegaba con una idea distinta para largarse de aquí. Que si un trabajo en Mazatlán, en un hotel en Cabo, en un campo de golf por Mérida. No consiguió que le devolvieran la llamada ni en un Seven Eleven. ¿Quién chingados va a contratar a un güey que trabaja para Pemex?

—¿Y tú cómo estás, Berna?

—¿Quieres saber cómo estoy o cómo voy en mi trabajo?

—Qué poco crédito tengo contigo, carajo.

—Todo en orden.

—¿Tu esposa bien? ¿Tus hijos bien?

—Todo muy bien, amigo.

Amigo. La palabra se escucha irónica, impersonal.

—¿Y tú? —me pregunta—. ¿Disfrutando la vida en la capital?

—Mi ex me odia, casi no tengo trabajo y el poco que tengo va mal. Ni siquiera me llevo bien con mi hija y tiene seis años.

No hay mejor forma de caerle bien a un provinciano que compartirle la desdicha que implica vivir en la Ciudad de México. A Bernardo mi miseria le causa una alegría inmediata.

—Es en serio. Las mujeres son cabronas desde la cuna —le digo.

—Dímelo a mí que tengo una adolescente. Si me da los buenos días es un milagro.

—¿Mariana, verdad?

—Así se llama la desgraciada. Por lo menos no les pasó nada con el huracán —me dice, como si cada sílaba fuera un parto—. Si hubieras visto lo que me tocó ver por Playa del Carmen ayer, afuera de los ejidos. Los gritos. Los cadáveres morados, con las barrigas hinchadas. Un niñito, de tres años, partido a la mitad porque un techo le cayó encima. No me chingues, carajo.

—¿Estuviste todo el día ahí?

—Ahí y acá. No mames. Gente que no tiene dónde vivir porque Ávila las sigue moviendo para construir hoteles, condominios, centros comerciales y demás chingaderas. Está destruyendo manglares y zonas naturales a pasto. Quinientas familias, Martín, en casas que se agrietan al primer aguacero.

Es muy raro oír a un tipo que de adolescente te saludaba con los testículos colgando afuera de la braqueta hablar de ejidos y cadáveres. Empieza una de esas canciones pop que, de tanto escucharla en todos lados, parece que siempre la acabas de oír. Los gringos aúllan de alegría. Bernardo llama al galgo y le pide que le baje a la música. El tipo se hace el sordo.

Interrumpo a Bernardo para platicarle de un reportaje que Beatriz trabajó después de que un huracán pasó por Acapulco. Su conclusión, recuerdo, fue que la construcción de hoteles y condominios a orillas del mar bloqueó el cauce de los ríos y por eso el agua se acumuló lejos de la playa, en las comunidades más pobres. Beatriz descubrió incluso que los desarrolladores habían rellenado y cubierto los cauces de los ríos luego de desviarlos artificialmente para poner campos de golf. En Cozumel y la Riviera Maya el gobierno y los desarrollos turísticos están acabando con los manglares: una barrera natural contra las inundaciones. Aquí, como en Acapulco, los culpables de los muertos son los empresarios y los gobernantes.

Bernardo chupa un limón y se bebe el segundo tequila de un trago.

—Por lo menos ahí en Acapulco, por ser destino de chilanguitos burgueses, acabó en un periódico. Aquí ni quien nos pele. ¿Sabes cuándo empezó esto?

—¿Cuándo? —le pregunto, aunque ya sé la respuesta.

—Con Luna, por supuesto. Ahí empezaron a construir el hotel ese, El Recinto, por Cancún, cerca de una zona protegida llena de manglares. A expropiar dizque para hacer muelles y obras.

—Pues métanse al quite.

—¿Tú crees que mi jefe se va a echar un tiro con Luna o con el actual gobernador? No mames.

El grupo de gringos se va entre carcajadas, tropezándose con los escalones de la salida, y nos quedamos solos en el bar. Veo el reloj. Es temprano todavía. Un par más y nos vamos.

—¿Y qué ha hecho Ávila? —le pregunto—. ¿Va a venir a ayudar o darle el pésame a las familias?

—Le vale madre. Seguro ni estaba en Quintana Roo cuando llegó el huracán.

Le pongo una mano en el hombro. Le debe arder porque recula.

—Berna, deberías hablar con alguien de esto. Te pongo en contacto con Beatriz. Te cita como fuente anónima y listo.

—Duro y dale contigo. Carlos se acaba de morir y lo único que te importa son tú y tus intereses.

—¿De dónde son mis intereses, perdón? Me estás hablando de cosas que le afectan a toda la isla.

—¿Y a ti qué? Ni vives aquí. Allá estás, en la capital, donde tu mayor pedo es no saber qué regalo de cumpleaños comprarle a tu hija.

—Si esto me preocupa es por ustedes.

—No me quieras agarrar de tu pendejo. Te quieres meter en esto solo por lo que Luna le hizo a tu papá.

—Eso no tiene nada que ver.

—Seguro no puedes dormir en tu *penthouse,* pensando en los pobres ejidatarios.

—Para empezar, no vivo en un *penthouse.* Segundo, cualquier bronca que haya aquí es bronca mía.

—No son tus broncas. Nada de esto es tu bronca. Ni lo de tu papá es tu bronca.

El cantinero nos pone la cuenta enfrente y despúes vuelve a pasar su trapo encima de las mesas.

—No te des tu taco —me dice—. Yo no necesito que vengas a salvarme.

Insisto en pagar. De regreso al hotel apenas hablamos. Estoy un poco borracho y tengo la impresión de que, si seguimos enfrascados en la discusión, podemos pelearnos. Antes de bajar le agradezco que me haya llevado al bar. Bernardo me ve. Está llorando.

—Discúlpame, cabrón. Han sido días muy tristes —me dice antes de irse.

Beatriz me contesta como si fueran las ocho de la mañana y acabara de llegar al semanario. Le pido que saque una hoja de papel y tome nota para contarle lo que me dijo Bernardo. Hablo dando vueltas por la recámara, en calzones, con una cerveza en la mano.

—Hay que investigar quién es el dueño de El Recinto.

—¿Ya volvimos a lo de Luna?

—Dice Bernardo que les quitaron tierras de un ejido para construir otro hotel en la Riviera Maya, cerca de un área natural protegida, también cuando ese cabrón era gobernador; que han despojado a muchísima gente de sus terrenos. ¿Todavía tienes tu contacto en la Semarnat?

—En todos lados.

—A ver qué encuentras. Vuelo pasado mañana. ¿Comemos y platicamos?

—Va. Nomás por favor no te vayas a quedar despierto como siempre buscando estupideces en tu celular. No vas a arreglar nada ahorita.

Me duermo a las siete de la mañana buscando estupideces en el celular.

Julio

Landa está al lado de la barra, con el mismo traje cruzado, de rayas de gis, que se puso para el bautizo del hijo de Arce en enero y la boda de quién sabe quién a la que fuimos este mes. Trae una camisa fucsia, presumiendo sus pectorales aguados y lampiños, con una cadenita de oro y un pañuelo de flores acomodado en la bolsa del saco. Antes de que yo comprara trajes cruzados, usara gazné y me pusiera pañuelos, Landa se vestía como el clásico naco nuevo rico, con camisas desabotonadas hasta el esternón, mancuernillas de oro, cinturones Hermès y pantalones embarrados de alguna marca chaqueta como Hugo Boss. Ahora no deja de copiarme el estilo. Lo único que le falta para de veras parecerse a mí es bajar unos treinta kilos, meterle al *gym* como hombre y dejar de ponerse bótox. Pobre cabrón, parece figura de cera de tanta madre que se ha inyectado.

—Mira qué padrote te ves, pinche Landa.

—Nada de nada. Aquí el catrín eres tú, Negro.

—No mames. Ve nomás qué pañuelo tan nalga traes.

—Me saqué punta —me dice, señalando su corte de pelo a la militar, igual de pinche que el anterior. Para acabarla de chingar se volvió a poner injertos—. ¿Cómo ves el nuevo *look*?

—Te la metería ahorita si no me gustaran las viejas.

Landa me da una minibotella de champaña, toma otra para él y me aprieta el bíceps, guiándome hacia el jardín del rancho, donde está la carpa.

—Ya deja los esteroides. Vas a romper las mangas.

Landa me soba el brazo hasta que me libro con el pretexto de quitarme los lentes oscuros. Dejo la botella en una mesa periquera y seguimos caminando. Si estallara una bomba aquí, México se quedaría sin senadores, gobernadores, multimillonarios, diputados y hasta presidente y primera dama. Ahí están los dos, al centro de la fiesta, rodeados de pendejos que nomás quieren salir en la foto. La carpa, que Landa y yo atravesamos por la pista rumbo a nuestra mesa, podría cubrir una cuadra. Del otro lado del jardín hay un establo y una parroquia azul cielo que Jorge construyó para la ocasión. Landa sí llegó a la misa. Dice que en el techo reprodujeron partes de la Capilla Sixtina. En la tarima, Mijares canta: «bella, transparentemente bella, endiabladamente bella».

Antes de sentarnos junto a Óscar chico y Marina, Landa me detiene. Tiene la manía de hablarme muy de cerca. Su aliento huele a vino blanco y chicle de menta. La fiesta entera desaparece, reemplazada por su frente prieta.

—¿Ya te dieron tu boleto? —me pregunta.

—Sí sabes que ya no hace falta que te den un boleto, ¿verdad? Con que te manden la reservación basta.

—¿A qué hora sales?

—A las siete cuarenta.

—Ya le eché un grito a Ávila en la mañana. Anda muy nerviosita, ya sabes.

—¿Y qué? ¿Paso directo a verlo, me voy con su hijo o al Ministerio Público?

Ayer llegué a la oficina a reunirme con Landa. Corrió a sus achichincles chasqueando los dedos, me sirvió un café y me invitó a sentarme en la sala. Su oficina está decorada con un mal gusto cómico, empezando por esas sillas de metal y ese tapete ajedrezado que parecen utilería de un video musical de los ochenta. Él dice que su escritorio es «muy presidencial», pero para mí el tamaño compensa lo que Landa carece en otros departamentos. Obviamente su librero está tapizado de fotos de él con el senador, el presidente y otros políticos, en marcos de platino. Un lamehuevos de oficio, pues.

Necesitaba el café, aunque fuera uno de esos espressos de máquina barata. Me estaba quedando dormido desde que venía en la camioneta con el senador. Para despertarme, Landa me sirvió otro cortado y me soltó la noticia. El hijo de Ávila y dos amigos suyos armaron una fiesta para divertirse antes de que llegara el huracán y tuvieran que encerrarse unos días sin poder entrar a Facebook o jugar Xbox. «La cagaron», me dijo Landa. El hijo del gobernador y sus cuates pusieron peda a una chica de Akumal y luego se la metieron por turnos, encerrándola en una recámara a la que regresaban cuando se les volvía a antojar un palo. La vieja se acordaba de todo y un chequeo en el doctor confirmó que la habían violado. Su papá le había hablado a Damián Ávila Jr. para amenazarlo, sin dar su nombre. Ahora me toca ir a Cancún y averiguar quién es la vieja, si ya fue al MP, si ya la atendió un médico legista, si el doctor tiene pruebas y si puedo llegar a un arreglo. Si ya denunció tendría que lanzarme a aceitar inditos en el MP.

—Ya sé que es una joda, pero ni modo —me dice Landa—. Después del desmadre en Veracruz no podemos dejar que esta chingadera se cuele a algún medio. Y menos en año de elecciones.

—Siempre es lo mismo. Vamos a ganar de calle, se sepa esto o no.

—Ve a decirle al jefe. A ver si te deja quedarte acá en lo que nos agarra este chubasco.

Chubasco. Siempre me ha cagado que Landa use palabras de pobre.

—¿Dices que se cogieron a una indita de Akumal? No va a denunciar nunca.

—Yo nomás te dije que es de Akumal. No sabemos si su familia tiene lana o no.

—Nadie que sea de un lugar con nombre maya tiene dinero, no me jodas.

—Yo estoy aquí para cerciorarme de que hagas tu chamba.

La hueva que me daba ir a Cancún.

—¿Por lo menos me voy a quedar en un buen hotel?

Mientras Mijares le da las gracias a la pista vacía por escuchar su canción, Landa me avisa que me voy a quedar en una suite en Nizuc. ¿Por qué no en El Recinto, un hotel boutique en el que nos tratan como reyes? No sabe. Alguien más de la oficina hizo la reservación.

—Deja que veas tu cuarto —me dice, sacando la boca como si me fuera a dar un beso y llevándose los cinco dedos a los labios—. Una delicia. Ahí me quedé la última vez que me llevé a mis pieles de paseo.

Mijares empieza a cantar otro de sus grandes éxitos. Dice que amar es jugarse la vida, ser un blanco perfecto, dejar las defensas rendidas, justo cuando Óscar se acerca a saludarme. Mientras más gordo se pone, más fuerte abraza. Se está dejando el bigote, igual que su papá. Tiene una de esas caras aniñadas que no deberían ser velludas.

—¿Cómo estás, pinche Negro? —me grita al oído y luego me planta un beso en el cachete, dejando un charco de saliva que se enfría apenas nos separamos.

—Guapo, Oso. ¿Tú?

—¿Guapo de dónde? ¿Qué no te han dicho que no hay negros guapos?

Marina está sentada con una copa de champaña en la mano y un cigarro en la otra, posando para que los fotógrafos de sociales no la agarren en curva. Supongo que mantenerse alerta es un *must* en la farándula, aunque seas una celebridad de medio pelo como ella. Les pregunto si ya felicitaron a Jorge, el papá del bautizado, y Marina me señala una mesa con el cigarro, dejando una nube de humo que se queda colgando frente a mí. Ahí están Jorge, el papá de Jorge y el presidente.

Llega un mesero a ofrecernos tacos de pato laqueado y otra champaña para la mesa. Óscar se zambute cuanto canapé le cabe en el hocico y luego pide que nos traigan dos botellas. Marina saca su teléfono y, aunque Landa está más cerca, me lo da a mí para que le tome una foto con su novio. Los dos posan y yo aprieto el botón, tomando varias desde distintos ángulos para que no haya quejas.

Le regreso el teléfono a Marina y Óscar entiesa el brazo, señalando al presidente.

—Velo —me dice—. Pinche Peña, no podría ser más pendejo.

Nunca hablo mal del presidente en público, así que nomás sonrío por compromiso. Marina avienta la colilla junto a mis zapatos.

—Ya, Negro. ¿Cuándo te lanzas a un cargo?

—Yo estoy bien donde estoy, gracias.

Marina voltea para echarme una miradita de no te creo nada, güey. Trae una falda beige y una camisa de seda color carne. Se transparenta su bra oscuro, tal vez azul marino. Me quedo un rato ahí, imaginándola encuerada. Sus muslos largos, blancos y bien depilados. Sus tetas operadas. Una vieja entra a la pista sobre un caballo color carbón. Óscar chifla con los dedos metidos en la boca, entusiasmado quién sabe por qué. Me dice que es Montserrat y que va a ser la maestra de ceremonias antes de que el DJ ponga música. Óscar camina hacia la pista, mientras Montserrat le da las gracias a Mijares por venir a cantar «con nosotros en este día tan especial». Aprovecho para sentarme junto a Marina.

—¿Y tú por qué estás de amarga? —Marina se pone otro cigarro en la boca y me pasa el encendedor para que se lo prenda.

—¿Cuánto crees que le paguen a esta vieja, eh? —me pregunta, con esa voz entre harta y cansada con la que habla en todos lados menos en la tele—. Lo último que supe es que cobraba hasta medio millón de pesos por conferencia. ¿Cuánto será por una fiesta?

—No tengo la menor idea.

—¿200? Seguro más de 100.

—¿A poco te gustaría venir al bautizo de un imbécil como Jorge por dinero?

—Nada más digo que debe estar ganando bien.

La tal Montserrat se baja del caballo, el único ser vivo en este rancho que la pasa peor que Marina. Luego llama a los papás del bautizado para empezar a echarles un choro sobre responsabilidades paternales y demás jaladas.

—Si yo fuera tú preferiría actuar.

Marina se recoge un mechón güero de la frente.

—¿Dónde has estado, eh?

—En el trabajo, como siempre.

—No he sabido nada de ti desde antier. Te mandé mensajes en la noche.

Óscar gira y le manda un beso soplado a su novia. Marina lo cacha y le sonríe, en un gesto telenovelero más artificial que sus implantes.

—Tuve una cena eterna. Salimos del restaurante a las tres de la mañana.

Marina me mira de reojo. No se ve convencida. «¿A las tres? ¿De un restaurante?»

Le juro que así fue y luego le explico que me tengo que ir a Cancún en la noche. «Cosas de la elección, ya sabes. Regreso máximo en cuatro días». Montserrat pide una porra para los papás y para el pequeño Jorge, al que su mamá trae en brazos. El niño llora histérico durante el a la bio, a la bao, a la bim bom ba.

—Haz lo que quieras.

Marina se lleva su copa, va con Óscar y le toma la mano.

La porra todavía no acaba cuando Mijares pasa junto a mí y me pide un cigarro. Trae un chaleco negro de gamuza, una camisa de pirata del Caribe y el cuello y los chinos del pelo sudados. No quiero felicitarlo por su música, pero tampoco puedo piropearle su atuendo, más culero que una verruga. Sin embargo, algo de él, tal vez la manera en la que ve el *show* en la pista y se niega a aplaudir, me cae bien. Tiene la cara de un cabrón que odia su chamba pero no sabe hacer otra cosa.

—Cuánta mamada, ¿verdad? —me pregunta.

—Puta madre.

Mijares me pone la mano sobre el hombro. Estoy a punto de invitarlo a sentarse. Creo que nos caeríamos bien.

—Gracias por el tabaquito. Ahorita nos vemos. Me estoy meando.

Antes de irme, Óscar y Landa ya intercambian insultos con el equipo de otro senador. Marina platica con una actriz y su novio, un diputado de Morena. El presidente se fue en el instante en el que la maestra de ceremonias y el caballo dejaron el escenario. Mijares meó y desapareció. Me pongo el saco y me voy sin recoger bolo, un bonsái y una canasta de chocolates belgas, trufas y castañas confitadas, cubierta de pétalos de peonías.

Rumbo al estacionamiento me topo con Jorge. Algo intercambia con uno de sus guarros.

—¿Polvo en el bautizo de tu hijo? Eso no es kósher, Jorgito.

—Cómo crees, cómo crees. Es medicina para el niño.

—Yo no juzgo. Por algo lo necesitarás.

Jorge me pica la espalda. Me sigue para ofrecerme coca. Le digo que voy rumbo al aeropuerto.

—Pero felicidades por la fiesta. Mijares estuvo cabrón. Muy de moda. Y me gustó lo del caballo. Pura clase.

—Chingón, ¿no? Montse es buena amiga.

—Chingonsísimo.

—No te vayas. Vente a echar unos chupes.

Pagaría lo que fuera por viajar en el tiempo y decirle al Julio Rangel de 14 años que Jorge Arbide alguna vez le rogará para que se quede en el bautizo de su hijo para empedarse y ofrecerle un pase. Jorge era hijo del gobernador de Oaxaca y ahora es hijo de un desempleado. Millonario, sí, pero desempleado al fin y al cabo.

—No puedo, Jorgito. El deber llama.

El valet me trae mi Mercedes, color plata, con interiores de piel, recién encerado. Me entrega las llaves en la mano.

—Pórtate bien. Ya eres papá, no mames.

Como iba en *business* fui el primero en subir al avión. Entre mensajes con un tipo del equipo de Ávila que coordinaría mi llegada a Cancún y con lo que quedaba de Landa después del bautizo, me entretuve en Instagram, donde muchos de mis colegas tienen una cuenta abierta y yo tengo una privada, con otro nombre, para husmear en paz. Me metí a ver la foto que le tomé a Marina, del brazo de Óscar, en pose de calendario de vulcanizadora.

Con mi persona favorita!! Te amo @osoluna!!!
#bautizo #amordelbueno #mylove

Es fácil identificar a los imbéciles porque todos tienen apodo de animales. Óscar no es la excepción. Su familia le dice Oso desde que era bebé y él le ha hecho justicia a su apodo, convertido desde la secundaria en un tonel peludo y huevón. En la foto paraba la trompa como si eso pudiera estirar los kilos que le cuelgan de la papada.

Supongo que los miles de seguidores de Marina en Instagram, a la espera de que suba una foto en bikini para poder jalársela en el baño de la oficina, deben envidiar a @osoluna por la feliz modelo a su izquierda. Yo, que sé cómo se aburrió en el bautizo y a qué grado Óscar le saca ronchas, vi la foto y me cagué de risa.

Un azafato con cejas depiladas me exigió que apagara el celular. Le hice caso al putito y luego pasé el resto del vuelo, la llegada y el camino al hotel pensando que, de niño, no hubiera podido tener una cuenta que aparentara una vida decente. ¿A qué le hubiera tomado foto? Al viejo llegando de la sastrería, vestido con sus camisas color abono y esos pantalones que le llegaban al ombligo. A mi cuarto de señorcito, con libros pero sin juguetes. A mi baño con su escusado amarillento y esa cubeta, para ahorrar agua en la regadera, que olía a meados. O a nuestras comidas en casa de los abuelos, con los tíos pedos desde mediodía con brandy de descuento y las tías preparando la botana de papas sabritas y un dip apestoso hecho con las menudencias para no desperdiciar nada del pollo.

Ahora, en cinco minutos podría armar una cuenta de te vas de nalgas. Bastaría sacar la cámara en mi depa, mi oficina o en Nizuc, un hotel de lujo donde los empleados te saludan llevándose la mano al pecho. Buenas noches, señor Rangel. ¿Cómo estuvo su vuelo, señor Rangel? ¿Es la primera vez que nos visita, señor Rangel? El *lobby* olía a aceites de spa y un poquito a sal. Se escuchaba un arpa, apenas ahí, al mismo volumen sin importar adonde me moviera.

De niño pintaba el océano azul y dejaba las hojas del cuaderno sobre la almohada del viejo, para que tuviera compasión y por primera vez en su pinche vida gastara dinero en algo que no fueran útiles escolares o libros y me llevara de vacaciones, aunque fuera a Acapulco. Nunca conseguí un carajo. Nunca me subí a un convertible. Nunca fui al concierto de mi grupo favorito. No tuve un solo cumpleaños con más de diez invitados. La primera vez que tomé un vuelo largo fue en la universidad, cuando el senador me pagó un semestre en Barcelona, contratado como chambelán de Oscarito.

Bienvenido, señor Rangel. Jazmín lo llevará a su suite. Que disfrute su estancia, señor Rangel. El concierge se tocó el pecho con la mano y yo le devolví el gesto. Más que recámara mi suite era un departamento. Una sala, dos regaderas, una tina al aire libre y, afuera, una alberca privada, palmeras, arbustos recién podados y camastros. Creo que el tour de Jazmín por la habitación duró más tiempo que mi vuelo. Le di las gracias y, aunque no oí una palabra de lo que me dijo, le regalé 500 pesos por echarle ganas. Me senté en una esquina del colchón y saqué el teléfono. Le escribí a Landa para avisarle que ya había llegado. Me contestó con una foto suya, junto a un trío de putas en un sillón.

Generalmente el gusto de una buena revancha rinde una semana y ya luego vuelvo a acordarme de cada uno de esos hijos de puta que me bullearon en la secundaria. Regreso a ese estado de ánimo porque lo necesito. Me hace falta cuando voy al gimnasio y le pongo más peso a una máquina o cuando le chingo para correr un kilómetro más que el día anterior. El encabronamiento es gasolina y hay que traer el tanque lleno. Lo raro es que pasarle encima a Jorge, ver su cara de pendejo borracho cuando me entregaron mi nave de casi un millón de pesos, me haya dado tan poco por tan poco tiempo. Ni siquiera me dieron ganas de meterme a la alberca privada. Apenas pude tomé un taxi y me fui a casa del gobernador.

Estuve un rato en la sala, sudando entre pieles de animales, con un sprite sin gas ni hielos en la mano, esperando a que llegara el hijo de Ávila. Había dejado de pensar en Jorge hasta que Ávila Jr. entró por la puerta. No es que se pareciera a Jorge físicamente. Desde niño mi compañerito parecía querubín, mientras que este escuincle era un naco con bigotito musgoso, mocasines de terciopelo y camioneta blindada. Más bien se movían igual, con la hueva de los ricos, a los que nada nunca les urge. El enano me saludó sin verme de frente y luego se sentó con los codos en las rodillas. Lo que le pregunté le pareció una pendejada o una impertinencia. ¿Quiénes estaban? ¿Dónde estaban? ¿La conocían? Si no la conocían, ¿de dónde la sacaron? ¿No sabes nada de ella? Entonces, ¿qué hacía en tu fiesta?

Me respondió con monosílabos. Había quedado de ir a la inauguración de un antro en Cancún. Me tocaría a mí arreglar sus pedos mientras él se divertía.

A la mañana siguiente, me puse una camisa y un traje de lino y me preparé para visitar todas las clínicas y hospitales de la zona. Finalmente llegué a Playa del Carmen. La clínica se veía más o menos nueva, su fachada blanca salvo por algunas manchas de caca de paloma en las cornisas. Dije que venía de la Procuraduría y que necesitaba hablar con el médico de guardia el día de la violación. Me dieron el nombre del doctor. Decir que vienes de la Procuraduría nunca falla.

Los pasillos de la clínica estaban atascados de gente a la que el huracán le pasó por encima. Nadie traía zapatos y todos olían a basurero municipal. Afuera de la oficina del doctor, una niña lloraba sobre una silla de plástico, sus pies ni siquiera tocaban el piso enlodado. Toqué la puerta y Hernán Molina, un mayita muy formal, me invitó a pasar. Me dijo que estaba completamente dispuesto a cooperar en la investigación, todavía pensando que venía a reclutarlo para denunciar a los culpables. Le puse el seguro a la manija. Le dije siéntese, doctor, si es tan amable. Él me oía muy atento. Sonó su teléfono y ni siquiera amagó con contestarlo.

Nunca tengo que decir mucho. Aquí tengo su universidad, su especialidad, su dirección y el nombre de sus familiares.

—Ahora prenda su computadora, ándele. Encuentre el archivo. Eso es todo. Imprímalo, por favor.

Me entregó unas hojas. Leí palabras, algunas frases. Himen, desgarro parcial, desfloración reciente.

—Ahora jale el archivo a la papelera. ¿Guarda copias en otro lugar? ¿No? Perfecto.

Bajé la vista al papel de nuevo. Ano. Lesiones. Hallazgo de semen.

El doctorcito me preguntó si él corría algún riesgo, si le iba a pasar algo a su mujer o, así me dijo, «a mis hijitas».

—No, qué va. Usted está haciendo lo correcto.

—Las cortinas estaban cerradas, pero creo que lloraba porque lo escuché jalar aire, más asustado que triste—. ¿Le dijo algo a sus colegas?

No me contestó.

—¿Que si le dijo algo a sus colegas?

—No, no —mocos—. Le juro que no.

Le pregunté si tenía la información de la paciente. Me indicó que estaba arriba de la página que acababa de imprimir. Araceli González Torres. Doblé el expediente en cuatro y lo metí en la bolsa del pantalón.

—Si viera —me dijo, caminando a la ventana, tallándose los ojos con la manga de esa bata que le quedaba demasiado grande—. Si viera cómo llegó.

Era una mañana caliente y pegajosa. Me desabroché un botón de la camisa de lino, me quité el saco y arranqué rumbo al Ministerio Público. Me recibió Ramsés Fonseca, un *brother* que trabajó con nosotros cuando Luna era gobernador. Me dijo que había recibido la llamada de Landa en la mañana. Nadie de la familia González se había presentado hasta ahora.

No soy ginecólogo pero, dado que Ávila Jr. y su banda se la cogieron como si fuera de hule, lo más probable era que la niña aun tuviera suficientes heridas como para denunciar. Había que arrancar el problema de raíz. Marqué a su casa y me contestó su papá. Soy de la Procuraduría, le dije. Nos marcó el doctor Hernán Molina. Le pido que hablemos a solas. ¿Puede venir a Cancún mañana?

Necesitaba un bar o algún lugar sin gente. Después de un huracán, ¿qué puede estar más vacío que el restaurante de un hotel como Nizuc?

Humberto, el papá de la niña, ya me espera en el restaurante peruano de Nizuc cuando llego a nuestra cita. Trae una camisa azul cielo de mangas cortas, mal fajada en unos pantalones de poliéster, rematando con unos zapatos de cuero de imitación. Entre la playa, los camastros y los meseros vestidos de camisa y moño a pesar del calor, el tipo parece una fotografía de National Geographic en medio de una caricatura.

Lo saludo poniéndole una mano en el músculo tieso que va del hombro al cuello. Él se presenta con nombre y apellido. Uno de los cuatro meseros del restaurante, paraditos junto a la puerta de cristal, ya le dejó el menú sobre el mantel, así que le pregunto si ha ordenado algo. Cené aquí en la noche, llegando de Playa del Carmen. El ceviche estaba decente, pero nunca al nivel de un verdadero ceviche limeño. Le sugiero compartir un tiradito, aunque Humberto obviamente no tiene idea de qué chingados es un tiradito. No he terminado de explicarle en qué consiste cuando acepta compartir el platillo.

—¿Y su hija?

—¿Ara?

—Sí. Ella. ¿No va a venir?

—¿Cómo va a venir si apenas se puede parar de la cama?

Me da gusto oír esto. No va a ser mayor pedo convencer a un hombre amarrado de dinero de aceptar medio millón de pesos a cambio de silencio. Convencer a una adolescente de perdonar a los güeyes que la violaron hace unos días sería otro boleto, por más que le sume ceros al cheque.

Ordeno el tiradito y luego le pregunto a Humberto qué quiere de tomar. Le pido su limonada y nos quedamos callados en lo que yo lo calibro, con las olas y la misma arpa de antier como música de fondo. Junto a nosotros, una paloma arrastra un bolillo hacia el balcón del restaurante.

—Deje le muestro una cosa —me dice, sacando su teléfono de la bolsa de la camisa—. Yo no he querido ni verlas, la verdad. Son fotos que mi chiquita se tomó.

Humberto me ofrece su teléfono, uno de esos celulares que se abren como almejas.

—¿Dices que no las has visto?

Humberto menea la cabeza de un lado al otro. «No, no puedo».

—¿Y yo para qué quiero verlas?

—¿Cómo? Pues para que vea todas las pruebas que tenemos.

¿Qué le digo? ¿No necesito ver nada? ¿Gracias, así estoy bien? Humberto me platica mientras yo le doy clic al botón al centro del teléfono, viendo las fotos que la niña se tomó frente al espejo de su baño, donde las toallas, el escusado y hasta el lavabo son rosas. «Andaba mi chiquita por Playa del Carmen con unas amigas cuando la invitaron estos muchachos». Estos muchachos. Así les dice a los que agredieron a su hija. Las imágenes no están tan pixeleadas como yo esperaba. «Había mucha droga y mucho alcohol ahí en la fiesta», dice. «Imagínese nomás a mi chiquita, oiga». Algunas de las fotos son de sus nalgas, de su cuello, del interior de sus muslos. No me imaginaba que la hubieran dejado así. Me viene a la mente un nombre, pero no es el nombre de la niña sino el de mi mamá. Las cosas que uno piensa.

Le doy las gracias, no sé por qué, y luego me quedo pasmado viendo a la paloma arrastrar el pedazo de pan. Humberto me pregunta si me siento bien. Le digo que ando «malo de la barriga». Así dice el viejo cuando le da diarrea.

—¿Está seguro? Se ve muy pálido, oiga.

—Sí, sí. Tengo calor. Ahorita le pido al mesero que prenda los ventiladores.

Me arrepiento de haber pedido el tiradito, el ceviche y la limonada, no porque me deprima lo que platica Humberto sino porque este tipo de negociaciones, con gente como él, se deberían llevar a cabo en el despacho de algún abogado de provincia, tomando café instantáneo y fumando cigarros sin filtro.

—¿Licenciado?

—Sí, Humberto. Aquí estoy.

—¿Qué opina de lo que le platiqué?

—Muy interesante.

—¿Muy interesante?

—Sí.

—¿Y las fotos?

—Las vi, las vi.

—¿Y?

—Y nada. Aprecio mucho que hayas venido a verme hasta acá. Es un gusto conocerte.

Creo que Humberto dice «igualmente» porque veo su boca moverse, pero no oigo nada. Luego pone los codos sobre el mantel, echando la frente hacia delante. Conozco esa pose. En la política significa dejémonos de mamadas y vamos al grano.

—Me dijo que le marcó el doctor Molina. ¿Qué le comentó de mi chiquita?

Le pregunto al mesero si se puede fumar. Al parecer está prohibido pero, como no hay nadie más en el restaurante, me traen un cenicero. Me espero a prender el cigarro, en lo que pienso por dónde empezar.

—¿Licenciado? ¿Qué le comentó el doctor?

—Bueno, evidentemente estaba muy consternado.

—¿Por la salud de Araceli?

—Muy preocupado por ella, claro. Y por él, también.

—No entiendo.

—Es normal. Yo también estaría nervioso, tratándose de los involucrados.

—¿Cómo que «tratándose de los involucrados»?

—La familia del gobernador estuvo involucrada en el incidente, ¿no?

Es importante usar esa palabra. Involucrados no significa te violaron, abusaron de ti, te obligaron a hacer algo que no querías hacer. Involucrados significa cualquier cosa. Ahí andaban. Pasaron por ti. Te invitaron.

Como los lentes de Humberto están empañados de brisa, se los quita para limpiarlos con la servilleta. Tiene los ojos medio bizcos. Me recuerda un poco al viejo. Él también usa lentes dorados, de cristales anchos, y él también tiene esa barba asquerosa, como si le hubieran pegado el vello con Pritt.

—¿Dice que el doctor sabía quiénes le hicieron esto a mi chiquita?

—Sabía quiénes estaban en la fiesta.

—Pero mi hija no habló de ellos con el doctor, oiga. Ni los mencionó. Ni a mí me lo dijo hasta un día después.

Si no tengo cuidado voy a meter a Ávila en un pedo. Y a ver si de paso no embarro al senador. Siento entumidos los pies y las manos. Lo único que me queda es echar reversa.

—Ok —le digo—. Molina nunca me habló. Yo fui a verlo a Playa del Carmen ayer en la mañana.

—¿Para qué?

—El gobernador sabe lo que ocurrió y quiere remediarlo.

—¿Usted trabaja para Ávila?

—No exactamente. Digamos que soy un intermediario.

—¿Entonces no trabaja para la Procuraduría?

No he acabado de confesar que traigo un cheque en blanco cuando Humberto se para, golpeando la mesa con los muslos y haciendo mucho ruido.

—Déjame hacerte la oferta. Si no te convence, te vas. —Todavía está de pie, con la camisa desfajada—. Piénsalo. Tú crees que porque tienes estas fotos van a meter a todos en la cárcel. No tienes ni idea de cómo es un juicio, ni cuánto cuesta. Al final va a ser la palabra de ella contra la del hijo de Ávila. ¿Por qué se fue con ellos? ¿Quién se va con unos desconocidos? Si no te gusta lo que te voy a proponer, puedes ir ahorita al Ministerio Público. Pero si te vas no me vuelves a ver. Nunca.

Humberto vuelve a sentarse. Se mueve poco, parece que no parpadea. Vuelvo a abrir el cuaderno. Me siento un doctor, al final de la consulta, sacando el recetario.

—Por todas tus molestias —empiezo a escribir—. Te ofrezco esta cantidad a cambio de tu cooperación.

En letra muy chiquita anoto la máxima cantidad que puedo darle y le paso el cuaderno. Humberto ve el monto. Un millón exacto.

—Es en pesos —le digo, por costumbre.

—¿O sea que ellos aceptan lo que hicieron?

—Más bien están dispuestos a darles esta compensación.

—¿Entonces no aceptan nada?

—Yo no dije eso.

—¿Y si no queremos su dinero? —me pregunta, apuntando la barbilla al techo. El gesto pierde fuerza cuando me doy cuenta de que está a punto de llorar.

—Como te dije hace un momento, yo no tengo gallo en esta bronca. No trabajo para el gobernador ni para ustedes. Soy un intermediario.

Humberto cierra los ojos y empieza a chillar, sin hacer ruido pero con mucha lágrima.

—Por eso, porque soy imparcial, te digo que no hay manera de que ganen con periodicazos, y mucho menos a través de un juicio. Hay que darnos de gracias que están dispuestos a llegar a un acuerdo por fuera.

Humberto se suena con la servilleta de tela. En el balcón, la paloma picotea el bolillo.

Salimos del restaurante y los meseros nos ven y se tocan el corazón, como si el hotel entero estuviera pidiéndole disculpas a Humberto que arrastra sus zapatotes hacia el estacionamiento, con la cabeza colgando entre los hombros y las manos en las bolsas del pantalón donde metió el cheque.

Ni me voltea a ver cuando me despido y le doy las gracias. Así pasa siempre. Una vez que te aceptan la mordida te tratan con desprecio, como si eso les fuera a devolver la dignidad.

Regreso al restaurante. Cualquiera pensaría que Humberto y yo nos agarramos a madrazos a la mitad de la comida. Los platos están a medio comer, las servilletas en el suelo, las sillas fuera de lugar y el aire tiró las colillas, manchando el piso con ceniza. Prefiero estar en otro lado. Me quito los zapatos, los calcetines y me voy a la playa. Cuando caminan junto al mar, los personajes en la tele van con cara de que están buscando una revelación cósmica. Al cabo de medio minuto, la gran revelación a la que llego es que no quiero que se moje mi pantalón, uno de mis favoritos. La laguna, aunque azul y tibia, está tapizada de mocos azules. El salvavidas me ve agachándome para inspeccionarlos y me pide que tenga cuidado.

—Son aguamalas, joven. Si lo llegaran a picar lo único que le quitaría el ardor es echarse orines encima.

No he atravesado ni la mitad de la bahía cuando me doy la vuelta. Pisar la arena seca me quema la planta de los pies.

De camino a la suite me topo con Jazmín. En la oscuridad del *lobby*, sus dientes son una sonrisa flotante.

—Buenas tardes, señor Rangel. ¿Todo bien con su estancia? Es su último día con nosotros, ¿cierto?

Jazmín me sigue, dando pasitos cortos que hacen eco en el *lobby*.

—¿Quiere que reservemos en algún restaurante para hoy en la noche?

—No, gracias.

—¿Le mando un *smoothie* o un jugo a su suite? ¿Algo para refrescarse?

—Nada de *smoothies* ni jugos.

—¿Una copa de champaña? ¿Un mojito? A nuestro *bartender* le quedan riquísimos.

—Odio los mojitos y la champaña.

—¿Qué tal un masaje en el spa? ¿Una clase de yoga? Empieza en veinte minutos, señor Rangel.

—Lo único que quiero es que me dejen de chingar.

—Como usted mande, señor Rangel. Si prefiere cenar en su recámara le podemos enviar algo. ¿Se le antoja otro ceviche?

—No toquen la puerta, no me marquen, no me jodan.

—¿Va a requerir transporte para el aeropuerto?

—No, no necesito un carajo. Déjenme en paz.

—Con mucho gusto, señor Rangel. Le marcamos más tarde para ver qué se le ofrece.

Estoy a punto de mentarle la madre cuando me doy cuenta de que Jazmín es un robot armado para seguir este protocolo cada vez que yo abra la boca. Me pongo la mano en el pecho, ella hace lo mismo y luego me encierro a esperar al Diplomático, el último compromiso del viaje.

No sé cómo se llama el Diplomático. Solo sé que así le dicen y que, mientras trabajábamos en Quintana Roo, Landa y yo teníamos que reunirnos con él cada mes y medio, en el Harry's o en Lorenzillo's, para hablar de comisiones. El senador nos pedía renegociar, 12% en vez de 10%, y ya. El Diplomático, que más bien parece el Indigente, nos concedía un punto medio, con decimales, y luego se iba antes de que llegara el postre. Nunca hemos sabido qué negociamos, pero tengo teorías. Según Landa, el Diplomático lleva Tevetronik, una compañía del senador encargada de seguridad, antivirus, alarmas y circuitos cerrados de televisión. Según yo, el Diplomático es un narco que trabaja en los puertos del estado y la cantidad que pactamos es el corte que nos toca. También creo que es narco porque antes de irse suelta advertencias cero diplomáticas. Dile a tu jefe que se ponga abusado. Dejen de andar chingando y no estén de tacaños con la materia prima. ¿Qué tantas cosas pueden ser la «materia prima»?

El Diplomático llega acompañado por Jazmín, que lo escolta a la suite cargando una charola con una botella de champaña de cortesía y unas toallitas húmedas para la cara. Le digo que no quiero ni necesito ninguna de las dos y el Diplomático me pide que la deje hacer su chamba. El problema es que si Jazmín entra, deshacerse de ella toma una eternidad. Para correrla, el Diplomático saca mil pesos y se los pone sobre la charola.

—Ándale, mi vida. Para que te compres algo chulo.

El Diplomático no se ha acabado ni una copa cuando ya está en la puerta, su manita aguada entre la mía. Es un enano con cara de zarigüeya, pero cuando lanza sus amenazas se me encogen los huevos.

—O se caen con el varo a tiempo o la próxima vez que venga no va a ser pa' cotorrear.

Me lo ha dicho el senador desde que lo conozco. No te cuides del grandote, el ruidoso, el guapo o el que impone. Cuídate de la gente pequeñita, Julio. Cuídate de la gente pequeñita.

En la noche caigo en chinga, más noqueado que cansado, pero me despierto cada hora con frío en las piernas, y no me caliento ni cuando apago el ventilador. Para relajar el cuerpo intento jalármela imaginándome a la niña, cogiendo conmigo en la alberca mientras Humberto la espera en el estacionamiento. Lo único que consigo es que me den náuseas. Luego tengo sueños vívidos, uno tras otro, y no me acuerdo bien de ninguno cuando despierto. Lo poco que recuerdo no tiene que ver con este fin de semana sino con mi infancia. No había pensado en cómo murió mi mamá desde hace siglos.

Cuando me baño y me visto todavía no amanece. Lo último que guardo antes de salir es la ropa que me puse antier. Cuando doblo los pantalones siento algo firme en una de las bolsas. Meto la mano y saco el expediente de la niña. En vez de tirarlo lo echo en la maleta.

Regreso en el primer vuelo de la mañana, aplastado por esa hueva con la que te podrías quedar dormido de pie y, por otra parte, te sientes más despierto que de costumbre. El zumbido de las turbinas marea y la luz del amanecer arde. A diferencia del avión de ida, este va a reventar de gente que, me imagino, no quiere estar en Cancún después de un huracán, con las playas cerradas y los campos de golf inundados.

No puedo dormir pero tengo demasiado sueño como para leer una revista. El vuelo se me hace eterno y el olor del desayuno me revuelve el estómago. Llego y le marco a Landa para avisarle que pasaré a la oficina después de comer porque tengo una cita. Raro en él que no me pregunte a quién voy a ver y dónde y cómo y por qué. Nomás quiere saber si se arregló el pedo de Ávila. Arreglado está, le digo.

Fuera de que me tengo que tomar tres pinches nespressos para no quedarme jetón sobre el escritorio, el día en la oficina es como cualquier martes. El senador va y viene, ordena y delega, sus operadores nos sabroseamos a las pasantes y jodemos a los pasantes, pidiéndoles minutas engargoladas, sobre la situación del petróleo en el país, que terminan en la basura. Sin ellos nuestros días no serían lo mismo.

Nadie menciona lo de Cancún. En los cinco minutos que tengo con el senador, lo único que me pide es que compre un pastel de cajeta de La Bellota y se lo lleve a su mamá, porque «se siente muy malita, la pobre». También me pide que consiga champaña para la boda de Roberta, su hija.

Anoto en la libreta, voy por el pastel a Las Águilas y luego manejo hasta Bosques de las Lomas, donde vive la mamá del senador.

Aquí en el tráfico, lloviendo, después de atravesar la ciudad de norte a sur y de sur a norte para comprar un pastel de cajeta, pienso en qué estaré haciendo cuando cumpla 35, 40 o hasta 50 años. A lo mejor ya es hora de pedirle al senador un cambio de puesto. No un aumento de sueldo sino otro trabajo. Algo que me dé chance de dar el brinco, pues. Me gusta muchísimo lo que hago y me emociona que el senador me dé chambas importantes como lo de Caballero y lo de Cancún, pero, no sé, ¿a quién no le gustaría ser gobernador o parte del Senado?

Tengo ganas de volver a tocar el tema con Marina cuando llego a su departamento, después de ir al *gym*, bañado y con ropa limpia. No me he desamarrado las agujetas cuando ella toma el micrófono y empieza a hablar de sus tantos problemas.

No sé quiénes son más fanáticos de los monólogos, nosotros o la gente de la farándula. Supongo que por eso hay tantas parejas de políticos y actrices, cantantes o modelos. Para variar, Marina se queja de su trabajo y su contrato. Antes salía en la barra deportiva de Televisa, pero decidió que quería actuar y ahora ya no la invitan ni a cubrir los Juegos Panamericanos. Dice que está harrrrrrrta mientras se sirve una copa.

No puedo creer que tome vinos mexicanos o chingaderas como Márques de Cáceres. Un día le regalé una caja de Chateau Pichon y dijo que sabía a licor de súper. No la culpo por tener paladar de naca. Eso le pasa por ser una provinciana de Guadalajara buscando fama en la capital. Dios le dio rostro. Lástima que no le dio elegancia.

—¿Julio? *Hello?*

Marina sigue atrás del mostrador de tablarroca, con una mano entre las greñas y otra en su copa de vinagre, esperando que la escuche sin distracciones. En su casa es difícil pensar en algo que no sea ella. Así como la oficina de Landa es un altar a Landa, el departamento de Marina es un altar para sí misma. Hay retratos suyos enmarcados en la sala, el póster de una película en la que actuó colgado en su cuarto y en el baño una canasta con las revistas en las que ha salido en portada. No hay una foto en la que salga con otro ser humano, ni con @osoluna o su familia.

Marina vuelve a empezar. Van varias veces que me recibe en fachas, cuando antes me abría la puerta lista para la alfombra roja. Trae unos pantalones de pijama a cuadros azules y blancos y una camiseta con la Sirenita, casi transparente de tan vieja, que seguro se ha puesto desde niña. Por suerte es de esas personas que se ven bien despertando hasta en la cruda más infame. Parece hija de una caricatura japonesa y un vikingo. Nunca me cansaré de verla.

—Si las cosas siguen así te juro que me voy a tener que ir a trabajar con mi papá.

—¿Para hacer qué, exactamente?

—Tengo una carrera. O sea, no es como si no supiera sumar.

—No creo que tu papá te necesite.

—¿Qué insinúas, eh? —Todavía no sé si estoy viendo un melodrama o una película de horror—. Ustedes juran que todas somos unas pendejas. Pues déjame decirte que estaríamos mucho mejor si nos gobernara una mujer. Por lo menos nosotras no hacemos todo por conveniencia. No nos medimos el pito para ver quién lo tiene más grande, ni competimos para ver quién tiene el mejor coche, el depa más caro, el mejor aguinaldo o la vieja más chichona. Qué hueva tus prejuicios, neta.

—¿Qué no estabas sufriendo como pordiosera porque a la vieja esa del bautizo le pagan más que a ti?

—Eso es trabajo, ¿ok? ¿Sí entiendes la diferencia? —me dice, tocándose la sien con los dedos—. ¿En qué sentido es trabajo ver si tienes mejor coche que el gato de Landa?

—¿En qué sentido es trabajo coordinar porras en un bautizo?

—Porque ganas dinero.

—No todo lo que te da dinero cuenta como trabajo.

—El burro hablando de orejas.

No sé cómo, nunca sé cómo, pero esta discusión entre dos personas que no se aguantan termina en una cogida. No es una cogida caliente y chingona como la mayoría de las parejas cogen después de madrearse. Más bien es un trámite. No tengo que convencerla, ni ella me calla aventándoseme encima. El pleito pierde fuerza y rumbo, y de repente ya estoy frente a ella, levantándole las nalgas para acomodarla en el sillón y cogiendo con las rodillas en la alfombra, mientras me dice lo que solo dice cuando se la meto. Si nuestras discusiones son de telenovela, el sexo con ella es una película porno de bajo presupuesto, con una actriz cansada que me dice: «Ay, Julio, sí, métemela, métemela», con el entusiasmo con el que un cadenero de antro te dice sí, adelante, saque su credencial de elector, pague el cover en esa ventanilla.

La primera vez cogimos en el baño de Roberta durante una fiesta de cumpleaños, Marina de espaldas al fregadero, con la falda arriba, y yo frente al espejo, sin poder creer que estaba viendo a Julio Rangel cogerse a Marina Bosch en casa de Roberta Luna. Estaba tan impresionado que no se me paraba. Al principio Marina era un sueño, en todos sentidos. Después de que le mandé flores al set y le compré un collarcito en Tiffany, se dio cuenta de que me tenía agarrado de los huevos y que el esfuerzo sobraba. Se acabó la calentura, el cariño actuado y lo único que quedó fue esto. Pero para ser las sobras de algo, sigue estando bien. Me gustan sus tetas siliconeadas, sus nalgas pilateadas y su pucha depilada. Con eso es suficiente. Por mucho menos, un chingo de gente dice que siente amor. Quizás esto también es amor. No sé.

—¿Por qué nunca cogemos en tu cama? —le pregunto cuando regreso de tirar el condón en el basurero.

—Cuando dejes de cogerme como a una teibolera, ese día te llevo a mi cuarto.

—¿Qué quieres? ¿Que ponga pétalos en la alfombra y prendamos unas velas aromáticas?

—Me doy por bien servida con que no me obligues a hablarte como las pasantitas que te coges todas las semanas. —Luego imita la voz aguda e idiota que supuestamente tienen esas pasantitas—. Ay, Negro, qué fuerte estás. No mames, Negro. Qué grandota la tienes.

—Me hablas así porque quieres.

—Sí, cómo no. Me encanta.

—Entonces no lo hagas. No hagas nada con lo que no te sientas a gusto.

—Claro, para que vayas y te cojas a tus pasantes. ¿Crees que Óscar no me platica?

—Pinche amarranavajas. Ya quisiera tu novio tener pasantes. Pero para eso tendría que tener trabajo y vender facturas a los cuates del senador no cuenta.

Marina se para a servirse más vinagre.

—El punto es que dejes de tratarme como a una de tus putas.

—Nunca me he cogido a una puta.

—Eso dicen todos los putañeros.

—Ahora resulta que abuso de ti.

Marina se queda boquiabierta, como si la acabara de ofender. Pienso en mi cama, en el capítulo de *Vikings* en el que me quedé, en el traje que voy a estrenar mañana. En lo que me espera afuera de este departamento, pues.

—Cómo se nota que nunca han abusado de ti —me dice.

—¿Tú qué sabes?

—¿Víctima tú? No mames.

Es hora de que sepa de dónde vengo, que sepa lo que he vivido y sufrido para llegar donde estoy. Le digo que le quiero contar algo y le pido que se siente junto a mí.

—Son las once de la noche. Mañana tengo *casting* temprano.

—Escúchame un segundo.

Ya que tengo su atención no sé si debería platicarle esto. A lo mejor nomás quiero que me oiga por cinco minutos seguidos sin checar su Instagram, y esta es la única anécdota con la que podría lograrlo. Marina se amarra el pelo en una cola de caballo y se sienta con los pies debajo de las nalgas, como Landa dice que se sientan las chachas en el parque.

—¿Sí sabías que Óscar, Jorge y yo fuimos en la misma secundaria?

Marina dice que sí con la cabeza.

—Una de esas escuelas de curitas, ya sabes, donde tienes que ir a misa entre semana y te dicen que si te masturbas te quedas ciego. Los curitas querían que fuéramos hombrecitos, así que nos ponían a jugar futbol, basquetbol, correr. Hablar, discutir, eso era para las viejas. Si había pedos entre alumnos se arreglaban a madrazos.

Marina no ha revisado su celular. Un milagro.

—Bueno, el caso es que siempre había madriza. Por cualquier estupidez. Te le metías a alguien en la cola de la tiendita, madriza. Le hacías un chiste, madriza. No sé si te he enseñado fotos mías de chico. A los trece, estos güeyes me sacaban una cabeza. No me pegó la pubertad hasta la prepa. Debo haber medido metro y medio. No estaba gordo, pero me cagaba hacer ejercicio. Más bien estaba guango. Fofo, pues. Y estos cabrones obvio me agarraban de bajada. Duro y dale, chingándome por moreno, porque mi jefe era sastre, porque se había muerto mi mamá. Ya sabes cómo son los niños. De todos los que me jodían, el peor, de calle, era Jorge. Un día, regresando en camión de una visita al Museo de Historia Natural, decidí ponerme al brinco y, por esquivar uno de sus empujones, fui a dar al piso. Me salvé de darme en la cara porque alcancé a agarrar un tubo, pero

Jorge se acercó y me dio un pisotón acá por la muñeca. Oí un crack, tan fuerte que pensé que habíamos chocado. Luego me vi el brazo. Haz de cuenta que tenía dos codos. Empecé a aullar, más por la impresión que porque me doliera. El resto del grupo se puso alrededor de mí y, para que el chofer no oyera mis gritos, empezaron a cantar el himno de la escuela.

Otra vez siento entumidas las manos y los pies. Yo, que tengo tan buena dicción, tartamudeo. Quiero fumar, pero aquí solo se fuma en el balcón.

—Jorge me amenazó. Pinche indio, me dijo. Te parto el otro si alguien se entera, ¿oíste? Me escondí el brazo entre un suéter y una chamarra y me bajé del camión. Mis compañeros se subieron a sus coches y se fueron, y yo me quedé ahí en la banqueta. Me estaba tocando el hueso cuando unos güeyes de tercero de secundaria pasaron por ahí. Qué asco, dijo uno, mientras el otro me aventaba una moneda en la nuca. El viejo se tardó horas en recogerme. Ya en Urgencias tuve que esperar años en lo que se arreglaba un pedo con el seguro que mi jefe no había pagado. Le dije que me había roto el brazo jugando futbol, después de clases, cuando ya no había ningún maestro en la escuela, y me creyó.

Marina voltea a ver su celular en la mesa. Según yo nunca había pasado tanto tiempo sin hablar.

—Ok. ¿Y entonces?

—Meses después le llamaron a mi papá de la escuela porque no estaba yendo a misa y me había empezado a ir mal en calificaciones. Antes de eso había intentado contarle al director lo que pasó con Jorge y me sacó de su oficina a gritos. Me dijo mentiroso. Imagínate si yo le hubiera partido el brazo a Jorge o a tu novio. Me hubieran colgado de los huevos. Bueno, pues llega el viejo a mi cuarto, muy preocupado porque, por primera vez, saqué seises y cincos en la boleta. Estaba tan encabronado que decidí platicarle lo del camión. ¿Sabes qué me dijo? Les hubieras partido la madre. Ese fue su consejo. Les hubieras partido la madre. ¿Te das cuenta del calibre de pendejo?

Marina se queda callada. En el lapso en el que yo acabo mi anécdota y ella habla cabría una sesión del senado. El silencio no le cae bien a lo que acabo de decir, como si en vez de soltar lo que pasó me lo hubiera tragado y empezara a intoxicarme.

—¿Para qué me cuentas eso, eh?

—Tú dijiste «cómo se nota que nunca han abusado de ti». ¿Sí o no?

—Ay, Julio…

Marina deja que la frase se quede en puntos suspensivos para que yo la interprete como se me pegue la gana. ¿Le doy lástima? ¿Está molesta? ¿Cansada? ¿Quiere dejar de verme?

—¿Qué significa «ay, Julio»?

—Nada. Equis.

—¿Cómo que «equis»? ¿No escuchaste lo que te acabo de contar?

—Eso no es abuso, Julio. O sea, está feo, pero cero cuenta como abuso. Créeme.

—¿No es abuso que te rompan el brazo a patadas?

—Ni que te hubieran violado. Entenderías si fueras mujer.

Quiero decirle que nunca le había platicado eso a nadie, pero no serviría de nada.

—Por fin —me dice, limpiando la mancha que su boca dejó sobre el borde de la copa de vino—. ¿Vas a hablar con el gordo para que te dé lo que quieres?

El gordo es el senador. Ella sabe que no me gusta que le diga así y por eso usa el apodo cada vez que se refiere a él, aunque el senador ni siquiera está tan gordo.

—Si se entera de que quiero dejar de trabajar con él igual y me manda a la chingada.

—Perfecto. Así puedes buscar otro trabajo.

Este tema obvio sí le interesa. No empezó a coger conmigo para andar con un operador, por más que ese operador gane millones al año. Para ella soy una inversión.

—Si me manda a la chingada no hay otro trabajo.

—Pues nunca sabrás si no te avientas.

—Lo va a tomar como deslealtad.

—Entonces quédate atorado donde estás.

Me pongo los zapatos y le doy un beso en la frente. Sí, Marina. Mañana mismo hablo con él. Luego salgo del departamento y tomo el elevador. El estacionamiento está tan oscuro que tengo que prender la luz del celular para ver por dónde voy.

Mis huesos nunca soldaron bien. Todavía, si aprieto el puño, los oigo tronar. El chasquido suena como el clic de una pistola antes de disparar.

Martín

En la oficina está Luis, mi pasante, e Irma; él en su celular, con los mocasines arriba del escritorio, y ella en una llamada. Ninguno me presta atención hasta que carraspeo. Irma me pide un segundito con el pulgar y el índice, y después regresa al teléfono. Claramente habla con una amiga o un familiar. Está explicando cómo quitar manchas de desodorante con talco y bicarbonato de sodio.

—¿Qué onda, Martín? —me dice Luis, bajando los pies del mueble sin quitarle la vista al teléfono. Me gustaría que me dijera licenciado o señor Ferrer, pero no está acostumbrado a hablarle de usted a nadie. Probablemente jamás tendrá que hacerlo: una de las muchas ventajas de crecer con privilegios. Yo, en cambio, no le dirigí la palabra así a un solo socio del despacho en el que antes trabajaba.

—¿Fuiste al juzgado como te pedí?

—Apenas acabo de llegar.

—Es martes. ¿No viniste ayer?

—Tuve examen.

Entro a mi oficina, esperando que Luis se levante y me siga. Saco mi computadora y veo que volvió a poner los zapatos sobre el escritorio, sin dar indicio alguno de que pretende continuar la charla. Regreso al *lobby*. En el teléfono, Irma recomienda mojarse las axilas con té de sauce en vez de usar desodorante. Luis la escucha y me mira molesto: ¿puedes creer la falta de profesionalismo de tu secretaria?

—Pensé que ya habías salido de clases.

—Tuve extraordinario.

Luis habla al mismo tiempo con pereza y aridez, como quien duerme y no quiere que lo despierten.

—Tenías que ir a recoger todo ayer. *Ayer*. Te mandé sesenta mensajes.

—¿A qué hora querías que fuera?

—¿Tu examen duró todo el día?

—Neta estuvo eterno.

Irma alza la voz para que la persona del otro lado del teléfono la entienda:

—Si sigues teniendo problemas empólvate las axilas con maicena. O enjuágatelas con jugo de tomate. Jitomate no. ¡Tomate!

Grito el nombre de Irma y ella reacciona con pasmo.

—¿Sí, licenciado?

—Hazme el favor de colgar en este instante.

Mientras Irma se despide, en voz muy baja, repitiendo por última vez la receta (tomate, maicena, té de sauce), continúo el careo con mi pasante.

—Ya hemos hablado de esto. No me sirve de nada que vengas si no trabajas.

—Traje un nuevo paquete de post-its y plumas. Mira.

Luis abre su mochila y saca un fajo de post-its al que le falta, cuando menos, la mitad de las hojas. Después me enseña un puñado de plumas rojas.

—¿Para qué quiero puras plumas rojas?

—Siempre usas este color.

—¿Cuándo me has visto firmar con tinta roja?

—No para firmar, o sea, para corregir. También compré corrector.

Irma me pregunta si quiero café. Estoy a punto de aceptar su oferta cuando mi lengua recuerda el último que preparó.

—Luis, ¿puedes ir a Starbucks por un americano?

—Obvio —me responde—. ¿Tienes para gasolina? Nada más traigo la reserva.

—Ve caminando. Está aquí a la vuelta.

Mi pasante me vuelve a mirar con desconcierto. Se nota que es de esos niños ricos que solo caminan de la casa al coche y de ahí al salón de clases. No creo que haya tomado un camión o el metro ni una vez.

Le doy dinero para la gasolina y el café. Una hora después regresa con un capuchino helado. Le pido que se lo regale a Irma y después lo dejo libre. Me toca a mí ir al juzgado, hacer la cola, revisar papeles e intentar llegar a la comida con Beatriz a las tres, para que me platique qué ha investigado.

Llego al restaurante a las cuatro, de malas y oliendo a sudor. Beatriz me planta un beso sonoro en el cachete y se burla de mí.

—¿Hace cuánto no te bañas?

—Se descompuso el aire acondicionado del coche.

—Date de gracias que esa cosa sigue andando.

—Esa cosa ya va a cumplir 20 años.

—Por el bien de la capa de ozono, y para festejar, deberías jubilarla.

Tenía veintiuno cuando compré mi coche con los ahorros de trabajar durante cada minuto que no pasé en la escuela o estudiando. Aunque no sé de qué sirve compartir recuerdos con quien evidentemente se acuerda de lo que estás diciendo, Beatriz y yo vemos la carta mientras platicamos de esa época en la que nos hicimos amigos. Yo vivía con su hermano y otros dos estudiantes en un departamento oscuro y húmedo en la Del Valle, cerca de donde ahora trabajo. Como pasaba días, tardes y noches en la universidad y en el despacho, nunca llegué a entablar una amistad con ellos.

Con Beatriz fue distinto. Incluso a esa edad parecía tener una idea muy clara del lugar que ocupaba o quería ocupar en el mundo. Su apariencia no era tentativa, provisional, ni mucho menos fabricada para proyectar una versión de sí misma, a diferencia de mí, vestido de pantalón, camisa y corbata como buen abogado en ciernes. La prueba es que no ha cambiado. Sigue sin usar maquillaje, no tiene arrugas, su pelo negro no esconde una sola cana y su ropa, si acaso, se ha vuelto más básica: jeans, botas y suéteres que se ven todavía más coloridos por cómo contrastan con su piel oscura. Cuando la conocí, Beatriz siempre iba y venía de lugares que, a oídos de un chico que había crecido en una islita, sonaban exóticos: fiestas en barrios que mi mamá me había pedido no visitar, manifestaciones, clases y restaurantes a los que mi paladar y mi estómago no estaban acostumbrados. Practicaba box en un gimnasio al que nunca me atreví a entrar por miedo a que me discriminaran por güero, se movía en microbús, me recomendaba literatura y vivía indignada por algo que había hecho el presidente. Inmediatamente me cayó bien: era justo el tipo de persona a la que soñaba conocer cuando me mudé de vuelta a la ciudad.

Creo que no me merecí su atención hasta que le platiqué la muerte de mi abuelo. Supongo que me vio como una piedra de toque, un vínculo con el cenagal de la política mexicana que tanto le fascinaba. Con la obstinación infantil con la que Matilda me ruega que la lleve al Museo de Historia Natural para ver esqueletos de mamuts, así me pidió Beatriz que la llevara a enseñarle la casa donde había crecido. «No me friegues con que aquí vivías. ¿Pues cuánto se robó tu abuelo?», me preguntó, asomándose por la ventana del coche hacia el portón de madera, rodeado de frondosas buganvilias, de la mansión en San Ángel a la que no había vuelto desde la niñez. Sentí que aún era mía; que podía estacionarme, tocar el timbre y Rosy, la muchacha, me abriría la puerta. Emilia estaría viendo la tele, mi papá en su estudio y mi mamá haciendo aeróbics. Beatriz me asegura que le sugerí bajarnos del coche y entrar, creyendo que los nuevos inquilinos nos invitarían sin mayor problema. No recuerdo haber hecho eso y, sin embargo, no lo dudo.

—Seguro quería impresionarte —le digo, sin añadir lo avergonzado que me sentí al comparar esa casona, cuya sombra cubría la avenida, con mi patrimonio: un cochecito de segunda mano.

—Luego te pusiste a hablar de tu infancia. Decías que tu familia era —Beatriz levanta dos dedos en cada mano para citarme— «una tragedia griega».

Evado su mirada, condescendiente y socarrona.

—Todas las vidas tienen tragedias.

—Siempre te ha gustado el drama.

—No soy dramático. Soy realista.

—Y ahora con lo de tu cuate de Cozumel, peor. Yo de veras te veo con palomitas. Eres una película ambulante.

Pido otro tequila y Beatriz me tilda de alcohólico. Aunque es menor que yo, no hay vez que la vea y no me regañe o me dé un consejo. Le tengo cariño, pero su presencia me agota. Esa ha sido nuestra dinámica desde que nos conocimos y presiento que no cambiará nunca. Ordenamos y le pregunto si logró comunicarse con su contacto en Semarnat.

—Calma, Nerón. Primero cuéntame cómo vas con mi tío.

Resumo cómo va el juicio con el optimismo artificial que uso con Arturo. Todo va de maravilla, vamos avanzando, bla bla bla. Omito decirle que Víctor, el único testigo que podría ayudarnos, no nos devuelve correos ni llamadas. Tampoco le advierto que su tío está al borde del suicidio. Beatriz me mira con sospecha, una ceja arqueada hasta la mitad de la frente.

—¿Qué? ¿Por qué me ves así?

—Tú y tus rollos. Nomás dime la verdad. No muerdo, te juro.

—Podría ir mejor —concedo, justo cuando una niña de la edad de Matilda, descalza, con un vestido de flores amarillas, se acerca a vender dulces. El capitán de meseros nos pide una disculpa y la escolta a la banqueta. Beatriz saca un billete de veinte pesos y le compra unos chicles—. Gracias, mi vida —le dice a la niña—. Déjala hacer su trabajo —le dice al capitán. La última vez que cenamos la noche acabó cuando un comensal insultó al mesero y ella se paró de la mesa y se enfrascó en una discusión con el agresor. Me dio tanta vergüenza que pagué la cuenta y salí a esperarla en el estacionamiento.

—Bueno —me dice, guardando los chicles en la bolsa—, sabíamos que iba a estar duro.

—Yo no sabía que iba a estar así de complicado.

—La próxima vez piensa dos veces antes de representar a la familia de un amigo.

No sé si está bromeando o es en serio. Sea cual sea la intención, su sugerencia tiene sentido. Le pido una disculpa.

—Traes cara de funeral —me dice, justo cuando aparece nuestro mesero con los primeros tiempos—. Mejor platiquemos de lo tuyo, antes de que te dé un aneurisma.

Me tomo lo que resta del tequila. Pido otro.

Mientras revisa sus notas y habla de lo que ha investigado, Beatriz se come una tostada. «Aquí está lo de Marea, el grupo que se apropió del predio donde está El Recinto», me dice, explicándome lo que descubrió su contacto en la Semarnat mientras mastica con la boca abierta. Me gustaría que fuera más educada y femenina, menos desgarbada y recia. Creo que solo la he visto de falda o vestido cuando me invitó a acompañarla a la boda de su hermano. Yo empezaba a salir con Alicia, quien no tardó en ver con recelo la cercanía de otra mujer. A lo largo de mi matrimonio tuve que frecuentar a Beatriz a escondidas, para desayunar o tomar café en algún lugar insulso como Vip's. Que las visitas estuvieran vetadas por mi esposa solo las hacía emocionantes, no como infidelidades sino como encuentros clandestinos en una novela de la Guerra Fría. Yo le doy asesoría legal, ella me cuenta qué está investigando.

Beatriz vuelve a revisar su cuaderno de notas, hablando de El Recinto, de Grupo Marea, de terrenos expropiados, manglares destruidos y comunidades despojadas de sus casas, cuando volteo a mi derecha y encuentro a Ricardo Alatorre, el único amigo de mi infancia en el DF al que volví a ver cuando regresé a vivir acá. Cursamos la carrera juntos, con un semestre de diferencia. Me pongo de pie de inmediato, como si Ricardo fuera un imán y yo el hombre de hojalata. Él me extiende la mano; quizás envalentonado por los tequilas, me le cuelgo en un abrazo. Me da un par de palmadas y me aparta. Tal vez mi efusividad lo tomó desprevenido.

Le pregunto si sigue trabajando en Garduño, Vizcaíno y Ortega, y si sigue con Viviana Quintero, con quien se casó saliendo de la carrera.

—Las dos cosas, sí —me contesta con las manos en las bolsas del pantalón, meciéndose sobre las plantas de sus mocasines, iguales a los que usa mi pasante. Ricardo tiene el rostro y el cuerpo de un hombre no tanto gordo sino ahíto. Su pelo, antes un desbarajuste rizado, ahora está firme en un molde corto y estricto. Creo que también se respingó la nariz, o por lo menos le limó el grosor que la caracterizaba. Tiene la cara de un maniquí, con la misma inexpresiva exactitud.

—¿Y tú, Ferrer? ¿Sigues en White?

—Estaba en Soto y Hagsater.

—Cierto, cierto. ¿Y ya te fuiste o qué?

—Sí, hermano. Me salí hace un rato. Ya me había hartado de defender millonarios, así que puse mi despacho.

—¿Ah, neta? ¿Con quién?

—Conmigo.

—Chingón —dice, sin entusiasmo. De niños, Ricardo vivía a media cuadra, en una casa menos grande que la mía. Su papá era abogado y tenía una colección de coches divinos en el garage, tapados con lonas de plástico. Nos divertía pretender manejarlos, soñando que algún día tendríamos coches como esos. En la carrera llevó un promedio pésimo, pero nunca necesitó esmerarse: apenas un año después de trabajar como pasante su familia le consiguió un puesto envidiable. A Luis le espera la misma fortuna.

—Te ves bien, Ricardo.

—Gracias.

—¿Hijos?

—Tres hombres. Nos salieron cuates los últimos dos. Unos *hooligans* de terror. Mi mujer quiere otro. Duro y dale con una niña.

—Yo tengo una niña. No te lo recomiendo.

Ricardo ve a la puerta. No para de mecerse sobre las plantas de los pies. «Chingón, Ferrer. Chingón.» ¿Cuánto dinero tendrá si piensa mantener a cuatro hijos? ¿Dónde vivirá? Me lo imagino en una mansión en Las Lomas, con un jardín verde y amplio como el que había en mi vieja casa. Árboles frutales, una alberca, camastros. Tres muchachas, dos choferes. Beatriz, a la que había olvidado, me devuelve a la realidad con un carraspeo.

Le pido una disculpa a Ricardo por no presentarle a mi acompañante.

Al ver que mi amigo no se acerca para darle un beso en el cachete ni darle la mano, ella tampoco se para de su asiento.

—Te presento a Ricardo Alatorre. Compañero mío de la universidad y extraordinario abogado.

—¿Qué tal? —responde Ricardo. Beatriz se presenta sin dar su apellido—. ¿Y qué, Ferrer? ¿Ahora estás llevando casos de ley agraria o cómo está la cosa?

—¿Lo dices por lo que estábamos platicando cuando llegaste? No, hermano, no. Nada de eso. Le estoy ayudando a ella con un reportaje. Seguro la has leído. Beatriz escribe mucho y bien sobre desarrollos inmobiliarios, prestanombres, expropiaciones.

—Qué bien.

—Sacó un reportaje en *Proceso* hace unos años, muy sonado, sobre un hotel en Acapulco, de un tal Alfonso Kuri, que rompió quién sabe cuántas normas de la Semarnat para poner un campo de golf. Ya sabes cómo son esos ricos. Siempre en el mismo caldo que los políticos.

—Chingón.

—Muy chingón, hermano. Justo estamos preparando otro reportaje sobre Cozumel y la Riviera. Resulta que pusieron un hotel ahí, enorme, típico del lavado de dinero. No sabemos cómo consiguieron el terreno, pero estamos seguros de que fue por debajo del agua.

—Órale.

—Una de esas adjudicaciones ilícitas, con prestanombres y concesiones irregulares, en la que seguro estuvieron involucrados presidentes municipales, empresarios y gobernadores. ¿Cómo ves?

—Chingón.

—Me estaba diciendo Beatriz que el hotelito ese también incumplió un montón de disposiciones de la Semarnat. Seis pisos en vez de tres y, además, encima de un manglar. Las clásicas marranadas. Está cabrón, ¿no?

Esperaría que Ricardo opine algo, lo que sea, después de todo lo que acabo de platicarle, pero solo musita «chingón» otra vez, dice que le dio gusto verme y luego se va, sin pedirme mi número. Cuando me vuelvo a sentar, Beatriz me mira de nuevo con la ceja arqueada. No sé si es capaz de verme con un gesto que no sea de perplejidad o burla.

—Chingón tu cuate, hermano —me dice, imitando el tono de voz que usan los burgueses.

—Es buen tipo.

—Sí, se ve. Tipazo. ¿Qué tenías que darle mi currículum? ¿Crees que me importa si alguien así no me conoce? ¿O más bien te importaba a ti que no me conociera?

—¿A mí? A mí me vale madre.

—Se nota. Por eso lo saludaste como si fuera el Papa.

Veo a Ricardo subirse a una camioneta, nuevecita y recién encerada como los coches que su papá coleccionaba en el garage. Sigo fantaseando sobre su vida, su esposa, su casa fuera del DF, lejos, muy lejos de este restaurante y esta conversación.

—Era de mis mejores amigos en la primaria —le digo, todavía con la mirada en la calle.

—Pues qué bueno que cambiaste de amigos.

—Ya estás como tus colegas izquierdosos. Uno puede ser rico y decente.

—Mi problema con tu cuate no es que sea rico sino maleducado. Mi problema contigo es que quieras impresionar a gente así.

—Lo que tú digas.

—¿Qué tenías que platicarle del reportaje? ¿Que sabes a quién conoce o con quién está metido?

—No va a decir nada.

—Me preocupa que tú vayas de bocón más bien.

Harto, levanto la mano para pedir la cuenta. Beatriz me pregunta si no quiero postre. Quedé de llegar por Matilda a las seis; Alicia y Christian van a salir de viaje.

—¿Adónde se la irá a llevar? ¿A *New York* de *shopping*?

—Creo que sí.

—Ay, *the Big Apple! Oh, my god! How nice!* —dice, con acento tosco.

—Viajan muchísimo. No sabía que vender seguros dejara tanto.

—Yo con tu ex no viajaba ni a la esquina. Qué flojera me da.

Llega la cuenta. Antes insistía en pagar, pero Beatriz detesta esos «gestos de macho mexicano», así que acepto su tarjeta y después pongo la mía.

—¿Crees que Luna esté metido en esto?

—Los negocios de Grupo Marea en Quintana Roo empezaron durante el gobierno de Luna. Si le rascamos seguro encontramos algo con su nombre. Son muy descuidados.

—Debería hablar con Bernardo para que platiques con él.

—¿Quieres convencer a un amigo tuyo que no quiere aparecer citado de que sea tu fuente?

—Yo digo que lo metamos a la olla de una vez.

Beatriz guarda su cuaderno de notas y toma su chamarra del respaldo de la silla.

—Te voy a pedir un favor, Martín.

—El que quieras.

—No dejes solo a mi tío. Lo digo en serio. Crecí con él, soy como su hija. Lo quiero mucho más de lo que te quiero a ti. Si me entero de que estás descuidando su caso para ir a Cozumel a hacerla de detective, te juro por mi madre que publico un artículo sobre un tal Martín Ferrer que mata cachorritos para divertirse. ¿Cómo la ves? ¿Chingón, hermano?

Creo que Beatriz menosprecia la importancia de mis contactos en Quintana Roo. Bernardo estaba demasiado jodido después de la muerte de Carlos; si le hablo en una semana quizá decida que no tiene problema en salir citado. Lleva trabajando en la presidencia municipal un buen rato. Estoy seguro de que sabe más de lo que me confió. No se lo dije a Beatriz, para no presionarla, pero también me da miedo que, conforme desaparezcan las noticias del huracán, la investigación pierda vigencia.

Estoy tan absorto en esto que el coche parece manejarse solo y, cuando me estaciono frente a casa de Alicia, al lado de su camioneta del año, no recuerdo a qué vine. Tocar el timbre me espabila. Matilda. Vengo por mi hija. Va a quedarse conmigo. No fui al súper ni hice su cama. Voy a tener que despertarme más temprano para hacerle de desayunar y llevarla a la escuela. Va a querer ver *La era del hielo* diez veces. Se va a aburrir, por supuesto. Va a llorar porque extraña su cama, su jardín, su comida, sus juguetes y a su mami. Me espera una sentencia de una semana. Ojalá tuviera dinero para contratar una muchacha.

Aunque Alicia tiene dos muchachas y una nana es ella la que me abre la puerta cuando llego: el único gesto de cordialidad que aún me concede. Trae un vestido corto, sandalias y el pelo recogido en una cola de caballo que brota de su cabeza como la corona de una piña. Se ve joven y guapa, como se veía cuando empezamos a ser pareja. Lo único que le falta para parecerse aún más a esa chica que llevé a Cozumel hace tantos años a conocer a mi familia es sonreír. Cada vez que me abre la puerta espero que me reciba una mujer menos atractiva que aquella que me pidió el divorcio. No sé si duerme en formol o si Christian es la mejor cogida de México: el hecho es que Alicia está mejor que nunca. Apenas la veo estiro el cuello y meto la barriga.

—Christian fue por Matilda a casa de Cynthia, una amiga de la escuela. Llegan máximo en media hora. ¿Quieres entrar?

Caminamos por el pasillo de techos altos rumbo a la cocina, pasando por una sala con una pantalla inmensa y otro cuarto, que Beatriz señala como «el estudio de Christian», con paredes tapizadas de muñequitos, bustos de superhéroes, cascos de la NFL, pósters de películas ochenteras de Steven Spielberg y otra televisión, conectada a no sé cuántos Nintendos. No parece un estudio sino el cuarto de juegos de un adolescente. La casona entera es el sueño mojado de un niñote con demasiado dinero: motos en el garage, mementos deportivos en las paredes y, en el jardín arbolado que veo a través de las ventanas, un trampolín y un castillo rosa, con el nombre de Matilda en el dintel. Alicia se detiene y me pregunta si quiero pasar a ver los juguetes.

—A Christian no le molesta —me dice—. Ahí en la repisa está su colección de monos de Star Wars.

—Pensé que te habías vuelto a casar, no que habías adoptado a un niño de diez años.

—Prefiero eso que al anciano de cuarenta que escucha Frank Sinatra.

—No solo escucho Sinatra. Tengo otros discos.

—Martín, tienes discos. *Discos*. ¿Ves por qué digo que eres un anciano?

Seguimos rumbo a la cocina, el único espacio de la casa donde no hay niñerías colgadas. Beatriz me sirve agua de jamaica y yo la pruebo, de pie, sin siquiera recargarme contra la pared. Quiero estar listo para irme apenas llegue Matilda.

—Siento mucho lo de Carlos —me dice, y yo me encojo de hombros—. ¿Lo conocí? Ya sabes que soy malísima para las caras.

—Fue a la boda de Emilia. Seguro te lo presenté.

—Igual lo hubiera conocido mejor si no hubieras insistido en irnos justo después de la cena.

—Discúlpame si no me emocionaba que mi única hermana se casara con un gringo naco.

Veo un pastel de merengue y chispas de arcoíris debajo de un recipiente de cristal. Me pongo nervioso. ¿Qué se me olvidó? Si la niña es capaz de vaciarme un tubo de dientes en el portafolio por un simple berrinche, qué me hará si se me olvida alguna idiotez como su graduación de preprimaria. Nació un cuatro de diciembre, de eso sí estoy completamente seguro. Creo.

—¿Fue cumpleaños de tu marido? —le pregunto a Alicia, señalando el pastel. Niega con la cabeza, pero no me dice por qué lo compró.

—Deja de morderte las uñas —me pide—. A Matilda se le antojó un pastel y Christian fue a comprárselo. Fin de la historia.

—¿Se le antojó y se lo dieron así nomás?

—Básicamente. Así funciona.

—La niña no debería estar comiendo porquerías entre semana. ¿Qué le das de desayuno? ¿Donas y café?

—Come mejor aquí que en tu casa.

—¿Tú qué sabes qué come conmigo? —Alicia deja que su silencio sea mi respuesta. Es asombrosa la rapidez con la que logra molestarme—. ¿Qué significa eso? ¿Se queja de que no le cocino? Le hago de desayunar, comer y cenar todos los días. Que no te esté inventando chingaderas. Tres comidas preparo. Mañana, tarde y noche.

—No te enojes —me dice, aunque esa sonrisita parece buscar exactamente lo contrario—. ¿Qué esperas si le preparas las mismas quesadillas diario?

—¡Ella me las pide!

—Te las pide porque piensa que no sabes hacer otra cosa.

—Ahora resulta que la niña quiere *nouvelle cuisine*. —Dejo el vaso, a medio tomar, junto al fregadero—. Óyeme bien. La están malacostumbrando. Le dan regalos por cualquier tontería, la consienten demasiado.

¿Sabes que a veces se enoja porque mi coche no tiene televisión? Tiene seis años, carajo. A los seis años yo dibujaba, platicaba con mis papás, leía.

—¿Leías a los seis años?

—El punto es que tienen que dejar de tratarla como princesa. No es sano para un niño vivir con tantas comodidades. Le va a costar trabajo relacionarse con el mundo cuando salga de su burbujita de niña rica.

Alicia se sienta a la mesa del desayunador y me invita a acompañarla. Afuera ya es de noche. No se escucha ninguno de los ruidos que invaden mi departamento. A duras penas se oye un auto pasar por la calle. Lo primero que te da el dinero es la posibilidad de alejarte de tu prójimo.

—¿Estás hablando de Matilda o de Martín?

—De ella, evidentemente.

—Pues me da gusto que menciones lo de la burbujita de niña rica, porque de eso quería hablar contigo.

Me recargo en la silla y cruzo los brazos. «¿Ahora qué hice?»

Alicia escoge sus palabras con cuidado. No le tiene miedo a mi temperamento, pero prefiere no lidiar conmigo cuando pierdo la paciencia. Me pidió el divorcio en esta misma mesa, un domingo mientras esperábamos que sus papás nos trajeran a Matilda para ir a comer.

—¿Para qué le dijiste a Matilda que no fuera a casa de Cynthia?

—¿De qué hablas?

—Me dijo que no quería ir hoy porque Cynthia y ella no eran iguales. Así me lo dijo. Tal cual: «Cynthia ya tendrá a alguien *como ella* que quiera ser su amiga».

No sé qué recordaba mejor: si lo que le había dicho en el carro o lo bien que se sentía darle un consejo a mi hija.

—No fue así. Le dije que no hiciera nada con lo que no se sintiera cómoda.

—¿Sabes quién es esta compañerita de Matilda? ¿Sabes que nadie quiere ir a sus fiestas porque vive en un departamento en Villa Olímpica? ¿Que las otras señoras le prohibieron a su mamá entrar al grupo de vocales?

—No tenía idea de nada de esto.

—¿Matilda en ningún momento te dijo que no le gusta estar en casa de Cynthia porque no tiene películas y porque no le gusta lo que sirven de comer?

Jalo la canasta de frutas que está al centro de la mesa y empiezo a magullar duraznos, más por ansiedad que otra cosa.

—Creo que algo me mencionó.

—¿Y no te parece que, si tanto te importa que tu hija no crezca con complejos de niña mimada, tal vez no deberías decirle que no hay problema si deja plantada a una compañerita que vive en un lugar humilde y que lleva invitándola a comer desde hace meses?

Se me acaban los argumentos para contraatacar. Es una pena: de veras los necesito. No voy a tolerar que Alicia sugiera que es mi culpa si Matilda se ha vuelto una niña odiosa.

—Algo le estarás inculcando tú, Alicia. Siempre fuiste prepotente con la gente de servicio.

—¿Cuándo en la vida he sido grosera con una sola-

—Déjame acabar. Siempre tuviste ese tono, típico de burguesitas como tú que en su vida han trabajado. Así era tu mamá, también. No la escuché dar las gracias

ni cuando habló con el cardiólogo después de que le hicieron el *bypass*. Y ni hablemos de tu papá. Pinche viejo trataba a mi familia como si ustedes fueran de la aristocracia y nosotros unos provincianos de quinta.

Alicia jala aire y entiesa el dedo índice, apuntando al techo. Habla casi sin abrir la boca, como un ventrílocuo.

—Primero que nada, tenle un mínimo de respeto al hombre que fue tu suegro y el abuelo de tu hija. Pinche viejo el tuyo. Y burro, además. Por lo menos mi papá no tiene que pedirme dinero prestado para comer.

—Hace años que no les doy un centavo, y lo sabes.

—Segundo: fíjate como eres tú el que está obsesionado con esas distinciones. Tú eres el que ve la vida en blancos y negros, porque así te lo enseñaron los pobres de tus papás: los jodidos de un lado y los pudientes de otro. Y eso le estás enseñando a Matilda. Eres tú. No yo.

—Estar casada con un adolescente te está dañando las neuronas. Si de veras crees que no existe esa división social, te invito a divorciarte, dejar de viajar por el mundo, vender tu camioneta de medio millón de pesos y mudarte a Neza.

—Debe ser cansado vivir de resentimientos como tú.

—Lo único que resiento es que me acuses de maleducar a mi hija. Tú no me vas a dar clases de ética.

Alicia está a punto de volver a hablar cuando la interrumpe el gruñido lejano del motor de la puerta. Debe ser el imbécil de Christian con mi hija. Vuelvo a poner el durazno en la canasta y, para sacar bandera blanca, cambio el tema. Le pregunto si consiguió el trabajo en el museo.

El motor se calla. La puerta se cierra con un golpe de metal contra piedra.

—No voy a poder trabajar, así que no fui a la cita.

Escucho a Matilda. Aunque me esté peleando con su madre, su vocecita siempre me hace sonreír, como si me hiciera cosquillas.

—¿Por qué no vas a poder trabajar?

Alicia se espera a que los pasos de Matilda se escuchen cerca, muy cerca, para decirme:

—Porque estoy embarazada.

Cuando Matilda entra a la cocina, Alicia me indica con un gesto que, por favor, no diga nada. Me agacho para que la niña me dé un beso en el cachete y Alicia la acompaña a hacer maleta. Solo cuando me quedo con el futuro papá entiendo: mi esposa, mi exesposa, va a tener un hijo con otro hombre. Ahí está el hijo de puta, parado frente a mí, con su atuendo de velerista, preguntándome qué tengo contemplado hacer con «Mati». En vez de responder lo felicito. Christian por lo menos tiene la decencia de sonrojarse. Trastabilla, se rasca la nuca, me asegura que están muy contentos, muy emocionados, mientras me responde cosas que no le pregunté: Alicia tiene apenas dos meses de embarazo, hasta ahora no ha tenido complicaciones y todavía no saben el sexo del bebé.

—Con Matilda también tuvo un buen embarazo —le digo, aunque francamente recuerdo muy poco de esos meses, salvo que apenas si estuve con ella porque el despacho me obligaba a trabajar hasta los fines de semana. Creo que solo la acompañé una vez al ginecólogo, un judío con aspecto de luchador: pelón, inmenso, de brazos hirsutos. Me decía papi y chula a Alicia. Pásale, chula. Siéntate, papi. Le encantaban los diminutivos. ¿Quieren oír el corazoncito de la niña? Miren sus manitas. Ponte la batita.

—*Cool* —me dice Christian, su pelo y su barba evidentemente recién podados en uno de esos *barbershops* que seguro cobran mil pesos por corte y afeitada. Se ve como un cuarentón que quiere aparentar veinte años menos—. A mí se me va la onda, así que está bueno saber que no nos esperan tantas chingas.

—¿Que se van a Nueva York?

—Así es. La Gran Manzana. Tengo boletos para ver a los Yankees —me dice, haciendo un cuerno con el meñique y el índice: la señal internacional del rock. No tengo nada que decir, así que Christian llena los silencios hablando más de lo necesario—. Está *cool* porque conseguimos un súper depa en el West Village por Airbnb a un precio buenazo. ¿Has usado Airbnb? No sabes qué buen *deal*. Lo usas una vez y neta no te vuelves a quedar en un hotel.

Matilda y Alicia aparecen antes de que Christian me explique cómo ahorrar dinero aunque, a juzgar por su casa y el tiempo que le dedica a sus pasatiempos, ahorrar le tiene sin cuidado. Alicia me pide que me lleve el pastel porque si no se va a echar a perder. Lo recojo y me siento víctima de una mala broma. Christian se despide de Matilda abrazándola, con mucho cariño. Yo rara vez la abrazo así. Quisiera separarlos y darle una patada al cabrón, pero ganan mis mejores instintos. Ni siquiera replico cuando le dice «cuídate mucho, Mati» y le planta un beso en la frente. Después les digo adiós a ambos, sin darles la mano. Tampoco vuelvo a felicitarlos. Como dice Alicia: no soy bueno mintiendo.

Acababa de llegar del futbol. Perdimos el partido en el último minuto, después de que el árbitro —cansado de que le reclamáramos tarjetas y lo intimidáramos a gritos— marcó un penal en contra cuando yo apenas rocé el talón del delantero del equipo contrario. El tiro pegó en el travesaño y entró: un cobro perfecto. Ni siquiera esperé el silbatazo final para abalanzarme contra el anotador. Interrumpí su festejo tacleándolo. Antes de que sus compañeros me separaran de él a jalones, alcancé a conectar un puñetazo precioso que le reventó la boca como si sus labios fueran una fruta. No sé cuántos contrincantes me pegaron antes de que mi equipo intercediera, como todos los domingos, para salvarme de ir al hospital. Cuando me inspeccioné en el espejo retrovisor, tenía una cortada en la frente. No era muy profunda pero no paraba de sangrar. Me quité la camiseta del equipo, que por fortuna era negra, y me la puse de turbante.

Fui directo a la cocina por cereal. Mis suegros se habían llevado a Matilda al club y Alicia se estaba bañando. No sé si seguía dándole vueltas al juego, si todavía estaba molesto por perder o por la falta que provocó el penal. El hecho es que se me olvidó quitarme la camisa de la cabeza y limpiarme la sangre que, luego me di cuenta, me manchó el pecho, el pelo y la cara. No sé qué sintió Alicia al salir del baño con la toalla anudada a la altura de los senos y encontrar a su marido comiendo *corn flakes* como si no estuviera ensangrentado hasta la cintura. Levanté la cuchara con la mano y le dije hola, mi amor, quitado de la pena.

—¿Qué carajos te pasó? —me preguntó, caminando hacia mí. Sonaba más harta que otra cosa.

Mientras le explicaba, ella daba vueltas del comedor al baño, en busca de gasas y curitas. Cuando regresó a quitarme el turbante y examinar la cortada, me echó una toalla junto al plato y me pidió que me fuera a lavar la cara porque no quería verme así.

—¿Ya te diste cuenta lo que estás comiendo? —Bajé la vista y vi que había goteado sangre sobre la leche del cereal, que ahora era rosa.

—Caray. Qué menso soy.

—No tienes que recoger. Vete a lavar la cara.

—¿No prefieres que-

—Vete a lavar la cara. ¿Qué va a pensar tu hija cuando llegue?

Después de fregarme la piel, la toalla quedó más marrón que blanca. Cuando regresé, Alicia examinó la herida, y con paciencia y cuidado me lavó, me puso una gasa y la adhirió a mi frente. «No te lavaste bien las orejas ni el cuello», dijo, y después mojó un trapo y me limpió con agua tibia. Me sentí procurado y querido y le rodeé la cintura con los brazos, pegando mi oído contra su vientre, donde escuché el sonido submarino de su corazón bombear, perdido allá dentro. Son bonitos esos abrazos que se alargan solos. Lo que empezó como un gesto de agradecimiento acabó en un silencio, de ojos cerrados, que pareció durar toda la tarde. Fue ahí, tan cerca de ella, que me pidió el divorcio.

Le inventé a Matilda que me había tropezado jugando futbol, frente a la mirada atónita de mis suegros. Fuimos a comer solo los tres, tal y como habíamos quedado. Alicia escogió el restaurante. El último domingo de mi matrimonio comí tacos de bistec. Matilda habló durante toda la comida. Mi esposa y yo apenas si abrimos la boca para pedirnos el salero.

El proceso probablemente tomó meses, pero lo recuerdo abrupto, como si hubiéramos firmado los papeles al lunes siguiente. Alicia y Matilda se mudaron y yo mantuve el departamento intacto. Quería que, al venir, mi hija se siguiera sintiendo en casa. Y esperaba que mi esposa se arrepintiera y, al volver, encontrara el lugar tal como lo había dejado.

Al poco tiempo de firmar el divorcio, un conocido del viejo despacho me confesó haber visto a Alicia en un restaurante japonés brindando con un hombre más joven que yo. Mi mamá —que tras oír la noticia tomó el primer vuelo para convencer a su nuera de que recapacitara— me dio a entender, tras tomarse un café con mi ex, que no había marcha atrás. Se me hace que ahí hay un novio, me dijo, rondando inquieta por el departamento, como un ratón que busca la salida de un laberinto. Mi divorcio la consternaba: desde que le di la noticia había vuelto a tomar ansiolíticos. Le preocupaba tanto cambio, de la seguridad del matrimonio y mi puesto en el despacho a la deriva del divorcio y mi nuevo trabajo. A mi papá más bien le afligía Matilda. Los niños a esa edad necesitan la presencia constante de sus dos padres, decía, como si yo no pensara en eso, acostado bocarriba en el que antes era mi lado de la cama, habitando un hogar mudo que antes resonaba con la voz de mi hija. Mis padres sufrían, pero mis suegros al parecer estaban encantados con el divorcio. No recibí ni una llamada de su parte, solo de su abogado, quien pactó conmigo los términos de la pensión alimenticia con los decibeles de una amenaza. Finalmente encontré a mi suegro mientras su chofer le abría la puerta trasera de su camioneta, frente a un edificio de oficinas en Santa Fe, yo saliendo y él rumbo a una junta, ambos con portafolio en mano. Eran las seis de la tarde, pero podrían haber sido las diez de la mañana: el cielo de la ciudad es tan opaco que es difícil leerlo. Estando con Alicia me irritaba que su padre quisiera arreglar nuestra vivienda, proponiendo renovar las duelas del piso, la tina del baño principal, la estufa y el refrigerador. Pero echaba de menos convivir con él y su familia: comer los domingos siempre en la mejor mesa, intercambiar opiniones sobre política, escucharlo hablar de sus viajes y empresas mientras tomábamos un vino que él había elegido. Me gustaba formar parte de ese estilo de vida, tan similar al que teníamos los Ferrer antes del naufragio. Lo saludé con una cordialidad que más adelante me resultaría indigna, mis mejillas calientes de nervios. Yo traía puesto el mismo traje negro que llevaba la última vez que lo vi, cuando acompañó a su hija a la oficina del notario, y me preocupó estúpidamente que él creyera que no me había cambiado de ropa desde el día en el que firmé el divorcio hasta esa tarde. La charla fue breve y agria. Ese mes no había podido pagar la pensión alimenticia y mi suegro apenas me estrechó la mano antes de lanzarse a la yugular. ¿Cuántas veces te dije que no renunciaras al despacho, Martín? ¿Cuántas veces te dije que un hombre no abandona un ingreso estable? El silogismo era transparente: si un hombre no abandona un ingreso estable y yo lo había hecho, entonces yo no era un hombre. Sí, señor. Discúlpeme. Tiene toda la razón, señor, le respondí, incapaz de sacudirme esa formalidad casi servil, aun cuando su hija ya tenía otra pareja; pareja que, más adelante comprobaría, no le hablaba de usted al «señor». Christian se dirige a mi exsuegro con la camaradería de un socio.

Por esas fechas, cuando era claro que Christian no sería un noviazgo pasajero, recrudeció mi obsesión por Luna Braun. A diario leía el periódico de principio a fin en busca de una nota, una pista, algo relacionado con él, desayunando con Beatriz para convencerla de que investigara al gran enemigo de mi familia. Nunca supe cuánto engordé porque una mañana tiré la báscula a la calle. Los demás objetos del departamento se quedaron donde Alicia los dejó: un diorama más que un hogar. Irma me sugirió ir a un grupo de ayuda mística en Coyoacán, para gente que ha sufrido traumas profundos. Beatriz me aconsejó buscar un terapeuta. Las llamadas de mis padres y mi hermana se volvieron una peste. Pero yo estaba orgulloso de que, si bien seguía enamorado de mi exesposa, el divorcio no me había partido en dos. Y, sin embargo, solo en la oquedad de ese departamento, me rondaba una premonición. La advierto desde niño, más anclada a mi carácter que a la mala fortuna. Un día el mundo te va a hacer trizas.

Salimos del estacionamiento hacia el *lobby*, ahí recojo la correspondencia y Matilda me platica que a un niño de su escuela le regalaron no sé qué juguete de cumpleaños, padrísimo y súper grande.

—Qué bien, Pulga, qué bien por él —le digo, en lo que reviso los sobres. Del otro lado del mostrador, debería haber un guardia las 24 horas, encuentro un fajo de volantes. Tomo uno y en el elevador lo leo:

TEO, TE ESTAMOS BUSCANDO,
TE EXTRAÑAMOS MUCHO!!!

$ RECOMPENSA $

Teo es macho, y tiene diez años y medio. No oye
ni ve muy bien!!! Pero es muy cariñoso!! Trae un collar
de tela morada y una placa de identificación
en forma de corazón!!

Se perdió en la colonia San Pedro de los Pinos
el sábado 30 de abril. Cualquier información favor
de comunicarse con la señora Betsy Marcos
al teléfono 55-98-90-03.

—¿Y eso qué es? —me pregunta Matilda, de puntitas para alcanzar a ver el volante, en el que aparece la foto de un perro, como un french poodle, acostado sobre una horrorosa alfombra de colores fucsia y amarillo, viendo a la cámara con esa mirada entre inocente y aburrida que tienen las mascotas.

—Es un perro, Pulga. Se perdió.

El elevador se detiene de golpe, sacudiéndonos. Como siempre, la sacudida pone nerviosa a Matilda, que en un reflejo me toma de la mano. Así caminamos por el pasillo, sus uñas clavadas en mi piel. La suelto para sacar las llaves.

—¿Y por qué se perdió? ¿Ya no quería estar en su casa?

—No creo que haya sido por eso.

Abro la puerta. La sala es un desastre. Se nota que me fui a Cozumel con prisa.

—¿Entonces por qué?

—Se les debe haber salido sin querer.

—Pero si el perro no quería irse, ¿por qué se salió?

Le quito la mochila y la llevo a su recámara.

—Porque así son los perros. Se salen si les abres la puerta, para investigar o por curiosidad, pero no porque quieran irse. No saben que se van a perder. ¿Me entiendes?

Matilda no parece satisfecha: el mundo pierde lustre cada vez que resuelve un misterio.

—Ojalá lo encuentren, ¿verdad? —me pregunta, mientras abre la mochila, saca los DVD de *La era del hielo* y los acomoda, uno por uno, en orden, en su librero.

—Espero que sí.

—Yo quiero un perro, Pape.

A esto respondo con la mejor respuesta que puede dar un padre:

—El próximo año.

Dejo a Matilda sola en lo que saca y acomoda su ropa y sus juguetes, y aprovecho para ir a su baño y guardar en mi clóset el *shampoo*, la pasta de dientes y cualquier otro líquido que ella pueda usar como arma. Después le pongo una película y me encierro en la recámara a leer un reportaje sobre expropiaciones en Quintana Roo. De cenar le preparo hot cakes. La niña tiene el descaro de decirme que «esas cosas» son para desayunar. Le explico que no va a pasar nada si cena hot cakes por un día. Me ve con un gesto aliciesco que es mitad reprobación y mitad no tienes remedio, Martín. Antes de dormir le leo una fábula, del mismo libro que mi papá me leía a mí. Se llama «La serpiente y el campesino».

Después de que el campesino salva a la serpiente y esta lo ataca, Matilda se tapa la cara con la cobija y me pregunta si el perro que está perdido me mordería si lo encontráramos.

—Uno nunca sabe. La moraleja es que hay que pensar muy bien antes de tomar una decisión.

—No entiendo —dice, acostándose de lado, lista para dormir. No sé por qué me molesto en leerle este libro. Para su cerebrito sobreestimulado, las fábulas son tan divertidas como jugar al balero. Le doy un beso en la cabeza, cuidando no rozar el mismo lugar donde Christian la besó, y apago la luz.

Antes de dormir recibo un correo de Arturo. Debería alegrarme y, sin embargo, apenas si puedo concentrarme en él. Años de hundirme en cámara lenta, y en una sola semana se muere mi mejor amigo de la adolescencia y se embaraza mi exesposa. Lo quiero tomar como una señal de que es hora de renovarme. Una parte de mí cree que lo mejor sería enfocarme en Arturo y lo que viene; la otra me pide saldar cuentas. Debería estar esperanzado de lo que ese correo implica, pero no dejo de pensar en Alicia y el rostro de su segundo hijo; en el perro del volante; en Matilda, de bebé, a la que olvidaba en el asiento del coche, en la cuna y en la cama, solo para percatarme de que la había extraviado cuando empezaba a berrear o cuando Alicia me preguntaba por ella. Recuerdo todo lo que sí he perdido. Cierro los ojos y solo consigo lograr que el sueño me venza cuando pienso en Óscar Luna Braun.

Julio

El senador está feliz. Hace un minuto andaba triste porque su mamacita, como él le dice, sigue muy mala y sin ganas de salir. Me preguntó si de veras le llevé el pastel correcto y luego entró un pasante con el periódico de hoy para enseñarle la columna de Catalino Barrientos. Con leer medio párrafo fue suficiente para que alzara el puño y lo bajara lentamente a la altura de los huevos, al ritmo de nos lo cogimos, Julito, nos lo cogimos. Se refiere a Juan Manuel Bravo Robles, también conocido como El Innombrable, Este Hijo de Puta, Este Malagradecido de Mierda. En la columna, Barrientos se retractó de sus elogios a Bravo Robles, a quien acusó de gastar millones en la última reunión en Puerto Vallarta, aprovechándose del dinero que él controla. Toda la información que Barrientos cita se la pasó Landa, con la investigación de Germán Espinoza, contador y miembro del equipo.

—Uy, qué delicia —dice el senador—. Pa' que la gente sepa que este hijo de puta no es ningún santo.

—Lo felicito.

—Gracias, Julito, gracias. La gente tiene que enterarse de las transas de estos cabrones. Uta, y espérate a que saquemos el resto. Se va a cagar, el pendejo.

Sé cuál es su tirada. No quiere hundir a Bravo Robles, porque eso no lo puede ni el *New York Times*, sino darle una calentadita. A ver si así nos quita el pinche candado de la caja fuerte de la bancada.

—Vente, Julito. Acompáñame. Tengo que hablar con Landa. —Con un golpe en las rodillas se levanta—. Nomás tráete mi café.

Salimos de la oficina, él casi trotando y yo atrás, con mi cuaderno en una mano y la taza en la otra, cuidando no tirar nada sobre la alfombra. Los pasantes agachan la cabeza al verlo y se detienen para no estorbarle el paso. El senador abre la puerta sin tocar. Landa está viendo un video en su laptop, cagado de risa. Nadie en la historia de la humanidad ha traído una corbata más fea que él, un vómito de estrellas blancas, verdes y rojas.

La silla parece disparar a Landa. El senador alza el periódico como si fuera el primer mexicano en levantar la Copa del Mundo.

—Ora sí se lució nuestro amigo Catalino.

—Le dije que iba a cooperar con nosotros, senador. Si es bien coyón. Nomás era cosa de darle un sustito y soltarle una miseria.

—¿Ya lo leíste? —pregunta el senador, mientras se acerca al escritorio de Landa. Él y yo nos saludamos levantando la cara y las cejas al mismo tiempo. Me acabo de manchar la camisa con café, carajo.

—El último párrafo es para enmarcarlo.

—¿Eso de despilfarrar en vez de legislar? —El senador se pone el periódico enfrente y lee en voz alta—. Los gastos de Bravo Robles poco tienen que ver con su labor como legislador. Un concierto de Emmanuel al aire libre. Recámaras de 800 dólares para cada miembro de su equipo. Y conferencias del orador de autoayuda Tony Robbins y Nick Vuj… Vuji… ¿Quién chingados es ese güey?

Me asomo para leer el nombre.

—Nick Vujicic, senador. Un tamalito sin brazos ni piernas que da pláticas motivacionales.

—Ah, órale. —El senador está a punto de volver a leer, pero lo asalta la duda—. ¿No tiene manos?

—Creo que no. El tronco y ya.

—¿Ni pies? ¿Cómo carajos se para, entonces?

—Me parece que pies sí tiene, senador. No completos, nomás. Como garritas.

—Pinche Bravo Robles. Qué raro es. —El senador pone la vista en el periódico y de nuevo lee—. … y Nick Vujicic. En eso se gastan nuestro dinero los supuestos miembros del nuevo PRI. Si así es la nueva ola, me quedo con la vieja.

—Le dije que Barrientos era buena inversión.

—Hasta poeta nos salió.

Mónica, la secretaria del senador, quizás la única mujer del equipo a la que no nos hemos intentado coger, se asoma por la puerta. Tiene *look* de ama de casa cincuentona, de esas que viven orgullosas de su receta para jamón virginia, pero en el fondo, o ni tan en el fondo, es una cabrona que feliz de la vida mandaría castrar a los enemigos del senador. Trabaja para él desde la prehistoria, tal vez antes del sexenio de Zedillo. Llega en camión y metro a la oficina, pero tiene una casa por Satélite con cuatro cuartos y alberca techada, o eso dice Landa. Todavía me acuerdo con terror cómo me regañaba por cualquier tontería cuando entré aquí. Ahora no diría que somos cuates. Nomás evitamos pisarnos los talones.

—Senador, tiene una llamada.

El senador todavía se está riendo con Landa.

—Que dejen recado.

—Es de Presidencia.

El senador deja el periódico sobre el escritorio y le pide a Landa que lo enmarque, no sé si de broma. Luego sale y yo voy tras él, con el cuaderno en la mano y el café en la otra. De todo lo que se me ha caído al piso, la taza ya está a la mitad. Me dejó de quemar hace rato. Ya hasta tibio ha de estar.

El senador se sienta detrás de su escritorio, me señala la silla donde quiere que me ponga, luego la puerta para que la cierre y después la esquina del escritorio donde debo dejarle el café. Mónica transfiere la llamada. Mientras el presidente le explica por qué le habló, aunque no se necesita ser un genio para saber que algo tiene que ver el artículo de Barrientos, el senador prueba su café, pone cara de asco y me pide, con gestos, que le traiga uno nuevo. Le devuelvo la taza a Mónica y ella corre a llenarla. Cuando regreso, el presidente no ha dejado de hablar. De tanto en tanto el senador dice mmm o ajá, claro o por supuesto.

—Entiendo perfectamente, señor presidente. ¿Qué le digo? Aquí estamos igual de indignados —el senador me voltea a ver y, con su mano hecha un puño, finge hacerse una chaqueta—. Lo que le puedo decir es que, como usted bien sabe, conozco al senador Bravo Robles desde hace muchísimo tiempo y siempre lo he considerado un servidor público intachable.

Entra Mónica con el café. El senador tapa el micrófono del teléfono. «Leche, carajo. Ya sabes que tengo gastritis», le dice a su secretaria. Luego, al teléfono, «por supuesto, presidente. No, no sabría decirle si se llevaron a cabo esos gastos porque desgraciadamente no pude acudir a aquella reunión». Luego vuelve a tapar el teléfono y, en busca de un pretexto, me pregunta qué hicimos el verano pasado. Le contesto que el propio presidente nos pidió revisar una enmienda a una propuesta de legislación educativa, aunque durante la reunión en Puerto Vallarta Landa y yo estábamos en Tulum y él en Vail. El senador me levanta el pulgar.

—Exactamente, señor presidente. Trabajando día y noche en eso que nos pidió revisar. Me llegaron rumores de las fiestas allá en Puerto Vallarta, sí. Rumores, solamente. Pero ya sabe cómo somos a veces de canijos y gastalones. —El senador me guiña el ojo—. Dudo que eso haya sido culpa de Bravo Robles.

Silencio. Más mmms y ajás. El senador le da vueltas al café con la cuchara.

—Quizás alguien contrató a Emmanuel por fuera, señor presidente. Así es. Sí. Por supuesto. A mí también me gustan sus canciones.

El senador imita una pistola con la mano y se apunta en la sien.

—Seguro es culpa de otro miembro del senado, señor presidente. Alguien echándole un buscapiés a Bravo Robles a través de este periodista Barros, o como se llame. Así son algunos políticos, como caballos de ajedrez, mordiendo de lado.

Llega Mónica. El senador aleja el teléfono del oído para indicarle cuánta leche y azúcar necesita. Por un momento deja de escuchar al presidente. Yo todavía oigo su voz en el auricular, muy aguda, como la de las ardillas esas de la caricatura.

—Sí, yo también me acuerdo de ver a Bravo Robles en esa boda. Que sea impertinente no significa que sea ladrón. Si le dijo esa barbaridad habrá sido porque estaba borracho. A usted todos en el Senado lo admiramos mucho, presidente.

El senador prueba su café. Ahora sí le gustó.

—Quizás no se lo dijo así, presidente. Usted acuérdese que la memoria es femenina y, por lo tanto, miente.

Risas. Muchas risas.

—Siempre a sus órdenes, presidente.

El senador cuelga. Tiene la cara de satisfacción que pone la gente después de echarse su postre preferido.

—Senador, antes de que hablemos de lo mío, le sugiero que hagamos una cita para que coma mañana con Luis Mora, de *El Universal*.

El senador revisa su celular.

—¿Para qué quieres que me junte con ese enano?

—Lo que quiero es que lo vean hablando, al día siguiente de que el presidente le llamó por la nota de Barrientos, con un columnista de la competencia, como si fueran muy amigos.

—No quiero que el pendejo de Bravo Robles piense que salí a defenderlo.

—No va a pensar eso. Nomás hay que asegurarnos de que lo vea la gente cercana al presidente. Si quiere averiguo dónde va a comer alguien del gabinete.

El senador sonríe. Tiene dentadura postiza. Se la acaban de poner este año. Todavía no me acostumbro a ver su sonrisa derecha en vez de esos dientes chuecos, chiquitos y manchados que tenía.

—Me gusta, Julito. Me gusta. ¿Y qué? ¿De qué hablo con él? —El senador aprieta el interruptor para comunicarse con su secretaria—. Moni, ahorita que acabemos sáqueme una cita para comer con Luis Mora. Julito le va a decir dónde, ¿ok?

La respuesta de Mónica se escucha más nítida desde afuera de la puerta que a través de la máquina.

—Claro que sí, senador. ¿Entonces le cancelo la comida con los padres de la guardería?

—Dígales que los veo para cenar.

—Se van mañana del DF, ¿no prefiere-

—Dígales.

—Con mucho gusto, senador.

Saco mi libreta. Anoto lo que tendré que hacer apenas salga de esta junta y, por fin, me atreva a hablar con el senador de mis temas.

—Si quiere hoy mismo pongo a un par de pasantes a leer las columnas de Mora. Le paso unas notas. Usted nomás invéntele que está interesado en algo que escribió. Lo felicita por su trabajo, y punto.

—Perfecto. Bien pensado.

El senador le da la vuelta a su escritorio, me da unas palmaditas en el muslo y se sienta junto a mí. Otra vez trae ese traje gris, con los tres botones abotonados. En una de esas tiene ese mismo traje repetido no sé cuántas veces y simplemente le vale madre qué se ponga para venir a trabajar.

—Ahora, Julito, vamos a otros temas importantes.
Eso básicamente significa que este es el momento de hablar de un cambio de puesto.

—Gracias, senador. No le quito mucho tiempo. Antes que nada, le agradezco.

—¿Ya conseguiste lo que te pedí para la boda? O quizás no.

—Me dijo que quería que consiguiera champaña, ¿cierto? —Esta vez saco mi agenda del portafolio. Busco la cotización que hice ayer—. ¿Quiere que le diga más o menos cuánto cuesta para una boda de 800 invitados?

El senador me ve con la frente arrugada. ¿En qué la cagué?

—Son más invitados, ¿verdad? Es eso. Discúlpeme, senador. ¿Quiere que le cotice para 900? ¿O mil? ¿Son mil invitados?

—Julito…
Ya me cargó la chingada.

—¿Quiere que compre la champaña en otro lado?

—¿Te pedí que la compraras o que la consiguieras?

—Que la consiguiera.
El senador toca el interfón de nuevo.

—Moni, comuníqueme con quien chingados sea el representante de Moët & Chandon en México.

—Inmediatamente, senador.
Pasan varios, larguísimos minutos en lo que escuchamos a Mónica hacer una llamada por aquí y otra por allá. Para demostrarme a qué grado le hice perder el tiempo, el senador golpetea la alfombra con la suela del zapato. No me ve a los ojos, no checa su celular.

Un par de veces revisa la hora en su reloj, un Patek Philippe Calatrava, con piel de cocodrilo, que se regaló a sí mismo en su santo. Debe costar 15 mil dólares.

Mónica se comunica por el interfón.

—El licenciado Rubén Zendejas en la línea.

El senador acerca el teléfono a nosotros y, en vez de levantar el auricular, pone la llamada en altavoz para que yo también la escuche.

—Buenos días, Rubén. ¿Cómo está? Habla el senador Óscar Luna Braun.

La voz de Zendejas es pura angustia.

—Senador, mucho gusto. Encantado. Rubén Zendejas. Para servirle.

—Gracias, Rubén, gracias. Oiga, fíjese que mi chiquita se casa en unos meses… —el senador me voltea a ver para que le dé la fecha y yo levanto dos dedos con la mano izquierda y cuatro con la derecha—. El sábado 24 de noviembre, para ser exacto. Y pues le estamos armando una fiesta en grande. Tirando la casa por la ventana, pues. Quería ver si-

—¿No quiere que le mandemos unas botellas?

El senador me mira con cara de ¿ves que no era nada difícil, pendejo?

—¿Qué me ofrece, Rubén?

—Pues, mire, ahorita nos acaba de llegar la nueva Néctar Imperial. Muy frutal. Poca acidez. Hasta tropical, diría yo. Si prefiere algo más clásico, le ofrezco lo de siempre, la clásica o la Rosé. ¿La boda es en la playa?

—Es en mi rancho. Por San Miguel de Allende. Necesitaríamos unas, ¿qué? ¿Cien botellas?

Yo le digo que sí con la cabeza. El senador repite la cantidad. Zendejas guarda silencio. Hace cuentas.

—Le mando 100 de la clásica, 20 del Rosé y otras 10 de la Néctar Imperial, nomás para que vea qué delicia. ¿Cómo ve?

—Lo veo muy bien. Ahora se comunica mi secretaria con usted para darle los detalles. Acá estamos.

—Encantado, senador. Un placer. Muy amable. Para servirle.

El senador cuelga. Me siento novato e incompetente. Le pido una disculpa.

—Nomás asegúrate de que nos mande las ciento treinta que prometió.

Anoto la cifra.

—Por cierto. Ya nos mandó la lana el imbécil de Caballero. Úsalo para comprarle algo a Roberta de mi parte. Algo chingón. Si sobra algo te lo quedas por cerrar el trato.

Que desborde tanta generosidad significa que ya se quedó con la mitad.

El senador toma una libreta que siempre tiene al lado de su foto con Colosio. Trago saliva y le pregunto si tiene un instante. Le pide a Mónica la hora de su siguiente cita y luego me da quince minutos.

Empiezo dándole las gracias por todo lo que ha hecho por mí. Tras casi diez años de trabajo ininterrumpido, tengo ganas de hacer algo nuevo, no porque me aburra estar aquí, sino porque tengo mis propias aspiraciones, como ya le he dicho antes. Le aseguro que siempre le seré leal. Meto esa palabra en cada oración. También hablo de gratitud y hasta de cariño. Me aviento a decirle lo que muy probablemente sabe pero nunca ha escuchado. Que ha sido como un padre para mí. El senador sonríe y mueve la cabeza de arriba abajo, como diciendo yo sé, Julio, yo sé que eso he sido para ti. Le digo que quiero poner en alto su nombre y seguir trabajando para México, que tanto nos necesita.

—Ayúdeme a conseguir algo en una secretaría. O a irme perfilando en el senado. Lo que usted considere conveniente.

El senador contesta a renglón seguido.

—Julito querido, por supuesto. De aquí te nos vas adonde tú quieras. De eso yo me encargo. Te lo juro por mis hijos, ¿está bien?

—No se va a arrepentir. Se lo prometo.

—Solo te voy a pedir un favor.

—Lo que necesite.

—Vete a cenar con Landa hoy para que te cuente. Creo que tenemos una bronca ahí en Quintana Roo, con algunas propiedades. Él te lo va a explicar con calma.

Casi nunca saludo al senador de mano, muy rara vez lo toco, pero ahora siento que nuestra plática lo amerita. Me aprieta con enjundia, viéndome a los ojos.

—Hazme el paro con esto y avanzamos con tu cambio de puesto. Ahora déjame, que tengo una cita con este cabrón de la radio.

Antes de irme me pide que le sirva otro café.

Me hubiera gustado saber que vete a cenar con Landa significaba vete a cenar con Landa, con Espinoza y con los pasantes. Ese es el pedo de tener un chat de Whatsapp de la oficina, donde si invitas a uno tienes que invitar a todos. Venimos a Au Pied de Cochon porque nadie quiso venir ayer y Landa se quedó con ganas de unos ostiones. Lo único bueno es que me deja encargarme de los vinos. Pido un Cheval Blanc 02 para él y para mí, y tres botellas de Chateau Dauzac para el resto de la mesa. Y no solo porque estamos en periodo de austeridad cortesía de Bravo Robles. No pienso compartir un tinto de diez mil pesos con cuatro nacos que no saben distinguir entre un jugo de uva y un cabernet. Que se den de gracias que les pedí botellitas decentes y no chingaderas como las que toma Marina.

—Por el Negro —dice Landa, que no ha dejado de agradecerme por haber arreglado el pedo de Cancún—. Ojalá ahora que tiene más tiempo se meta al *gym* para bajar la lonja.

—Sí, ¿verdad? Ya es hora de verme presentable.

Landa se acaba su copa de un tirón. De haber sabido que no la iba a disfrutar le pedía lo mismo que a los pasantes.

—Ahora a empacarle, putos. No se limiten. Los estamos invitando.

Landa está sentado en la cabecera. De su lado izquierdo estoy yo y del derecho está Espinoza, que trabaja con el senador desde antes que Landa, llevando los números y las finanzas. Nunca quita esa cara, como si trajera mojados los calcetines. En el trabajo nos burlamos de él porque cuando habla por teléfono con diputados y senadores se despide dando su nombre completo. Guillermo Espinoza, para servirle. Guillermo Espinoza, un placer. A diferencia de nuestras oficinas, la suya está decorada con fotos de su familia y alebrijes de barro que sus hijos hicieron en clase de cerámica. Su fondo de pantalla es una foto de la puerca de su esposa y él en la playa. Maneja un mal aliento tan hijo de puta que hay que jalar aire antes de entrar a verlo. Tal vez por eso abre la boca una vez al año.

Aprovecho que Espinoza está ocupado embarrando mantequilla en un croissant para ver qué me tiene que pedir Landa.

—No seas mierda. Dame chance de tragar a gusto. Es el único momento que tengo en la semana entre ir a la oficina y atender a mi vieja y a mis putos hijos.

Los pasantes son precavidos cuando estamos en el trabajo, pero salir y beber agita su curiosidad y, después de unas botellas, unos ostiones y unas rayas, nos empiezan a preguntar si conocemos a Salinas, si nos hemos cogido a una pasante que se llama Alejandra y cuánto dinero ganamos. Dejo que Landa responda porque no me gusta sentirme entrevistado. Quieren saber cómo era nuestro famoso expresidente como si Salinas fuera Zeus y nosotros los mortales que alguna vez lo vieron. ¿Y qué?, pregunta uno, ¿te dijo si él mandó matar a Colosio? ¿Qué tanto dinero tiene? ¿Tú crees que sigue controlando la política en el país? Pido un Vega Sicilia y vuelvo a dejar que Landa conteste, todo énfasis y desvíos cocainómanos. Dice que Salinas es un CHINGÓN y un GENIO, pero no da detalles. Dice que es un CABRÓN y un ASTUTO, sin dar ejemplos de picardía o colmillo. Los pasantes reaccionan fascinados. Muchos órales, no mames, de veras. ¿Cómo hablarán de mí estos mismos güeyes en unos años?

Ya envalentonado por tantas visitas al baño, el pasante que más rápido ha aprendido a copiarnos la ropa y la forma de hablar nos pregunta si hemos mandado matar a alguien.

Obvio que Landa nunca va a hablar de eso. Saca su iPhone dizque para contestar un mensaje. Espinoza bosteza. Me toca bajar ese balón.

—No mames. Por supuesto que no.

Los pasantes se miran entre sí. ¿Qué veo en sus caras? Creo que desilusión. O tal vez ya estoy medio borracho. Pido una botella de Perrier.

—¿De plano? ¿Agua pa' bajarte el cuete? —me pregunta Landa. Cuete en vez de peda. Fastidiar en vez de joder. Guisar en vez de cocinar. Artistas en vez de actores. Landa es un naco hecho y derecho.

Sin comida enfrente, al líder de los pasantes se le mete entre ceja y ceja que quiere pedirle el teléfono a una güerita, muy flaca, que está sentada en la mesa de al lado, acompañada de un escuincle de su edad. Al novio se le ve inquieto. Sabe que por más incómodo que sea tener a unos tipos viendo a tu vieja, siete personas le pueden romper su madre a una. Su solución es pedir una mesa dentro. Ándenle, les dice Landa a los pasantes. Vayan a sacarle el número. Dos de ellos obedecen. Por las puertas de cristal que separan la terraza del interior del restaurante vemos cómo el novio no sabe qué hacer, intenta actuar de manera amable y, cuando uno de los pasantes pone la mano sobre el cuello de su vieja, él se pone de pie y se arman los empujones. No oímos nada. Landa sigue el altercado muy atento. Espinoza, mientras tanto, deja su tarjeta de crédito sobre la cuenta.

Después de que el capitán de meseros habla con ellos, los pasantes regresan molestos a la mesa.

—Que dice el capi que por favor dejemos de molestar a la pareja.

Landa levanta la mano y empieza a tronar los dedos. Viene un mesero. Mi colega le pide que vaya a traer al capitán. Y ahí viene, con las manos a la altura del corazón, listo para pedir una disculpa antes de que se la exijamos. Con un movimiento del dedo índice, Landa le pide al capi que se acerque. Parece que le va a decir un secreto, pero habla en voz alta.

—A ver. Óyeme bien. No venimos a pagar cuentas de cuarenta mil pesos para que nos digas qué podemos y qué no podemos hacer.

—Sí, señor.

—Ahora pídeme perdón.

—Perdón, señor.

—Ahora pídele perdón a mi amigo Miguel.

—Perdón, señor Miguel.

—Ahora pídele perdón a la mesa por no tratarnos con la amabilidad que merecemos.

—Perdón por no tratarlos con la amabilidad que merecen.

—Y pídenos perdón por ser un pinche gato.

El capitán se muerde el labio. Espero, por su bien, que diga lo que Landa le pidió que repitiera.

—Perdón por ser un pinche gato.

—Muy bien. Ahora te me vas a la cava y me traes tres botellas como esta última que pidió mi socio. Si me traes una menos me encargo de que mañana estés vendiendo mangos afuera del metro y comiendo puro arroz y frijoles, como el resto de tu familia. ¿Me entendiste?

—Sí, señor. Por supuesto. Muy amable. Se lo agradezco.

Landa le da las botellas a su chofer y salimos del restaurante rumbo a La 20. Damos la vuelta en la esquina y caminamos junto al parque. Espinoza ya se fue. Landa usa la llave de su casa para darse un pase tras otro.

De repente, Miguel señala algo del otro lado y vemos a la güerita subirse al asiento del copiloto de un Jetta. Su novio le abre la puerta.

—¿Y si nos lo madreamos? —sugiere un pasante.

—Ni que fuéramos bárbaros —contesta Landa.

—Ándale. Ahí están. Le damos al pendejo ese y después nos cogemos a su perrita.

—Ustedes todavía no entienden que las viejas son mejores en teoría.

En la cantina, Landa pide más coca, le habla a sus putas favoritas y picha una ronda de *gin and tonics*. Antes de irme me jala del brazo y me lleva a una esquina del lugar. Me habla enojado o caliente o las dos cosas. Jadea, entiesa la quijada, escupe en el suelo.

—Recibí un pitazo de la Semarnat —me dice—. Una periodista de mierda anda de metiche. Ya sabes. La que sacó lo de Kuri en Acapulco.

—Esa perra. Cómo jode.

—Ahora anda husmeando ahí para ver qué encuentra sobre los hoteles en la Riviera.

—Pinche *hippie*. ¿Y qué chingados quieres que haga?

Landa eructa ostiones y vino, y luego sopla para esparcir la nube.

—Que deje de husmear, Negro. ¿Pus qué más?

SEGUNDA PARTE

Estimado Arturo,

Espero me disculpes por no haberte escrito con anterioridad. Entenderás que en estas situaciones uno debe irse con cuidado, puesto que los datos que te proporcioné podrían dañarme tanto personal como laboralmente. Te comento que después de pensarlo considero que sí estoy dispuesto a ayudarte con mi declaración y en lo demás que sea posible. Efectivamente creo poder presentar pruebas sobre este caso y desde luego en relación con el licenciado Camposeco en particular. Al menos podría declarar que la información presentada en tu artículo está bien documentada y entregar todo lo correspondiente a este asunto, que te anexo nuevamente.

Tienes razón al decirme que es nuestro deber como ciudadanos apoyarnos con la finalidad de detener la corrupción actual. Sabes bien que fue por eso mismo que no tuve inconveniente en ayudarte para el reportaje. ¿Sabes de casualidad si el licenciado Camposeco podría llegar a enterarse de mi declaración? Espero tu pronta respuesta.

Dile de favor al licenciado Ferrer que se comunique conmigo en cuanto pueda para conversar.

Sin más, quedo atento de tus comentarios.

Saludos cordiales,

Víctor Sosa

163

Julio

El viejo era sastre. El papá del viejo también era sastre. Tengo entendido que el papá del abuelo del viejo también era sastre. Vengo, pues, de una larga línea de mediocres.

El viejo tiene su sastrería en la calle de Atenas. Antes estaba a dos cuadras de ahí, en General Prim. Antes de eso, cuando el abuelo aún vivía, también trabajaba en Atenas. Para él, cualquier mudanza que implique un flete es un cambio tan cabrón como volverse una persona refinada. Ante todo la constancia. Sus sastrerías siempre han sido igualitas. Un cuarto de paredes blancas, una mesa de caoba madreada para extender las telas y un biombo en vez de probador. De chico pensaba que nadie respetable entraría a hacerse camisas o remendar sus trajes en edificios apenas verticales, a los que un sismo algún día derrumbará. De día, Atenas es la típica calle mugrosa de la Ciudad de México, la arquitectura setentera apenas modernizada por Seven Elevens y escuadrones de abogados que trabajan sobre Reforma. De noche más bien parece set de película de zombis. Las pocas veces que he recogido al viejo después de las siete, me topo con barrenderos, ancianos que piden limosna y pandillas de putitos que me barren con la mirada cuando estaciono mi Mercedes. En teoría, insisto, nadie respetable vendría aquí. Pero a los mexicanos nos gusta la tradición y, tradicionalmente, Julio Rangel, sastre y camisero, es sastre y camisero de empresarios y políticos.

El viejo nunca se pone su ropa, prefiriendo vivir disfrazado de académico de universidad pública. Para las camisas que vende, eso sí, compra sedas italianas y algodones egipcios. Alcides Nieto, delegado de Morena, desgraciadamente adivinó que soy hijo de ese sastre que también tiene mi nombre y apellido. Me dijo que el viejo es confiable. Esa fue la palabra que usó. Cualquiera diría que estaba recomendando a un proctólogo. Para gente como yo, supongo, un traje bien cortado es tan importante como una cirugía.

El hecho es que el viejo conserva su clientela, a quienes trata como si les debiera un favor. Por algo mi mamá nunca pisó la sastrería. A mí tampoco me gustaba verlo hincado a los pies de un bigotón con reloj de oro, arreglando el dobladillo. Si no lo encontraba ahí entonces estaba sobre un banco, frente a la mesa, con su block amarillo, llevando el balance diario. Guardaba los cheques en una cajita de metal y la propina en la bolsa de la camisa. Una vez lo vi persignarse después de recibir un fajo de billetes.

El abuelo estaba orgulloso del oficio familiar. Me enseñó a lavarme las manos en un fregadero de cerámica que siempre usaba antes de atender a un cliente. También me regalaba paletas y chocolates, así que lo culpo por la barriga de mi niñez. Decía tonterías del tipo «nunca dejes que tus preocupaciones pasen del ojal» para hacernos recordar de qué trabajaba.

Mi papá nunca habló de su chamba fuera de la sastrería. Cuando íbamos a comprar ropa se fijaba antes en el precio que en la pinta de los zapatos, los pantalones y las camisetas. La única vez que quiso enseñarme cómo arreglar un traje, mi mamá le pidió que no me metiera ideas en la cabeza. Si me preguntaban en la escuela por el trabajo de mi papá, decía que tenía una tienda de ropa. No era una total mentira, aunque seguramente al Ermenegildo Zegna de Masaryk los vagabundos no entraban para taparse de la lluvia como en la sastrería.

El día que iba a entrar a trabajar con el senador, el viejo me regaló tres camisas hechas con su mejor tela. En el pecho llevaban bordadas nuestras iniciales. Estaban bonitas, pero nunca me las puse.

Aunque ir a su casa no me gusta, cuando voy siempre abro la puerta de la que era mi recámara. Así sean las tres de la tarde tengo que prender la lámpara para ver la pared. En el librero hay una medalla por participar en un torneo de futbol y mis cuadernos y libros de derecho. Colgados están mis diplomas de prepa y universidad, en los que todavía me veo como el hijo de Carmen y Julio, un pendejo de traje de descuento y corbata ancha, con el pelo para atrás y las patillas chuecas.

Vine para llevarlo al hospital, el único lugar al que quiere que lo acompañe. Supongo que prefiere no recibir malas noticias si está solo. Malas noticias que nunca recibe. Con su cuerpo desnutrido y joroba de gancho, el viejo se ve acabado, pero tiene la salud de un roble. No me acuerdo de la última vez que se enfermó. El abuelo murió a los 96. Me frustra pensar que voy a tener que acompañarlo a que le chequen la próstata por otros treinta años.

—¿Qué tanto haces, eh? —me pregunta.

Apago la lámpara y salgo.

—¿Ya estás listo o me voy por otro café?

—Discúlpame por hacerte esperar un ratito en tu casa.

Quiero contestarle que esta no es mi casa, pero mejor agarro el saco y las llaves del coche.

—Qué buena vida te das —dice cuando ve mi carro.

—Si no te gusta, para la próxima pides un taxi.

Vamos por el segundo piso del Periférico rumbo al hospital de quinta donde insiste en tratarse, a pesar de que le he ofrecido pagar un urólogo respetable. Hay poco tráfico, pero la ciudad está tan contaminada que apenas puedo ver los espectaculares alrededor de la avenida. El viejo va con los brazos cruzados y las rodillas recogidas, cuidando no tocar nada dentro del coche. No tiene miedo de ensuciarlo, sino de que el lujo lo ensucie a él. Le pregunto si está bien la temperatura del asiento. Me dice que lo único que quiere es llegar vivo y luego se lanza a preguntarme por la política y el país, aunque ya sabe que realmente no le voy a contestar nada. ¿Qué tienen planeado hacer con los maestros? ¿Van a tirar la Reforma Educativa? ¿Cómo piensan arreglar la situación en Oaxaca? ¿Qué dice el presidente de lo que pasa en Veracruz? No sé mucho de eso, pa. En eso estamos, pa. No tengo idea de qué van a hacer en Oaxaca. El senador nunca habla con el presidente, pa.

—No te importa tu país, ¿o qué? —me pregunta.

Le doy un trago a mi café. Ya está frío.

—Ustedes de veras creen que tomar café de Starbucks les da estatus social.

—StarbOcks, no StarbUcks.

—Consume producto mexicano, Julio.

—Es café de Chiapas, según el barista.

—¿Según quién?

—El mesero.

—Qué va a ser de Chiapas.

—No creo que nadie invente que algo viene de Chiapas nada más por inventar.

—Es mejor el de Veracruz. En San Andrés nos hacían uno sabrosísimo.

Frente a nosotros corre un perro blanco, pegado a la barda amarilla que delimita la calle, a centímetros de que lo arrollen.

—Qué gente —dice el viejo—. Es la tercera vez que me encuentro un pobre perro acá arriba. ¿Sabes que suben a tirarlos cuando ya no los quieren? Sale más barato dejarlos para que los atropellen que llevarlos al veterinario.

—Pues la próxima vez que veas un perro llévatelo a tu casa.

—Soy alérgico.

—Entonces llévalo a una perrera y ya.

—Ahí sufren más. ¿No has leído cómo los tienen encerrados de a cinco por jaula? Se acaban matando entre sí.

Rebaso al animal y doy la vuelta hacia Río Becerra. En el portavasos, mi teléfono vibra y vuelve a vibrar. Cuando el tráfico nos detiene le echo un ojo a la pantalla. Landa no ha parado de escribirme desde que salimos.

—Vas a chocar, hombre. Ahorita llegamos al hospital y revisas tu celular.

—Dame un instante.

—Luego por qué hay tanto accidente de tránsito.

Tener el teléfono en la mano ayuda a que el viejo se calle, así que no lo suelto hasta que me estaciono frente a una miscelánea con nombre de mujer. Un vieneviene que debe pesar 300 kilos, sentado sobre una cubeta, me dice que él me cuida el coche. Pero lo va a rayar, estoy casi seguro. Ese es el pedo de venir a un lugar que no tiene *valet parking* ni estacionamiento.

—Dile que sí. No le va a pasar nada a tu carro.

—Ahí se lo encargo, jefe —le digo, y vamos rumbo a la entrada. Quién sabe qué pensará la gente cuando nos ve. Nadie debe creer que somos padre e hijo, con todo y que saqué su color de piel y su estatura, las dos razones por las que más me bulleaban en la secundaria. Igual y la gente piensa que trabaja para mí y lo estoy trayendo a consulta porque soy un patrón a toda madre.

En el elevador me analiza de reojo. Sé lo que va a decir, pero de todas maneras le pregunto, para darle la satisfacción de chingar a gusto.

—¿Qué me ves?

—¿Por qué te vistes así?

—¿Así cómo?

—¿De qué son tus zapatos? ¿Terciopelo?

—Gamuza.

El viejo me toma el brazo y lo aprieta cuando salimos del elevador.

—Deberías de comprar un libro en vez de hacer tantas pesas, hombre. Dime, por favor, que no estás tomándote licuados de proteína y esas cosas. Te vas a quedar estéril.

El corredor está iluminado por focos de luz blanca, de esos que te deslumbran aunque no los veas de frente,

y el piso es un coctel horrible de piedras de colores, ato-
radas en una mezcla con pinta de pus. Huele a alcohol
etílico y al café barato del comedor del primer piso. Ni
por 50 mil pesos dejaría que un médico de este lugar
me revisara el culo. De vez en cuando escucho cómo el
viejo dice gamuza entre dientes. Después de girar la manija de la puerta que lleva al consultorio me dan ganas
de hundir las manos en un bote con gel desinfectante.

En los lugares de jodidos hay que esperar más para
que te atiendan, esa es una ley. Hay que tener lana para subirte al avión primero o que estacionen el coche
por ti. En la sala, apenas del tamaño de un jacuzzi, de
sillones forrados con plástico caliente y pegajoso, está
la colección más triste de ancianos que he visto. Uno
tiene la mitad de la cara quemada y una oreja fundida al
cráneo. Otro no para de temblar, sus manos apretando la
muñeca de una mujer que voltea a ver a la recepcionista con ojos de ten piedad y déjanos pasar. Otro más se
va quedando dormido, deja caer la frente hacia delante,
despierta asustado, estira el cuello y de nuevo se queda
jetón. No tengo idea por qué el viejo prefiere esta tortura a un hospital de primer mundo.

—Soñé contigo ayer —me dice, agachándose hacia
un revistero.

—Ah.

—Ve nomás —se queja mientras descarta las revistas,
una por una—. Chismes. Chismes. Chismes.

—¿Qué soñaste?

El viejo cierra los ojos y recarga la cabeza contra el
respaldo.

—Soñé que eras muy chiquito.

—¿Muy chiquito de edad o como un enano?

—Fíjate que ya no me acuerdo. Pero fue bonito.

—Por lo menos no fue una pesadilla.

La recepcionista deja pasar al anciano achicharrado, que se tarda una eternidad en ir de su asiento al consultorio. El doctor, un cincuentón con peluquín y bigote, se asoma para asegurarle al resto de sus pacientes que ya casi les toca. Me deprime que un tipo con *look* de actor porno de los ochenta vaya a meterle un dedo en el ano al viejo. Estoy seguro de que a mi mamá también le deprimiría. Siempre le tiró a que tuviéramos una mejor vida, a dar el brinco, como ella decía. Me pedía que agarrara bien la cuchara, me parara derecho, me lavara el pelo diario y me pusiera zapatos recién boleados. Fájate la camisa. Péinate con gel. Me decía gordo, mi cielo y, cuando estaba enojada, Julio Rangel, el mismo nombre que mi papá. Le molestaba que me pareciera a su marido. Qué poquito hablaba.

Me gustaría tener más recuerdos de mamá. De algo que me platicó mientras me llevaba a clases. Por desgracia, la mayoría de lo que se queda es lo que se sale de la norma y la rutina. Recuerdo, por ejemplo, una vez que la encontré en el escusado y ella se paró dando de gritos a correrme, con la camisa abierta y la falda a la altura de las rodillas. Me dio asco ver su vello púbico. También me acuerdo de una vez que, regresando de un restaurante de comida árabe, le pidió a mi papá que frenara para bajarse a vomitar y luego lo regañó por insistir en comer en un lugar que a ella no le gustaba. Una vez me vio cortar las ramas de un maple que acababa de sembrar y salió a darme de manazos, diciéndome que solo los escuincles egoístas no piensan en lo que sienten las plantitas. También hubo una semana, o un mes, en que no salió de su recámara y cada vez que entraba a verla las cortinas estaban cerradas, la televisión prendida y ella dormía. Otro día embarró de mierda el tapete del cuarto. Mi papá decía que la dejara de fastidiar. Yo pensé que estaba enferma y que se iba a morir, porque lloraba mucho. Decía que la regadera era el mejor lugar para llorar. No me acuerdo quién me dio la noticia de que había muerto.

Hace muchos años, cuando vivía en España, me senté a contar cuántos recuerdos me quedaban de ella. Recuerdos de verdad, no de esos que tienes porque te los imaginas después de ver una foto o porque alguien más te los platicó. Anoté 43. Mi mamá se fue y me dejó 43 recuerdos.

El viejo entra a consulta una hora más tarde. Aprovecho para mensajearme con Landa, que anda buscando información sobre la periodista aquella, Beatriz Pineda. Según Landa está coludida con Morena o con el PAN, pero yo más bien creo que es una de esas ambientalistas ridículas que se echarían frente a un arpón para salvar una ballena. Landa insiste en que todo tiene que ver con las elecciones. La coca lo pone paranoico. Dice que esto nos puede costar la gubernatura de Quintana Roo y, con ella, quién sabe cuánto billete.

Para que se relaje le juro que pronto le voy a poner un alto a la perra esa, cuando me interrumpe un grito del viejo desde el consultorio.

Siento un apretón en la garganta y me paro inmediatamente, pisando el revistero. Estoy seguro de que le encontraron un tumor. Tiene cáncer. Se va a morir el pinche viejo.

—Siéntese. No pasa nada —dice la recepcionista, que ni siquiera le ha quitado la vista a la computadora.

173

—¿Qué fue eso?

—Es el examen de la próstata, joven.

—¿Y qué? ¿No oyó a mi papá gritar?

—Así gritan todos.

Minutos después el viejo sale caminando como pingüino. «No te hagas viejo nunca», me dice. Que mi papá me haga reír es un milagro. Le pongo una mano en el hombro y él me acaricia los dedos. Creo que la última vez que nos tocamos fue en 1997, cuando vimos ganar al Cruz Azul y me dio un abrazo. Todavía sigo espantado por su grito. Su tacto me relaja.

La tregua dura poco. Me acerco a la recepcionista para pagar y mi papá me detiene con un regaño que hace que los ancianos levanten las caras de las revistas de chismes. Dice que vine a acompañarlo, no a pagar su consulta, y que no necesita mi ayuda porque él tiene su propio dinero. El pedo es que no encuentra la cartera, así que le dice a la recepcionista que mañana, después del trabajo, puede pasar al hospital para saldar la cuenta.

—¿Y si el joven le presta dinero?

—De ninguna manera.

—Son trescientos pesos, carajo. Ahorita me los das en la casa.

—No hables como si trescientos pesos fueran morralla. Hay gente que no gana eso en una semana.

—Por fortuna, yo no soy de esos y puedo pagar tu consulta.

—No me avergüences, por favor. He venido con el doctor Rodríguez desde hace diez años y nunca he fallado en uno solo de mis pagos.

—Señorita, ¿de veras no le podemos pagar mañana?

La recepcionista me echa esa miradita que he luchado por no recibir durante toda mi vida. En voz baja, le pido al viejo por última vez que me deje pagar.

—¡No es no! ¿Qué, no entiendes?

El doctor Rodríguez sale del consultorio para ver qué está pasando. Su sonrisa de amigo de todos cambia al gesto de un miserable que atiende pacientes seniles por 300 pesos la consulta y que ahora tiene que calmar a uno que enloqueció en recepción.

—Doctor, ¿sería tan amable de darme un día para pagar? Ya le dije a su secretaria que paso mañana a más tardar a las seis.

—Señor Rangel, sabe perfectamente que no puedo permitir ningún pago diferido. ¿No trae su cartera?

—Se me olvidó en la casa.

—Que le ayude su hijo —dice, señalándome, seguro de que somos familia sin siquiera verme a los ojos.

Saco mi American Express y la pongo sobre el mostrador.

—Si quiere le pago la consulta de mi papá y la de todos sus pacientes.

—Julio, hombre.

—Cállate un segundo, ¿sí?

—Solo aceptamos efectivo —me dice el doctor.

Cuento quinientos, mil, mil quinientos, dos mil pesos y dejo caer el dinero sobre el teclado de la recepcionista.

—Ahí tiene lo de la consulta y otros 1 700, para que le cambie el hule a sus sillones.

Tomo al viejo del codo y lo arrastro fuera del consultorio. La recepcionista sale detrás de nosotros, gritando que vuelva por mi cambio, pero la puerta del elevador se cierra antes de que me alcance con el dinero. El viejo no para de mentar madres. No me acuerdo de la última vez que lo vi tan emputado. No le importa que el elevador vaya lleno. Me dice que a la gente no se le trata así, me pregunta que desde cuándo soy un prepotente, grita que él no me educó para ser así de descortés.

—¿Qué es descortés, según tú? ¿Dejar más dinero del que debes o armar un pedo por una cuenta de 300 pesos? —le pregunto.

La puerta se abre y los que iban con nosotros, incluyendo a una niña con muletas, salen tan rápido como pueden.

—Déjame ir a pedirle una disculpa al doctor Rodríguez.

—Ándale. Ve y pídele perdón a un tacaño que no te iba a dejar que pagaras con un día de retraso.

—No estuvo bien lo que hiciste.

Jalo a mi papá rumbo al *lobby*. Su brazo está tan delgadito que mi pulgar toca hueso a través del saco de lana.

—Tampoco le escupí. Estoy seguro de que va a llegar feliz a su casa.

—La gente es digna. No le gustan las limosnas.

—¿Ah, no? —le pregunto, y lo jalo más fuerte, brincando unos arbustos que decoran la banqueta. Cruzamos la calle y le chiflo al vieneviene, que se para con hueva de la cubeta de plástico. Seguro de que me está viendo, hago todo un *show* de revisar la superficie del cofre y la cajuela de mi coche.

—Órale —le digo—. Ni un raspón.

—Quedamos que se lo iba a cuidar.

—Hasta lo veo más limpio que cuando entramos. ¿A poco me lo lavó?

—No. Nomás le eché un ojo, como usté me lo pidió.

—Puta, pues usted encera y lava con solo ver los coches, ¿o cómo está la cosa?

El vieneviene fuerza una risa medio avergonzada, sus dientes chiquitos y chuecos.

—Venga para acá —le pido, y él obedece, limpiándose las manos con su camiseta mugrienta. Saco los dos mil pesos que me quedan en la cartera, dándole las gracias por un trabajo de primera.

El gordo sonríe, apendejado. Ni se mueve, ni se va.

—Ahí tiene por cuidarme la nave. Se merece cada peso. ¿O usted cree que no?

—No, pus sí. Muchas gracias, joven.

Abro la puerta del asiento del copiloto y, cuando el vieneviene amaga con ayudarme, le digo que no se moleste. Mi papá entra, callado. Qué chingón se siente cerrarle el hocico.

—¿Qué decías? ¿Que a la gente no le gustan las limosnas?

Para que salgamos, el vieneviene detiene el tráfico, parado a la mitad de la calle, agitando sus manitas.

—Velo cómo le echa ganas. Encantado, el pinche gordo.

Arranco de vuelta rumbo al segundo piso. La nuca del viejo golpea el respaldo cuando piso el acelerador.

Está lloviendo, pero no hay tráfico, y aprovecho para ir tan rápido como se me pega la gana, contento de saber que en veinte minutos voy a dejar al viejo y regresar a mi departamento, donde él nunca ha estado ni estará.

El viejo señala mi muñeca. Supongo que va a decirme que las pulseras de plata que uso son de maricón. Lo que quiere, más bien, es saber por qué tengo esas cortadas.

Ayer me quedé a dormir en casa de Marina. Desperté de golpe y la encontré en cuclillas frente a mí, mordiéndome la mano y zarandeándola como animal. El viejo ni se inmuta. Ni un órale le saca mi anécdota. Con su pose de gárgola me pregunta qué le hice para merecer eso.

—Soñó que le ponía el cuerno con una pasante que trabaja conmigo. Le dio celos. Despertó con ganas de morderme.

—Qué amiguitas te encuentras.

—Si la vieras entenderías. ¿A poco no la ubicas?

—¿Quién es? ¿Una artista?

—Es conductora. Modelo. Actriz. Aguanta, ahorita te la enseño.

Pego la frente al volante para poder ver los espectaculares que rodean la calle a través del parabrisas. Conozco perfecto los anuncios de la ciudad en los que sale Marina, en la campaña de colchones donde sale con un vestido verde escotado y una mano en la cintura. Se lo señalo y el viejo aprieta la mirada para echarle un ojo. Lee el eslogan en voz alta sin darse cuenta de la ironía. «Para dormir como rey», dice el anuncio.

—Oye, ¿que no es la novia de tu amigo Óscar?

—Esa mera —le respondo, y vuelvo a acelerar. Está dejando de llover.

—Se ve vulgar.

—No la quiero para mamá de mis hijos.

—Ay, Julio.

Ese ay, Julio no fue un ay, Julio, cómo se te ocurre cogerte a la nuera de un tipo como tu patrón. Lo que le emputa, creo, es que no tengo mayor bronca en entablar una relación con una mujer involucrada con mi cuate, el que me rescató para llevarme a Barcelona, picharme no sé cuántas pedas, un departamento, ropa y hasta un semestre de universidad. El viejo lo ve como una traición a alguien que me quiere y me cuida.

Lo que no sabe es lo que tuve que hacer para conseguir la lealtad de Oso Luna. Lo que aguanté para volverme su mascota y luego entrar por la puerta trasera con su padre y conseguir trabajo.

Desde que nos sentamos en la misma banca en tercero de secundaria entendí que Oso era un tipo con poder, con muchas ganas de usarlo, pero sin una idea clara de cómo hacerlo. Su jefe era un político muy chingón, ¿y qué? En la escuela no podías tirar una piedra sin pegarle al júnior de un caca grande con el que era mejor no meterte. Además, Óscar no era guapo como Jorge o cagado como Joaquín Giordano o bien vestido como Valentín Sierra. No estaba arriba de la cadena alimenticia, pues.

La vía exprés para quitarme a Jorge de encima era obtener la protección de Óscar. Fue cosa de paciencia. Aprovechando el año que nos tocó sentarnos nalga a nalga, le dije que envidiaba sus viajes, sus viejas, sus naves, su lana y su ropa. En el recreo lo dejaba solo. Todavía no valía la pena que nos vieran juntos. Aquello no era un *sprint* sino un maratón.

Poco a poco me gané su confianza. Me platicó detalles de su vida que no le había contado a nadie. Su papá apenas estaba en la casa. Su mamá se la vivía frente a la tele, de fin de semana en el rancho de San Miguel, tomando vino blanco desde las diez de la mañana hasta las diez de la noche. Con Roberta, su hermana chica, no se podía platicar porque pues era una niña y las niñas qué chingados saben. Un día, seguro de que sus papás se iban a divorciar porque el entonces secretario de Comunicaciones y Transportes no había pisado su hogar en una semana, Óscar se puso a berrear. Estábamos solos en el salón, mientras el resto del grupo brincaba, chismeaba y corría en el patio del recreo.

—No sé. A veces me siento solo —me dijo, y yo sentí una alegría como nunca había sentido en mis 16 miserables años en la Tierra. No tanto por verlo así de triste sino por entrar a un círculo de amistades tan íntimo que ya podía ser testigo de este drama.

—Aquí estoy yo —le dije como promesa, y la cumplí. Me volví el cuate que llegaba con él a las fiestas, al que invitaba a jugar Nintendo los fines de semana, el que lo acompañaba de vacaciones a Vail, el que iba en el asiento de atrás en la camioneta rumbo al antro y, sobre todo, el que se aventaba a madrazos si alguien lo amenazaba. Por Óscar me clavaron una navaja junto a un puesto de hot dogs en Acapulco, me partieron una botella en la cabeza y el guardaespaldas del hijo de un senador del PRD me dio un cachazo que me reventó el pómulo. Dejé de ser Julio y me volví el Negro. Ah, qué cagado es el Negro. Qué leal es el Negro. El Negro me defiende, me cuida, me hace el paro. El Negro no pide nada, salvo que lo disculpe cuando no trae los 4 000 pesos por cabeza que nos gastamos en el Baby'O.

Óscar me prestaba dinero y yo se lo devolvía con favores. ¿Quería ayuda para estudiar? Chido. ¿Que escribiera su ensayo sobre derecho romano en segundo semestre de la carrera? Ya vas, hermano. ¿Que fuera por su coche al taller y se lo dejara en el garage a las siete de la mañana del lunes? Sin broncas. ¿Que me echara la culpa cuando el papá de una compañera del ITAM se quejó de que Óscar la puso peda y le metió mano? Lo que quieras, Osito, lo que quieras.

Crecimos y Óscar se dio cuenta de que para el Negro no había abuso intolerable. En las fiestas y reuniones me usaba de payaso. Le daba por echarme cubas en la cara, apenas se aburría, para que el resto de la banda se cagara de risa. Un día, en una reunión en su rancho, me cambió un caballito de tequila por uno lleno de meados, que me tomé creyendo que era alcohol. Más de una vez, en privado, me agarró a cachetadas. En Barcelona, borracho, molesto después de que la enésima catalana de la noche lo había mandado a chingar a su madre, se quejó de que se iría de España en blanco.

—Hasta tú ya cogiste y eres un pinche negro horroroso —me dijo, en la sala del departamento que compartíamos, él durmiendo en la recámara principal y yo en un cuartito que daba a un patio interior, donde todas las mañanas me despertaban los gritos de un ejército de ecuatorianos que vivían en el piso de abajo. Yo tenía meses saliendo con Laura, una compañera de la universidad que venía de Manchester. Fue la primera güera, que no fuera prostituta, a la que vi desnuda. Hasta poemas le escribí.

—Tranquilo, güey.

—¿Tranquilo qué, pendejo? Tranquilo tu puta madre. —Óscar se paró, babeando como cuando se ponía a llorar—. Tú no vas a venir al depa que yo te pago a decirme cómo te puedo dirigir la palabra. Es más, a tu novia me la voy a coger por el culo antes de que acabe el semestre.

—Vete a dormir, Oso. Neta.

—Vete a dormir tú pero a la calle, pinche indigente.

No dormí en la calle, pero no dormí tranquilo. Luego, Laura me cortó porque Óscar le dijo que yo me había cogido a otra. Lo convencí de que se quedara un semestre más en Barcelona, mientras yo regresaba a México.

Cuando Oso regresó, más gordo que nunca, yo ya trabajaba para el senador. Conforme empecé a ganar dinero y él dejó de pagar las cuentas, nuestra amistad se emparejó. Hasta la fecha me trata como un viejo veterano de guerra, encantado de recordar nuestras épocas en Barcelona, de las que habla como si hubieran sido más divertidas de lo que fueron. Dice que nos cogimos a unas gemelas, que nos metimos coca con Ronaldinho y que éramos cuates de Rafa Márquez. Yo le doy por su lado y dejo que se entretenga. Óscar es un pendejo. Solo el viejo lo ve como el buen samaritano que me salvó de la pobreza.

El viejo abre la puerta y sale con un pujido. Echo un vistazo a la jardinera donde mi mamá plantó un pino, que en ese entonces era de mi tamaño y que ahora mide igual que el poste de luz, y encuentro botellas de refresco, colillas y una bolsa con caca de perro. Si tuviera hijos no sé si les inventaría que soy huérfano.

—Te equivocaste con el señor que te cuidó tu coche.

Nunca desaprovecha la oportunidad de darme un sermón.

—¿Por qué?

—Le echó ganas porque se sentía culpable. Sabía que le diste ese dinero por un trabajo que no vale más de veinte pesos. No va a llegar a casa agradecido contigo. Te va a odiar.

Le quito el seguro al coche y suena el bip bip de la alarma desactivada. Mi auto y yo estamos en el siglo XXI, el viejo y su casa viven en los ochenta.

—Gracias. Verte siempre es un agasajo.

—Cuídate esas cortadas. Échate merthiolate.

Pinche viejo, qué difícil es visitarlo. Por eso no soy nostálgico, para no acordarme de él con cariño.

Martín

En el trayecto del aeropuerto a la casa vi palmeras derribadas, con las raíces expuestas, y árboles pelados, sus ramas rotas. Trabajadores con chalecos anaranjados repavimentaban los baches que las lluvias abrieron en las calles. Solo los taxis recorrían el malecón, dando vueltas en busca de pasajeros, sin suerte. El pueblo se veía pequeño y menguante. Sin embargo, desde el balcón de la casa parece que no ha llovido en años. Hace un calor engorroso, solo tolerable por la sombrilla que refresca los camastros con su sombra. El cielo tiene ese azul liso que cubre los lugares turísticos y tropicales. Las playas olvidan rápido.

Mi papá abre la puerta corrediza que conecta el balcón con la recámara principal y se sienta junto a mí. Trae dos copas en una mano y un vino tinto en la otra. No sé cuándo empezamos la tradición de beber al aire libre cuando vengo de visita. Lo único que sé es que, como las buenas rutinas, esta comenzó sin ponernos de acuerdo. Un día lo hicimos y no dejamos de hacerlo.

Mi papá saca el destapacorchos de la bolsa de sus pantalones de lino y abre la botella con la velocidad de un sumiller. La compró hace un año. Quería descorcharla la semana pasada; prefirió no hacerlo por respeto a Carlos.

—En el súper la venden como a 420, pero yo la encontré en La Europea a 350.

Me platica un poco más sobre el vino —la región, el tipo de uva y demás—, pero no le presto mucha atención. Emilia se llevó a Matilda a la fiesta de un amigo de Íñigo. Me preocupa que los cerdos de mis sobrinos, fascinados con su prima chilanga, se pasen de la raya. Me da náuseas pensar en los hijos de Nick levantándole la falda a mi hija.

Mi papá hunde su nariz en la copa, aspira con los ojos cerrados y después prueba el vino, haciendo buches y arrugando la frente.

—Un poquito agrio. Tantito, solamente. ¿Quieres probarlo?

—No te preocupes, mano. Tú sírveme y ya.

—Voy por un decantador.

—Así está bien.

—¿Seguro? Yo creo que va a mejorar si dejamos que respire.

—Me vale madre el vino.

Ajusto el respaldo del camastro para poder sentarme y espero a que mi papá termine de servir. Lo único que me tranquiliza es que mi mamá se fue con ellos. Ahora que se volvió una mocha, tengo la certeza de que jamás permitiría que sus nietos se encierren en una recámara a pecar. Esa es la única ventaja que le veo a su religiosidad. Los problemas han sido más claros. Por las mañanas y las noches obliga a Matilda, a la que no bautizamos, a rezar el padre nuestro. Ayer me dijo que sospechaba que mi hija no es católica. Le eché la culpa a Alicia.

—Ya sabes que pasa más tiempo con ella y ese imbécil que conmigo.

—No le digas así, hijito. Es el esposo de Alicia. Por algo lo escogió.

Mis suegros no tuvieron reparos en amenazarme con tal de que me comprometiera a mandar la pensión que Alicia exigía. Mientras, mi madre sigue pensando que su exnuera es una santa.

—Creo que Christian es ateo —le dije.

—Alicia nunca se hubiera casado con un ateo. Si hasta fue en la misma escuela que yo, oye.

—Ha cambiado mucho.

Mi mamá recogía los juguetes que sus nietos dejaron desperdigados por la sala: aviones, tanques y pistolas se mezclaban con los peluches y las muñecas de mi hija.

—Pues me desilusionaría mucho, eh. La religión es muy importante para un niño. ¿Sabes si Matita está yendo a catecismo?

Le pasé una canasta de mimbre para que arrojara ahí los juguetes de mi hija.

—Pregúntale a Alicia. ¿Ya no hablas con ella?

—Hace dos meses que no me marca.

—Pues háblale y dile lo del catecismo y la primera comunión. Me harías un favor.

Alicia se molesta conmigo si le pido que deje de ponerle vestidos de princesa a la niña. Quiero ver qué tan en gracia le caerá cuando le hable su exsuegra para regañarla por no darle una educación católica a su hija.

Mi mamá se puso de pie, apretando el peluche favorito de Matilda contra su pecho. Era el mamut que le regaló su padrastro.

—¿Y si este se queda aquí para cuando vengan a visitar?

—No creo que la niña quiera. Lo lleva a todos lados.

—Bueno —dijo, y lo soltó en la canasta.

Aunque me sabe indistinguible del resto, le digo a mi papá que el vino está bueno. No basta salir a este balcón para empezar a platicar. Antes debemos abrir la botella, comentarla, esperar a que él ajuste la sombrilla y acabarnos la primera copa. A veces la rutina se alarga y mi papá me cuenta sobre la cava subterránea que mi abuelo tenía en su casa y los vinos que abría cuando lo visitaban actores, empresarios y políticos. No tengo nada que aportar; asiento y me recuesto, sintiendo cómo el verano y el alcohol me embrutecen.

Esta vez, sin embargo, mi papá no habla más del vino. Desde que llegué lo noto ansioso: quiere decirme algo y no se atreve a ponerlo sobre la mesa. Deja la copa en la mesita de plástico duro, con huecos en las esquinas para colocar bebidas, que compró cuando nos mudamos a Cozumel, y cierra el libro que estaba leyendo, un panfleto de superación personal que se llama *El poder del ahora, una guía para la iluminación espiritual.* Me decepciona que no sea algo más sustancioso.

—No me gustó ver cómo te pusiste antier en el restaurante —me dice.

—¿Con el mesero?

—No hizo nada más que equivocarse de plato.

—Y tardarse una hora en traernos un sándwich y decirme «amigo» y decir que mi hija iba a ser un bombón de grande.

—No está bien enojarse así. Espantaste a Matilda. Hasta Nick se asustó.

—Es su culpa por recomendar lugares de mierda.

—Pobre cuate, mano. Le tocó la gritoniza de su vida. No tenías por qué insultarlo.

—Eso le pasa por pendejo. —Me quito los zapatos y los echo al piso—. Pero no te preocupes, mañana le llevo unos chocolates.

Para cambiar de conversación, le confieso que Alicia va a tener otro hijo.

—¿Niño o niña?

—¿Y eso qué importa?

—¿Qué no querías un niño tú?

—¿Qué más da, si no es mío?

Me entrega mi segunda copa, que bebo a la mitad de inmediato.

—¿Y cómo te sientes, mano?

—Muy bien. Muy bien. Mientras ella sea feliz…

—¿Matilda sabe?

—No, no sabe. Su mamá me pidió que no le dijera nada.

—Qué raro.

—Qué raro, ¿qué?

—¿Por qué te lo diría a ti primero? —Mi papá se desabrocha un botón de la camisa y mete la mano para rascarse el pecho—. ¿No será para que sueltes la sopa y le des un pretexto para molestarse?

—Pretextos le sobran. Ni siquiera sabe que me traje a la niña a Cozumel. Piensa que estamos en el DF.

—Haces mal en no avisarle.

—Si fuera por ella ustedes no verían a su nieta nunca.

La verdad es que no vengo más por falta de dinero. Solo para viajar estos días tuve que hablarle a Arturo y pedirle que me adelantara un pago. Lo conseguí porque, después de recibir el correo de Víctor, mi cliente está seguro de que vamos a ganar. Fue a platicar conmigo a la oficina para darme el cheque en persona. No sabía que era capaz de mostrar entusiasmo. Podría haber jurado que esa camisa a cuadros recién planchada era nueva, igual que sus zapatos, sus pantalones y saco, sin manchas de ceniza o comida. Hasta su perro me movió la cola. Arturo hablaba de volver a trabajar, escribir, investigar; de chingarse a Camposeco con el puño al aire. Me hubiera gustado compartir su euforia, pero mi cabeza estaba en Cozumel, Bernardo y el reportaje de Beatriz. Le expliqué que necesitaba el adelanto para pagar la colegiatura de mi hija. Arturo me preguntó por su caso. El martes, a primera hora, debía acompañar a Víctor al juzgado para que el personal adscrito recibiera su testimonio. En ningún momento le compartí que ese mismo día usaría el cheque para volar a Cozumel a conseguir que Bernardo coopere conmigo, en busca de más pruebas, con Matilda de polizón.

—Me sorprende lo que dices. Alicia siempre nos ha tratado muy bien. Hasta la fecha me escribe en mi cumpleaños.

—Nunca le gustó venir.

—¿De veras?

—Se sentía engentada aquí, con toda la familia en el mismo lugar, en esta casita.

—¿Casita? ¿Así te decía?

Por supuesto que Alicia nunca se quejó de mis papás, del tamaño de su casa o de venir aquí de vez en cuando. Si acaso le molestaba que, tras acabarse su *six pack*, Nick empezara a coquetearle frente a Emilia. Es cierto que nunca disfrutó el mar. Caminar por la playa descalza le daba asco. «La gente escupe y orina en la arena», decía. Más bien a mí no me gustaba que viera a mi papá llevar las cuentas de la farmacia sobre la mesa del comedor, a mi mamá desayunar con el mismo padrecito de lunes a viernes y a mi hermana insistiendo en ser su amiga.

—Pensé que tenías mucho trabajo.

—¿Mmmh?

—Después del funeral de Carlitos me dijiste que no te podías quedar porque tenías mucho trabajo.

—Ah, ya. Se resolvió esta semana.

—¿Berna te va a ayudar?

Siento que estamos en canales distintos.

—¿De qué hablas?

—Viniste a hablar con Bernardo, ¿no? ¿Para lo de Arturo?

—No tiene nada que ver una cosa con la otra. Lo de Arturo ya se planchó, mano. Esta semana nos escribió Víctor Sosa, el que le dio los datos para su reportaje. Con que testifique ya la hicimos.

Con un movimiento vacilante, digno de un anciano, mi papá se desliza de un extremo a otro del camastro para acercarse a mí. Se rasuró mal: una franja de vello le rodea la manzana de Adán. El párpado de su ojo izquierdo, a media asta, le da un aspecto somnoliento. Cuando sonríe, sus dientes se ven un poco sucios, teñidos de manchas cafés. Fantaseo con sacarlo de aquí, llevarlo a comprarse un traje a la medida, mojarle los cachetes con agua tibia, rasurarlo, limpiarle la cara y peinarlo. Pasa una avioneta frente a nosotros, entre nubes aborregadas. De su cola cuelga y aletea una manta: Señor Frogs Daiquiris 3x2!!!

—¿Te acuerdas cuando hacías eso con el Barbanegra? —le pregunto.

—Cómo no. En *spring break*.

—Te debe haber costado mucha lana.

—No nos iba tan mal, Martín. —Mi papá sigue la avioneta hasta que la manta desaparece detrás de un hotel—. ¿Entonces? No me has dicho por qué querías ver a Bernardo.

—Le estoy ayudando a Beatriz con un reportaje.

—¿Sobre qué?

—Sobre Quintana Roo.

—Bueno, evidentemente. ¿Qué de Quintana Roo?

—Abusos de poder. Ligas entre empresarios turísticos e inmobiliarios y políticos. Lo de siempre, ya sabes.

—¿En Cozumel?

—Aquí y en la Riviera.

Mi papá le da un trago a su vino y después frota el borde de la copa con un pañuelo color lila. No recuerdo haberlo visto comer pizza, pero tengo la certeza de que la cortaría con tenedor y cuchillo. Siempre me entristecerá que un hombre así de fino haya acabado viviendo de hamburgueserías, farmacias y bares para gringos alcohólatras.

—¿Admirabas a mi abuelo?

Siento que me tropecé con la pregunta. Mi papá guarda el pañuelo sucio en la bolsa del pantalón.

—Hasta el día en que se murió.

—¿Eso qué quiere decir? ¿Siempre lo admiraste o ahí lo dejaste de admirar?

—Supongo que ahí lo dejé de admirar.

—Porque perdió todo su dinero.

—Eso no tuvo nada que ver.

Se pone de pie y da un par de pasos hasta llegar al barandal que ve a la calle. Está atardeciendo. Su silueta delgada no ha cambiado y la luz del sol hace que sus canas se vean rubias. Por un instante no tengo a un viejo frente a mí sino al hombre, joven y guapo, que nos trajo a Cozumel de niños.

—No sé si tu abuelo me admiraría. Si me viera ahorita, vaya.

—Son personas muy distintas.

—¿Tú crees?

—Nunca has hecho un solo negocio con el gobierno, un solo trato por debajo de la mesa.

—Tu abuelo hizo lo que tuvo que hacer para darnos una buena vida.

—Eso se deben decir todos los corruptos.

—No seas injusto.

Me paro a acompañarlo en el barandal. Un piso debajo de nosotros, frente al garage, está estacionado un Cavalier, el único coche que tienen. Inevitablemente reparo en mi infancia, en aquel Grand Marquis color verde aceituna, inmenso como una lancha, que mi papá se regaló cuando cumplió 35. El día que lo trajo de la agencia me invitó a mí —solo a mí— a darle una vuelta en carretera. Qué bonito fue cuando aceleró y, por el impulso, mi nuca golpeó el respaldo del asiento. Carrazo, decía, cada vez que cambiaba de velocidad. Qué carrazo traigo.

—Yo te admiro, mano.

—Te lo agradezco.

Regreso a servirme otra copa y a rellenar la suya. Estoy a punto de brindar con él cuando me doy cuenta de que no tenemos nada que celebrar.

—Sigues sin decirme para qué necesitas a Bernardo.

Como no va a soltar prenda hasta que oiga la verdad, le confieso que vine a reclutar a Bernardo para que nos consiga información sobre permutas de terrenos, contratos y construcciones ilícitas en áreas naturales protegidas. El chiste no es solo chingarnos a Ávila, que ya va de salida como gobernador, sino al PRI en las próximas elecciones.

—Precisamente porque la votación es el próximo mes tenía que venir a hablar con él. Era ahora o nunca.

Los ojos de mi papá no están en mí, ni en el cielo anaranjado a mis espaldas, sino en la tela de su camisa a la altura del ombligo. Parece no importarle que, después de horas de interrogarlo, Bernardo finalmente habló sin ambages. Gracias a él, Beatriz puede publicar un reportaje que implique a empresarios, presidentes municipales y, por lo menos, a Ávila. Bernardo me confirmó que, a través de la Sedatu, el gobierno cambió la causa de utilidad pública de una parte de un ejido para construir un muelle, trasladó la construcción a otro predio y lo único que construyó en el lote original fue El Recinto, que ha violado decenas de leyes ambientales porque se encuentra encima de un manglar. El gobierno, además, nunca cumplió con la construcción del muelle, argumentando que le haría daño al arrecife.

—No entiendo por qué sigues metido en eso —me dice.

—Tú eres el que siempre se está queje y queje de esos cabrones.

—Pobre Bernardo, carajo. —Me sirvo la cuarta copa. Cuando le ofrezco a mi papá, él tapa la suya para indicarme que ya no quiere más—. Trabaja para el gobierno. Tiene tres hijos, uno de ellos con un problema serio. Autismo, creo. ¿Tú de veras crees que Luna no va a saber que él te está filtrando información?

Todo eso ya me lo dijo Bernardo ayer. Me pidió que no fuera por él al trabajo y que tampoco nos viéramos en un lugar público, así que lo visité en su casa. Sus hijos y su esposa se habían ido a Chetumal a pasar el fin de semana. Aunque recuperado de las quemaduras que le dejó el rescate de los damnificados, mi amigo se veía igual de decaído. Traía un tic en la quijada, sacando la barbilla como hace la gente para destaparse los oídos al bajar de un avión. Con una botella de tequila de por medio, la noche anterior habíamos platicado en un restaurante sobre los datos que Beatriz recabó. Quise alentarlo; asegurarle que el artículo estaría bien fundamentado. Después de unos tragos, su escepticismo le abrió paso al ánimo resuelto del borracho.

Un día después ni siquiera abrió bien la puerta para dejarme pasar; dejó un huequito por el que apenas si cupe y me dijo entra, órale, rápido. No me ofreció nada de tomar. Ni siquiera prendió la luz de la mazmorra que tiene por sala. Me platicó de su hijo menor, al que quiere mandar a una clínica en Monterrey. De su hijo mayor, que quiere cursar la carrera de arquitectura en el DF. De su hija adolescente, a la que acaban de operar de quistes en no sé dónde. Lo escuché, lo compadecí y después volví a lo mío, usando cuanto cliché se me ocurrió. Elogié el valor del sacrificio en aras del bien común. Hazlo por Charlie. Hazlo por tus hijos, Berna. Hazlo por los hijos de sus hijos. Creo que hasta le dije: «Regálales un mejor Quintana Roo». Para pelear contra políticos tal vez tienes que convertirte en uno de ellos.

Bernardo me orilló a prometerle que, de perder su trabajo, yo le ayudaría a conseguir algo en la capital. Le aseguré que tengo contactos en los mejores despachos y que en menos de un mes le podría dar un puesto en el lugar que él quisiera.

—¿Qué van a hacer? —le pregunto a mi papá—. ¿Correrlo? Armamos un escándalo.

—¿Como el que yo hice cuando vinieron a amenazar a tu mamá? ¿Sirvió de algo? Piensa en tus amigos. En tu hija.

—¿Tú pensaste en nosotros cuando te lanzaste a la presidencia municipal?

—No, y ve.

Mi papá abre los brazos y, de repente, el balcón le queda chico. Los abre como queriendo decir: esto es lo que queda, Martín. Esto y nada más.

—Desde que llegaste tu mamá estaba preocupada. Me despertó tres veces en la noche, muy nerviosa. Siempre nos da gusto que vengas, pero ahora ni que trajeras a Matita nos dio alegría.

—La próxima vez no la traigo, para que pase otro año sin que la vean.

—Sabes que nos gusta verla. Necesitamos verla. Ese no es mi punto.

Ahora soy yo el que le da la espalda, con las manos sobre el barandal, aún caliente por el sol. Cierro los ojos, mareado por el vino. Cómo me gustaría reaccionar con un sentimiento menos primitivo que la ira.

—¿Cómo ves a Matilda? —le pregunto, y la oración me sale mal, las vocales cortas y las consonantes extendidas, por culpa del alcohol. Papá no entiende qué le estoy preguntando—. ¿La ves contenta de estar aquí? ¿La ves cariñosa conmigo?

—Veo a una niña muy chiquita.

—¿Es quisquillosa? ¿Maleducada?

Mi papá suelta una risa seca, gris.

—No más que tus sobrinos.

—No te estoy pidiendo que los compares.

—¿Qué te digo? Estoy feliz de tenerla aquí.

Le platico el mayor temor que tuve el día del parto. Matilda no paraba de gritar como si nacer fuera una desgracia. Mi primer instinto fue tranquilizarla, intentar que parara de llorar. Después sentí miedo. No, miedo no. Pánico. La escena es tan nítida ahora como lo fue aquella vez: Alicia, con el pelo oculto en uno de esos horribles gorros azules de hospital, quiere ver a su hija. Yo la cargo, más pasmado que conmovido, sin saber qué sigue, a quién devolvérsela. La niña no se calla y el doctor se aleja para lavarse las manos. Una y otra vez repaso esas estampas: la mirada ansiosa de Alicia, mi desconcierto, el llanto de mi hija, la espalda del doctor, el agua del fregadero. Veo a Matilda, sin nombre, sin recuerdos, y me abruma su futuro. No sabe cómo duele que le quiten las muelas del juicio, nunca ha sentido cólico, no sabe si se le romperá algún hueso, si algún día la asaltarán en la calle, si abusarán de ella o chocará su coche. No se ha enamorado, no sabe si le gustan los hombres o las mujeres, si fumará, si será flaca o gorda. Nadie le ha puesto apodos, ha disfrutado herirla, la ha traicionado. La veo graduarse de la prepa, pero también la veo sola, llorando en el baño de la escuela porque no tiene amigas. La veo abrazarme y besarme la frente, pero también la escucho insultarme después de que llegó borracha a la madrugada. ¿Crecerá avergonzada de mí? ¿Será arquitecta, música, fotógrafa o, igual que su madre y sus abuelas, un ama de casa sin aspiraciones? ¿Tendrá mis virtudes o mis defectos? ¿Hasta qué edad vivirá? ¿Cómo será su muerte?

—Pasa el tiempo y siento que ninguna de esas cosas depende de mí. Es como si… como si tener un hijo fuera abandonarlo.

—Qué horror, Martín.

Me siento inmediatamente culpable de haberle dicho esto. Cuando caigo en cuenta, mi padre ya está llorando, con los ojos hundidos en los talones de las manos, su pecho sacudido por sollozos. Pienso en dejarlo solo, junto a su botella de vino, debajo de esta sombrilla gastada: una isla en una isla.

—¿Y ahora qué te pasa? —le pregunto.

—Nada, mano. Nada. Me dio tristeza. —Mi papá se suena la nariz con el pañuelo y aprieta los dientes, buscando la compostura—. Por ti.

—Por mí no te preocupes.

Me acabo lo que resta del vino cuando nos iluminan las luces del coche de Emilia, doblando la esquina.

Tarde o temprano todos nos volvemos detectives de nuestro pasado. Como prueba, una imagen.

Mi papá, de corbata ancha y patillas de los setenta, bromea con el fotógrafo, fingiendo asombro con una ceja arriba. Mi mamá recarga la frente sobre el cachete de su marido, con los ojos cerrados, sonriendo con el rostro entero. Están en la boda civil de una de mis tías y el resto de los invitados alrededor de la mesa los mira como si su felicidad fuera infecciosa.

Aunque mis parientes lo decían, no les creí hasta que encontré esta foto: nadie era más bello que Diego y Patricia, y juntos eran más lindos todavía. A diferencia de lo que piensan el resto de los hijos de sus padres, los míos realmente eran así de alegres y bien parecidos. Siempre quise replicar lo que veo en esta imagen, manchada de sol, con las huellas de mis dedos de niño, de adolescente y ahora de adulto estampadas en los bordes, como prueba de las miles de veces que la he despegado para verla. Abrir estos álbumes es un acto de masoquismo: ocultan los rastros de un mundo extinto, donde mis padres eran igual de ricos, de guapos, de satisfechos consigo mismos. Cómo quisiera ser hijo de esos jóvenes y no de los viejos que roncan en su recámara, uno tumbado por el somnífero del vino y la otra durmiendo con la mandíbula tensa, aterrada de lo que ve al cerrar los ojos. La realidad es que nunca conocí a esos muchachos de la fotografía. Ni siquiera reconozco a la gente que los acompaña, bebidas al aire, en esa mesa. Qué fácil sería decretar que nada tienen que ver conmigo. Pero eso fueron. Eso pudimos ser.

El lunes todo sale tan bien que no sé si atribuirlo a los cien padres nuestros que Matilda ha rezado desde que llegamos. Gracias a Dios mi papá evita estar conmigo. Mi mamá, que tiende a despedirse de mi hija como si yo estuviera a punto de llevarla a un gulag, está de buen ánimo: le prepara lo que quiera desayunar, la lleva a caminar a la playa y le regala un anillo que Matilda ha pasado el viaje entero elogiando. Emilia llega, sin Nick, para despedirse y me da la maravillosa noticia de que no podrá llevarnos al aeropuerto porque tiene una cena con la directora del colegio en el que da clases. Al escuchar eso, Matilda me pregunta a qué hora sale el vuelo. Le contesto que tenemos que estar en el aeropuerto al cuarto para las siete. Mi respuesta no la satisface: quiere saber exactamente cuándo vamos a despegar.

—No quiero volar de noche, Pape.

—¿No quieres volar de noche?

Matilda sacude la cabeza, sus dedos enterrados en la barriga de su mamut de peluche.

—El vuelo sale a las ocho. A esa hora todavía hay luz.

—No hay luz. No es cierto.

—Todavía es tantito de día, ¿verdad, Emilia?

Incapaz de soltar una mentira piadosa, mi hermana titubea.

—Está anocheciendo como a las siete, Güero. Siete, siete y media.

—¿Ves? —le digo a Matilda—. Empieza a hacerse de noche a las siete y media. Cuando despeguemos todavía va a ser de día.

—No quiero volar de noche, Pape —me dice, su voz cada vez más aguda.

—Vas a subirte a ese avión.

—No. Es peligroso.

Miro a Emilia, en busca de ayuda, pero mi hermana nos ve como si las fobias precoces de Matilda fueran encantadoras. No entiende que no tengo dinero para cambiar el boleto, ni puedo regresar mañana porque debo llevar a Víctor al juzgado y porque Alicia regresa temprano. Aun así apelo a su buena voluntad.

—¿Verdad que no es peligroso, Emilia? Hazle caso a tu tía, mi amor.

—Todos los vuelos son igual de peligrosos, linda.

Matilda deja caer el peluche y señala a mi hermana.

—¡¿Ves?! —me grita.

—Ningún vuelo es peligroso. Volar es lo más seguro del mundo.

—Eso no es lo que dice mi mamá.

Los abuelos, que estaban en el jardín, escuchan la discusión y entran a ver qué sucede. Alterada, mi mamá viene primero, segura de que algo terrible acaba de pasar. Mi papá entra después, con las manos enfundadas en guantes de jardinero. Matilda corre a esconder la cara entre los muslos de su abuela. Volteo hacia Emilia y, con un tono sarcástico, le doy las gracias.

—Me quiero regresar en coche —dice mi hija, ya llorando.

—No puedes regresarte en coche, preciosa. No hay puentes que lleven de aquí a Cancún. Y, aunque hubiera, te tardarías mucho tiempo —le explica mi papá, al que le pido que se calle extendiendo el dedo índice.

Recojo el peluche, me pongo en cuclillas frente a Matilda y se lo ofrezco.

—Tenemos que volar.

—Vámonos en barco.

—Los barcos no llegan al DF —le dice mi papá, al que otra vez tengo que callar con el mismo gesto.

—Entonces aquí me quedo.

—Ay, Mati. Nosotros encantados de que aquí te quedes.

Empiezo a creer que en Cozumel hay una enfermedad que merma el IQ.

—Tengo que regresar hoy, Pulga. No mañana. No pasado. Hoy. Sube a hacer tu maleta, ándale. Tu tía te ayuda. ¿Verdad, tía?

—De hecho ya me tengo que ir, Güero —dice Emilia, y esa es la gota que derrama el vaso. A partir de ahora todo irá cuesta abajo. Matilda se encierra en el baño de visitas. Mi papá, por supuesto, no encuentra la llave para abrirlo y no hay amenaza que haga a mi hija cambiar de opinión. Un cerrajero no contesta; otro puede hasta la noche. Tampoco quiero derribar la puerta, por miedo a lastimar a Matilda. Tengo que prometerle y jurarle que acabo de hablar con su mamá, que vendrá a recogerla, para que finalmente salga. Lo que sigue es incómodo para todos: la siento en el sillón y le aprieto el brazo para detenerla mientras mi mamá hace su maleta. Después la cargo al taxi y ella no para de patalear entre mis brazos. A duras penas tengo tiempo de despedirme de mi familia.

Aunque de camino se tranquiliza un poco, llegar al aeropuerto solo atiza su histeria. La arrastro al mostrador, mientras los demás pasajeros me ven como si yo fuera el culpable de que la niña se haya vuelto loca. Su llanto llega a un frenesí tan descabellado que un guardia me detiene antes de pasar por la aduana. Quiere saber si sí es mi hija. Me pide que saque su pasaporte, que le demuestre que no miento. Matilda tiene la camiseta manchada de mocos, los jeans sucios por el suelo del aeropuerto donde la he remolcado y no para de gritar. No sé si alguna vez había tenido ganas de desprenderme de ella y cumplirle su deseo. ¿Te quieres quedar aquí? Perfecto, a ver cómo llegas a la casa de tus abuelos sin dinero, sin la dirección o sin saber cómo carajos tomar un taxi.

Harto de tolerar los alaridos de la niña, el guardia nos deja pasar.

En el avión, Matilda empieza a calmarse más por cansancio que por mi capacidad para tranquilizarla. La culpa la tiene Alicia, que desde chiquita le platica historias horribles para darle una lección. Un primo suyo se metió a bañar en la piscina y se murió ahogado; un tío se comió una lata de frijoles sin checar la fecha de caducidad, se fue a dormir y ya no despertó. No me sorprende que la niña ahora tenga miedo de subirse a un avión de noche.

Cuando el avión empieza a moverse, Matilda me pide que le pase a Manny, su mamut de peluche. No puedo dárselo. No puedo porque no lo tengo. Mientras mi mamá la cambiaba, subí el mamut al cuarto de mis papás y lo arrojé al clóset del puro coraje.

—Ahorita que despeguemos te lo doy.

—Pero yo lo quiero.

—No me puedo parar ahorita. El avión se está moviendo.

—¡Manny!

—Espérate cinco minutos, carajo.

La respuesta de Matilda es patear el asiento, enterrando los talones en la espalda del hombre de negocios que va frente a ella. Intento prensarme de sus muslos para que no pueda moverse, pero solo consigo que gire en su asiento y me patee el cuello y la cara. Como en el futbol, como en cualquier otro lado, mi reacción es instantánea. Me tiene sin cuidado que el avión esté dando la vuelta para despegar: le quito el cinturón, haciendo caso omiso de sus chillidos atiplados, y la pongo sobre mis muslos. Justo cuando arrancamos, corro al baño y me encierro ahí con ella. Es un milagro que no me tropiece; que logre colocarla sobre el escusado y correr el seguro de la puerta sin romperme un brazo. Conforme el avión se alza en diagonal, mi cabeza choca contra el espejo y Matilda termina adherida a la pared, más asustada de mí que de volar.

Ahora soy yo el que le grita, dándole un puñetazo a la pared, arriba de su cabeza.

—A mí no me pegas —le digo—. Así no se arreglan las cosas.

—Te odio.

—Me puedes odiar, pero no pegarme.

—Te odio a ti y a mis abuelitos y a mis primos.

—Pues ese es tu problema.

—No quiero regresar nunca.

—No regreses y ya.

—Quiero estar con mi mamá y quiero estar con Christian.

—Mañana los vas a ver, no te preocupes. Y no me tienes que volver a ver si no se te pega la gana.

Matilda ya no llora. Ambos reparamos en nuestro reflejo. La cara de desprecio con la que me ve es una copia diminuta del desprecio con el que yo la veo.

—Le voy a decir a mamá que no fui a la escuela.

—Haz lo que quieras. Si vuelves a abrir la boca de aquí a que aterricemos, te juro por mi madre que te mando de vuelta a Cozumel con el piloto.

Matilda vomita sobre mis zapatos, justo cuando una aeromoza empieza a tocar la puerta sin parar. Le aseguro que saldremos en un segundo. Mi hija está enferma, le digo. No suena a justificación ni a mentira. De veras lo creo.

Julio

Damián Ávila y el PRI en la Riviera Maya: crónica de una tragedia anunciada

Por Beatriz Pineda

Herminio Ojeda, comisario ejidal del ejido Ixchel, no recuerda un solo huracán como Héctor, cuyo paso dejó 25 muertos y más de 7 000 damnificados dentro y fuera del ejido donde Herminio, de sesenta y dos años, ha vivido desde los cuatro años de edad.

Ni el huracán Gilberto causó tal destrucción en esta zona, asegura Herminio cuando lo visito una mañana, en la única recámara que queda intacta en su casa. Ha pasado más de un mes desde que Héctor tocó tierra y, sin embargo, ni la familia de Herminio —su esposa Ofelia y sus cuatro hijas— ni la de ninguna otra en Ixchel cuenta con agua. La luz, me dice, viene y va.

«A este paso vamos a llegar al 2017 sin que el gobierno haga nada. Y, mientras tanto, el gobernador en su casa. ¿Me creerá que no se ha parado por aquí?»

El gobernador Damián Ávila tiene motivos de peso para resarcir los daños que Héctor dejó a su paso. Este mes vienen elecciones y, aunque su partido lleva en el poder desde 1935, 2016 podría ser el año en que el electorado finalmente elija otra opción. En las últimas encuestas, el candidato del PRD, Sergio Gómez Correa, ya se encuentra a dos puntos de ventaja del candidato del PRI, Flavio Ernesto Millán. Ávila haría bien en poner manos a la obra y así quedar bien con un electorado que parece dispuesto a castigar a su partido, mismo que se ha visto involucrado en numerosas acusaciones de corrupción, sobre todo en los últimos seis años y durante la gubernatura de Óscar Luna Braun. La realidad, me dice Herminio, tristemente es otra. «Al gobernador Ávila no le importamos nosotros los ejidatarios. Lo único que le importa es despojarnos de la tierra que nos pertenece».

En términos reales, Héctor no fue un huracán más destructivo que Gilberto, el huracán categoría 5 que en 1988 pasó por el estado de Quintana Roo para después golpear el noreste de México, dejando a su paso 225 muertos y más de 139 mil damnificados. Y, sin embargo, en ciertas zonas del estado las pérdidas de toda índole han sido mucho más elevadas en esta ocasión que en 1988, pese a que —asegura Herminio— las viviendas ahora están mejor preparadas para contender las tormentas tropicales. La explicación quizás no se encuentre en la fuerza del huracán, sino en los cambios en el uso de tierra que los presidentes municipales, en contubernio con empresas como El Recinto, dueña de hoteles de lujo en la zona, han propiciado en detrimento de los ejidos y sus habitantes. Además, el lugar se encuentra cerca de un área natural protegida donde hay manglares.

«Los manglares contribuyen a prevenir la erosión del litoral y a mitigar el efecto de los grandes temporales porque constituyen verdaderas defensas costeras», explica el geólogo Alberto Basave, de la Universidad de Guadalajara. «Los manglares son los únicos bosques del mundo que representan una suerte de muro natural que hace frente a las tormentas. Si los manglares desaparecieran, las comunidades estarían indefensas ante el impacto de los huracanes».

En la Riviera Maya, El Recinto, parte del *holding* Grupo Marea, tiene cinco estrellas, con seis albercas, cuatro restaurantes de lujo y 45 cabañas cuyos precios por noche oscilan entre los 10 000 y los 20 000 pesos. Se trata de uno de los hoteles más espectaculares de la zona, con inmuebles del mismo nombre en Cabo San Lucas y Punta Mita. El sitio de internet de Grupo Marea anuncia que, muy pronto, El Recinto contará con sede en San Miguel de Allende. Cancún es hasta ahora su proyecto más ambicioso, construido en un trecho envidiable de playa, antes virgen. Trecho que, hasta hace apenas seis años, le pertenecía al ejido Ixchel. Por ahí, recuerda Herminio, el paisaje era hermoso: la vista que ofrecían los manglares era espectacular. Ahora este importante ecosistema está amenazado por la voracidad de los grandes desarrolladores que operan solapados por el gobierno local. El Recinto es un inmueble que, conforme a todas las leyes aplicables, no debería estar ahí.

Una fuente anónima dentro del municipio recuerda con claridad la asamblea, en diciembre del 2009, en la que un vocero de Mauricio Zamarripa, entonces presidente municipal, le avisó al consejo ejidal que el gobierno de Óscar Luna Braun cambiaría la causa de utilidad pública de 60 hectáreas pertenecientes al ejido para destinarlas ahora a la construcción de un nuevo muelle municipal. Aunque el número de hectáreas parecía exagerado para la construcción de un muelle, la indemnización sería de 110 millones de pesos, según cifras del propio gobierno estatal y la Sedatu. Tres años después, sin embargo, el muelle ni siquiera había empezado a construirse. El consejo ejidal se enteraría después de cierta permuta, llevada a cabo en secreto por la presidencia municipal, para construir el muelle en otro predio ubicado cerca de un manglar y venderle ese primer terreno a El Recinto, empresa privada entre cuyos dueños figura el empresario Alfonso Kuri. En el *holding* Grupo Marea, al cual está incorporado El Recinto, también se encuentra Grupo Inmobiliario Polaris, cuyos dueños son Carlos Daniel Ávila y Esteban Ávila, hermanos y socios del actual gobernador del estado de Quintana Roo, Damián Ávila.

En la larga historia de abusos del PRI en Quintana Roo, este quizás sea uno de los más...

Me había hecho pato para leer el pinche reportaje de Pineda hasta hoy en la mañana. No pude acabarlo porque había quedado de recoger a Marina a las siete en punto. Con lo que leí bastó. Nos va a cargar la chingada.

Marina no ha abierto la boca desde que se subió al coche porque está demasiado ocupada maquillándose. Son las siete y cuarto de la mañana y es martes, pero su *look* es de cena, en viernes, a las diez de la noche.

—¿Me debería haber puesto corbata?

—¿Por qué?

—Pues ve cómo estás vestida tú.

—Ya te dije que todo el mundo va a esto. Actores, políticos, empresarios. Hijos de expresidentes.

—¿Y estás segura de que no hay pedo con que nos vean juntos?

Marina se pone *lipstick*, mete y saca los labios, abre y cierra la boca.

—Cualquier cosa dices que Óscar nos invitó y ya.

—Óscar no me preocupa.

—Sí, ya sé que te preocupa el gordo de mi suegro. *Relax*. No es un *counseling* matrimonial.

Satisfecha, Marina pone el espejo en su lugar y se arregla el escote de la blusa, jalando el bra para arriba. Veo sus tetas rebotar cuando lo suelta. Cómo se me antoja mandar este compromiso a la chingada, llevármela de vuelta a su departamento y cogérmela toda la semana.

No es la primera vez que me invita a una pendejada de superación personal. Cuando empezamos a vernos me prestaba libros de autoayuda y, hace un mes, cuando acababa de regresar de Cancún, me llevó a un curso de meditación trascendental en una casa en Polanco que olía a jergas mojadas e incienso. Una señora, con la nariz a punto de desaparecer de tanta cirugía y el pelo pintado color ciruela, nos ofreció café en vasos de unicel, nos llevó a una salita y nos puso un VHS sobre la sabiduría de un monje chino. Luego me cobró seis mil pesos y nos metió a un cuarto a que cerráramos los ojos por veinte minutos. Marina empezó a roncar y yo me puse a revisar Facebook. Saliendo me dijo que la experiencia le había cambiado la vida y que, de ese momento en adelante, meditaría a diario. Según yo no lo ha vuelto a hacer, aunque compró música tradicional de la India y suficiente incienso para aromatizar un monasterio budista. Fuimos porque uno de sus colegas retrasados mentales se lo recomendó. La meditación es como darle un regaderazo a tu cerebro, le dijo.

—Necesito sentirme más en control de mis emociones. Quiero ser una persona más espiritual. Estar en contacto con la Marina que llevo dentro.

—¿Y yo por qué chingados tengo que acompañarte a eso?

—Porque eres mi pareja.

Pareja, dijo, no novio, pero el chantaje funcionó. Me sentí obligado a ir, como me siento obligado a ir hoy. Óscar se fue a París y tenemos días y días por delante. Me conviene que esté contenta, aunque no sé cuánto tanto tiempo pueda pasar con ella en semana de elecciones.

Ahora sí estamos convencidos de que vamos a perder, así que el senador anda insoportable. A Landa y a mí nos trae en chinga. Dice que por nuestra culpa salió el reportaje que nos dio en la madre en las encuestas. ¿Yo cómo iba a saber que la reporterita esa tenía contactos adentro del gobierno del estado y que en el desmadre estaba metido el hijo de Ferrer, un ruco que hace años se lanzó para presidente municipal de Cozumel?

La casa está en Las Lomas. Esperaba ver al menos una pinche cartulina que dijera que ahí se imparte el Seminario de Inducción para el Primer Módulo de Ethical Tecniques for Success, pero no. Lo único que hay frente a la reja son camionetas blindadas, guaruras fumando y un *valet parking*. Marina no esperaba encontrar tanta gente. Se pone nerviosa y me pide que la deje en la esquina y yo llegue solo. Estaba seguro de que haría algo así.

El verano es el invierno del DF, cuando no para de llover, así que abro la cajuela para sacar una bufanda que compré la última vez que fui a Madrid y me la amarro alrededor del cuello. Me siento raro. Por un lado, ver tantos buenos coches me hace sentir a gusto, seguro de que la sesión no va a llenarse de amas de casa, alcohólicos o apostadores compulsivos. Por el otro, todo es tan secreto que más bien parece reunión de masones cogepuercos.

No tengo idea de en qué me estoy metiendo y nada en el lugar te da pistas, salvo alguna indicación para caminar hacia este o este otro lado. El sitio de ETS es vago y dice algunas de las cosas más estúpidas que he leído en la vida.

Probablemente has leído libros, visto videos o tomado seminarios que te dicen cómo ser más exitoso. ¿Así que por qué no has logrado mayor éxito? Se debe a que el éxito es una actividad basada en emociones. Esto significa que podemos leer todos los libros, ver todos los videos y aun así conservar los hábitos vacíos que no están respaldados por las fortalezas emocionales adecuadas.

ETS es un programa continuo de entrenamiento emocional que está dirigido hacia el individuo que busca lograr un mayor nivel de éxito en el mundo. Nuestro programa te ayuda a lograr tus metas personales y profesionales al mostrarte cómo puedes fortalecer tu constitución emocional —después de todo, tu fortaleza emocional y entusiasmo son la base para vivir tu vida de la manera que quieras—. Y si estás logrando tus metas, pero te gustaría hacerlo más rápido, o si deseas expandir y mejorar tu éxito, puedes. Desarrollar, fortalecer y aprovechar esta fuerza dentro de ti te permite vivir a tu pleno potencial.

El Seminario de Inducción del Primer Módulo consiste de cuatro sesiones de ocho horas. El programa está estructurado de forma que permite a los estudiantes la oportunidad de trabajar en cuestiones específicas en un entorno íntimo de grupo pequeño. Dependiendo de cuáles de nuestros programas te interesen, la inversión varía entre los 180 y los 250 dólares por hora.

¿Qué es un módulo, qué debemos hacer, cómo «fortaleceré mi fuerza»? Los misterios abundan y lo único que me ha quedado claro a estas alturas son los dos mil dólares que me costó el chistecito, si se suman mi inscripción y la de mi pareja. Los asistentes caminamos por un jardín al que le urge un jardinero y, tras abrir una puerta de metal como de salón de primaria pública, entramos a un aula, en cuyos pupitres, con descansabrazos incluidos, están sentados políticos, empresarios, actores, cantantes y hasta un futbolista. Lo único que no encuentro son hijos de expresidentes. Nadie se levanta a saludar o platicar con alguien más. La mayoría ve de frente al pizarrón, en silencio.

Cerca de donde me siento, sobre una mesa decorada con un mantel de flores que bien podría haber tenido mi abuela, hay una cafetera, tarros de diferentes tamaños, colores y formas, y un paquete abierto de galletas Mac'Ma. Esperaría que, por la lana que pagamos, nos dieran salmón, caviar y bagels traídos de Nueva York. Quiero creer que esto es una tomada de pelo, pero el calibre de fama y billete de la gente sentada frente a mí sugiere lo contrario.

Me meto una galleta demasiado grande a la boca y me voy a sentar, mientras Marina se va del otro lado, alza la mano y saluda a los actores que la reconocen. No se acerca para darles un beso o intercambiar chismes. Sea lo que sea que va a pasar, los que vinieron se lo toman en serio.

Está Cynthia Romero, diputada de Morena, el secretario de Energía Juan Enrique Sotomayor, un senador del PAN que se llama Guillermo López Mena o López Tena y, según mis cálculos, cuatro cantantes, conductores y actores de televisión. Desgraciadamente, también encuentro a Poncho Kuri, socio de Caballero y uno de los dueños de El Recinto. Es la única persona que está con su celular. De repente bosteza y se mete el meñique al oído para rascarse. Qué suerte que no me ha visto. Después del reportaje que salió debe tener ganas de romperme los huevos a martillazos. Yo estaba en la oficina cuando el senador le echó una llamada para avisarle que nosotros dos, sus «brazos derechos», íbamos a arreglar la bronca antes de que Beatriz Pineda tecleara la primera letra. Pero, hace unos días, el reportaje salió en portada. Uno de los pasantes me avisó que El Recinto se coló hasta los *trending topics*.

Un guardia cierra la puerta de un jalón, se apagan las luces y, de otra puerta, a un lado del aula, un tipo sale en medio de aplausos. Trae jeans y saco, uno de los top 3 *looks* más culeros que se puede poner un ser humano. Manos al aire, nos da los buenos días con el ritmo y la energía de un locutor de radio. Puta madre, es el hijo de Carlos Salinas. Cualquiera de mis pasantitos daría sus huevos por tener tan cerca a alguien que fue engendrado por nuestro expresidente.

—Perdón por la desmañanada —nos dice, sonriendo. Los invitados se ríen, no sé por qué. Yo no lo disculpo. No es de Dios despertarte a las cinco y media—. Pero les agradezco desde el fondo de mi corazón que hayan venido y les prometo… les prometo… que no se van a arrepentir.

Salinas tira de un gancho arriba del pizarrón para extender una pantalla enrollable. No se parece a su papá en absoluto. Don Carlos es flaco, chaparro, bigotudo y pelón. Este cuate ronda los cuarenta años y tiene una barba podada con regla y las facciones de esos cantantes de rancheras modernas que se las dan de *sex symbols*, como Alejandro Fernández y esos maricas. Un proyector detrás de nosotros se prende y, después de unos gruñidos y chispazos, escupe sobre la malla el logo de ETS. Salinas empieza a caminar por el escenario, una sección al frente del aula. Está dos escalones arriba de nosotros. Volteo a ver a Marina. Ya se puso esos lentes de pasta gruesa que usa aunque no tienen aumento.

—Voy a decir cosas controversiales —dice Salinas. Aunque el salón es chico, trae un micrófono que se pone como diadema. Su voz me llega por unas bocinas en el techo—. Controversiales porque las voy a decir yo. —Risas de nuevo—. Y porque son ciertas y no queremos escucharlas.

Se acaban las risas.

—Antes de empezar, les quiero hacer una pregunta —nos dice, caminando de un lado al otro del escenario—. ¿Cuál es el verdadero problema de México?

Salinas no espera a que contestemos para continuar. Uno por uno, muy lento, enumera los «verdaderos problemas» con los dedos.

—¿La corrupción? ¿El narcotráfico? ¿La economía? ¿La inflación? ¿La inseguridad? ¿La violencia? ¿La pobreza? ¿El gobierno? ¿El presidente?

Silencio.

—No, señores y señoras. El problema somos nosotros.

Murmullos. Los invitados asienten.

—Y el problema es que somos un país de víctimas. Nos encaaaanta victimizarnos. Siempre lo hemos hecho. Incluso históricamente nos gusta asumirnos como las víctimas de algo. —Salinas vuelve a usar los dedos para enumerar—. Fuimos víctimas de los españoles.

De los gringos. De los franceses. De don Porfirio. Del PRI. De mi papá. Del Peje.

Risas de nuevo. Yo, más bien, estoy confundido. ¿Pagué para escuchar un sermón de este güey sobre cómo le duele el país? En Twitter los encuentras gratis.

—En México tenemos una grave enfermedad. Somos como una persona que quiere pretender que tiene gripa, y que se le va a quitar sola. Los mexicanos queremos pretender que México tiene gripa. Pero México tiene cáncer. Y si no hacemos algo al respecto, ese cáncer va a matarlo.

Marina ve a Salinas con el codo sobre el descansabrazos del pupitre y la barbilla recargada sobre el puño. Sotomayor toma nota en un cuaderno. En la cámara de diputados siempre me encuentro a Romero dormida en su asiento, pero ahora ni parpadea. Los únicos que no se están comprando este choro somos Kuri, que sigue checando su celular, y yo.

El proyector cambia de imagen, del logo de ETS a la bandera de México. A continuación aparecen una serie de postales genéricas del país. El Zócalo, el escudo, el grito del 15 de septiembre, cuadros de Diego Rivera.

—Yo nací en México. Crecí en México. Y, en el proceso, aprendí a amar esta tierra. No es difícil amarla. Somos un país de pasión. Esa pasión con la que apoyamos a nuestra selección de futbol, con la que salimos a festejar a las calles, con la que comemos tacos al pastor. Esa pasión con la que cantábamos el himno nacional cuando pensábamos que «mas si osare» era «el extraño enemigo». —Salinas entona esa parte del himno, en caso de que a alguien se le haya olvidado—. «Mas si osaaaaare

un extraaaaaño enemiiiiigo, profanaaaad con su plaaan-
taaa tu sueeeelo». ¿Se acuerdan?

Unos dicen claro. Otros dicen sí. Otros cómo no.

—Cantábamos con corazón de niño, con los pulmones llenos de esperanza. Nos gustaba, sobre todo, esa
parte del himno que le dice a nuestra patria, nuestro
México, que debe pensar que en todos nosotros hay un
soldado que la defenderá. «Piensa oh patria querida que
el cieeeeelo, un soldado en cadaaaa hijoooo te dioooo».
Qué bonito, ¿verdad?

Ahora vemos imágenes de soldados, niños y ancianos saludando a la bandera.

—Creo que, para un mexicano, el peor insulto es
que alguien insulte a nuestra madre. Pues México…
México es nuestra madre, y está clamando por sus hijos. Nuestra madre está siendo violada frente a nosotros.
Llegó masiosare, el extraño enemigo, y llegó a violar
a nuestra madre. —Salinas señala una esquina del aula,
donde hay un bote de basura—. Ahí la está violando.
Ahí mismo. Ahorita. Violándola.

Salinas guarda silencio y se queda fijo en su lugar,
con la mano estirada, apuntando al basurero. Supongo
que quiere que nos imaginemos a masiosare cogiéndose
a México por el culo.

—Y yo les pregunto, ¿dónde está el soldado en cada
hijo? ¿Dónde están los soldados que defenderán a esa
madre violada?

Escucho a alguien sonarse la nariz. Marina se limpia,
o finge limpiarse, una lágrima repentina.

—Mahatma Gandhi dijo «debes ser el cambio que
quieres ver en el mundo». Hoy, en México, se buscan
Gandhis. Ne-ce-si-tamos Gandhis.

¿Quién lo entiende? ¿Quiere soldados o quiere Gandhis?

—Se buscan hombres y mujeres que amen a México y estén dispuestos a tomar acción. Súmense a esta iniciativa. Es hora de defender lo mejor de México. —Aquí empieza otro montaje de imágenes, para concordar con lo que Salinas enumera, cada vez más emocionado—. Defendamos las fondas... las ferias... las cantinas... el tequila... el mariachi... las serenatas... las posadas... el Día de Muertos... San Miguel de Allende... el pozole... los panuchos... la alegría... la PASIÓN DE VIVIR... ¡LA LUCHA! La lucha para que todo lo que significa ser mexicano no desaparezca de este mundo.

Salinas no ha acabado de hablar, pero ya hay un par de invitados que aplauden. Su *speech* ha durado diez minutos contados. Marina me dijo que el seminario acabaría a las cinco de la tarde. ¿Qué más vamos a hacer?

—Los invito a que se queden aquí con nosotros. A que reconozcan que el mayor enemigo de México está en nosotros mismos. En nuestra apatía. Enciendan sus corazones, ustedes, los verdaderos mexicanos. Y bienvenidos a ets.

Salinas sale entre aplausos y chiflidos, y luego entra una edecán a pedir que nos quedemos sentados. Atrás de nosotros, el guardia que operó el proyector va de fila en fila entregando lápiz, sacapuntas y un examen engargolado, de varias hojas, con el logo de ets en una esquina. Son preguntas abiertas. La edecán nos dice que tenemos tres horas para contestarlo y se va.

La evaluación psicológica es un engargolado de cuarenta y tantas páginas. Marina empieza a contestar apenas se lo entregan. Me paro a servirme un café, le saco punta al lápiz y arranco.

Ya van varias semanas en las que llego al departamento y veo un coche negro estacionado del otro lado de la calle con dos tipos adentro que no me dejan de ver. No siempre son los mismos y a veces están vestidos de traje. No tienen la mirada sospechosa y altanera de un guardaespaldas. No usan binoculares, ni cámara. Me miran con curiosidad, como si yo fuera un animal del zoológico. No un elefante o una jirafa o un tigre, sino algo común y menos llamativo. Un chango. Una hiena. Hoy fue la primera vez que los encontré de día. Supongo que no me espían a mí sino a otro condómino.

Estoy en el jardín afuerita del salón, cuando un compañero a mis espaldas me pide un cigarro. Meto la mano a la bolsa del pantalón y saco la cajetilla cuando me doy cuenta de que es Kuri quien está detrás de mí.

—¿Qué pasó? Ni que fuera yo tu jefe. No te me espantes, pa.

—Disculpe, licenciado. Quién sabe dónde tengo la cabeza.

Me acerco para darle fuego. Kuri huele como si llevara una semana sin bañarse. Su camisa está desfajada, no se ha rasurado y todavía trae peinado de almohada. Se me había olvidado que tiene lunares dentro de los ojos. Sus pupilas parecen manchas de tinta china.

—¿Qué tal esta chingadera, eh? —me pregunta, estirando la espalda y tronándose los nudillos.

—¿Se refiere al curso, licenciado?

—No, cabrón. A estas florecitas. ¿Pues a qué otra cosa me voy a referir?

—Ah, sí. Es una tontería.

—Si es una tontería, ¿por qué viniste?

Se me olvida tirar el cigarro y no me doy cuenta de que ya me lo acabé hasta que me quema los dedos.

—Me dijo Óscar que viniera.

—¿Óscar papá u Óscar chico?

—Chico.

—Sí es cierto. Es tu compadre, tu chilazo, ¿verdad, pa?

—Es muy buen amigo mío, licenciado.

—Es un pinche huevón, qué.

Kuri empieza a arrancar las hojas de un arbusto que le llega a las rodillas.

—Pus yo tuve que venir porque me obligaron unos socios. Paisanos, ya sabes. Los paisanos están muy metidos en esto. Mucho billelle de constructores como yo. Juran que les cambió la vida. Creo que van más a estas mamadas que a la sinagoga. Imagínate qué tan encantados están.

Cómo me gustaría que saliera la edecán para pedirnos que entremos de nuevo. La única persona cerca de nosotros es un guarura, recargado contra la puerta de la entrada, viendo algo en su celular.

—Me imagino, licenciado.

—Fíjate que me obligaron porque de repente, quién sabe por qué, me está costando levantar unos proyectos. Se me fue un inversionista por acá, un socio por allá y, ni modo, tuve que salir a buscar otros colegas para una chulada de condominio que quiero poner en Puerto Vallarta.

¿Va a sacar el tema él o lo saco yo?

—La primera condición que me pusieron fue venir a esto. Hace un mes estaba en mi *penthouse* de South Beach, echándome una margarita. Y ahora estoy aquí, junto a ti, respondiendo cuestionarios a las diez de la mañana.

—Licenciado, siento mucho lo del reportaje. Le juro que Landa y yo hicimos-

—Todo lo posible. Sí, ya sé. Lo mismo me dijo Oscarito.

Que yo sepa, ninguna otra persona le dice Oscarito al senador.

—Vamos a perder esta semana.

—Eso dicen las encuestas, licenciado.

—Y todo porque tú no quisiste sentarte frente al editor de esta reporterita de mierda.

—No era tan fácil.

—Las cosas se arreglan hablando. ¿O no, pa?

—Llevamos meses abajo. Meses, licenciado. No creo que haya sido por el reportaje-

Kuri me calla sin decir una palabra. Con ponerme la mano encima basta. Sus ojos siguen fijos en la ramita a la que ha ido deshojando. La boca le apesta a saliva seca.

—Creo que no te das color de la cantidad de lana que nos va a costar perder ese estado.

—Me doy cuenta, licenciado.

—Caballero está muy emputado contigo. Más desilusionado que emputado. ¿Y yo? —Kuri me aprieta el hombro. Sus uñas largas me pican la piel—. Yo también. Yo también.

—Lo lamento.

—Me dice Oscarito que andas tras un puesto más chingón.

—Así es, licenciado.

Kuri apaga el cigarro en el talón de su mocasín y me suelta.

—Pues yo que tú arreglaba este desmadre. Y rápido, pa.

Me guiña el ojo y entra de nuevo.

La edecán nos pone etiquetas con nuestro nombre en el pecho y luego nos divide en grupos de cinco. No sé adónde van los demás. Nosotros, Marina incluida, Kuri por suerte no, acabamos en el segundo piso, en un salón más chico que el aula principal, sentados sobre los mismos pupitres de primaria. Ahí nos recibe una señora recortada de una revista de sociales, vestida con tacones, collar de perlas y traje sastre. Está sentada sobre el escritorio. Junto a ella hay varios juegos de mesa y una charola de plástico, con una montaña de tortas de jamón encima. Solo yo tomo una, para aplacar el hambre.

La señora se presenta. Se llama Elda y lleva diez años trabajando para «la fundación». Antes de eso fue psicoterapeuta infantil. Una de las invitadas, que forma parte del grupo, la reconoce. Ambas se saludan y se preguntan por sus respectivos esposos. Uno está de viaje en San Francisco y otro en Londres.

Elda le pide al grupo que espere a que yo acabe de comerme la torta para empezar «la dinámica». Me echo el resto en dos mordidas, limpio el descansabrazos del pupitre con el dorso de la mano y le digo que estoy listo, escupiendo migajas. Marina me ve y echa la mirada al techo. Qué oso, Julio.

Entra otra edecán con una canasta y Elda nos pide que pongamos nuestros celulares ahí. «No les va a pasar nada si no checan su Twitter por unas horas», dice. Marina apaga el suyo y es la primera en ponerlo sobre la canasta, seguida por la amiga de Elda, que hace lo mismo. El futbolista pone el suyo también, igual que el último miembro del equipo, un cabrón de camisa de lino y jeans que parece una versión tropical de Drácula. Su etiqueta dice que se llama Sergio.

Para arrancar, Elda quiere que nos presentemos. Nombre, apellido, trabajo y motivo por el que estamos aquí. Marina va a la mitad de su nombre y oficio, soy conductora, modelo, dizque actriz, ja, ja, ja, cuando la edecán vuelve a entrar con los cuestionarios bajo el brazo y los pone sobre el escritorio. Espero que no nos obliguen a leer nuestras respuestas en voz alta.

Marina dice que vino aquí porque quiere ser una actriz más comprometida, una mujer más espiritual. Elda le pide que no se preocupe. «Estás en el lugar correcto, corazón». Jossimar es lateral izquierdo del Cruz Azul. Con su vocabulario de primaria, típico de deportista mexicano, explica que vino para mejorar su mentalidad y ser una mejor versión del Jossimar que hasta ahora ha sido. La amiga de Elda se llama Lola y asegura ser catadora profesional de té. A eso le suma ser madre de tiempo completo, esposa y artista. Vino porque ETS le salvó la vida a su marido y quiere compartir esta experiencia con él. Sergio también explica su trabajo y sus razones para asistir al seminario.

—Este, sí, buenos días. O buenas tardes ya, ¿verdad?

Tardes. Buenas tardes, le contesta el grupo.

—Buenas tardes. Mucho gusto. Mi nombre es Sergio Zamora Cruz y, este, yo trabajo en el Centro de la ciudad. Soy joyero de profesión con más de treinta años de experiencia en el ramo.

Sergio habla como si estuviera leyendo del pizarrón y tuviera miopía.

—Hacemos lo que vienen siendo joyas. Anillos. Aretes. Pulseras. Coronas. Este… —Sergio se palpa el pecho y, con el dedo, dibuja un círculo alrededor del cuello. Parece que olvidó la palabra «collares»—. Todo tipo de joyas, pues. Importamos la materia prima de fuera y aquí mismo la procesamos y, como se dice, le metemos mano, ¿verdad? Y ya después la exportamos a Estados Unidos, Canadá y el resto del mundo.

Se me hace que la materia prima que Sergio importa no son joyas sino cocaína.

—Y, pues, me interesaba mucho acudir al seminario porque he estado teniendo problemas con la competencia y creo que esto me servirá para escuchar de sus servicios y saber cómo arreglar estos problemas, ¿verdad?

Me toca a mí. No digo mi apellido, ni revelo quién es mi jefe. Solo digo que trabajo en el Senado de la República y vine por curiosidad. Elda, supongo, esperaba una respuesta más completa. Acabo de hablar y se queda callada hasta que se da cuenta de que no tengo nada que agregar.

Nos avisa que la dinámica constará de muchas, muchas partes, y nos pide paciencia. Mi respuesta es buscar mi celular en la bolsa del pantalón y acordarme, con tristeza, que lo puse en la canasta que se llevó la edecán.

Elda toma los exámenes y lee lo que respondimos en una de las primeras preguntas. ¿Estamos contentos con el lugar que tenemos en la vida? Empieza con Marina, que se sonroja apenas Elda le da la vuelta a las páginas para encontrar su respuesta.

—Marina, tú pusiste que —Elda jala aire y pone el índice sobre la página para leer— a veces me siento insegura. No quiero acabar de mamá de tres hijos, mantenida por mi marido, sin nada qué hacer. Quiero tener una carrera que me guste.

Marina acaba de escuchar a Elda y veo que está a punto de llorar. No debe ser agradable leer tus problemas en boca de otra persona. Se deben sentir más reales. Me arrepiento de haber escrito una pendejada en vez de tomarme el ejercicio en serio, no porque crea que ETS es importante, sino porque quiero corresponderle a Marina y estar al nivel de su honestidad.

Jossimar escribió una serie de idioteces sobre su rendimiento en la cancha y su falta de mentalidad, Lola dijo que le cuesta trabajo balancear las responsabilidades en su vida familiar y laboral, Sergio que su trabajo no le permite gozar porque vive con miedos y angustias. ¿Y Julio?

—A ver, Julio. Julio, Julio, Julio. Tú pusiste que, mmm, permítanme un segundito… —Elda le da la vuelta a la página, para ver si de casualidad escribí algo más al reverso de la hoja—. Escribiste… Voy a estar cómodo cuando acabe este pinche examen.

En el silencio del salón se escucharía una tachuela cayendo al piso.

—¿Esa es tu respuesta?

—¿Qué quieren que diga? Ya acabé el examen, así que estoy muy bien.

Marina suelta una trompetilla. Elda le pide que no se burle de sus compañeros.

—Entonces, ¿a tus treinta y cinco años llegaste al máximo de tu potencial?

—Treinta y tres.

—¿A tus treinta y tres ya no tienes para dónde ir? ¿No tienes metas?

—Claro que tengo metas. Pero eso no significa que no esté contento.

—¿Ya cumpliste lo que querías?

—En esas ando.

Marina vuelve a soltar una trompetilla.

—Por favor. Respetémonos entre nosotros. Y, para ti, ¿con intentar es suficiente, Julio?

No sé qué responder, así que Elda le pide a mis compañeros su opinión. ¿Con intentar basta? Lola, cuyo trabajo implica la difícil tarea de probar té de hierbabuena, dice que por supuesto que no. Sergio me explica que, en su negocio, el que no hace bien las cosas se juega el pellejo. Al parecer, nadie más piensa que hay algo raro en un joyero que solo habla en términos de vida o muerte. Elda hasta utiliza el comentario de Sergio para unir la discusión con la primera dinámica. Para arrancar nos pide que platiquemos una bronca que hemos tenido en la chamba. El resto del grupo debe dar ideas y consejos para solucionarla.

Jossimar nos cuenta que los directivos del Cruz Azul acaban de contratar a un mediocampista ecuatoriano, mucho más joven que él. A lo largo de la temporada lo han ido probando en la defensa y, aunque Jossimar sigue siendo titular, cree que el ecuatoriano, al que no llama por su nombre, le va a quitar el puesto. Además, el recién contratado se lleva muy bien con «el míster» y con el resto del equipo. «Si sigue así voy a acabar jugando en segunda división».

Para aplacar el mal humor de Marina y Elda, levanto la mano y propongo una solución que seguro le gustará al grupo.

—Jossimar —digo, sintiéndome idiota nada más con pronunciar su nombre—. Lo que yo sugiero es que te esfuerces mucho en los entrenamientos. Si tus compañeros llegan a las siete, tú llega a las seis. Si se van a las cuatro, tú sal más tarde. Sé muy amable con tu entrenador. Apréndete su cumpleaños y llévale regalos. Toma nota de lo que le gusta. Apunta si toma vino, si usa buenos relojes, qué corbatas prefiere. Si te pide un favor fuera de la cancha, como que, no sé, le lleves un pastel a su mamá que está enferma, hazle ese favor. El chiste es que sepa que puede confiar en ti para cualquier problema que tenga.

Jossimar me mira confundido. Elda tampoco se ve satisfecha. Podría haber jurado que mi respuesta le iba a encantar. ¿Que no Salinas dijo que nosotros somos el problema y la solución?

—Estás loco —me dice Sergio—. De donde vengo así no se arreglan las broncas. Lo que Jossimar debería hacer es agarrar a este ecuatoriano y meterse en su cabeza. Jugar juegos con su mente. —Sergio se pone los dedos en las sienes—. Jossimar, tú haz como que eres su amigo y luego empieza a amedrentarlo. Dile que los laterales como tú no ganan bien. Que el otro día oíste a los directivos hablar de que lo quieren vender al América. Ya si nada de eso ayuda, este, pues rómpele una pierna en el entrenamiento, ¿verdad? Quítale los frenos a su carro. Chíngatelo. Que sepa que ese es tu territorio y nadie te lo va a venir a robar.

Silencio en el aula. Elda no dice nada y yo me quedo esperando el momento en que lo saque del salón o al menos le diga que el Cruz Azul no es el Cártel de Sinaloa, que no mame.

—¿Escuchaste a Sergio? —pregunta Elda. Jossimar dice que sí con la cabeza—. Espero que lo hayas escuchado bien. Porque lo que dijo, palabra por palabra, define el propósito de ETS.

Sergio infla el pecho, lleno de orgullo. Hasta Marina le sonríe nomás por el privilegio de haber escuchado su sabiduría. Jossimar toma notas mentales.

—Les voy a pedir un favor —dice Elda—. Les va a parecer muy raro, se van a sentir como tontos, pero ustedes háganme caso. Tienen que hacer algo que no han hecho nunca. Algo que los va a hacer sentir inmediatamente mejor de ser quienes son. Necesito que abracen a la persona más importante en sus vidas. Y esa persona son ustedes mismos.

—Perdón. ¿Quieres que me dé un abrazo?

—Sí, Julio. Quiero que te des un abrazo muy fuerte. Lo necesitas.

—¿Aquí? ¿Ahorita?

—Ahorita —me dice Marina, sacando la quijada.

Elda nos sugiere que cerremos los ojos. Como yo desobedezco, me consta que el resto del grupo sí lo hace. Mis compañeros se abrazan a sí mismos con pasión. Jossimar se acaricia los hombros. Marina vuelve a soltar una lágrima. Lola suelta un pujido como el que, me imagino, debe de soltar cuando se viene. Hasta Sergio se da de apapachos, encantado de dejarse amar.

Yo solo me aprieto los bíceps. Supongo que admirar mis músculos como si estuviera en el gimnasio es menos ridículo que abrazarme.

—Están abrazando a la única persona que deben cuidar —dice Elda, en voz baja y muy pausado—. El desarrollo de este ser especial que tienen entre brazos debe ser la prioridad de sus vidas. —Luego suspira, viendo al horizonte, o sea a la pared del fondo—. ¿Qué mejor manera de tener un país próspero que crear individuos fuertes, contentos y realizados? —Una pausa, un trago de agua—. Si nosotros no somos lo mejor que podemos ser, ¿de qué sirve ayudar al otro? —Una miradita a cada uno de nosotros—. La mejoría individual es el único camino ético para el desarrollo de una mejor sociedad. Repítanlo. La mejoría individual es el único camino ético para el desarrollo de una mejor sociedad.

Repetimos a destiempo. Una, dos, tres, cuatro veces. Afuera, de nuevo, empieza a llover.

Marina está enojada conmigo por cómo me porté en ETS o muy clavada reflexionando sobre lo que nos dijeron Salinas y Elda. Luego de que nos autoabrazamos todavía nos esperaban horas y horas y horas de hablar de nuestra vida privada. Yo apenas volví a abrir la boca, menos cuando Elda me obligó a contarle una experiencia traumática de mi infancia o hablarle de mi relación con mi jefe. A la primera contesté que no tengo, y Marina, ya con ganas de humillarme, me exigió que les contara la historia de mi abuso, cuando Jorge y sus cuates me rompieron el brazo en el camión. Dijo «tu abuso» entre comillas sarcásticas. Ni así consiguió que participara.

Cuando me pidieron que hablara del senador nomás dije que me llevo muy bien con él y que es muy cordial conmigo. Marina, por tercera vez, se burló de mí con un sonoro ¡pffft!

—¿Y qué? ¿Me trajiste a esto porque crees que hace falta motivarme?

Marina no habla. Va con los ojos cerrados, tal vez meditando. No sé.

—Sigues sin creer que hablé con el senador para el cambio de puesto.

Marina prende el radio. Cae en una estación techno, así que interrumpe su meditación para buscar la música adecuada. No se da por vencida hasta encontrar violines y piano.

—Te he dicho mil veces que no es tan fácil. Hay que tener paciencia, esperar a que acabe el sexenio y ya después-

—¡Shhh!

—Oye, no me calles. Estoy queriendo.

—¡Shhhhhh!

Apago el radio.

—Si no quieres hablar no hay pedo, pero no tengo que escuchar esta chingadera.

Me acabo de fletar horas en un seminario de mierda que yo pagué y, en vez de que esté contenta, me aplica la ley del hielo. De coger ni hablamos. La única relación sexual que voy a tener hoy va a ser con YouPorn y un bote de vaselina. Si no fuera porque vamos por los puentes de Santa Fe, donde no hay semáforos ni banquetas, me frenaría hasta que me dirija la palabra.

—¿Me puedes decir por qué estás emputada?

—Estoy cero emputada.

—Molesta. Desilusionada. Lo que sea.

—Baja la voz.

—¿No te parece que es una grosería hacer esto? No soy tu chofer, carajo.

Todavía con los ojos cerrados, Marina no puede evitar sonreír. Es una sonrisa de villana de película de Disney. Escucharme alterado le da alegría.

—¿De qué putas te estás riendo?

Riendo, me responde.

—No me estoy riendo de nada.

—Te acabas de reír en este instante.

—Estás muy histérico. Cuando te relajes hablamos.

—¡Que no estoy histérico, chingada madre!

—Shhh. Déjame descansar.

Me vale verga si viene un tráiler detrás, si me va a chocar y vamos a salir disparados a la barranca. No voy a manejar un metro más si esta estúpida no deja de burlarse de mí. Pongo las intermitentes y orillo el coche. Marina, ahora sí, abre los ojos, asustada por el coro de cláxones que me mientan la madre.

—¿Qué haces? Va a haber un accidente por tu culpa.

—No me voy a mover hasta que hables conmigo.

—Eres como un niño chiquito.

—Seré lo que quieras pero no soy tu gato. No te voy a recoger y llevar para que encima me sometas a esta tortura.

—¿Tortura? Órale, pues.

Todo el día me ha visto con pena ajena. Ya se hartó de estar conmigo, tal vez porque piensa que no voy para ningún lado. Me tiemblan las rodillas.

—¿Qué chingados hice? ¿Cuál es el pedo? ¿Que no me tomé en serio la mamada a la que me llevaste?

Marina vuelve a sonreír. Por primera vez tengo ganas de pegarle.

—Estoy contento con mi vida, Marina. Por lo menos sé qué soy y qué no soy.

—Eres. Un. Niño. Y no engañas a nadie.

—¿Yo soy el niño? —le pregunto, preparándome para imitarla—. Odio mi nariz, odio no ser la protagonista de la telenovela, odio no ser más famosa, odio no tener más seguidores en Instagram. Ay, qué horrible es vivir.

—¿Eso opinas de mí?

Si le digo que sí, esto se acabó.

—Eso opino de partes de ti.

—¿Y tú qué, Julito? No sabes la pena que me dio escucharte darle consejos al grupo, para que sean más como tú. Unos lamehuevos. Eso es lo que eres, ni pongas esa cara. El lamehuevos de un político. Discúlpame si quiero mejorar mientras tú te desvives para arreglarle la existencia a un corrupto asqueroso.

Haberme estacionado provocó un embotellamiento tan rudo que la cantidad de cláxones y gritos me obliga a pisar el acelerador otra vez. Ni siquiera he dejado a Marina en su departamento y ya la extraño. Entrará y yo regresaré a ser como Landa. A ir a spas, antros y *table dances*, a meterme con putas y pasantes. Apenas pisa la calle, un madrazo de luz, desde la banqueta contraria, la deslumbra, y ella se tapa la cara con su chamarra de cuero. El *paparazzi* tira un primer flash desde la banqueta, el segundo desde el camellón y el tercero a un metro de nosotros, mientras Marina trota en tacones a la puerta del edificio y entra sin despedirse de mí.

Todo se acaba de ir al carajo.

Martín

—¿Por qué vamos a brindar?

—Ahora sí tenemos de dónde escoger.

—¿Por mi tío?

Brindamos por Arturo con un buen trago. Para acabarnos la copa de una vez, sugiero que también brindemos por su reportaje.

—No por mi reportaje. Porque sacaron al PRI de Quintana Roo.

—Porque lo sacamos. ¡Lo sacaste!

—Martín, no exageres.

No he puesto la copa de vuelta sobre la mesa cuando ya tengo la botella en la mano. Beatriz me pide que le sirva menos de la mitad o la voy a tener que cargar a su casa. Le doy gusto. Estoy festejando por primera vez en muchos, muchos años.

—Ni creas que por invitarme un vino te voy a perdonar —me dice, sacudiéndose las greñas entre los dedos.

—Ah, caray. ¿Perdonar de qué?

—Por haberte ido a Cozumel, aunque te había dicho que no fueras por nada del mundo.

—Pero te conseguí lo que necesitabas.

Beatriz vuelve a levantar la copa.

—Por tu buena suerte.

—Por eso sí nunca pensé brindar.

—¿Ya vas a empezar con tus dramas?

—Nada de eso. Prometido.

—Más te vale. No me vayas a nubenegrear la tarde.

Me gusta el lugar que escogió para vernos, un barecito dizque francés en una calle empedrada a las afueras de San Ángel, el barrio en el que viví hasta que nos fuimos a Cozumel. Antes de casarnos le prometí a Alicia que algún día le compraría una casa por acá. Se lo dije durante esas conversaciones en las que hablas del futuro como si todo estuviera ahí a la mano y bastara nombrarlo para eventualmente tenerlo: casa en San Ángel, mi propio despacho, viajes a Europa en verano y universidades en el extranjero para nuestros hijos. Nos casamos, crecimos, tuvimos una niña y empezamos a presentir que no sería fácil mudarnos del departamentito que compartíamos y en el que todavía vivo. Quizás Alicia me pidió el divorcio cuando entendió que la había enamorado a base de mentirle.

Beatriz cuelga su bolso en el respaldo de la silla.

—Podría haber trabajado más el artículo. Sigo pensando que me hicieron falta algunas fuentes. Ojalá las encuentre para el siguiente. Ya estoy en eso, ¿sí te dije?

Mi mirada está en la calle empedrada, la que recorro hasta toparme con el semáforo. Trazo el camino que me llevaría de este bar a la casa: el teatro a la izquierda, la placita donde los sábados se pone un bazar, los restaurantes a la derecha. Los sonidos del tráfico urbano se desvanecen conforme la ciudad deja de ser un cáncer de edificios, smog, microbuses y avenidas, y encuentro los portones de madera, las fuentes de piedra, las jacarandas despuntando en las banquetas y las mansiones de tipo colonial, con fachadas de colores. Así hasta tocar el timbre, que era una campana.

—¿Martín? —Beatriz me chasquea los dedos en la cara—. ¿Dónde andas?

—La casa de mis papás estaba aquí cerca.

—Ya sé. A unas cuadras, pasando Revolución.

—Me gustaría comprarla de vuelta. Hacerme viejo ahí, donde fui niño.

—Las casas en San Ángel cuestan millones de dólares.

—Hay abogados que ganan eso o más.

—En cambio yo antier leí que ser reportero es de las profesiones más ingratas del mundo. Te mueres de un balazo o te mueres de hambre.

—Hubieras sido abogada.

—El dinero me importa menos que a ti.

—El dinero no me importa tanto.

—Dijo el que quiere comprar una mansión en San Ángel.

Beatriz pone su mano sobre la mía y la palmea sin un ápice de femineidad, a pesar de que trae pintadas las uñas de rosa.

—No te enojes. Es la verdad.

—Tu opinión no es la verdad. Las opiniones no son hechos.

Beatriz me sirve más vino y se quita su chamarra de cuero, la misma de siempre. Trae un atuendo inusual en ella: jeans negros y una blusa de seda con los hombros al descubierto. Tal vez tiene una cita más tarde.

—Te puedo dar hechos, pero te vas a enojar —me dice.

—¿Hechos sobre qué?

—Pruebas de que te importa más el dinero que a mí.

—A todos nos importa la lana.

—A mí me importa por lo que me da, no por lo que significa.

—Tienes razón. El dinero tiene la culpa de todo.

—Yo nomás digo que ahí vamos, hablando de nuestro sueldo, buscando un aumento, no porque ese billete nos ponga pan en la mesa sino para ostentarlo. Para decir «esto es lo que valgo: una casa en San Ángel, un viaje a Las Vegas, un BMW y un nuevo iPhone».

—Discúlpame por no llegar a tu nivel de pureza budista.

—Pues lo dirás de broma, pero por lo menos ellos se preocupan por el otro. Aquí estamos tan obsesionados con el siguiente depósito que por eso ponemos hotelitos arriba de un manglar o a la mitad de un ejido, aunque eso le arruine la vida al prójimo. Lo que sea con tal de acumular y acumular. Así es Luna, al que según esto odias.

—Me he dedicado a tumbar a ese hijo de puta. No jodas.

—Pues no seas como él. Hay metas más nobles que conseguir cosas materiales.

—Yo estoy hablando de recuperar.

—Conseguir, recuperar. La misma gata pero revolcada.

Le recuerdo que renuncié a un trabajo que pagaba muy bien para abrir un despacho, litigar por mi cuenta y representar a clientes cuyas necesidades estuvieran en sincronía con mi brújula moral. Si fuera, como ella sugiere, un buitre como Luna, Ávila y compañía, ahorita estaría ganando una millonada y, en una de esas, felizmente casado con Alicia.

—Felizmente casado no ibas a estar nunca, tampoco exageres.

—Entonces casado y punto.

—¿Y estar casado y punto es lo que quieres? ¿Aunque sea con esa vieja?

Alicia no me habla desde que regresé de Cozumel, cuando Matilda por supuesto le platicó a detalle nuestra pelea en el avión. Alicia, además, se casó con un imbécil y está embarazada de él. Alicia, en suma, me debería de importar un bledo, pero me incomoda que Beatriz hable mal de ella. Como su exmarido, el derecho a criticarla es solo mío.

—Esa vieja es la mamá de mi hija.

—Esa vieja te dejó porque odiaba todas las cosas que a mí me gustan de ti. Las mujeres como ella acabarían casadas con un Kuri o un Caballero sin broncas, con tal de que les pongan casa y las dejen ir de compras a Houston.

—Alicia estudió Historia del Arte. Tampoco es una frívola.

—¿Y con quién se volvió a casar? ¿Con un artista o con un burgués de quinta?

—Con un burgués de quinta.

—Fíjate en lo que la gente hace, no en lo que la gente dice.

Nunca me ha gustado demasiado el vino. Solo pedí la botella porque tengo esta idea, inculcada desde la niñez, de que no se festeja con tequila o con ron, sino con un buen tinto. Beatriz, me confiesa, tampoco sabe distinguir entre una uva u otra, y la calidad de lo que bebe le tiene sin cuidado. Brincamos a un whisky y después a unas cubas. Anochece, el bar empieza a llenarse y le pregunto si tiene algún lado adónde ir.

—¿Por qué? ¿Ya quieres que me vaya? —me pregunta, y detecto un dejo de desilusión, extraño en ella.

No me acuerdo de la última vez que Beatriz y yo nos reunimos y la plática no abordó su trabajo o el mío. Nos hemos frecuentado durante años y, sin embargo, parece que nos dejamos de escuchar desde que me casé. No sabía nada, por ejemplo, de la retahíla de desgraciados con los que ha salido; alcohólicos y abusivos en quiebra, entre los que destaca el director del periódico para el que antes trabajaba.

Cuando acaba de hablar me pregunta por mi vida amorosa. No sé si pueda responderle con la misma honestidad que ella tuvo al contarme cómo cortó con su exjefe después de que la amenazó con correrla si no le daba una mamada en el baño. La realidad es que he salido muy poco desde el divorcio y en cada una de las citas me he puesto borracho antes de que llegue el plato fuerte. A veces siento que beber es una forma de boicot, como si tener otra mujer fuera una falta de respeto con Alicia. En una cita volví el estómago sobre el mantel, en otra dejé a la señora en turno sentada mientras yo regresaba en taxi al departamento y en la última solo conseguí coger porque salí con una conocida del despacho que acababa de divorciarse y bebía más que yo. El sexo fue largo, sudoroso y poco placentero. Mientras cogíamos me pegó a puño limpio y se quejó de mi peso. Aun así volví a llamarle. Nunca me contestó.

Le digo a Beatriz que no hay mucho que contar.

—¿Cómo que no hay mucho que contar?

—No me ha ido bien. Dejémoslo así.

—¿No has cogido con nadie desde que te divorciaste?

Le respondo que no me he acostado con nadie desde el divorcio. Tal vez quiero que piense que nuestras penas amorosas son iguales; compartirle mi miseria para que la suya duela menos. A pesar de que estoy tomado, presiento hacia dónde va la noche. O, más bien, hacia dónde puedo encauzarla. Puedo pedir la cuenta e ir con ella a mi casa. La otra opción es quedarme aquí, en una obra que ya vi y no me gusta. Saldremos del bar a las once, me despediré de ella en el estacionamiento, me dormiré a las dos de la mañana después de seguir bebiendo sin compañía y llegaré crudo al despacho. Estar con Beatriz es una apuesta cuyas consecuencias desconozco, pero al menos me dará algo distinto, sea lo que eso sea. El pasado, mi vida en ámbar, me espera hacia el semáforo, el teatro, la placita y la casa que mi papá perdió hace más de treinta años.

Le digo que estoy demasiado borracho para manejar y nos subimos a su coche. Beatriz pregunta si prefiero ir a mi departamento o al suyo, como la gente pregunta dónde sentarse en una reunión de negocios. Al tuyo, respondo, mi gesto aterido en un rictus nervioso: no logro disfrutar este preámbulo. En el camino, mientras Beatriz diserta sobre los embrollos viales que ocasiona el uso de automóviles particulares, pienso en sus motivaciones. Alicia siempre habló de esa «amiguita» mía que estaba enamorada de mí. No hay nada de romántico en la actitud de Beatriz, pero tampoco parece tener en mente solo un revolcón. Tal vez lo romántico, como yo lo entiendo, no existe después de los cuarenta.

En su departamento, más modesto y ordenado que el mío, me sirve un vaso de agua y espera a que me lo acabe antes de acercarse. Le devuelvo el beso con una urgencia vergonzosa; ella hasta se ríe cuando la levanto de los muslos y torpemente la coloco sobre el mostrador de la cocina. Sus labios saben fríos, su saliva cálida. No nos hemos separado y ya me bajé los pantalones a las rodillas. Me preocupa desilusionarla.

Cogemos rápido y en silencio, con la coreografía de una pareja que lleva años haciendo esto, no de dos personas que en la vida se habían visto el ombligo. No hay un trance incómodo, una duda, una petición o un ajuste. Es sexo bien aceitado y agradable, mejor que la mitad de las cogidas de mi matrimonio. Acabamos y ella va a sentarse en el escusado. Escucho mi semen gotear y después la veo limpiarse. Con Alicia toda esa purga ocurría a puertas cerradas. Me incordiaba la prisa con la que ella corría al baño y apretaba el seguro de la manija.

Beatriz se sienta junto a mi barriga y la palpa como si mi piel fuera de juguete. «Estás muy chistoso, tú», me dice, pero no me ofendo: en su mirada hay una suavidad que interpreto como ternura. Antes de dormir me platica anécdotas de su infancia: el día que llegó a casa y vio que su papá finalmente se había rasurado el bigote, otra en la que su mamá estuvo a punto de golpear a un hombre por piropearla en la calle y la última noche en la que los vio a ambos. Después me da un abrazo que me conmueve tanto como me desconcierta. No sé qué hacer con el cariño ajeno.

Apenas apagamos las luces reconozco lo que he conseguido con mi apuesta: una relación con Beatriz que será distinta a la amistad que procuramos por tantos años. ¿Qué pensará Alicia? ¿Qué pensará mi hija? Incurro en la arqueología propia, contrastando lo que tengo con lo que tuve. El abrazo de Beatriz me remite a Matilda, que desde bebé se moría de risa cuando Alicia la cargaba y yo las abrazaba por la espalda, cubriéndolas con mi cuerpo. Matilda nunca era más feliz que cuando estábamos los tres juntos. Siempre fue una niña quejumbrosa, de llanto fácil, pero no se volvió hosca hasta que su madre se separó de mí. Recuerdo su gesto confuso cuando Alicia le explicó que por primera vez no dormiría en el departamento, a un muro de distancia de su padre. Empezó a llorar en el elevador y después vomitó en el coche, de camino a casa de mis suegros, donde se quedaron hasta que Alicia se casó con Christian. Ese departamento donde vivimos los tres existe, tanto como la casa de mis padres existe, pero de nada sirve que los lugares sigan ahí si quienes los ocuparon se han desbandado del núcleo que formaban.

No sé cuánto tiempo llevo sentado a oscuras cuando Beatriz me llama desde el cuarto, pidiéndome que regrese. No conozco las dimensiones de su departamento: tengo que caminar con los brazos al frente para no golpearme contra el refrigerador o la pared que separa la cocina de la única recámara.

—¿En qué tanto piensas? —me pregunta, invitándome a sentarme a su lado.

—Nada. Cosas de trabajo.

—¿Seguro?

—Te lo prometo.

Beatriz se acerca a mí y me da un beso en el pómulo, donde todos los fines de semana recibo puñetazos. Veo la vieja playera azul con la que duerme; su pijama. Se la presté una noche que se quedó a dormir en el departamento que compartía con Paco, su hermano. Yo acababa de llegar de Cozumel, hace más de veinte años.

Julio

Entro a ver a Landa en la noche, cuando solo quedamos Mónica, Espinoza, él y yo. Creo que nunca he visto a Mónica lejos de su escritorio. Estoy seguro de que aquí se va a morir, entre llamadas, recados y gritos del senador. Lo mismo pienso de Espinoza. Allá va a estar, en su oficina, cuando le dé un infarto y se quede a la mitad de una resta.

Desde que perdimos en Quintana Roo y el senador nos pidió estar más coordinados, Landa y yo nos juntamos de lunes a viernes, cuando la oficina está vacía, para asesorarnos. Para mí, estas reuniones nocturnas son lo peor de la semana. Para Landa son otro pretexto para empedarse entre semana. No importa si es martes o lunes, sin falta me invita a mudar la plática a un *table dance* o al *loft* que compró en la Condesa para llevar a sus putas. Al centro de la terraza mandó poner un jacuzzi.

Entro con mi portafolio en brazos, como si trajera un escudo. Mi colega fuma puro con los pies sobre el escritorio, sin zapatos, dejando al descubierto unos calcetines a cuadros verdes y rojos, quizás las prendas más monstruosas jamás vendidas. Desde que le sugerí meterle energía a su atuendo, a Landa le ha dado por ponerse calcetines, pulseras, corbatas y pañuelos con los colores de la bandera. Trae un traje de Brioni que yo me iba a comprar hasta que se lo vi puesto. En Landa, un traje de cien mil pesos se ve como uno de Zara.

Me recibe sonriendo con el puro entre muelas.

—Pásele, Negro, pásele —me dice, limpiándose un cilindro de ceniza que le cayó sobre el saco—. ¿Qué te sirvo? ¿Un whisky? ¿Una ginebrita? No te ofrezco un habano porque ya sé que no te gustan.

Recargo el portafolio en las patas de una silla.

—Agua —le pido, mientras saco un cigarro.

Hasta abajo del librero, Landa abre una ventanilla. Hay un minirefrigerador de un lado y un arsenal de alcohol del otro.

—¿Tienes buenas noticias? Porque traes cara de que se murió tu jefa.

—Muy buenas noticias.

—Espero que hayan servido de algo las dos noches que me dejaste plantado.

Le doy un trago al agua mineral y el gas me picotea la lengua.

—Sirvieron.

—Más te vale, Negro, porque si no vamos a tener que despachar a Pineda y a Ferrer a la antigüita.

—Nadie va a despachar a nadie. Ya encontré lo que necesitábamos.

A Landa le gusta trabajar medio a oscuras, solo iluminado por una lamparita que tiene en la esquina del escritorio. Estamos tan arriba que solo nos rodea la noche mugrosa del DF. Landa dice que le gusta la vista porque siente que está entre las nubes. A mí me da náuseas.

—Deja adivino. ¿El pendejo de Barrientos por fin investigó de qué va a ir el siguiente reportaje de Pineda?

Meneo la cabeza y Landa tuerce la boca con el puro adentro. Está desilusionado. No sabe que la noticia que le traigo es mucho mejor.

—¿Descubriste que el papá de Pineda trabaja en el gobierno y que por ahí podemos chingárnosla?

—No tiene que ver directamente con ella.

—¿Con su novio, entonces? ¿Cómo se llama? Siempre se me olvida el nombre del putito ese.

—Martín Ferrer.

—¿Con él?

Estoy a punto de responderle cuando encuentro algo que me encabrona, sujeto con tachuelas al corcho en el que Landa fija las noticias y notas más recientes donde sale mencionado. Es un recorte de la *TvNotas* que publicó las fotos de Marina y yo.

—No mames. ¿Cuántas copias de esa mierda compraste?

Landa se para al mismo tiempo que yo y me detiene antes de que arranque la portada. Se está cagando de risa.

—Perdón, Negro, pero ¿qué quieres? A la banda le encanta tu foto. ¡Eres toda una celebridad!

—¿Y si el senador entra y la ve?

—¿Qué tiene si la ve? Ya sabe que fue un malentendido.

El recorte está en medio de una foto de Landa y su esposa, posando para una revista de sociales en la inauguración de una galería, y de otro recorte, de Landa, el presidente, el secretario de gobernación y el senador en un *meet and greet* entre atletas discapacitados y el gabinete.

En la portada salgo yo, cerrando la puerta de mi coche, y Marina del otro lado, antes de que se cubriera la cara con su chamarra. La foto está muy oscura, pero el pelo güero de Marina salta a la vista, inconfundible. El titular todavía me revuelve el estómago. «Marina Bosch le es infiel a su novio ¡con misterioso hombre!»

Misterioso hombre. Chinguen a su madre. ¿No pudieron averiguar cómo me llamo?

—No es chiste. Sabes el pedo en el que me metí con Oso. Me podrían haber corrido. Quítala, por favor.

—Mañana. Te lo prometo.

Landa suelta el humo de ladito. Me llega el olor del puro, que odio aunque lo huelo diario.

—Es que ve tu jeta. —Landa pone su uña manicureada sobre el recorte—. Estás zurrado de miedo.

—¿Cómo estarías tú si te bajaras del coche y te empezaran a tomar fotos?

—Yo estaría feliz, *brother*. —Landa me aprieta el hombro y se queda ahí un rato, sobándolo—. Además, no sé de qué te preocupas. Te ves como todo un caballero, llevando a la perrita esa hasta la puerta de su casa.

—No le digas así.

Landa va de vuelta a su escritorio, la foto todavía en el corcho.

—¿Y a ti en qué te afecta?

—No lo digo por mí. Es la nuera de tu jefe.

Landa vuelve a poner lo pies sobre el escritorio.

—Como si al *sheriff* le importara, no mames. Ándale, Negro. Siéntate.

—Quítala.

—Ya te dije que mañana.

—No la vas a tirar nunca, no te hagas.

—Puta, qué falta de confianza.

Sí, tiene razón. Ya no le tengo confianza. Desde que salió esa revista me agarra de botana como si yo fuera su subordinado. El senador no ha cambiado conmigo, pero eso me preocupa más que si me tratara como esclavo. Con lo que he conseguido en estos últimos días espero volver a ganarme su respeto.

Prendo otro cigarro, cruzo las piernas y le cuento lo que me dijo Alfredo Pizarro, un amigo mío de la carrera con el que voy a comer de vez en vez para intercambiar información.

—Resulta que Freddy trabaja en un despacho muy verga, propiedad de tres socios, entre los que figura un tal Fernando Ríos. El único hijo de Ríos, que va en el penúltimo semestre de la carrera, se llama Luis, y ahorita trabaja de pasante en un despacho.

—¿Y a mí qué me importa lo que haga un pasante?

—Porque Luis Ríos es el pasante de Ferrer.

—Ok —me dice Landa, todavía desinteresado.

—Hablé con Freddy para que me diera el teléfono de Luisito y le marqué. En chinga te das cuenta de que es el clásico escuincle que no ha tomado nota en toda la carrera. Le dije que quería hablar con él para hacerle una propuesta de trabajo, que nos viéramos para cenar por Polanco para cotorrear.

—¿Y no se olió algo raro?

—Nada, güey. Nada. Llegó muy fresco, vestidito de traje y todo el pedo. Luego luego le pregunté por su chamba. Le dije que soy amigo de Martín, que me ha hablado maravillas de él y bla bla bla. Le dije que le recomendaba no trabajar para el despacho de su papá cuando se graduara, que mejor agarre experiencia conmigo. Seguimos platicando y le pedí que me hablara de sus responsabilidades. ¿Qué casos has llevado últimamente? Me serviría para darme una idea de qué te puedo ofrecer.

»Y me dice, checa esto, que Ferrer casi no tiene clientes. En seis meses que lleva chambeando con él han visto un par de desmadres menores y poco más.

—¿Cómo que poco más?

—Aguanta. Ahí viene lo bueno. Le pregunto ¿en qué estás ahorita? ¿Qué es lo más importante que trae tu despacho en este instante? Y que se deja ir como gorda en tobogán. Me cuenta todo. Y cuando digo todo es todo. El nombre del demandante, del demandado, las pruebas, los testimonios. Para no aburrirte, Ferrer está defendiendo a un reporterito que sacó un artículo sobre empresarios con cuentas en paraísos fiscales. Todavía no hay sentencia. ¿Quieres saber de qué reporterita es pariente el reporterito?

Con eso engancho a Landa. Hasta baja los pies del escritorio y se acerca a mí, el pinche gordo.

—No mames.

—Sí mamo, cabrón.

—Qué joya, no me chingues.

—Te dije que traía buenas noticias.

Landa se pone de pie, me prensa el cráneo entre el bíceps y el antebrazo, y me da de besos en la frente.

—Qué chulada, Negro. Qué pinche chulada. Dime que te vas a echar un whiskito para celebrar.

—Pero solo uno.

Aplaudiendo, Landa va hacia el refrigerador para servir los tragos.

—¿Y ya le hablaste a Lourdes?

—Me invitó a cenar a su casa mañana.

—No te envidio. Es culero tener que hablar con la Gorgona.

—Culerísimo, yo sé. Pero si voy con el juez o con otro de los ministros capaz que nos mandan a la verga. Mejor no me la juego.

Landa sopea su puro dentro del whisky para darle sabor, lo mete y lo saca de su boca con ritmo.

—Dos pájaros de un tiro. Felicidades, Negrito —me dice, con la cara medio escondida entre el humo—. ¿Sabes qué voy a regalarte por tu buena conducta?

Antes de quitar la foto del corcho voltea a verme.

—¿De veras no quieres dejarla aquí para recordar tus días de fama?

Vivo solo desde que trabajo para el senador y, en ese rato, no creo haber dormido junto a otra persona. A veces entro y me sorprende que las luces estén apagadas, que no huela a comida y que el desayunador esté limpio. Lo único que me cuesta trabajo encontrar es el control remoto. Lo demás siempre está donde lo puse. Nadie más duerme o come aquí, pero hay días en los que pienso que voy a llegar y mi mamá me habrá cocinado algo. Arroz, plátano macho, pescado a la veracruzana…

Abrí uno de los tuppers donde la muchacha me deja ensalada y me senté frente a la tele, en el sillón de cuero que acabo de comprar. Mis vecinos del piso de arriba, una pareja de recién casados, tenían reunión. Oía sus risas y los bajos de su música, mientras comía lechuga y queso cottage. Antes de poner mi serie me acordé del recorte de la revista y lo guardé en un cajón de mi cuarto.

Me fui a dormir antes de acabar el capítulo, con las tripas gruñendo, imaginando la reunión que seguía allá arriba. Creo que hasta fantaseé con sacar una botella de la cava y tocarles la puerta. Hace mucho que no me río, que no echo desmadre. Lo que tengo son cenas como esta, con gente como Caballero, Lourdes y otros bichos así.

Lourdes es como Caballero, nomás que menos agraciada. Con los ojos saltones, la cabeza chata y los labios botoxeados, su cara tiene los rasgos y las proporciones de un reptil. Cuando se para a tomar un pedazo de pan, el candelabro del comedor la ilumina desde el techo y le veo el cráneo a través del peinado, corto a los lados, con copete de niño bien educado. Su cuerpo cada vez se parece más al de un hombre. Entre tanta lonja ya no le encuentro las tetas y su cintura está a la altura de la cadera. Es de esas señoras que no parecen tener dos nalgas sino una sola. Landa jura que es lesbiana. Yo más bien creo que es asexual y que, si la desvistiera, solo encontraría un montón de grasa.

—Me cuentan que la mujer de Óscar anda muy mala.

—Es su mamá, licenciada.

—¿Ah, sí? ¿Y qué tiene o qué?

No me gusta divulgar información sobre el senador con extraños.

—Tengo entendido que la señora tiene cáncer.

—Úchale. ¿Y sabes si es del páncreas? Porque el cáncer ahí está canijo, eh.

—No sabría decirle dónde exactamente.

Lourdes se sirve otro pedazo de queso y se lo lleva a la boca. Ella tal vez es vulgar, pero la comida que me sirvió no le pide nada a un restaurante top de París. Paté y magret de pato para empezar, luego una *vichyssoise* y un pescado con azafrán de veras cabrón. Para acabar Lourdes no saca pastel o un bote de helado, chingaderas de gringo gordo, sino una tablita de quesos con uvas y nueces, acompañada con un Jadot Le Montrachet más que decente. Si pudiera borrar a Lourdes del escenario, esta sería, por mucho, la mejor noche de mi semana.

—¿Y cómo está Óscar, eh? Hace ya rato que no nos vemos.

—Muy bien, licenciada. Muy activo.

—Muy activo en la pinche grilla, será. Ya me enteré que trae bronca con Bravo Robles. Se veía venir. ¿Sabes cuál es su problema, Julito? Tu jefe no sabe soltar el poder.

Quiero decirle que, en mi experiencia, la principal característica de los poderosos es que no les gusta soltar poder. Pero ¿para qué? Lo mejor es sonreírle y punto.

—Me caes bien por prudente. Siempre he pensado que eres un buen muchacho, con buena pinta, muy amable. Se nota cuando alguien es honesto.

—Se lo agradezco mucho, licenciada.

—Estamos muy lejos, ¿no? Vente, acompáñame a la sala. Nomás tráete mi copa, la botella y la tabla de quesos, que Leonor y Humberto ya se fueron a dormir.

Llevarme la copa, la botella y la tabla de quesos del comedor a la sala me toma dos viajes, mientras Lourdes se quita los zapatos y se echa en el sillón, rodeado de palmas en macetones, frente a un ventanal que ve hacia el Parque México. Vive en el *penthouse*, obviamente. Desde hace décadas ha ido de puesto en puesto para mantenerse en la jugada, igual que el senador. En el caso de mi jefe, la perseverancia es admirable. En el de Lourdes, siendo mujer y siendo así de fea, su carrera es una historia de éxito digna de una película de Hollywood.

—Sírveme más vino. Ajá, sí. Un poquito más. —Le entrego la copa—. Ahora siéntate. Pero quítate el saco. Ni que estuviéramos con el presidente.

Obedezco porque hace calor. El departamento de Lourdes es enorme, con techos altos y quién sabe cuántas recámaras, pero la cocina está al lado del comedor, así que los humos de la estufa se colaron hasta acá. Todavía huele como si estuvieran preparando algo.

Lourdes pone el codo en un cojín y luego recarga la barbilla sobre los nudillos.

—Ya entendí lo que quieren. Ya me platicaste de este tal Ferrer y de su cliente Armando…

—Arturo, licenciada.

—Arturo, sí es cierto. —Lourdes me enseña sus dientes, blancos y postizos como los del senador—. Ahora cuéntame de ti. Ándale. Todavía es temprano.

—¿De mí?

—De ti, sí. No te hagas guaje. ¿Qué quieres en la vida? ¿Estás contento con tu puesto? ¿Tienes novia?

Lourdes está desparramada en el sillón, pero yo no logro acomodarme. Mi espalda está tan recta que me duele. Las preguntas personales me recuerdan al seminario, la última vez que vi a Marina.

—¿Qué le digo? Estoy muy bien con el senador. Ya llevamos mucho tiempo trabajando juntos, así que creo haberle agarrado el modo. A gusto con mi trabajo, pues. Supongo que a la larga me gustaría aspirar al senado o una secretaría. Igual que todos.

—¿Tienes novia?

—No, no tengo novia, licenciada.

—Te gustan los hombres.

—No. No me gustan los hombres.

—Mucho joto en la política. Mucho joto de clóset.

—No que yo sepa.

Abajo, en la calle, pasa una patrulla.

—¿Cómo? ¿A poco nunca ha llegado un maricón a proponerse contigo? ¿Nunca, en sus reuniones plenarias, en sus pedas, un colega te ha agarrado el culo, te ha dicho que te consigue algo si le das una buena mamada?

Oigo el eco de lo que me dijo antes de que nos moviéramos a la sala. Leonor y Humberto ya se fueron a dormir. Estamos solos.

—Nunca, licenciada.

—Pues a mí sí me pasó, eh. Y un montón de veces, además. No con jotos, claro. Con hombres. Muchos hombres. —No sé si Lourdes habla de esto como las personas amargadas recuerdan los mejores momentos de su infancia o como las personas felices recuerdan sus infancias jodidas—. Ser mujer en este país no es nada fácil.

—Y en la política menos.

—En la política menos. Qué bien que lo reconozcas. Al principio te gusta la atención, cómo no. Imagíname a mí, recién salidita de la carrera, trabajando para puro ojete, la única vieja del equipo. Encima venía de provincia. ¿Tú eres del DF?

Intento hablar pero tengo un gallo en la garganta, así que toso contra el puño.

—Aquí nací, sí. Pero mi mamá era de San Andrés.

—¿Ya murió?

—Hace mucho tiempo, licenciada. Acababa yo de entrar a la secundaria.

—¿Y de qué falleció, eh?

—De cáncer, precisamente.

—¿Y qué hace tu papá? ¡No me digas! Déjame adivinar. No trabaja en el gobierno, ¿verdad?

—No, licenciada.

—No, claro que no. —Lourdes se desabrocha un botón de la camisa.

—¿Es profesor?

—Sastre.

La risa aguda de Lourdes me lastima los tímpanos.

—¿Y qué opina de que su hijo trabaje para Óscar Luna Braun?

—Está muy orgulloso de mí.

—Sí, seguro.

De niño, una paloma negra se metió a mi baño por la ventana. Me despertó su aleteo. Abrí la puerta y la encontré sobre el lavabo, salpicado de caca de pájaro. Apenas me vio se echó a volar espantada, chocando contra las paredes en busca de un hueco para salir. En vez de ayudarla, me paré en una cubeta y cerré la ventana. Me fui a bañar al cuarto de mis papás, luego a misa y después a comer a casa de mi tío. Cuando regresé en la noche, la paloma seguía viva. No sé cuánto tiempo habrá pasado dando vueltas por el techo porque el suelo estaba lleno de plumas. En vez de dejarla libre, volví a cerrar la puerta y pasé la noche escuchándola volar, golpearse contra algo y volver a volar.

—Y, cuéntame, ¿estás saliendo con esa artistita?

—¿De quién habla, perdón?

—La de la revista. La rubia.

—No, para nada. Es novia de Óscar, el hijo del senador.

—¿Y eso qué? Podría salir con Óscar y contigo.

Le doy un trago al vino, otra vez para evitar hablar.

—¿A poco te gusta esa mensa?

—Es mi amiga, licenciada.

—Mi segundo marido decía que la carne de actor es cara y mala. Y mira que el hijo de su puta madre sabía de lo que hablaba. Se había cogido a medio Televisa.

—Me imagino.

—Pues es su muy personal problema si no te aprecia. Hombres como tú no abundan.

Casi puedo oír a la paloma aletear, pero no en mi baño, sino aquí, en esta sala, chocando contra el candelabro, el ventanal y las hojas de la palma, dejando sus plumitas asquerosas arriba de los quesos, dentro de las copas, sobre el tapete persa. La imagino cayendo de cansancio sobre los muslos de Lourdes y un retortijón me aprieta la panza.

—Vete nomás. Eres un muchacho muy fornido, que cuida su cuerpo y su apariencia. Ve qué brazotes tienes. —Lourdes deja su copa sobre la mesita frente a nosotros y, con un pujido, se acerca para acariciarme el bíceps—. Muy guapo, Julito. Muy sexy. ¿No tienes experiencia con mujeres como yo?

Nunca en la vida me he cogido a nadie ni nada remotamente parecido a Lourdes Serrano.

—No muerdo, eh. Vente para acá.

Me quedo quieto.

—Seguro tienes una vergota bien rica, ¿verdad? Gorda y dura, como me gustan. A ver. Déjame ver.

—Licenciada.

—Sácatela. Déjame verla.

Necesitaría unas pinzas para encontrarla de tan encogida que está.

—Yo creo que mejor ya me voy.

—¿Adónde? ¿A cogerte a tu artistita?

—A mi casa. Mañana tengo que trabajar muy temprano.

Estoy a punto de caerme del sillón, pero Lourdes no me deja de manosear. Sus uñas me recorren la espalda hasta las nalgas, me pinchan los muslos y luego intentan encontrar mi verga. Su aliento huele a queso viejo, a pescado y vino tinto.

—Ya, Julito. No seas tacaño, eh.

—De veras tengo que trabajar.

—Quítate los pantalones.

—Que no, carajo.

Lourdes se separa de mí. Sus labios de cocodrilo se repliegan en una sonrisa. Podría jurar que de su hocico va a salir un manojo de plumas ensalivadas, revueltas con comida, pero lo único que saca es su lengua, para apuntarla hacia mí.

—Vamos a ir a mi cuarto ahorita mismo, ¿me oíste?

Lourdes mete la mano a la bolsa del saco y me pide que abra la boca para ponerme una pastilla azul sobre la lengua. Le pregunto si es una tacha.

—No seas pendejo.

La recámara de Lourdes es la guarida de una niña que nunca creció, obsesionada con los colores pastel, las colchas de flores, el repujado y los muebles de tallado barroco. Arriba de la cama hay una cruz inmensa. El buen gusto se quedó del otro lado de la puerta.

Ni siquiera me he quitado la camisa y ya tengo los pantalones abajo. Le digo licenciada, por favor, licenciada, mientras Lourdes me rodea las nalgas con las manos y las abre. No llego a quejarme antes de que me meta un dedo en el ano, hasta el tercer nudillo, en busca de la próstata. Me acuerdo del viejo y su examen, justo lo que me tenía que pasar por la cabeza para asegurar que no se me parara nunca. Aprieto el culo, sintiendo como su uña investiga, forzándose hacia dentro. Cuando abro los ojos Lourdes me besa los muslos, todavía sin sacar el dedo. Está acariciándome la verga. Descubro, con tristeza, que la tengo parada.

Lourdes se desnuda tan rápido que ni tiempo tengo de ver qué tipo de calzones traía puestos. En lo que me toma quitarme los zapatos y los pantalones, ella ya está acostada, con las patas abiertas y la nuca junto al Cristo. «Qué fuertote estás, qué bárbaro», me dice, mientras flexiona las rodillas y arrastra los pies por el edredón, sus dedos rascando el bulto de pelo canoso que tiene arriba de la pucha. Ojalá las luces estuvieran apagadas, pero Lourdes quiere verme a todo color. El problema es que yo también la veo a ella completita. Las estrías que le atraviesan el abdomen, los muslos y las tetas, las lonjas tan abundantes que le esconden el ombligo y sus areolas monstruosas, del color de un moretón, con los pezones erectos.

—Ven acá, ven acá —me ordena—. Pero no te subas todavía. Ponte aquí junto a mí, de pie. Eso, eso. Ahora date la vuelta.

Cierro los ojos, pero eso solo consigue que me imagine peores escenas que la que estoy viviendo. Prefiero dejarlos fijos en el ropero donde tiene fotos de ella con distintos presidentes. La mujer sonriente, vestida de traje sastre junto a Vicente Fox y una bandera de México, me mete la mano entre las piernas y empieza a palparme el escroto. La mujer profesional, vestida con otro traje sastre junto a Felipe Calderón y el resto de los magistrados, me muerde las nalgas y me lengüetea el ano. La mujer elegante, vestida de noche junto a Enrique Peña Nieto y la primera dama, me clava las uñas en los huevos, me rodea el pecho con la otra mano y me lleva hacia ella de un jalón.

Me dejo caer en la cama, bocarriba, con el cuerpo engarrotado. No me acuerdo de la última vez que tuve ganas de llorar de dolor.

—Ay, Julito, no chilles, no es digno de ti —me dice Lourdes—. ¿Qué, no tienes metas?

Me quita los calcetines y después repta por la cama hacia mí. Sus tetas cuelgan guangas y estriadas, mientras sus pezones me rozan las espinillas, luego los muslos y el abdomen. Empiezo a sentir su peso encima. Lourdes suda de la frente y entre las lonjas. Suda tanto que su piel rebota la luz de la recámara. Se escupe en los dedos, se los mete en la vagina y pone una cara de decepción infantil.

—Ay, Julito. Estoy sequita.

Antes de que pueda decir una palabra, las nalgas de Lourdes sobre mis pulmones me impiden hablar. Con una serie de movimientos me somete los brazos debajo de las rodillas y se arrima a mi cara. Veo esa maraña de vellos canosos acercarse, lenta como una tarántula. Me dijo que estaba seca, pero siento clarísimo cómo su vagina deja un rastro pegajoso hasta tocar mi barba y, finalmente, embarrarse contra mi boca.

Lourdes extiende los brazos para equilibrarse con la pared y luego baja una mano para agarrarme del pelo y empujarme hacia dentro. «Órale, cabrón», me dice, y se menea. Lento, muy lento, su pucha se abre en mi boca. Tengo su clítoris en el bigote. A duras penas puedo respirar. Cierro los ojos y, sin más remedio, saco la punta de la lengua. Lourdes reacciona estirando la espalda y moviéndose de atrás para delante, feliz de montarme. Tiene un sabor salino y un olor estancado, a mierda y humedad. Me rasga el cráneo con las uñas y tira de mi pelo, mientras gotas de su sudor me caen en los ojos. Así hasta que se viene y su eyaculación me baña la cara y me llena la boca con un chorro de meados.

Al cabo de cinco minutos, Lourdes ya está casi dormida en el lado seco de la cama. Me dice que no me preocupe por el favor que le pedí, que amor con amor se paga. Luego me pide que me vaya.

—Cierra bien la puerta. En este barrio asaltan.

—Me dice que ya pagó todo el primer módulo, ¿verdad? —me pregunta la chica de ETS, mientras me abre la puerta a un cuartito en el que hay una cafetera, una mesa redonda de formica y dos sillas plegables.

Jalo la silla y me siento.

—Ya.

—¿Está seguro? Si debe algo o quiere pagar el segundo módulo le pido que pase a la ventanilla antes de irse, ¿sí?

La chica me asegura que el maestro estará conmigo en un instante y luego me ofrece agua para que me prepare un café. Le digo que no hace falta, pero de todos modos se va y vuelve con un vaso de unicel y una servilleta con dos galletas de vainilla, a punto de deshacerse. Marina tal vez está aquí, en otro cuarto, esperando a otro maestro. Me da vergüenza pensar que en el fondo quiero topármela.

Esperaba que el maestro fuera un ruco de pantalones de lana y chaleco de rombos, pero en realidad es un cuarentón, de saludo firme, que más bien parece príncipe europeo. No sé por qué me da la impresión de que viene de hacer ejercicio, darse un vapor y ponerse su traje negro con ayuda de un mayordomo.

El maestro se sirve café en una taza con el logo de ETS, se sienta frente a mí y saca un fajo de papeles de su portafolio. Acto seguido prende una grabadora y la pone sobre la mesa.

—No te fijes, Julio —me dice, con voz de cantante de ópera—. Es para mí. Nada de lo que digas aquí lo escuchará alguien más. ¿Entendido?

El maestro empieza a voltear las hojas engrapadas.

—Mira, creo que aquí podemos comenzar. En la primera hoja del examen te pedimos que describieras tu jardín ideal. Pusiste que ahí habría, y te cito, «árboles de frutas, vacas y pollos». ¿Por qué?

—¿Por qué me gustaría tener un huerto? —El maestro me pide que le conteste con un lento abrir y cerrar de párpados. Tiene una sola ceja, negra y gruesa—. No sé. No me acuerdo por qué puse eso.

—No importa si te acuerdas. Lo que importa es que lo escribiste.

—Pues no tengo idea. Estaría bien tener tu propia comida, supongo.

—¿Te refieres a ser autosuficiente?

—O a no tener que salir al súper.

—Te lo pregunto porque veo que ese es un tema recurrente en tus respuestas.

—¿La autosuficiencia?

—La libertad, Julio. —El maestro se lame un dedo para girar las hojas—. Aquí mismo, cuando te pedimos que te describieras como un objeto, ¿te acuerdas qué pusiste?

—¿Puse algo de un coche último modelo?

—¿Y qué es un coche?

—Algo que usas para moverte de un lugar a otro.

El maestro repite mis palabras, pausado y muy quedo.

—Algo que usas para moverte de un lado a otro. ¿Y quién te usa a ti?

—¿Cómo que quién me usa?

—Un coche, por definición, no se maneja solo. Y, si eres un coche, tú no vas al volante, ¿estás de acuerdo?

—De acuerdo.

—Y si tú no vas al volante, ¿quién está manejando a Julio Rangel?

Alzo la oreja para intentar oír algo afuera del cuarto. No se oyen pasos, ni voces. Nada.

—Vamos a otra de tus respuestas. Aquí, en la 73, te pedimos que describieras las características que más te disgustan de ti. ¿Quieres saber qué respondiste?

El maestro echa el examen junto a la grabadora. Respondí la 70, la 71, la 72 y la 74. La 73 la dejé en blanco.

—¿No hay nada de ti que te gustaría cambiar?

—Se me debe haber ido la pregunta.

—¿A la mitad de la página?

—Esas cosas pasan.

—Muy bien —me dice, con la espalda contra el respaldo—. Como tú no estuviste, y no estás, dispuesto a contestar esa pregunta, tal vez te sirva saber cómo te describió tu compañera.

—¿Cuál compañera?

—¿Te acuerdas que te pedimos que describieras a la muchacha que estaba sentada a tu derecha? Bueno, pues ella te describió a ti. ¿Sabes qué puso?

—A ver.

—Tenía que usar tres adjetivos. Usó dos. Te describió como un arrogante. Y un inseguro.

—Pues qué chingue a su madre. Mamón a mucha honra. De inseguro no tengo un pelo.

El maestro inclina la cabeza.

—¿Te estás molestando conmigo por algo que yo no escribí?

—Enséñame dónde puso eso. Enséñame el examen de esa vieja.

El maestro me da a entender que no puede hacer eso.

—Pues es su opinión.

—Las opiniones dicen mucho. Tú, en cambio, la describiste como una mujer guapa y alegre.

—Ahora la describiría como una perra prejuiciosa.

—Quiero saber por qué te disgusta tanto su respuesta.

—No me conoce.

—¿Dirías que yo, que me sé tu examen de memoria, te conozco? ¿Dirías que Elda, que coordinó tu segunda dinámica, te conoce?

Levanto los hombros. Lo que quiero decirle es que nadie me conoce. Soy, como lo dijo la revista de chismes, un misterio.

—Elda me dijo que te negaste a hablar de tu infancia con el grupo. Quizá me permitas a mí escuchar un poco de ella.

—¿Qué quieres saber?

—Empecemos por lo básico.

—¿Lo básico? Ok. Nací en 1983 en el DF. Crecí en una casita por Tlalpan. Mi mamá era ama de casa y mi papá sastre. No teníamos mucho dinero.

Toma nota.

—Muy bien. ¿Qué más?

—¿Qué más? No sé. Mis papás eran muy distintos. Mi mamá venía de una buena familia, de los que hacen puros allá en Veracruz, ya sabes. Me obligó a ir a una escuela de hombres, para gente rica, en el sur.

—Con beca.

—Con beca.

—¿Y qué más?

—No me gustaba ir a la escuela. Me molestaban. Cosas de niños, pues. Nada grave. Siempre quise tener un hermano y no me lo dieron.

—Un hermano, ¿para qué?

—Para tener un hermano, carajo. ¿A quién no le gustaría eso? ¿Tú eres hijo único o qué?

—¿Qué te hace pensar que soy hijo único?

—No te estoy queriendo descifrar. Te estoy haciendo una pregunta.

—Es curioso que digas eso. —El maestro estira el brazo para tomar el examen de vuelta—. Porque en la tercera pregunta pusiste que, si te enteraras de que tienes un gemelo, lo único que harías sería mandarle dinero. ¿No querrías conocer a alguien de tu sangre, alguien como tú? ¿A otro hijo de tu madre?

—¿Por qué vuelves a mencionar a mi mamá, eh?

—Es la primera vez que la menciono.

—Van varias veces que sacas el tema. Vete con cuidadito, nomás.

Estoy a punto de pararme y el tipo ni se inmuta. No cambia de postura. No tartamudea.

—Aquí está la grabadora —me indica—. ¿Quieres escuchar la conversación para ver que no miento?

El foco de la sala no me deja verle la cara a este hijo de puta. Las sombras en las cuencas de los ojos le esconden la mirada. Pega las yemas de los dedos de la mano izquierda a las de la derecha y veo que tiene la piel pálida y venosa.

—No está en tu examen, pero sé que tu madre murió.

—¿Quién te dijo eso?

—Nadie me tiene que decir nada. Sé, también, que no quieres ser como tu padre. Por eso escribiste que lo último en lo que trabajarías sería como sastre. Ahora me entero que a eso se dedica él.

—Felicidades, Freud.

—¿Cómo reaccionó tu padre a la muerte?

—Otra vez la burra al trigo, carajo.

—Te aconsejo hablar de lo que te estorba.

—Mis papás no me estorban.

—Lo que nos victimiza, vaya.

—Tampoco soy su víctima, no mames.

—Velo como un proceso de limpieza.

—¿Así va a ser esto? ¿Me voy acostando en un diván?

—Depende de cada persona. En ETS creemos en tu potencial.

Tomo el vaso de unicel y lo aviento al basurero de la esquina, manchando la pared de café. Quizás el maestro lo tomó como una agresión. A juzgar por su gesto es imposible saberlo.

—Puedes irte si quieres.

—Gracias por darme permiso.

—Gracias a ti por la charla.

Salgo del cuarto. De la mancha en la pared ya escurren gotas, dejando líneas verticales. Antes de cerrar la puerta, el maestro me habla una última vez.

—Te veo en unos días —me dice.

Martín

Hasta hace poco mis sábados eran así: si la cruda me lo permitía, me paraba de la cama, desayunaba cereal, me ponía espinilleras, shorts y tacos y me iba a jugar al Ajusco, donde al cabo de veinte minutos el árbitro me expulsaba por enfrascarme en un pleito con tipos a los que les doblo la edad. Esperaba el silbatazo, me reunía con mis compañeros a la salida, nos emborrachábamos con caguamas y después me iba de vuelta al departamento, a echarme una siesta para bajarme la borrachera. Ahora son las ocho de la mañana y me acabo de despertar sobre sábanas limpias. Matilda ve una película en la sala; hasta acá escucho las voces de la caricatura, mezcladas con su risa. No tengo intención de ir a jugar futbol sino de llevar a mi hija al Museo de Historia Natural, para que finalmente vea dinosaurios y mamuts. Antes quedamos en prepararle pan francés. Después del museo quizás vayamos a comer y de ahí al cine.

Beatriz sale desnuda de la regadera, con una toalla amarrada como turbante, y camina frente a mí, cruzando el cuarto hacia los cajones donde ya guarda su ropa.

—¿Otra vez usaste mi cepillo? —me pregunta, poniéndose en cuclillas para abrir los cajones que le corresponden, sus hombros y espalda salpicados de gotas.

—Tengo que cuidarme el poco pelo que me queda.

Alicia y yo empezamos a ser novios muy chicos y, a puertas cerradas, nunca dejamos de comportarnos como adolescentes. Hacíamos el amor a media luz, siempre en la misma posición, siempre de noche, sin hacer ruido. Beatriz quizás sea la primera relación adulta que tengo. No nos encerramos en el baño de restaurantes ni estacionamos el coche en callejones, pero sí cogemos cuando se nos antoja, ya sea frente a la tele o en la mañana, antes de ir a trabajar, dentro de la regadera o saliendo del baño, ella con el pelo todavía húmedo, sobre la cama recién hecha. Es curioso: no siento que sea ella, a la que he conocido desde hace décadas, sino una persona nueva, con la que llevo solo un par de meses de salir.

—Qué desastre tienes aquí —me dice, mientras saca un par de calcetines que no combinan y me los echa a la cara.

—Ahí no vas a encontrar el cepillo.

—Tratándose de ti puede estar en el refri.

—¿Por qué no sales a buscarlo? Estoy seguro de que a Matilda le va a encantar ver a la novia de su papá encuerada.

Creo que dejé el cepillo en el coche. Me gusta llegar bien peinado a las citas que he tenido con nuevos clientes. Hasta me compré traje nuevo.

—¿Tu hija no tiene uno que me preste?

Me pongo una camiseta para salir al baño de Matilda, repleto de sus cosas de niña: su pasta de dientes sabor a frutas, sus ligas y moños para el pelo. El agua del escusado está amarilla. Mi hija no me escucha cuando le jalo. Si está frente a la tele no hay nada que pueda interrumpirla.

Sentada sobre el colchón, ya con los calzones puestos, Beatriz se seca la melena con la cabeza inclinada. Cuando se para a colgar la toalla, yo le rodeo la cintura con una mano. Con la otra le quito el pelo del cuello para darle un beso. Unos rizos mojados se me quedan pegados a la boca. Su piel aún sabe a jabón.

—¿Qué hacen, eh? —pregunta una voz a mis espaldas.

Inmediatamente me doy la vuelta para que mi silueta tape el cuerpo de Beatriz, y Matilda, que está en la puerta, no la pueda ver desnuda. Mi hija trae colgando su nuevo mamut de peluche. Me cubro la entrepierna con las manos, debatiendo si pegarle un grito o pretender que no vio nada fuera de lo normal. Al final, Beatriz decide por mí. Se anuda la toalla arriba de los senos y camina hacia Matilda.

—¿Qué pasa, chaparra? ¿Querías algo?

—Tengo hambre.

—Uy, yo también. —Beatriz la guía rumbo a la cocina—. ¿Por qué no te preparamos algo en lo que el flojo de tu papá se baña?

Salgo de la regadera con la certeza de que acabo de comprarme un problema con mi hija que no me cobrará hasta la adolescencia, cuando empiece a culparme por su infelicidad y decida que esa mañana, que hasta ese momento era perfecta, marcó el instante cuando dejó de querer a su padre. A corto plazo, seguro se lo dirá a Alicia, que me impedirá verla para no seguir siendo un mal ejemplo. Salgo y, al no encontrarlas, asumo que Matilda sufrió una crisis nerviosa y Beatriz tuvo que llevarla a un hospital psiquiátrico de emergencia. Tomo el teléfono y me encuentro con un mensaje.

—Tu pan caducó hace un año. Nos fuimos de compras.

Debería tranquilizarme que, en vez de hacer un berrinche, Matilda le tuvo suficiente confianza como para ir con ella al súper, pero conozco a mi hija: sé de esa capacidad, heredada de su madre, para disparar comentarios que no duelen al escucharlos y poco a poco calan hondo, sembrando dudas y resentimientos. También sé que es una mitómana irredenta; de eso tiene la culpa su edad y no mi exesposa. Tal vez le invente a Beatriz que es menos guapa que mis otras novias o le dirá que le pego.

Por si acaso, lo mejor es tener a Beatriz contenta. Me pongo a recoger la recámara, a guardar la ropa en los cajones y hasta ir al coche por el cepillo. Acabo de hacer eso y todavía no llegan. Le mando un mensaje a Beatriz para preguntarle dónde andan. Se queda sin respuesta y sin leer, fijo en una sola palomita gris. Cuando termino de arreglar la recámara de Matilda, enjuago el sartén y pongo la mesa para desayunar.

La respuesta de Beatriz («ya acabamos, neuras») llega unos minutos antes de que abran la puerta, Matilda cargando la bolsa del súper donde viene un paquete de huevos y Beatriz el resto. Entran a la mitad de una oración. Mi hija le cuenta algo de su escuela; mi novia reacciona con el asombro falso con el que los adultos escuchamos las anécdotas de los niños. ¿En serio, chaparra? ¿Y qué hiciste?

Acabamos de desayunar y nos vamos a lavar los dientes. Antes de salir rumbo al museo, en lo que acompaño a Beatriz por su suéter, aprovecho para preguntarle si Matilda le dijo algo.

—¿Algo de qué?

—De lo que vio en el cuarto.

—Ni una palabra —me dice, dándome la espalda. No sé si sus gestos impugnan su respuesta.

En el elevador, Beatriz propone que vayamos a Chapultepec en metro porque así es más rápido. Yo lo dudo, y se lo digo. Ella sugiere, entonces, que tomemos el metro para ahorrar gasolina. Matilda gira la cabeza de izquierda a derecha dependiendo de quién tome la palabra. Se abre la puerta del elevador y saco las llaves del coche. Beatriz no avanza.

—A Matilda le da miedo el transporte público. ¿Verdad, Pulga?

—No es cierto —contesta Matilda, juntando las tres palabras en un solo ¡nocierto!

—¿Y los aviones? ¿Que no te daban miedo?

—El avión no es el tren.

—En el metro hay más gente que en los aviones y va más lento.

—Pero no vuela.

—Son como diez estaciones, Martín. Estamos ahí en media hora.

Yo estoy de un lado del vestíbulo, pegado a la puerta que lleva al garage, y ellas del otro, junto a la que lleva a la calle.

—Papá prefiere irse en coche, ¿sí?

—Dile a tu papá que por eso nuestra ciudad está tan contaminada, chaparra.

—Por eso está tan contaminada la ciudad, Pape.

Dejo de apelar al sentido común de Matilda e intercambio una mirada reprobatoria con el otro adulto en el vestíbulo. Beatriz niega con la cabeza y avanza hacia mí.

—Venga, chaparra. Otro día nos subimos al metro.

Le abro la puerta del coche a Matilda, que se sube a gatas, con su vestidito hecho bolas en la cintura y los calzones de fuera.

—Haces mal, Martín. No le va a pasar nada.

Le respondo también en susurros.

—Ya sé que no le va a pasar nada. No es por eso.

—Sí, cómo no.

Esperaría que Matilda estuviera eufórica. No sé si la hipnotiza el movimiento del tráfico, pero la espío por el retrovisor y encuentro esa expresión que pone cuando la llevo y la recojo de la escuela: la mirada lánguida, los dedos arrastrándose por el cristal, su boca apretada en un puchero. Me siento un rehén de su estado de ánimo. Necesito saber qué diablos le pasa. ¿Será lo que vio cuando entró al cuarto? ¿Algo que le dijo Beatriz? ¿No haber tomado el metro? Solo sé que es mala idea preguntárselo. Tengo que llegar a una explicación por los litorales, bordeando el tema. Le pregunto si está contenta de ver un mamut y ella me contesta con otra pregunta.

—¿Sabías que los mamuts estaban vivos hasta hace muy poquito? ¿O sea que no se murieron hace mucho, como los dinosaurios?

—No sabía.

—Le estoy preguntando a Beatriz, eh.

Beatriz acerca el oído al respaldo para escuchar mejor a Matilda.

—¿Cuándo se murieron, chaparra?

Matilda suelta una bocanada de vaho sobre el cristal y después dibuja un tablero para jugar gato.

—No sé, pero hace poco. Vivían en una isla, muy lejos.

—¿Cómo sabes?

—Lo leí en mi libro.

—Yo se lo regalé —le digo a Beatriz.

—Sí, él me lo dio —agrega Matilda, como si yo estuviera en otro lado.

—¿Y qué más has aprendido en tu libro?

Matilda junta los labios y emite un muy largo «mmm...». Finalmente dice que no se acuerda de nada más y vuelve a concentrarse en el tablero en la ventana.

Deberíamos haber venido entre semana, cuando los únicos visitantes son grupos de niños de kínder y preprimaria, y no en sábado, cuando la cola se extiende hasta la salida, compuesta por familias de niños comiendo papas, hombres obesos y mujeres arrullando bebés. Seguro vine aquí de chico, antes de mudarme a Cozumel, pero no tengo ningún recuerdo concreto. Solo sé que, en alguno de los domos colorados que forman el museo, hay un enorme esqueleto de dinosaurio. Estoy seguro de que también debe haber uno de mamut.

El primer domo, donde compramos los boletos, no tiene nada salvo un oso polar, montado de pie en una esquina. Lo demás son oficinas, lockers y una humilde librería. Aun así, Matilda dice wow, varias veces, como si enfrente tuviera un tiranosaurio rex. Su entusiasmo me da esperanza. En una de esas me apunto un diez con la visita.

Beatriz insiste en pagar los boletos. Después toma a Matilda de la mano, le pide que no la suelte y se acerca a una joven que trabaja en el museo para que nos señale la ruta adecuada. Sigo a Beatriz hacia otro domo, cuyo techo de pintura roja se está resquebrajando. No sé qué tipo de infancia esté teniendo mi hija, si está acostumbrada a ir a lugares públicos o si solo va con mis exsuegros al club los domingos, a juntarse con niñas idénticas a ella, mientras Christian juega golf. Yo tuve una niñez así, insular y blindada. Mi abuelo era socio del Churubusco; mi mamá del Club de Golf México. No me acuerdo del primero. Del segundo apenas detalles: cómo me gustaba entrar con mi papá a los vestidores, prohibidos si tenías menos de 14 años; el sabor de los cigarros y puros de chocolate que comprábamos a un costado de la alberca; el trampolín altísimo del que no me atrevía a brincar, y un zoológico, dentro del club, donde había una jaula para changos. Tan lleno estaba de vegetales y frutas que el piso no se podía ver.

Beatriz le pide a Matilda que pose con los animales disecados y mi hija le sonríe a la cámara enseñando su agujerada dentadura. Caminamos frente a los dioramas, apenas decorados de plantas, viendo los especímenes que el museo probablemente compró en los sesenta y que seguro estarán aquí si Matilda, algún día, trae a sus hijos. A mí el lugar me entristece, pero ella parece fascinada. Quiere saber cómo llegó ese panda, aquel oso grizzly, este leopardo aquí. ¿Están congelados? ¿Los mataron?

¿Por qué a Beatriz le tocan las preguntas fáciles y a mí las complicadas? Si tanto quiere pretender que no existo, mejor que sea Beatriz quien le responda.

Por desgracia, mi novia sabe que a ella no le toca hablar de la vida y la muerte con una niña que no es su hija. Pasan dos niños, corriendo hacia el diorama de un alce, y yo le explico a Matilda que estos animalitos muy probablemente murieron de viejos y ya después los disecaron.

—Pero este panda no se ve viejito.

—Eso es porque a los pandas no les salen canas. Mira, la mitad de su pelo es blanco.

El olor a formol y a encierro desaparece cuando salimos de ese domo y llegamos a otra sala. Al centro, sin cristal que los separe de nosotros, hay decenas de animales disecados: leones, bisontes, tortugas, avestruces, con los rostros torcidos, entre cómicos y aberrantes, que deja la taxidermia. Matilda se aleja de nosotros y se planta debajo del león, fijo en pose de ataque, parado sobre sus patas traseras.

—Pape, si se murió de viejito, ¿por qué está así?

—¿Así cómo?

—Así —me dice, y sus manos imitan unas garras y sus dientes el gesto del animal.

—Ah, pues porque cuando los animalitos ya están muertos los pueden acomodar como quieran. O sea, este no se murió así.

—¿Cómo se murió?

—No sé.

—¿Entonces cómo sabes que no se murió así?

—Porque los animales se mueren cuando están dormidos —le dice Beatriz.

Seguimos andando rumbo al patio central, atravesado por jacarandas sin flores. Una familia de gordos, otra más, se toma una *selfie* junto a nosotros.

—¿Se mueren cuando se duermen, Pape?

—Pero solo si están viejitos, chaparra.

—Porque Christian dice que a los mamuts los mataban con flechas.

—No le hagas caso a Christian.

—Pero en el libro que me diste salen fotos de mamuts y cavernícolas con flechas.

No sé qué responderle, así que sugiero que vayamos a ver al mamut que tanto quiere conocer. Espero encontrar una sonrisa cuando giro hacia Beatriz, pero no corro con suerte. ¿Ahora qué chingados dije?

La siguiente sala está dedicada al cosmos. El mamut tiene que estar por algún lugar, tal y como lo he imaginado cada vez que Matilda me ruega que la traiga aquí: más grande que un elefante, con manto, ojos y colmillos recreados para que parezca tan actual como el resto de los animales que hemos visto. Matilda, siempre al tanto, percibe que no hemos encontrado lo que le prometí. No tiene que preguntármelo dos veces antes de que aborde a un muchacho, con brotes de acné en los pómulos. Su gafete dice que se llama Jonás.

—Buenos días, señor. ¿En qué puedo servirle?

Volteo a ver a Matilda.

—¿Dónde está su mamut?

—¿Cuál mamut, disculpe? —me pregunta, empujándose los lentes de vuelta al rostro.

—Es un museo de historia natural. Seguro tienen uno.

—Pues tenemos un molar de mamut, aquí en la otra sala.

—¿Una muela? ¿Qué tan grande?

Jonás separa las manos frente al pecho. En el hueco entre ellas cabría un balón de futbol.

—¿Cómo? ¿No tiene un esqueleto?

—No, señor. Si quiere ver un esqueleto tiene que ir al Museo de Geología, allá por Buenavista.

Le pregunto a Beatriz si Buenavista está cerca. Me dice que no con el índice. Estoy a punto de darle las gracias e irme hacia el estacionamiento, pero no puedo.

—Es un poco extraño que no tengan un mamut aquí, ¿no?

—Pues sí, ahora que lo dice. No lo había pensado.

—Venimos hasta acá, con la niña, en sábado, porque quiere ver un mamut, y no lo tienen.

—Martín.

—Deberían decir en la entrada que no hay mamuts.

—¿No entró a nuestro sitio antes de venir?

—No, no entré a su sitio antes de venir. ¿Tú entrarías al sitio de McDonald's para ver si tienen hamburguesas antes de ir por una?

Jonás no deja de restregarse una mano con la otra.

—No sé qué decirle. ¿Ya vio el diplodoco? Si quiere lo llevo y le platico a su nena del periodo Jurásico.

—Ya vimos al dinosaurio. Lo que mi hija quiere es ver un mamut.

Me da la impresión de que Matilda podría haber tolerado no ver a su animal favorito, hasta que me escuchó quejarme. Su reacción es echarse a llorar contra la cadera de Beatriz, diciendo que lo único que quería era ver un mamut. Solo uno. Solo uno.

—¿Ya ves? —le digo a Jonás—. Ahora está llorando.

—Hombre, ya —dice Beatriz—. Déjalo en paz y vamos al otro museo. ¿Qué más te da?

—No me gusta que me hagan perder el tiempo.

—¿Qué otra cosa tenías que hacer hoy?

—Hoy quería darle gusto a mi hija, hasta que este imbécil nos arruinó la mañana.

—No es su culpa, carajo.

—Si quiere vamos con mi supervisor, señor.

—Ahora me estás amenazando, cabrón.

—No lo estoy amenazando. Le pregunto por si quiere poner una queja formal.

—¿Tengo cara de que tengo tiempo de poner una queja formal? No sabía que en el museo contrataban retrasados mentales.

Beatriz me toma del brazo y me arrastra lejos de Jonás. No lo dejo de ver, su rostro tan rojo que ya ni siquiera le noto el acné, con ganas de seguir gritando, pero sin saber exactamente qué decirle.

No sé qué me impide ser de esas personas que cuando se equivocan piden una disculpa y ya. Abiertamente me niego a ir al otro museo, aunque son las doce del día y todavía no tengo hambre. Me subo al coche y no paro de quejarme. Matilda llora en el asiento de atrás y, raro en ella, Beatriz no me interpela. No puede ser que no haya mamuts en un museo como este, le digo a Matilda, a Beatriz, al parabrisas. No hemos salido de Chapultepec y ya le echo la culpa al gobierno de la Ciudad de México y al presupuesto paupérrimo que seguro le dan a estas instituciones. Es más, podría apostar que antes sí había mamuts y, por falta de dinero para mantenerlos, tuvieron que regalarlos.

—Otra prueba de que a esta ciudad se la está llevando la chingada.

—Ya acabaste tu berrinche.

—Apenas estoy empezando.

—No te pregunté, Martín. Ya. Hasta ahí llegó —me dice Beatriz—. Ahí te va lo que vamos a hacer, y no está a discusión. Nos vas a dejar en el metro más cercano y Matilda y yo vamos a ir a Buenavista. Tú te vas a ir a tu casa, a hacer lo que tengas que hacer para tranquilizarte, y te vemos ahí en la tarde.

Al oír a Beatriz, Matilda deja de llorar. Por el retrovisor la veo limpiarse los ojos con la manga de su suéter rosa.

—Mi hija no se va a subir al metro.

—Tu hija se va a subir al metro conmigo y no le va a pasar nada. Y va a ver a su mamut, porque eso le prometimos. Déjanos aquí, a dos cuadras.

—¿Van a ir sin mí?

—¿Nos vas a llevar? Ándale, pues. Llévanos.

—No voy a ir a ningún lado.

—Entonces estaciónate.

Si tanto quiere darle gusto, pues bienvenida. Me freno junto al metro y Beatriz sale sin despedirse. Ni siquiera me espero a que bajen las escaleras de la estación antes de arrancar rumbo al departamento.

Beatriz y Matilda llegaron a las ocho y media de la noche. Me negué a acompañarlas a cenar, pretextando pendientes del trabajo que atender, y me encerré en la recámara. Las escuché platicar animadas de lo que habían hecho: Beatriz la llevó al Museo de Geología, de ahí al centro, a comer comida árabe que mi hija nunca había probado y, para quitarle el mal sabor de boca de tantos animales disecados, la invitó al zoológico. Desde que llegó, Matilda no dejó de hablar del herpetario de Chapultepec: no puede creer que se atrevió a pegar la nariz frente a un cristal cuando del otro lado había una cobra. Me molesta cada risa, cada anécdota que comparten. Sobre todo estoy encabronado con Beatriz, que me privó de tener esos momentos con mi hija. Les di permiso de ir a otro museo, no de recorrer la ciudad sin mí. Nunca seré el primero en llevar a Matilda a un zoológico.

Acaban de cenar y Beatriz me pregunta si quiero meter a mi hija a la cama. Cuando entro a su cuarto la encuentro en pijama, sobre su edredón, hojeando el libro que le regalé. A juzgar por la cara de Matilda, mi berrinche en el coche no ocurrió hoy en la mañana sino hace años. Apenas me ve se le dispara la boca y me cuenta de qué tamaño era el mamut, de qué color eran sus huesos, que tenía un colmillo roto, que vio un rinoceronte y que la pantera del zoológico les rugió. Padrísimo, Pulga, padrísimo, le digo, mientras la levanto de las axilas y recojo el edredón para acostarla.

Antes de que me ponga de pie, Matilda pone su mano sobre la mía. Con la otra señala una oración en el libro.

—¿Qué dice aquí, Pape?

—Dice Isla de Wrangel.

—¿Rangel?

—Wrangel —le respondo, como si dijera la palabra en inglés—. ¿Qué hay ahí?

—Ahí se murieron los últimos mamuts.

No entiendo su obsesión con este tema y, como tantos entresijos suyos, me preocupa. Supongo que si ella conociera mis fijaciones también se alarmaría.

—Buenas noches, Pulga. Perdón por no acompañarlas.

Matilda me responde con una sonrisa que me limpia de culpas.

—Está bien.

—¿Te cae bien Beatriz?

—Sí.

Al que no le cae bien Beatriz es a mí y el sentimiento es mutuo. Apenas he cerrado la puerta de la recámara y ya me mira como si quisiera mandarme a dormir al estacionamiento. Alicia podía incubar un rencor por meses; Beatriz es incapaz de quedarse callada una noche. La encuentro de su lado de la cama, en shorts y una camiseta a través de la que se le marcan los pezones. Trae una hoja de papel entre manos y habla en susurros que suenan como flechas, cortando el aire entre nosotros.

—¿Y esto?

Beatriz voltea la hoja, mostrándome el volante que Matilda y yo recogimos hace tiempo en el vestíbulo del edificio. El perro blanco, que se perdió en la colonia.

—Matilda quiere uno.

—¿Y qué? ¿Estás viendo si encuentras este para dárselo?

Me quito los zapatos y los dejo que caigan donde caigan.

—Tíralo. Ahí está el basurero.

Beatriz se para, haciendo del volante una bola.

—Seguro prefieres comprarle uno.

—¿Para qué adoptar cuando le puedo comprar un san bernardo con pedigrí, chip y todo?

—¿Tienes una idea de cuánto cuesta un perro como esos?

—No sé. ¿Quince mil, veinte mil pesos?

Beatriz tira el volante a la basura.

—¿Y tienes ese dinero?

—Ya verás cómo me llegan clientes cuando gane lo de tu tío.

—¿Y lo primero que vas a hacer es gastarte esa lana?

—Es un perro. No le quiero comprar una casa.

Beatriz me pide que la deje pasar rumbo al baño. En vez de echarme sobre la cama, la sigo, mientras ella le pone pasta al cepillo de dientes. Estoy parado frente a su espalda, viéndole la cara a través del espejo.

—¿Ahora resulta que no puedo darle gusto?

—¿Ella te pidió un perro con chip y pedigrí, o tú le quieres dar uno así porque eso es lo que se usa?

—Déjame adivinar. ¿Estás enojada porque no la dejé subirse al metro?

Beatriz escupe y, con calma, se enjuaga y limpia antes de responder.

—O porque humillaste a un empleado del museo. O porque hiciste un berrinche en el coche. O porque te perdiste a tu hija viendo a su animal favorito. No sé, Martín. Todavía no decido por qué estoy enojada.

—Tengo derecho a darle la vida que yo le quiera dar. Tengo derecho a decidir cómo viaja y qué tipo de perro tiene.

—Me queda claro. Matilda es un vivo reflejo de su papi.

—¿A qué te refieres? Ilumíname, por favor.

—Ilumínate tú, cabrón. No soy tu terapeuta.

—Ah, qué bien. Tiras la piedra y escondes la mano.

Beatriz se sienta en la esquina de la cama. Se ve tan harta como Alicia se veía esa mañana cuando me pidió el divorcio. No sé por qué agoto así a la gente que me quiere.

—¿Sabes qué me preguntó cuando salimos por el pan? Me preguntó de qué color serían nuestros hijos. Si serían como ella o changuitos como yo.

—Puta madre.

—¿Qué esperabas? Vive en una burbuja, coño.

—Es culpa de Alicia.

—Claro. Tú siempre eres la víctima.

—¿Ahora es mi culpa que piense eso? ¿Yo, que prácticamente vivo contigo?

—Le tienes que dar un buen ejemplo.

—¿En qué he fallado según tú?

—Le hablas feo a la gente que te atiende, te peleas en el futbol, bebes-

—Hace un mes que no voy al futbol y dos meses en los que no bebo ni una gota-

—Por Dios, te da miedo que se suba al metro.

—¿Qué chingados quieres? ¿Que la mande a una escuela pública?

Beatriz se acuesta y apaga la lámpara.

—¿Sabes qué? Cómprale un perro con pedigrí. Un san bernardo de cien mil pesos. Y llévala de vacaciones a Nueva York, de paso. No vaya a ser que tenga que padecer otra visita a un museo mexicano.

—El museo fue mi idea.

—Y luego entraste como si fuera un chiquero. —Beatriz se quita los aretes y los deja junto a la lámpara de noche—. Si hubieras visto a tu hija hoy en el zoológico. Qué tan contenta estaba.

Beatriz cayó dormida antes de que me pusiera la pijama; yo volví a tener el mismo sueño de aquella madrugada cuando murió Carlos. Salía al balconcito del departamento, rodeado de las macetas donde Matilda y yo hemos sembrado tomates, limoneros y flores sin suerte, y espiaba a una mujer, con las manos sobre el vientre, caminando de un lado a otro de su sala, en el edificio contrario. Las cortinas seguían corridas, pero aún dormido asumí que se trataba de Alicia. Había un desagradable espesor en el ambiente, como si algo terrible estuviera a punto de ocurrir. Abajo, en la calle, el mar de mi infancia subía y las olas me salpicaban de espuma salada. No olía a mar abierto sino a lo que huele la sección de mariscos en el súper. Me desperté cuando sentí que se empapaban mis calcetines.

Me preparaba un café cuando sonó mi teléfono. Todavía no amanecía y la única luz que iluminaba la cocina venía de la calle. Era Arturo, pidiéndome disculpas por la hora. Tenía noticias de su demanda. Era urgente hablar conmigo.

Julio

—Discúlpame, Ignacio, pero la memoria me falla. La verdad es que recuerdo muy poco de ese discurso. Habrá sido por ahí de 1994, yo creo que después de la muerte de Luis Donaldo. Luis Donaldo, chingao. Discúlpame, Ignacio. Por favor discúlpame. Ya sabes que yo nunca me pongo así.

El senador me aprieta el antebrazo con una mano y con la otra a Ignacio. Luego deja caer la cabeza, como rezando. Siempre llora cuando habla del asesinato de Colosio. También cuando habla de su papel en la transición democrática del país y de cuando cantaba el himno de niño y de cuando visitó el pueblo donde nació Benito Juárez y de cuando su papá le dijo, después de la muerte súbita de su hermano mayor, que él, Oscarito, sería el mero mero de la familia. Ahora también le ha dado por llorar cuando habla de su hija y, sobre todo, de su mamacita.

—Luis Donaldo era hombre de una pieza. De veras que sí. No como estos políticos que ahora tenemos en el gobierno y que ustedes los intelectuales critican con tanta razón. Qué país tendríamos si hubiera llegado él a la presidencia. Seríamos de primer mundo, Ignacio. Solo de imaginarlo se me hace un nudo en la garganta.

Ignacio le palpa la mano. El capitán de meseros recoge los platos y ni se inmuta al ver al senador chillar. Siempre venimos a este restaurante. El mesero debe saber, como yo, que el jefe chilla mucho.

—Ignacio, Julio, amigos —nos dice, con la frente en alto—. Me acuerdo poco de ese 8 de abril de 1994. Había sido una mañana lluviosa. El partido, la ciudad, todo México estaba inquieto. Eran, me parece, las once y cuarto de la mañana. Estaba ahí, en el estrado, junto a Zedillo y Salinas. No sé qué dije, así que me vas a permitir parafrasear, Ignacio. Creo que empecé diciendo: colegas, compatriotas, mexicanos, estamos aquí reunidos porque nos enfrentamos a una coyuntura sin precedentes en la historia de nuestro país...

Sigo viendo al senador, moviendo la cabeza de arriba abajo, pero ya no lo oigo, porque ya he oído esto mil veces. Es la historia de cómo se ganó la confianza de Salinas, de cómo acabó en la Secretaría de Turismo. Del discurso, que incluye la necesidad de permanecer unidos frente a la tragedia, de no romper filas ni permitir que la muerte de Luis Donaldo Colosio nos empañe la brújula, brincará a la llamada que le echó Salinas esa misma tarde, para decirle que fuera quien fuera el candidato a la presidencia él sería considerado para un puesto importante. Cuenta esa anécdota porque, me imagino, lo hace quedar como un tipo valiente, que pidió tomar el micrófono, y sobre todo leal, porque pronunció su cercanía con el presidente y su partido. Ignacio no necesita escuchar esto. El tipo sabe que ser leal a Óscar Luna Braun, aunque sea a puertas cerradas, paga y paga bien.

A través de nuestros contactos ha conseguido poner un negocio de conferencias en Zacatecas y ahora lleva seis meses de cónsul mexicano en Barcelona. Todo gracias al senador.

—… y esa misma noche, Ignacio, Julio, amigos, recibí una llamada del presidente. Me quería agradecer mi valentía y mi lealtad. Julito sabe que la lealtad es la virtud que más aprecio. El presidente también la apreciaba. Estaba muy conmovido por mi discurso, aunque seguía muy alterado, muy triste, por la muerte de Luis Donaldo. Luis Donaldo, chingao. Qué pena con ustedes. Es que, híjole, de veras que lo quería como a un hermano.

El senador se seca las lágrimas con un pañuelo. Ignacio tiene la cara que la gente pone cuando no entiende la película que está viendo.

Son las doce de la noche y el restaurante está cerrando. Afuera, en la terraza, solo quedamos nosotros y una pareja. Él debe tener unos cuarenta, ella menos. Los dos tienen *look* de burócratas. Aunque ella no es nada del otro mundo, el senador no deja de verla.

—Discúlpame la distracción, Ignacio, pero ya sabes lo que dicen. Jalan más un par de tetas que dos carretas. —El senador se ríe. Ignacio se lleva la servilleta a la frente, para secarse el sudor. Suda aunque es octubre y ya hace frío—. Pero no vine a escucharme a mí sino a escucharte a ti, Ignacio. A hablar de ti. Es que hace años no recordaba esa llamada del presidente, cuando me habló para darme su voto de confianza, orgulloso de mi valentía. Valentía que ahora, y tú lo sabes bien, la gente pone en tela de juicio. Esa misma gente que nos pide que declaremos nuestros bienes y nuestro patrimonio, como si, por ser un servidor público, mi vida y lo que he conseguido también fueran de dominio público. Y a quienes dudan, a quienes exigen, les respondo de la misma forma. Yo no hago declaración de bienes sino ostentación de bienes. A mucha honra.

El senador recarga la espalda en su silla y abre los brazos, como si estuviera en su casa, presumiéndonos sus cuadros de Diego Rivera y Frida Kahlo, o su estatua de Botero en el jardín o su espejo de Anish Kapoor, o sus sillones y tapetes que no desentonarían en un castillo del siglo xix. Pero no estamos en su mansión sino en un restaurante semivacío. Nunca me ha gustado estar en un lugar así con el senador, aunque estemos sobre Masaryk, donde siempre hay patrullas y donde los políticos y los ricos siempre se juntan para disfrutar de las tres cosas esenciales para cualquier político y cualquier millonario: tragos, tacos y tetas.

—Tú sabes a lo que me refiero, querido Ignacio. Y discúlpame, por favor, si sigo hablando. De ustedes los cultos tampoco se espera que tengan dinero. Dime, ¿tú pactas tratos con el narco? ¿Has hecho lana sucia con tu festival? ¿O más bien estás orgulloso de darle a la gente la posibilidad de escuchar a filósofos, pensadores y literatos que, de otra manera, no conocerían? Y qué si eso te ha dado para vivir bien, ¿verdad? Así como un hombre de letras puede tener dinero, un político también puede ser rico sin necesidad de ser chueco. Todo lo que tengo, Ignacio, Julio, amigos —el senador vuelve a apretarnos las muñecas—, lo gané con esfuerzo. Con mis años de abogado y mis empresas de seguridad. Casi cuarenta años de servir honradamente al pueblo de México. Y nada más. Que me esculquen los hijos de la chingada. Yo no tengo nada que ocultar.

Ignacio está a punto de hablar cuando el senador toma la palabra de nuevo. Hasta para sus estándares, este monólogo va largo. Esta vez quiere hablar de la mujer que viene de vuelta a la mesa, con los brazos cruzados a la altura de las tetas.

—Cómo se da cuenta uno inmediatamente cuando a una señora le hace falta un buen palo, ¿verdad? Véanla nomás —nos pide, sin dejar de verla, acariciando la punta de su corbata—. Cómo le urge sentirse satisfecha. Sentirse deseada. Es lo único que quieren. Las mujeres nacieron para amar. Tú sabes de esto, Ignacio. Escribes poesía.

Ignacio está a punto de decir que nunca en su puta vida ha escrito un poema sino dos libros de política, una novela policiaca de hueva y otra erótica, tal vez peor. Para el senador, todos los escritores escriben lo mismo y son intercambiables. Los historiadores son novelistas, los poetas ensayistas, los politólogos cantautores.

—¿Sabes, Ignacio, que Julio es como mi segundo hijo? No sabes el milagro que fue encontrar a un güey de una pieza como este, leal y trabajador, entre tantos jóvenes huevones. Acabando la carrera vino directo a mi oficina, a pedirme chamba. No creas que quería lana. Ya sabes que mi memoria falla, pero ¿te digo qué me dijo, Ignacio? «Quiero pagarle con trabajo todo lo que usted ha hecho por mí. Usted ha sido como un segundo padre. Lo admiro. Lo quiero. Pero, sobre todas las cosas, lo respeto». Así me dijo, ¿tú crees? Y yo a Julio también lo respeto, quiero y admiro. Por eso confío en su futuro en la política.

No puedo soltar un gracias antes de que el senador vuelva a arrancar.

—Julio, ¿has ido al departamento de Ignacio, aquí en Polanco? Híjole, tienes que verlo, para que veas lo que es vivir bien. No solo vivir bien. Vivir con elegancia. Te va a servir para cuando tú seas senador, para darte una idea de lo que es el buen gusto. ¿Cuántos metros cuadrados tendrá tu *penthouse*, Ignacio? ¿300? Más de 300. Una chulada, Julito. Una chulada de maíz prieto.

Tengo la impresión de que a la mujer de la mesa de junto ya le incomodaron las miradas del senador, así que toma su bolsa y sale del restaurante, tirando la silla. Su novio, o esposo, estira la mano para detenerla, pero no la alcanza. Después nos ve a nosotros, apenado por el *show* que su pareja acaba de protagonizar.

El senador lo llama. Le dice ven, ven para acá, hombre. El tipo obedece, limpiándose las palmas de las manos sobre los muslos. Llega diciendo don Óscar, es un honor, don Óscar.

El senador se para y nosotros también nos ponemos de pie. Luego planta la mano sobre el cuello del pendejo este.

—Mi amigo, discúlpame por favor si tu pareja se molestó. No fue mi intención.

—En absoluto, don Óscar, por favor. No tuvo nada que ver con usted.

—Me alegra que me lo digas. Lo que menos quiero es molestar a una mujer como la tuya. —El senador entiesa el índice y lo pone frente a la nariz del tipo—. Tengo que felicitarte, mi amigo. No cualquiera tiene una piel así. Te felicito de todo corazón. La pareja es reflejo de uno. Para tener una vieja como ella tú debes ser, a tu manera, un hombre valioso.

—Se lo agradezco mucho, don Óscar. Me halaga.

—A mí me halagó la presencia de tu mujer. De verdad impresionante. Qué caderas. Qué figura. Y un rostro también muy bello. Debe tenerte muy contento.

—No me quejo, don Óscar.

—Mucho sexo, mi amigo. Cógetela mucho. A las viejas así les gusta que se las cojan fuerte y seguido. ¿Me oyes?

El tipo sonríe, con los cachetes bien rojos.

—Claro que sí, don Óscar. Gracias por el consejo.

—Ándale, pues. No la dejes esperando. A coger.

Luego de un apretón de manos, el tipo hace reverencias y sale del restaurante. El senador vuelve a hablar antes de que sus nalgas toquen la silla.

—¿En qué estábamos? Ah, sí. En el departamento de Ignacio. Julito, tienes que conocerlo. Ya que anda en Barcelona, Ignacio tuvo la confianza de dejarme las llaves para que le arreglara unos detalles de seguridad. Cámaras adentro, en la sala, y en el balcón, para grabar todo y cerciorarnos de que nadie entrara ahorita que está desocupado. No te culpo por ser precavido, Ignacio. Una propiedad así tiene que cuidarse. Uy, Julito. Si vieras ese balcón. Da a todo Chapultepec. A todo el castillo.

Creo que he estado en ese departamento.

—Dos pisos. Un tapete precioso, que yo mismo te conseguí, ¿verdad, Ignacio? Y todos los libros que te puedas imaginar. Libros, no como los que tenemos en la oficina, o como los del imbécil de Landa, sino libros viejos, de historia de México. Una verdadera biblioteca personal. Envidiable. ¿Sí o no, Ignacio?

Ignacio dice que sí con la cabeza. El senador toma aire y continúa. Su gesto cambia de repente y pone la misma cara que hizo hace ratito cuando se comió un ostión medio ácido.

—Ya quedó todo, Ignacio. Todos los detalles que me pediste que instalara. Y ya me regresaron las llaves. Te agradezco mucho que me hayas dado permiso de prestárselo a Caballero. ¿Sabes que su hija menor lo cachó con otra vieja, Julito? ¿Sí te dije? Y pues pobre cuate, mano, lo corrieron de su casa. Aquí Ignacio tuvo la amabilidad de prestarle su departamento por unas semanas. ¿Armando Caballero? ¿Sí lo conoces?

El senador otra vez me aprieta el antebrazo, pero no hay cariño, no hay buena onda. Sus dedos me cortan la circulación.

Despedimos a Ignacio en el *valet parking* y el senador le pregunta si está contento en Barcelona. Le sugiere mudarse a París o Berlín, ciudades mágicas. Le asegura que él puede conseguirle el consulado o la embajada que quiera, así de agradecido está con él. Únicamente le pide, si es posible, si no es molestia, que hable con sus amigos en las televisoras para que no saquen más noticias de los supuestos fraudes inmobiliarios de Quintana Roo.

—Ya sabes, lo que esos pasquines de izquierda han estado publicando en estos meses.

Ignacio habla por primera vez en toda la noche para decir: «Por supuesto, Óscar».

—¿Qué creías? —el senador habla viendo al cielo. No hay una nube y la luna está justo arriba de nosotros—. ¿Que te ibas a andar cogiendo a la novia de mi hijo, pidiéndome favores, cambios de puesto, cobrando millones y yo te iba a dar todo lo que querías sin tenerte bien checado?

—Senador, no sé a qué se refiere-

—No te hagas la blanca palomita, cabrón. —El senador recibe una llamada en su celular, ve el número y contesta—. Aquí estoy. Acá afuera del restaurante. Vente en un minuto. Ya casi acabamos.

—Siento mucho lo de Marina. Fue un error.

—¿Tú crees que me importa esa putita? Lo que me importa es tu falta de lealtad. Tú, al que le he dado todo, ropa, techo, y así me agradeces. Ni siquiera pudiste arreglar lo de la pinche reportera aquella.

—Hice todo lo que pude. Hasta fui a hablar con Lourdes, senador.

—¿Y sirvió de algo? ¿No leíste hoy en la mañana otro reportaje de Pineda?

—Nos chingamos a su tío. Pensé que ahí le iba a parar. No es mi culpa si decidió publicarlo.

—¿Si no es tu culpa de quién es, Julito? ¿A quién puse a encargarse de ese desmadre?

—A mí.

—No te contraté solo por perrito faldero, sino porque ibas a defender mis intereses. Y ahora ni eso. Me duele, cabrón.

El senador pone sus dedos gordos y calientes en mi cuello.

—Solo quiero que sepas que tengo tu pinche porno, la que grabé en el depa de Ignacio, en la que te coges a una menor de edad. Por si se te ocurre hacer una pendejada.

El senador me da de cachetadas. No me lastiman tanto como me humillan.

—La lealtad, Julito. La lealtad —me dice. Luego camina hacia su camioneta. Uno de sus guaruras sale a abrirle la puerta.

TERCERA PARTE

Martín

Unos días después de que Beatriz publicó su segundo reportaje sobre Quintana Roo, por fin implicando a Luna, nos enteramos que el juez había fallado a favor de Camposeco. Fui a platicar con Arturo a su minúsculo departamento en la Narvarte, con los muros descascarados, el suelo de madera henchido de humedad, su escritorio sumergido en un tropel de periódicos, donde los pelos de su perro flotan por la sala como hojas de diente de león. En cada repisa, mesita y estante, una foto de Beatriz, chimuela, su pelo amarrado en una trenza, me juzgaba. En la mayoría de las fotografías tenía la edad de Matilda. Me avergonzó darme cuenta de que Arturo tenía enmarcadas más imágenes de su sobrina de las que yo tengo de mi hija. Así debe quererla, pensé, mientras caminaba por el piso rechinante hacia el sillón. Ni siquiera necesité explicar a qué venía; Arturo adivinó apenas bajé la mirada. Perdimos, dijo, con la certidumbre que solo dan años, o décadas, de recibir malas noticias. Pretexté que el testimonio de Víctor no había sido suficiente: incluso fue desechado por el juez gracias a la maniobra legal del batallón que Camposeco contrató. Arturo, me parece, confió en mi versión. Ni modo, Martín. Así es la cosa. No me atreví a confesarle el verdadero motivo por el que, estaba seguro, habíamos perdido: los dos reportajes que Beatriz publicó contra Ávila, Luna y el resto de esos hijos de puta. Perdimos porque alguien sabía que Arturo era tío de Beatriz y quiso jodernos.

Arturo no me sirvió ni un vaso de agua. Cuando le ofrecí una disculpa me dijo que no me preocupara, como si no acabara de pedirle perdón sino de rogarle que no se tirara por la ventana. Luego palmeó el cojín para llamar a su perro, que sacudió las orejas, se subió al sillón y reptó hacia su dueño. Le pregunté si estaba trabajando en algo, si seguía buscando empleo, mandando correos a publicaciones y sitios de internet. Arturo negó con la cabeza y se acostó, la vista fija en el techo, regresando a su marasmo. No supe si estaba a punto de llorar o de quedarse dormido, y preferí no averiguarlo. Levanté mi portafolio, me limpié los pelos que el perro había dejado en mis pantalones con las yemas de los dedos y salí a la calle. Apenas pisé la banqueta, el sol me obligó a ponerme la mano en la frente, como hacen los marineros en busca de tierra.

Solo regresé al despacho porque en las últimas semanas me había llegado más trabajo del que había tenido el resto del año. En la noche fui por Beatriz a la revista. Me había alistado para hablar con ella dando por sentado que para esas alturas ya habría hablado con Arturo. La encontré sentada frente a su vetusta computadora, rascándose la nuca, con los audífonos puestos. En su oficina todavía hay máquina de fax, los reporteros toman notas a lápiz y la secretaria usa un teléfono de disco.

Lo único reciente era un elefantito de peluche que Beatriz compró con Matilda el día que fueron al zoológico. Lo tenía junto a su sacapuntas eléctrico.

Aunque era tarde, las oficinas desgraciadamente no estaban vacías. Sus colegas siempre me han caído mal. Me saludan con una sonrisita burlona, como si acabaran de robarme sin que yo me dé cuenta. Así me castigan porque desprecian lo que ellos suponen que son mis ideales, tan distintos a la probidad de los suyos: hacer dinero y afianzar ciertas comodidades. Nunca me llaman por mi nombre: soy carnal o compa. Tampoco se levantan de su escritorio para darme la mano. Si les hago un chiste se ríen por compromiso y si soy frío no se esfuerzan por romper el hielo. ¿Qué opinión tendrá Beatriz de mí si esa es su tribu?

Ni siquiera desvió la vista de la computadora para saludarme. Su compañero de banca, un tal Ramón, había olvidado su carnet de integrante de Morena sobre el teclado de la computadora. Beatriz me pidió que me sentara en lo que acababa de mandar algunos correos y yo obedecí, con la credencial en la mano. No podía creerlo: un periodista, de una revista tan leída, abiertamente afiliado a un partido político. Antes de dejar el carnet donde lo había encontrado me pregunté de pasada, solo de pasada, si al llegar a su departamento Ramón se masturbaba pensando en mi novia.

Beatriz abrió su agenda, buscó una fecha y anotó un nombre. Traía una curita en el antebrazo. Junto al teclado encontré una serie de recortes, de otros periódicos, sobre el cultivo de amapola en Guerrero. Le pregunté si Arturo le había hablado. Ya, me dijo, apenas formando una sílaba, sin quitarle la mirada al monitor. Después se despidió de sus colegas. La mayoría son hombres; ninguno sabe que existe el rastrillo.

De camino, antes de tocar el tema de Arturo, Beatriz me avisó que no escribiría el tercer reportaje que tenía contemplado sobre Luna, Ávila, Kuri y Caballero. No tenía información para llenar ni una página. Sospeché que el escarmiento había funcionado. Por primera vez en su carrera, Beatriz se retiraba del frente. En cualquier otra circunstancia —digamos, un día en el que no se acabara de enterar que su tío estaba al borde de la ruina— me hubiera molestado con ella para impulsarla a publicar. Esa noche, sin embargo, le dije que era sensato de su parte no escribir más sobre Luna. Ni ella ni yo vinculamos la derrota de Arturo con sus textos. La tomé de la mano para reconfortarla, aunque Beatriz nunca necesita que la reconforten. Yo te apoyo, le dije. Por dentro, para qué negarlo, quise que publicara y al carajo con las consecuencias.

Llegando a mi departamento corrió al baño a volver el estómago. Se quedó dormida en el sillón, su cuerpo apeñuscado, con las rodillas contra el pecho. Debí haber sabido que algo andaba mal. Somos malos testigos de nuestras vidas.

Las semanas pasaron, acumulando secretos entre nosotros como el polvo se amontona en las recámaras vacías. Un miércoles llegué de trabajar y la encontré haciendo maleta. Regresaría en unos días; tenía un reportaje que investigar. Le pregunté si era sobre Guerrero, si saldría de viaje, si se iría sola, y me respondió con evasivas. No te preocupes, me dijo, tal y como Arturo me había dicho cuando le ofrecí una disculpa en su departamento. En vez de sugerirle que se quedara, cometí el error de enfocarme en su nuevo reportaje. ¿Estás segura de que ya no vas a escribir sobre Quintana Roo? ¿No te parece que lo estás dejando a medias? Si necesitas yo te echo la mano.

—¿Me quieres como tu pareja o como tu amanuense?

La seguí rumbo a la puerta.

—Quiero que le demos carpetazo a lo de Luna.

—Yo ya se lo di. ¿Tú qué necesitas para ponerle punto final? ¿Que lo metamos al bote? ¿O que me metan a mí?

—Nos estamos dejando intimidar.

Se abrió la puerta del elevador.

—Yo, tal vez. Tu nombre no aparece publicado. Además, ya te dije que no tengo información para otro reportaje.

—Quédate —le pedí, finalmente, mientras las puertas se cerraban.

—Regreso el viernes.

En la mañana del viernes, mientras Irma trapeaba el vestíbulo, recibí una llamada de Alicia en la oficina, pidiéndome que recogiera a Matilda en una fiesta en vez de pasar por ella a casa de Christian. A sabiendas de que me toparía con mi exesposa, regresé al departamento, me bañé y estrené pantalón y camisa. Me sentí culpable de acicalarme antes de ver a Alicia, pero la culpa disminuyó cuando recordé cómo se despidió Beatriz afuera del elevador: esa huida entre incógnitas y explicaciones a medias, casi con urgencia. No nos habíamos escrito. Podía estar en Guerrero o con algún colega. Quizás estaba con Ramón, el periodista que publica todas las semanas contra el gobierno sin admitir que es un militante con carnet de otro partido político al que, por supuesto, jamás ataca. Quizás Beatriz necesitaba un hombre así: abyecto, pero de izquierda. Tal vez la brecha entre nosotros no era social o económica sino ideológica. Nuestra relación había sido un error.

Encontré a Alicia a mis espaldas, con un vaso de plástico rojo en la mano y una paleta del mismo color en la boca, los labios y la barbilla manchados de caramelo. Aunque en su vientre ya se insinuaba el embarazo, venía vestida como si tuviera trece años: blusa ceñida al cuerpo, falda acampanada y zapatillas sin tacón. Le di las gracias por traerme un refresco. No tenía hielos y le hacía falta gas. No se puede esperar nada de la bebida ni los alimentos en una fiesta infantil.

—¿Qué tanto veías? —me preguntó.

—A tu hija la generala.

—Qué mandona es, qué bárbaro.

—Salió a su madre.

Alicia le dio un chupetazo a la paleta y después la deslizó sobre su lengua.

—Mejor así a que la anden mangoneando.

Los demás adultos estaban sentados debajo de la carpa, quejándose de las maestras, el tráfico o la contaminación. Eso supuse. Como no tolero los chismes, preferí esperar ahí, frente al jardín, a que se acabara la fiesta. Vi a un niño llorar de espaldas a una reja, dos niñas sentadas en el pasto peleando por los dulces que recogieron de la piñata y sola, frente a un subibaja, a una niña muy menuda y morenita, de jeans y blusa blanca con holanes. Le pregunté a Alicia si ella era Cynthia, la compañera de Matilda que siempre la invita a comer a su departamento.

—Es ella. Pobre.

—¿Y ya son amigas?

—¿Tú crees? —me preguntó, recorriendo con la mirada la distancia entre ambas: el jardín entero—. Le digo y le digo, pero no quiere ir a su casa. No sé si es mejor dejar de insistir. Nada menos *cool* que tu mamá te obligue a llevarte con alguien.

—No se trata de ser *cool* sino de ser buena persona —decir *cool* me remitió a Emilia y sus hijos, y a una generación entera de mexicanos que rellenan los huecos de su vocabulario con lo que aprendieron viendo *Friends*.

—Ve y díselo. A mí ni me veas. ¿Quieres?

Me llevé la paleta a la boca. Mi lengua limpió la saliva de Alicia y después la deglutí, dándole vueltas al cilindro contra el paladar. El intercambio se sintió íntimo.

—Dice Matilda que tu novia le cae muy bien.

—¿Ah, sí?

—También dice que por favor cierres la puerta de tu recámara con seguro.

De no detener el palo de la paleta, me la hubiera tragado del susto.

—Fue un accidente. No quería que viera nada.

—¿Y quién está diciendo eso?

—Yo nada más aclaro. Hasta me daba miedo que fuera a decirte.

—Pues sí me lo contó. Pero quita esa cara. Me lo dijo muerta de risa.

—¿Muerta de risa? ¿Por qué? ¿Qué le dio risa? —Recordé lo que Matilda le preguntó a Beatriz cuando salieron a comprar pan. ¿Se habrá burlado de ella con su mamá?

—Ver a su papá encuerado, supongo. ¿Me das mi paleta?

—No entiendo qué le causó tanta gracia.

Alicia se sobó la panza.

—Dice Matilda que es muy alta.

—Un poquito más alta que tú.

—Te dije que esa amiga tuya siempre había querido contigo. Y tú diciéndome no, no, Alicia, ¿cómo crees? Es mi colega. Nos juntamos para hablar de política, te lo juro. Nunca ha pasado nada.

—Nunca había pasado nada.

—Ajá. ¿Ya me la das?

—Ve por otra. Ahí está la canasta.

—Dámela.

—O róbale una a tu hija. Te doy su bolsa de dulces.

Alicia se prensó del palo de la paleta y tiró hacia ella. Olí sus dedos cerca de mi nariz; no nos habíamos tocado desde el divorcio. No supe si era un juego o un coqueteo, pero en el lapso que duró el toma y daca fantaseé con llevarla entre los arbustos y cogérmela aunque estuviera embarazada de otro.

—Pues qué bien que estés contento —me dijo y rodeó el dulce con la lengua de nuevo.

—Últimamente hemos tenido algunas fricciones.

—No me digas.

—Es que estaba llevando el caso de su tío. Una demanda. Hace unos días nos avisaron que perdimos. Este cuate es como su papá.

—¿Y fue tu culpa o qué?

—Soy su abogado.

—Bueno, ¿y quitando eso estás tranquilo?

Algunas mamás ya le daban órdenes a sus nanas para que recogieran a sus hijos. Estaba atardeciendo y empezaba a sentir frío. Le dije que habían llegado nuevos clientes, así que lo de Arturo no me afectaría económicamente.

—Ahí va el despacho. Por lo menos ya no me despierto todos los días pensando que me equivoqué al dejar el otro trabajo.

—Me da gusto por ti —me dijo, otra vez sobándose la panza como si fuera una bola de cristal—. ¿Sí te dije que ya sabemos qué es?

No quise que abortara, por supuesto, pero una parte de mí no pudo siquiera considerar que ese niño crecerá, tendrá un sexo, un rostro y un nombre. Un apellido que no es el mío.

—Es niño —anunció, sin que yo se lo preguntara—. Nos enteramos hace una semana. Ya sabes que yo siempre había querido un hijo.

David es el nombre que ella y yo escogimos para cuando tuviéramos un niño. Si teníamos otra niña se iba a llamar Victoria. Lo decidimos una noche, regresando de Navidad, con Matilda durmiendo en el asiento de atrás. Alicia me dijo que quería encontrar otro nombre neutro, como Matilda, cuando volviera a embarazarse. Me parece mórbido que Emilia se haya robado el nombre de mi abuelo y mi padre para sus hijos. ¿Para qué condenarlos desde que nacen? Matilda nos gustaba porque nuestra hija sería la primera Matilda que conoceríamos. Es un nombre limpio, me dijo. No le debe nada a nadie.

—Me gusta eso —agregué, echando un vistazo hacia atrás, donde nuestra Matilda, la única Matilda, dormía con la cabeza de lado. Nuestro futuro también nos esperaba así: limpio y sin deudas. Me hubiera gustado llegar al departamento a hacer a David o a Victoria.

Alicia estaba tan cansada que se quedó dormida con la ropa puesta.

Le pregunté si le pondría David al niño.

—David era nuestro —me dijo.

Quizás no escuchó cuando le di las gracias. Matilda llegó corriendo hacia nosotros, para pedirnos otra hora en la fiesta. Me había gustado tanto el final de la plática con Alicia que preferí no arruinarla con otra pregunta. Ayudé a mi hija a cargar sus dulces, la esperé a que se despidiera de sus amigos y después nos fuimos, tomados de la mano, hacia el coche.

La llevé a ver cachorros a Tlalpan, a la dirección que me había dado un criadero de west highland terriers. Supuse que, por ser parte de un criadero recomendado por la Federación Canófila Mexicana, el lugar tendría un amplio jardín para ver a los cachorros correr, y no una serie de jaulitas endebles, a ras de piso, colocadas a lo largo de un garage donde el suelo chorreaba orines y diarrea. Nos recibió un tipo con manitas de bebé y el tono de piel violáceo, como de un pulgar estrangulado. Me remitió a un recién nacido; incluso succionaba el refresco que llevaba como si fuera un biberón. Le di mi nombre y le dije que había hablado con el dueño del criadero el día anterior. Sí, sí, pásele, échele un ojo con confianza. No había mucho a lo que echarle un ojo: el garage era angosto y sombrío. Matilda me apretó la palma de la mano, como hace cuando algo le inquieta. Al vernos, los perros se abalanzaron contra las rejas de las jaulas, amontonándose unos sobre otros, aullando. Sabían que cualquier lugar al que yo los llevara sería mejor que esa caverna apestosa. Quise que Matilda escogiera uno, en ese momento, para salvarlo. Ella no se veía convencida.

—No tenemos que comprar uno de esos, Pulga. Tú me dices cuál quieres para tu cumpleaños y vemos.

—Quiero uno más grande.

—Ok. Más grande. Perdón por traerte aquí.

Le pellizqué el cachete; Matilda me sonrió.

—No importa, Pape.

En el departamento nos esperaba Beatriz, sentada al comedor, escribiendo en su laptop con los audífonos puestos. No alejó la vista de la computadora hasta que Matilda arrojó la bolsa de dulces sobre la mesa. Le dio gusto encontrarnos frente a ella, como si no hubiera escapado de mi casa dos días antes. Se quitó los audífonos y le pidió a Matilda que le enseñara el botín. Raro en ella, pero mi hija le ofreció uno «o hasta dos». Beatriz tomó una paleta, idéntica a la que tenía Alicia en la boca, agradeciéndole a Matilda su generosidad.

Mi hija se quedó dormida mientras veíamos una película. La deposité en su cama y después me acerqué a Beatriz mientras lavaba los platos. Me permitió estar cerca de ella, guiarla al cuarto, quitarle la ropa, y de cualquier forma me sentí rechazado. La vi limpiarse la boca después de mamármela, apretar los párpados cuando me tendí encima de ella. Apenas me recosté a su lado se puso de pie y caminó al baño, a pasos torpes, como indigesta de mí, a enjuagar y limpiarse. Giró la perilla y, al abrirse, la puerta vertió un rectángulo ambarino sobre la duela, con su sombra dentro: el arco de sus piernas, donde una mano, con una toalla, se fregaba mis rastros.

—Llevé a Matilda a ver cachorros hoy, después de la fiesta.

No hubo respuesta. Solo la sombra, limpiándose insistente.

—No san bernardos. Unos chiquitos, blancos, bigotones, de orejas paradas. Hasta cabría en el balcón, yo creo.

La sombra desapareció. Orinó.

—Pero dice que quiere uno más grande. No sé si comprárselo para su cumpleaños.

La sombra le jaló al escusado y el ruido, abrupto, se oyó más fuerte de lo que realmente es. Giré el cuerpo hasta quedar bocarriba. Mis huesos no están hechos para tantos kilos. La grasa del abdomen se asentó a mis costados y se hundió en el colchón.

—Los hubieras visto, todos encerrados en jaulitas, chillando.

Beatriz se quedó parada en la puerta, dividida en dos: su sombra en el piso y su silueta a contraluz. Yo me quedé quieto, viendo las formas del techo que debo remozar, recordando a aquel perro blanco que vi morir de niño. Nunca lo platiqué con mis papás ni con Emilia. No lo escribí en un diario o se lo confesé a mi esposa, mis amigos y familiares. Nunca le dije nada a mi hija, que desde muy chica quiso una mascota. No le dije nada a la policía, ni siquiera al director del colegio después de encontrar a los tres niños sentados frente a mí en el salón de la primaria. Esa noche, por primera vez, compartí la anécdota con alguien.

—Pobrecito —me dijo Beatriz cuando terminó de escucharme, sentada junto a mí, con una mano sobre mi rodilla.

—Mi papá decía que nunca nadie se arrepiente de ser valiente.

—No creo que esa frase sea de tu papá.

—Probablemente no.

—Tú has sido valiente en otras cosas.

—¿Te parece?

Beatriz me palmeó el muslo y caminó hacia su extremo de la cama, a quitarse los aretes. «Tengo que hablar contigo», me dijo. «Si tienes mucho sueño podemos platicar mañana». Me dejé llevar, como acostumbro, por un alud de suposiciones. Ya no te quiere, Martín. Le dio vergüenza tu anécdota de la infancia. Te ve como un cobarde que ha sido cobarde desde niño. Por eso se largó a dizque investigar hace unos días, por eso cogió con hueva.

—No, no. Platiquemos de una vez.

Beatriz pasó saliva y, sin titubeos, como si fuera un contratiempo menor, me dijo que estaba embarazada. Se me durmieron las piernas de inmediato. Cuando has tenido un hijo sabes que frente a un embarazo no hay reacción más ingenua que el entusiasmo. Creo que no dije nada más elaborado que un ok, mientras ella seguía su rutina nocturna. Tenía poco más de un mes. Se había hecho una prueba casera y otra de sangre para confirmarlo.

—Tú avísame si quieres que aborte para ir buscando clínica.

En la fiesta, orgullosa de su embarazo, Alicia se sobaba la panza mientras me comunicaba que tendría un niño. Beatriz, por su parte, me pedía que yo pagara la mitad del aborto.

—Creo que sería lo justo —me dijo.

—Ok.

—No sé en cuánto salga un aborto ahorita. Espero que no muy caro.

—¿Puedes dejar de decir eso como si fuera algo insignificante?

—Pues así es, Martín. No es el fin del mundo.

No entendí cuándo y cómo había decidido que no quería tener un hijo mío. Quizás fue porque me importó más el reportaje contra Luna que el asunto de Arturo. Quizás estar conmigo la había convencido de que soy un inestable y habían bastado unos meses para dejar de quererme. En ningún instante consideré que la decisión no tuviera que ver conmigo sino con ella. Era mi obligación considerar otras posibilidades, otros caminos que no acabaran con mi hijo extirpado en una clínica de mierda. Si Beatriz no quería tenerlo, me tocaría a mí intentar salvarlo. David, pensé. Si fuera niño le pondría David.

—¿Y estás segura de que no quieres otra cosa?

—¿Otra cosa? ¿Como qué?

—No sé —le dije, con la mirada puesta en la ventana, en el cielo cenizo de la ciudad—. Como tenerlo, tal vez.

Beatriz decidió escribir sobre los campos de amapola en Guerrero. Como hace cuando está empezando un texto y no quiere distracciones, se encerró en su departamento, a apagar el celular y escribir de sol a sol. Saliendo de la oficina le llevé flores y pasé a darle un beso. El pasillo olía a marihuana. Del departamento de su único vecino se escuchaba una cumbia. Nadie mencionó el embarazo.

Mi mamá ya me esperaba en la sala, sentada con la espalda muy recta, su bolso sobre los muslos, viendo la televisión apagada. Apenas nos saludamos se quejó de haber tenido que esperar veinte minutos para que el portero le diera las llaves.

—De nada sirve que tengas a alguien de seguridad si no va a estar atento, hijito. ¿Y si yo fuera un ladrón?

—No creo que los ladrones se pongan vestidos de flores.

—Piensa en Matita. ¿No quieres que duerma segura? El DF no es Cozumel, eh. Aquí entran a robar un día sí y un día no. —Le di un vaso de agua, en el que debería haber disuelto un ansiolítico—. Y no me gusta la zona en la que vives, aquí a media cuadra de esta avenida tan fea. ¿Qué no tienes para rentar algo mejor?

—Tampoco estoy en Tepito, ma.

—No, Dios nos libre. Pero ¿qué tal Polanco o la Condesa? Dicen que se ha puesto muy padre para ustedes los jóvenes —me preguntó, quizás pensando que tengo 21 años—. ¿Y si te regresas a San Ángel? Debe haber condominios muy lindos. Nomás no vivas en una casa sola. Es muy peligroso.

Me senté en el taburete que tengo junto al estéreo para poner un disco de Sinatra que escuché la noche anterior.

—Porque no me alcanza.

—¿Estás apretado de dinero? Porque si sí no te preocupes. Le hablo a una de mis hermanas y que me cooperen para la endoscopía.

—Tengo para pagarte la endoscopía. No tengo para comprar una casa en San Ángel.

—Aunque ya sabes que Lola ni me contesta el teléfono. Y Angélica siempre está de viaje. ¿Te dije que Memo tiene cáncer? Fíjate que-

Me desenchufé en el momento en que empezó a hablar de sus amigos y familiares muertos o moribundos. Para ella solo las calamidades son leña para el chisme. Antes de ponerse la pijama me pidió que me hincara junto a la cama para rezar el padre nuestro y que le ayudara a marcarle a mi papá.

—No le hace bien estar solo. Se pone ansioso si no estoy. El año pasado me fui a Cancún a ver a una amiga y cuando regresé había reordenado todos los muebles de la casa. Imagínate el desgarriate.

—Me imagino.

—Que no se te olvide que le vamos a hacer un festejo por su cumpleaños —me dijo mientras calentaba un vaso de leche en el microondas—. Tienes que ir a visitarnos. Ahora sí no hay pretextos.

Al día siguiente llevé a mi mamá al hospital. Tenía que trabajar, pero no podía mandarla en taxi porque debían anestesiarla y quería compañía. Sereno, tarareaba la canción de Sinatra (...*we spoke of many things... fools and kings...*), pero ella iba tensa, con un rosario enredado en manos y muñecas, rezando. Para ir a que le metieran un tubo por la boca y verle las tripas se pintó las uñas, se peinó como en los ochenta y hasta se puso el único saquito, con hombreras, que todavía le queda de esos años. Aproveché que estaba ocupada para llamarle a Irma. Le pregunté si Luis estaba por ahí. Ahora que por fin había trabajo mi pasante ya no iba a la oficina.

—No te preocupes, Irma. No te preocupes. Necesito que me cambies la cita con el licenciado Amuchástegui para las dos o dos y media. Si de plano no puede, ponla para el vier… Amuchástegui, Irma. A-mu-chás-te-gui. ¿Te lo deletreo? El licenciado Jaime, Jaime Amuchástegui. Búscalo en mi agenda. La negra, sí. ¿Cuál otra? A ver, espérame un instante. Ma, ¿qué te pasa?

Le colgué a Irma cuando mi mamá se puso a llorar. Su llanto me preocupó; quizás el examen se debía a algo más serio que un dolor de estómago.

—No me gusta que me anestesien —me confesó.

—Es más peligroso ir en este coche que te anestesien.

—¿Sí? Ya ves cómo a Mercedes la anestesiaron para quitarle las bolitas esas que tenía en la garganta y se murió.

—No te va a pasar nada.

Entré al estacionamiento de la clínica y el día se hizo noche.

—A mi edad con esas cosas ya no se juega.

—No hay manera de hacer la endoscopía sin anestesia. Ya te dije que pregunté.

—Es culpa de este reflujo. No puedo dormir del ardor.

—Estrés. Y tomas mucho café.

—No tomo café ni refresco desde hace años. Sabrías esas cosas si no nos tuvieras abandonados.

—¿Cómo los voy a tener abandonados si hasta te pagué el vuelo para que vinieras?

—Era lo mínimo que podías hacer.

Estacioné el coche frente al *valet parking* subterráneo y le di la llave al chico. Le pregunté el costo por hora.

—¿No había una clínica más cara, ma?

—Lo barato sale caro. ¿Qué no te enseñamos eso?

Picó el botón del elevador.

—No. Me enseñaron que lo caro sale caro.

El consultorio estaba casi vacío, salvo por una señora rubia, más joven que yo, leyendo una revista de moda mientras su hijo, igual de rubio, brincaba en las sillas acojinadas sin que nadie lo regañara.

—Tome asiento, señora Ferrer. En un momentito la atendemos. ¿Se le ofrece algo de tomar?

La señora que dijo llevar años sin tomar refresco pidió una Coca-Cola *light*, encantada de que otra vez la trataran como se merece. Le recordé que debía estar en ayunas para la endoscopía.

—Bueno, se la acepto saliendo, señorita —le dijo a la secretaria, que la veía confundida. Lo único que podía ofrecerle era agua.

—Qué cómodas estas sillas, ¿verdad? —preguntó, dando brinquitos discretos para acomodar las nalgas en el asiento—. Y ve nomás qué vista. Por acá estaba la casa de tu abuelo.

Las ventanas daban a todo Bosques de las Lomas. Si el día no hubiera estado tan contaminado podríamos haber visto el Ajusco desde ahí.

—Rancho San Francisco está por el Desierto de los Leones.

—Ay, es que ya no me acuerdo de nada. Tu mami está hecha una anciana.

—¿Qué esperabas? No has vivido aquí en treinta años.

—¿Te acuerdas de tu caballo, el que te regaló tu abuelito?

—Odiaba montar.

314

—Eras un niño tan tranquilo, hijito. Tan alegre y educado. —¿Se iba a volver a poner a llorar? Era capaz de rezar otro padre nuestro para evitarlo—. No hacías berrinche nunca.

—Sí, ya sé. Un santo.

—¿Te acuerdas de tu fiesta cuando cumpliste siete? —mi mamá se animó, como si recordar una fiesta del pasado fuera tan emocionante como planear una en el futuro—. ¿Cuando te organizamos unas olimpiadas?

—Tenía nueve. Fue mi última fiesta en el DF.

—Estaban todos tus amiguitos. Los Vélez, la niña tan mona de los Cruz, tus primos, hasta nuestro vecino, Ricardito Alatorre. Te contratamos al mejor payaso para fiestas. Cobraba una millonada, pero tu papi insistió en que viniera. No sabes qué triste estaba por lo de tu abuelito. ¿Te acuerdas que apenas había pasado todo eso? Qué horrible fue, ¿verdad?

Lo de mi abuelo había pasado muchos meses antes, pero no la corregí. Estiré el cuello, esperando cruzar miradas con la secretaria para preguntarle si ya iban a atender a mi mamá.

—Me acuerdo que se fue hasta Toluca para conseguir las medallas de oro, plata y bronce. Uy, cómo se divirtió organizando las actividades. Salto de longitud. Carreras de relevos. Salto de altura. Jabalina.

—No había espacio para jabalina. Nos compró una bolita de metal para lanzamiento de bala.

—Claro que había jabalina. El jardín era grandísimo, Martín.

Supe adónde iba la anécdota, pero preferí no interrumpirla. Era evidente que disfrutaba recordar esas épocas.

—Todos tus compañeros ganaron medalla. Ricardito salió con cuatro o cinco, de todos colores. ¿Y tú? Tú
no te llevaste nada.

—Siempre fui malo para los deportes.

—Pero ¿crees que te enojaste? Estabas encantado de
ver cómo todos la pasaban bien. Me decías: no importa,
mami. Lo que importa es que mi fiesta estuvo padrísima.
Qué lindo niño eras. Igual de bueno que su papi.

No hice ningún berrinche aquella vez, pero tampoco me tuvo sin cuidado quedarme con las manos vacías.
Lo que mi mamá olvidaba es que, avergonzado de que
su hijo fuera el gran perdedor de la fiesta, el organizador
salió de la casa a las diez de la noche y regresó con una
tonelada de regalos: coches a control remoto, casetes de
Atari y hasta un robot que hablaba. Recordar a mi papá
abriendo la cajuela de su Grand Marquis para sacar los
juguetes aún me provoca un disgusto inmediato: pueril
y añejo, pero intacto. No soy yo, a mi edad, recordando
eso con rabia tanto como soy Martín, a los nueve años,
pensando que a mi papá le urge compensar mi fracaso, o
el suyo, con dinero. No merezco esos juguetes; en todo
caso, él los necesita más que yo. Días después mi mamá
nos avisa que no acabaremos el año escolar en la Ciudad
de México para mudarnos a Cozumel. ¿Y la casa? Ven-
dida. ¿Y los restaurantes? Igual. Tu padre prácticamente
se los regaló a otro restaurantero. En la voz de aquella
Patricia Ferrer no hay una pizca del cariño maternal
con el que esa otra Patricia, la del consultorio, a la que
pronto le harían una endoscopía, hablaba de su marido.
Lo primero que Martín piensa al oír a aquella Patricia
es que sus papás están a punto de divorciarse; su mamá
espeta cuando habla de su marido, más con desprecio

que rencor. El niño nunca volverá a verlos tomados de las manos o dándose un beso. No habrá día en que Martín no escuche a Diego pedirle perdón a su mujer por romper una copa o dejar el mosquitero abierto, por no limpiar el jardín o no ser estricto con Emilia, que desde muy joven desaparecerá por las noches, durmiendo quién sabe dónde y con quién. Patricia también pasará más tiempo fuera que dentro de la casa; a veces, Martín la encontrará en la playa, sola, en bikini, con el rostro maquillado. Un día, ya adolescente, mientras espera a sus amigos para andar en moto, la verá besándose con un gringo en un bar a medianoche. En la mirada de Patricia, borracha, con un tirante de la blusa caído, no verá a su madre sino a una chica que él solo conoce a través de las anécdotas de su papá: traviesa y alegre y dulce, de sonrisa veloz y mirada blanda. Martín regresará a abrazar a su papá, abrazarlo muy fuerte, sin que Diego sepa por qué su hijo está tan triste.

—¿Por qué te gusta tanto esa anécdota, ma?

Esa fiesta fue la última que hubo en la casa, antes de enterarse de que su suegro no les había dejado ni un centavo y que su marido remataría sus restaurantes para mudarse a una isla. Esa fiesta es el último eslabón de su primera vida, cuando fue feliz.

—¿Por qué lo dices?

—Me la has contado miles de veces.

—No exageres —me dijo, su rostro quebrándose en un gesto adolorido, con el puño en la boca del estómago.

—¿Patricia Ferrer? —preguntó la enfermera, y mi mamá no alzó la cara. Tuve que picarle el abdomen con el codo para recordarle que le hablaban a ella y no a otra mujer.

Hace mucho que veo a mi papá como un viejo. Sus facciones son las de un hombre casi desahuciado, no tanto curtidas sino machacadas por los años, y su carácter el de un niño muy pequeño, que llora a propósito de cualquier cosa. Mi mamá nunca me había parecido una anciana hasta ese día, cuando prácticamente tuve que cargarla del quirófano al coche mientras balbuceaba incoherencias, aún bajo los efectos de la anestesia. Como era incapaz de mantener el cuello recto, tuve que ponerle una sudadera de Matilda en la nuca para que la usara de almohada. Tomé un pañuelo y le limpié la saliva que le escurría por la barbilla, manchando su viejo saquito con hombreras. Salimos del estacionamiento y el día la sorprendió, deslumbrándola. Ay ay ay, exclamaba, su cabeza rebotando de un lado a otro del respaldo, sus labios colgando hacia su mejilla. Me pidió que la llevara con su hermana Lola. «La extraño. Vamos. Seguro nos preparó comida». En la deriva del postoperatorio, olvidó que Lola lleva años demasiado abrumada con salir en revistas de sociales como para hablarle, que su familia de milagro le llama para felicitarla en su cumpleaños y que mis tías no me han visto desde el día de mi boda.

—¿Adónde vas? Para allá no es casa de Lola —dijo, irritada, mientras yo tomaba Constituyentes hacia el sur. Tenía cita en treinta minutos, en la oficina, y ya no me daba tiempo de llevarla al departamento. No supe si decirle que en la noche no estaría con ella o simplemente salir cuando se quedara dormida.

Lo primero que hizo al recuperar la compostura fue quejarse de que no le dieran suficiente tiempo en la salita donde la metieron. Esperaba que la atendieran con más cuidado y no la sacaran tras ofrecerle una manzana. Así no era en sus «épocas».

—Cuando naciste me quedé en una suite en el Hospital Inglés para mí sola. Cabía toda la familia ahí dentro. Qué lata diste, hijito. Doce horas de parto, como si no quisieras salir.

—Ya sé, ma. Estabas muy preocupada y mi papá no llegaba y tu papá tampoco, así que tuvo que entrar tu suegro para acompañarte.

—Muy cariñoso conmigo. Un caballero.

Quise recordarle que los caballeros no se suicidan en el baño, con su esposa sentada a la mesa, esperándolo para cenar, ni mucho menos roban hasta donde la suerte aguante. Los caballeros no meten su fortuna en inversiones imbéciles, recomendadas por lacayos del gobierno, ni dejan a su familia en ceros después de morir. Los caballeros no piensan en sí mismos sino en la gente que los quiere y los necesita. Me dio asco pensar que el primero en verme, además del ginecólogo, fue ese hampón de cuello blanco, cuyo lema dicen que era: no sabes qué tanto puedes ganar cuando pierdes la vergüenza.

—Qué bueno que tu papi no entró al parto. ¿Sabes que se desmaya si ve sangre? Uy, se hubiera muerto. Tu abuelito en cambio ni se quitó la corbata. Ni sudó, pues. Ahí viene, linda, me decía. ¡Su cara cuando supo que eras niño! Híjole, cómo se le llenaron los ojos de lágrimas a tu abuelito, que nunca pero nunca lloraba. Este es el bueno, decía. Este va a ser el bueno.

—Me alegra haberlo decepcionado.

—¿Cómo?

—Nada, ma. Nada.

No dijo más. Cerró los ojos y se quedó dormida hasta llegar a la oficina. Caminó hacia la puerta dando pasos pantanosos y después cruzó el vestíbulo revisando cada superficie con gesto de escarnio. Antes de subir al elevador frotó las hojas de una planta de hule, desilusionada de que su hijo trabajara en un edificio decorado con vegetación de plástico.

—¿Sí sabes que hay plantas de sombra? —me preguntó, mientras yo la guiaba hacia el elevador, lejos de la maceta—. Te puedo comprar unas.

—No tenemos quién las cuide.

—Estoy mareada. Quiero una coca.

Piqué el botón.

—Ahorita te consigue algo Irma.

—Claro, se me olvidaba que voy a conocer a tu novia.

—Mi secretaria no es mi novia. Mi novia se llama Beatriz. La conociste en mi boda y luego te la volví a presentar el día que nació Matilda.

—¿Qué no trabaja contigo?

—Yo le ayudo a ella en algunas cosas.

—Una morena, ¿verdad?

—Una morena. Así es.

Después de que mi mamá compartiera técnicas de repujado con Irma (uno de los muchos *hobbies* de mi secretaria), aproveché que se volvió a quedar dormida para pedirle un favor a la susodicha morena. Necesitaba que viniera al departamento en lo que yo salía. No había de otra. Emilia me había contado que mi mamá sufre ataques de pánico en las noches y no me podía dar el lujo de que tuviera uno en el departamento, sin supervisión, al despertar y darse cuenta de que estaba sola. Honestamente, le expliqué a Beatriz, me sentiría más tranquilo si tú estuvieras aquí.

—Te voy a empezar a cobrar extra por hacerla de niñera.

—Dios te lo pague.

—Mejor págamelo tú con una cena —me dijo, y cerramos el trato—. ¿A quién tienes que ver a esa hora?

—Un cliente quiere que lo vaya a ver a su oficina.

Beatriz musitó un está bien y colgó. Intenté ponerme a trabajar, escuchar música, leer, pero no pude. La cita de esa noche me tenía nervioso.

Creí que conocer a Juan Manuel Bravo Robles sería como abordar un avión en Semana Santa: hacer fila, pasar por un detector de metales, mostrar pasaporte o identificación oficial, dejar cualquier objeto punzocortante, explosivo o inflamable y después tres horas de espera. Me sorprendió que me recibiera a la entrada de la casa —sobria, de dos pisos, a las afueras de Polanco— para darme la bienvenida. Imaginé que sería chabacano y ruidoso más que cordial y discreto. No me tendió la mano como cuate, ni me emasculó con unas palmaditas en la espalda. Su saludo fue firme sin ser bravucón, largo sin caer en lo incómodo. Caminaba con las manos entrelazadas en la espalda y la cabeza un poco gacha, como si estuviera buscando una moneda que se le cayó al piso.

Me invitó a sentarme y él mismo me sirvió un vaso con agua. Pensé que un priista de ese calibre trabajaría en una oficina de muros dorados, con fotos suyas enmarcadas en cada esquina, y no en un cuarto más bien parco, de muebles rústicos, donde el único objeto patriota era una banderita sobre el escritorio. Junto a ella había una serie de documentos, ordenados con la pulcritud del obsesivo compulsivo.

Le dije que había conseguido su número gracias a un viejo socio de mi abuelo, pero era mentira. Fue después de un intercambio de favores con un amigo de Beatriz, al que contacté sin que ella supiera.

Bravo Robles me dijo que en los setenta, cuando empezaba su carrera, había visto a mi abuelo en algunas reuniones de negocios. Conocía su caso. Fue un asunto muy sonado, agregó, refiriéndose al suicidio. Después me preguntó por la carrera política de mi padre. Evitando entrar en detalles —y apostando a que él sería capaz de dar con las conclusiones adecuadas—, le platiqué de Cozumel, la candidatura de mi papá a la presidencia municipal y la posterior clausura de sus negocios.

—Ni te pregunto quién estuvo detrás de eso —me dijo, y yo no me atreví a finalizar la oración—. El condenado de Luna. Es un milagro que no hayamos perdido Quintana Roo antes. La gente no nos quiere, y con toda la razón.

Aunque hablaba con franqueza, su cuerpo me telegrafiaba señales de recelo, con la espalda curva y un brazo atravesado por el pecho, como los futbolistas en la barrera se protegen de un tiro libre.

—Me cuentan que eres abogado igual que tu abuelo.

—Así es, senador.

—¿Dónde estudiaste?

—En la Escuela Libre de Derecho.

—¿Y después? —me preguntó, como si mi oración se hubiera quedado incompleta.

—Entré a trabajar.

—Ya veo. Yo también soy de La Libre. MIT. Luego Harvard.

—Me hubiera gustado estudiar una maestría, pero no había dinero.

—Por lo de tu abuelo. Caramba. Y pensar en la cantidad de lana que tenía. ¿Qué no era dueño de la mitad de Rancho San Francisco?

—Tenía varias propiedades, sí.

—Qué tragedia. Pues en lo que te pueda ayudar yo, con mucho gusto.

—Se lo agradezco mucho, senador.

—Sería un honor contar con un Ferrer en el equipo. Siempre nos hace falta gente preparada. Y más ahora que seguro vamos a perder la presidencia.

—¿En cuál equipo?

—En el nuestro, en cuál más.

—¿A qué se refiere, perdón?

—Me dijiste por teléfono que querías pedirme un favor. Te estoy ofreciendo un puesto.

Le expliqué que, en efecto, necesitaba un favor, pero de otra índole. Mi pareja era reportera. Le platiqué lo que ella estaba escribiendo y sobre quién estaba escribiendo. Cuando terminé de hablar, Bravo Robles apagó su cigarro y juntó las manos a la altura del ombligo.

—Muy bien —me dijo, entre dientes.

—Me gustaría entrevistarlo. Hablar con usted sobre Luna Braun.

—Ajá.

—No tengo ningún problema si prefiere no aparecer citado. De veras.

Bravo Robles entrecerró los ojos, viéndome como si él fuera miope y yo una imagen fuera de foco. Pensé que inmediatamente le llamaría al policía que me abrió la puerta de la oficina para sacarme a patadas. Me sentí incómodo jugando un papel que no me iba: el reportero, el periodista. Finalmente, Bravo Robles abrió la boca y, negando con la cabeza, me dijo:

—Con todo gusto te ayudo en lo que necesites. —Después prendió otro cigarro, el último de la cajetilla—. Qué placer conocer al nieto de Íñigo Ferrer. Un tipazo tu abuelo, me cae. Finísima persona.

—Eso me dicen.

Haciendo una pistola con la mano, Bravo Robles apuntó a mi pecho.

—Estaría muy orgulloso de ver que su nieto se preocupa por su país.

—Muy amable, senador. Entonces, ¿cuándo puedo venir a entrevistarlo?

—Cuando ustedes quieran. Pero olvídate de vernos aquí. Los invito a mi rancho en Valle de Bravo un fin de semana.

—No, cómo cree.

—Se quedan a dormir con nosotros. Esquiamos. Nos vamos con la familia. Nomás no te vayas a esperar gran cosa, eh. Mi rancho no es como el de mi amigo Óscar.

Su amigo Óscar. La frase entró con calzador a la charla.

—No es necesaria la invitación, senador. Lo podemos ver aquí.

—Qué va, qué va. Tienen que venir. No tenemos mucho, pero nos divertimos. Una cancha de tenis. Una alberca con palapa. Pista para los Go Karts. ¿Alguna vez has tirado con arco?

—Creo que no.

—Pues tenemos un campo de tiro ahí en el rancho, con ovejas de verdad. —Bravo Robles dibujó un arco imaginario con los brazos y las manos—. Les pintamos un circulito, las ponemos a pasear allá en el monte y, pum, les damos. La que se muera la hacemos barbacoa.

Tragué grueso.

—Qué padre.

—¿Tienes hijos?

—Una niña.

—Yo tengo cuatro hombres. Se van a llevar rebién con tu nena. Tú me dices qué fin de semana puedes. ¿Juegas golf?

—Jugaba, de chico.

—Lo que bien se aprende nunca se olvida. ¿Que no tu abuelito era un golfista estupendo?

—Creo que sí.

En un gesto teatral, Bravo Robles se palmeó las rodillas y se puso de pie. Me estrechó la mano como si de verdad estuviéramos cerrando un trato, aunque parecía que estábamos haciendo lo contrario.

—Pues ya quedamos, entonces. Nos vamos al rancho, le tiramos a las ovejas, jugamos unos dieciocho hoyitos y esquiamos con la familia.

—Le agradezco, senador. Si pudiéramos poner una fecha para la entrevista.

—Llámame la próxima semana y nos coordinamos para organizar esa escapada. Vas a ver nomás qué acogedor el ranchito. Ahí está tu casa, para cuando quieras llevar a tu nena. Se ve todo el lago desde la sala.

—Gracias, senador.

—Muy bien, Martincito.

Apenas sacudió mi mano, Bravo Robles volvió a su escritorio. Se sentó a atender pendientes; ya no cruzamos miradas. Su secretaria me tomó del codo y me llevó sin escalas a la banqueta.

Encontré a Beatriz tomando té en la sala. Mi mamá le contaba algo sobre un nuevo padrecito que le daba mala espina y ella la escuchaba atenta, con los dedos alrededor del tarro que siempre usa. Beatriz vio la hora y se despidió con un mucho gusto volver a verte, Patricia. Me bastó oír eso para saber que apenas cerrara la puerta mi mamá se quejaría de que su nuera no le habla de usted, con la formalidad que una señora como ella merece.

Le di las gracias a Beatriz del elevador al vestíbulo de la entrada. No quería que se fuera: llevaba más de una semana de no dormir con ella. Me pidió que no la acompañara hasta su coche, que había estacionado a unas cuadras. Antes de irse me miró como si tuviera una mala noticia. Traía puesta una camiseta blanca, con el cuello holgado de tanto uso. Afuera lloviznaba. Le sugerí que se tapara.

—¿Qué tal tu junta?

—Más o menos.

—Pensé que te estaba yendo mejor en el trabajo.

—Mucho mejor. Pero este cliente es una lata.

—Ah, ya —me dijo, mientras buscaba las llaves del coche en su bolsa.

—Háblame. Vamos al cine o algo así.

No tocamos otros temas. Me dio un beso en el cachete y, sin ponerse la chamarra ni taparse de la lluvia, desapareció rumbo a su coche.

A mi mamá no le molestó que Beatriz le dijera Patricia en vez de señora Ferrer, pero dijo no tolerar el frío del departamento, aunque le conecté el calentador. Estaba de pie frente a la ventana, deslizando los dedos por el cristal, tal vez imaginando que enfrente no tenía ese edificio sino el mar. No reconoce que su corazón ya no está en la ciudad donde nació y fue niña, donde murieron sus padres y aún viven sus hermanas. Yo, en cambio, no pasé un día en Cozumel en el que no soñara con regresar. No entiendo qué me distingue de mis padres y de Emilia. ¿Por qué insistí en vivir en esta ciudad que mi familia dejó y a la que nunca se mudará de vuelta? La distancia que me separaba de ella no era más amplia que el sillón de la sala, pero se sentía infranqueable. ¿Qué sabe de mí? ¿Qué sé yo de sus días? Se alejó del cristal y dio vueltas por el comedor. Le aturdía el ruido de las avenidas, los gritos de los ropavejeros y no podía sestear en paz. Quería que al día siguiente la llevara a misa, a la iglesia que más me gustara. Le prometí que así sería. Eso nos queda, eso nos une: mentiritas blancas, un apellido, algunos recuerdos y un problema de insomnio.

Abrí el cajón donde guardo el control remoto de la tele y el DVD. Como el resto de los rincones de mi casa, el cajón está salpicado de cosas de Matilda: un chupón de cuando era bebé, un espejito rosa, sus plumones para colorear.

—Te pongo la tele.

—Qué mula eres. ¿Qué no quieres platicar con tu mamá?

—Órale. Platiquemos. ¿Cómo te sientes?

Mi mamá es de esas personas a las que nadie les habla por teléfono porque, si uno le pregunta cómo está, ella contesta con un cuadro minucioso de su estado de ánimo, dolores físicos y dilemas morales. Por eso cuando le marco prefiero arrancar la conversación con una duda específica. ¿Has visto a Emilia? ¿Cómo están los niños? ¿Qué tal el clima?

Tras explicarme con lujo de detalle la intensidad y la frecuencia de cada punzada que había sentido en el estómago, me preguntó por Alicia.

—Es raro venir y no verla.

—¿Querías que nos divorciáramos y siguiéramos viviendo juntos?

—¿Te molestaría si le marco mañana? Me gustaría comer con ella.

—¿Prefieres comer con ella que conmigo y con Beatriz?

—No sabía que me habían invitado. Tu novia apenas abrió la boca. Hasta pensé que debe ser mudita, la pobre.

—Tal vez tú no la dejaste hablar.

—Más bien le costó trabajo encontrar temas en común conmigo.

—Pues tiene temas en común conmigo y eso es lo que importa.

—Lo que tú digas, Martín.

Me apena no sentir un cariño más nítido por mi mamá. Ojalá sirviera asirme de algún instante luminoso y trillado de mi infancia: ella leyéndome un cuento antes de dormir, jugando conmigo en la arena, dándome un beso antes de dejarme en el colegio, pero no encuentro nada así. Cuando pienso en mi niñez solo hallo a mi papá, aunque cada vez me sea más difícil verlo cómo era. Sueño con él en la playa. Yo soy un niño, con el pecho caliente de sol y los hombros surcados de pecas, y él un anciano, con los dientes sucios de vino tinto, la ropa gastada, los párpados adormecidos, tomando medicamentos caducos para la artritis porque no le alcanza para comprar un paquete nuevo.

Algún día me dijo que bastaba cometer un solo error para hacer una catástrofe de nuestras vidas.

Él y su familia tomaron un avión.

¿Hace cuánto que no ves algo que no sean las caricaturas de tu hija, Martín? ¿Hace cuánto que no lees un buen libro? ¿Que no haces algo solo para divertirte? Quería hablar con ella del embarazo, no sobre cine europeo, pero también quería darle gusto.

Nos vimos en la taquilla, entramos a la sala y ya sentados nos absorbieron los anuncios y los cortos. Al cabo de quince minutos, la película, como típica película europea, se despeñó en un dramón en el que todos acaban infelices porque, como típicos europeos, así deciden vivir. En México, me pareció, nadie escoge la infelicidad: más bien la infelicidad nos escoge a nosotros.

Salimos de la sala como entramos: ella unos pasos delante de mí y yo con las manos firmes en las bolsas del pantalón. Apenas intercambiamos opiniones mientras pagábamos el boleto y salíamos hacia el estacionamiento. Qué incómodo el silencio de Beatriz; ese silencio que compartimos.

—¿Quieres que vayamos a cenar o quieres platicar en tu departamento?

No me gustó su tono formal, administrativo. A la salida del cine, en la banqueta contraria, vimos a un taxista pelearse a golpes con su pasajero. No sé si fue eso o algo que Beatriz ya traía en mente, pero me confesó que llevaba días pensando en la anécdota de mi infancia: en ese perro que vi en Cozumel, destazado en el terreno baldío.

—Hay batallas que no son para uno —me dijo—. ¿Qué tal si te metías a defenderlo y te acababan acuchillando a ti?

—Tal vez valía la pena atreverse y ver qué pasaba.

—Uno no entra a esas cosas a lo bruto. Hay que entrar con la cabeza fría.

—Cuando el perro ya está muerto.

Beatriz bajó la ventana para que le diera el aire; tenía náuseas.

—Me escribió Boris hoy en la mañana. Dice que le pediste el teléfono de Bravo Robles.

—Ya te dije que no voy a dejar que se nos vayan vivos, y menos después de los madrazos que les hemos puesto.

—Seguro Bravo Robles te soltó toda la sopa.

—No te burles.

—Claro que me burlo. ¿Valió la pena atreverse y ver qué pasaba?

—En una de esas me marca. Si no lo vuelvo a buscar.

—¿Para qué? —me dijo entre resoplos—. Yo no voy a poner mi carrera ni la tuya en riesgo para dedicarle quién sabe cuántos meses más a encontrar transas de Luna, al que nunca le vamos a quitar su puesto, ni desamparar, ni desprestigiar más de lo que ya está.

Esa no era la plática que quería tener mientras esperaba a que acabara la película. Iba lentísimo, por el carril de alta. Los coches que iban detrás no paraban de tocar el claxon.

—¿O tú qué crees que va a pasar?

Me cambié al carril de en medio, pensando en mí de aquí en adelante, no como quise ser de niño, antes de pisar Cozumel, o cuando era adolescente, a punto de mudarme de vuelta a la Ciudad de México, sino en ese momento, sobre el segundo piso del Periférico, junto a una mujer que seguía considerando abortar un hijo mío, trabajando en un despacho más modesto del que me gustaría tener, con una hija que se entiende mejor con su padrastro que conmigo, una exesposa que estaba a punto de fraguar una familia con otro hombre, anclado al departamento en el que vivía desde hace diez años y sorteando el insomnio con remedios herbales que me recomendó mi mamá desde esa casucha en una isla, lo único que queda del imperio que fue. Sí, quería ver a Luna tan arruinado como mi papá acabó después de la elección para la presidencia municipal. Pero, más allá de darle en la madre, ¿qué buscaba? Una relación más estrecha con Matilda. Más trabajo. Un departamento que no me recordara al matrimonio que no supe salvar. Y seguir con Beatriz. Hacer una familia con ella. Algo así le admití, ya estacionados afuera del restaurante.

—Mira —me dijo, sacando algo de su chamarra de cuero—. Hoy fui con el doctor.

Me entregó una polaroid. Al centro de la imagen, el sonar del ultrasonido mostraba una figura —una semilla— flotando en un telón de blancos y negros como un canal de televisión en estática. «David», habría dicho si el nudo en la garganta me lo hubiera permitido. Beatriz me rodeó la cabeza entre los brazos y me llevó hacia ella, mientras yo procuraba no doblar la fotografía. La guardé en la cartera. Ahí la llevaría siempre.

Beatriz estaba cansada. Apenas entramos al departamento nos echamos a la cama, yo abrazándola de espaldas y ella con los ojos entornados de sueño.

—Tu mamá me invitó al cumpleaños de tu papá, pero el doctor dice que es mejor no volar durante el primer trimestre. ¿Tú le explicas?

—No te preocupes.

—Por favor no le digas del embarazo.

—Ya veré qué le invento.

—¿Seguro quieres, entonces?

Contesté a renglón seguido.

—Seguro.

Beatriz se dio la vuelta para tenerme de frente. Su respiración me hacía cosquillas en la nariz.

—Deja ya lo de Luna en paz.

—Te lo prometo.

—Pero en serio. No como la vez pasada. Nada bueno va a salir de eso. Créeme.

—Te lo juro.

Puse la mano sobre su panza y ella puso la suya sobre la mía.

Lo primero que Matilda hizo fue preguntarme por Beatriz.

—¿Va a venir?

—Está cansada. En una de esas nos alcanza en la noche.

—¿Por qué está cansada? ¿Voy a tener otro hermanito?

Vaya sexto sentido de las mujeres.

—Ha estado trabajando mucho.

—Mi mamá siempre está dormida. Dice que es por el bebé.

Me acordé de Alicia embarazada, siempre agotada, siempre incubando un desazón. ¿Por qué no fuiste conmigo al ultrasonido, Martín? ¿Por qué no me rentaste las películas que te pedí? Inadecuado desde siempre.

De mejor ánimo que de costumbre, Matilda quería saber dónde y qué íbamos a comer. Por lo que Alicia me ha platicado, supuse que no tardaría en hacer un berrinche (al parecer, la llegada del hermanito del que tanto se ufana no le ha caído tan en gracia). No sé si le daba gusto estar lejos de su mamá y su enorme barriga y sus quejas, ahora dirigidas a Christian y a ella, pero Matilda ni siquiera impuso el restaurante al que quería ir. Tan plegable la noté que decidí improvisar, un verbo que con ella uso poco.

—Antes de comer, ¿quieres ver dónde creció tu papá?

Matilda me dijo que sí y, de camino rumbo a San Ángel, vi que no había traído los peluches y los DVD que su padrastro le ha regalado. Me estacioné frente al portón, aún enmarcado por aquella densa buganvilia, y Matilda señaló un enrejado con púas que la casa no tenía cuando yo era niño. En una esquina había un letrero, con un teléfono. *Se Vende*.

Tomé a Matilda de la muñeca para cruzar la calle y jalé el cordón para tocar la campana. Si me contestaba la familia que aún vivía ahí, les pediría informes y punto.

—¿Vamos a entrar? —La cara de Matilda era puro goce, por saber más de mí, por acercarse a mí.

Una señora, mayor que yo pero vestida como veinteañera, nos abrió la puerta. Olí su perfume dulzón antes de verla. Me preguntó si yo era el señor Vargas. Matilda le contestó que no. A la señora, la franqueza de mi hija pareció agradarle.

—¿Están interesados en la casa?

—Muy interesados.

—¿De veras, Pape?

Me hinqué frente a Matilda y le susurré al oído.

—¿No quieres verla por dentro?

—Sí —me dijo, pronunciando la s como sh.

Tras presentarme, le pregunté a la señora si sería posible darnos un tour antes de su cita con el señor Vargas.

—Con muchísimo gusto —dijo, tecleando en su teléfono—. Si llega mi siguiente cita tendría que atenderlos a ellos, pero pueden quedarse el tiempo que quieran, ¿okidok?

—Okidok —repitió Matilda.

Caminé sin soltar a mi hija. Me sentí mucho más viejo de lo que soy, como si apenas ahí empezara a reconocer que el pasado existe. La señora —Tere, se llamaba— nos acompañó con desgano. Apenas apartó la mirada del celular y no entró con nosotros a las recámaras. No nos consideraba, me imagino, serios compradores. Quizás lo dedujo al ver mis zapatos o mi coche, pero me tuvo sin cuidado. La dejé enumerar los específicos de la casa. Cuatro recámaras y seis baños, terreno de 850 metros cuadrados, cocina completa, *family room*, biblioteca, estudio, «amplísimo jardín», «garage para seis autos», «antigüedad 50 años». La recámara de Emilia estaba idéntica salvo por la pared, pintada de azul grisáceo en vez del rosa que mi mamá mandó a poner cuando nació su hija. A la mía le habían cambiado el piso de madera y la ventana que daba al jardín ahora era una puerta corrediza, moderna y disonante, que daba a un balcón de losetas frías.

—Aquí dormía yo —le dije a Matilda, en voz muy baja. No quise que Tere supiera que esa casa había sido de mi familia.

—¿En este cuarto? —preguntó mi hija, caminando al centro de la recámara y abriendo los brazos.

—¿Te lo compruebo? Ven. Asómate conmigo.

Tere estaba absorta en el teléfono, de modo que no me vio abrir la puerta del clóset. Agachándome junto a mi hija, le enseñé dos estampas de México 86 que yo había adherido a la pared.

—Las compré antes del Mundial —le dije. Matilda, que seguramente no sabe qué es un Mundial, solo dijo «wow».

La recámara de mis papás era la más cambiada. Ya no había alfombra y los baños eran otros: el estilo mexicano, de cantera, reemplazado por superficies de vidrio y metal. Le dije a Matilda que ahí dormían sus abuelitos y le señalé dónde estaba la cama y qué había alrededor de ella.

Por más «amplísima» que fuera, recorrer la casa fue como caminar sobre una maqueta. Me asombró tocar el techo del pasillo con la punta de los dedos con solo pararme de puntitas, tanto como me sorprendió que Matilda cruzara el jardín, el jardín de aquellas olimpiadas, con un solo esfuerzo. No escuché voces, ni imaginé los ecos de mi niñez. No recordé a Emilia riendo entre las jacarandas, ni a mis amigos jugando futbol a lo largo del terreno. Mientras Matilda corría de un lado a otro, brincando y asomándose detrás de los arbustos, Tere se acercó a mí y me preguntó si yo había vivido ahí.

—Toda mi infancia. ¿Quiénes están vendiendo la casa? ¿Los Aguirre?

—Se mudan a un departamento chulísimo en Santa Fe. La casa ya les queda grande ahora que sus gordos no viven con ellos.

Sus gordos no viven con ellos. Carajo. Los hijos de otra familia, que ni siquiera habían nacido cuando nos mudamos, ya eran adultos.

—¿Y ahora le gustaría mudarse de vuelta para acá? Qué monada vivir con su hijita donde usted creció.

Ya estando ahí, la fantasía me pareció aberrante.

—Tome el *brochure* para que lo consulte con su esposa. Es una propiedad divina, como sabe. Por favor no dude en llamarme. Nomás no se tarde porque estas propiedades vuelan, ¿okidok?

Me metí el folleto a la bolsa del saco y llamé a Matilda. No quise pisar el jardín con ella.

Jamás volvería a entrar ni a tocar la campana de la entrada. Aunque tuviera los 60 millones de pesos que piden los Aguirre, no los gastaría en eso. Cuando Tere nos abrió la puerta, despidiéndose de mi hija («qué lindura de niñita»), creí cerrar finalmente el largo capítulo de mi infancia. Nos subimos al coche y Matilda me preguntó por qué nos habíamos mudado, por qué sus abuelitos vivían ahora en una casa tan chiquita, por qué no estaban aquí.

Me hubiera tomado una vida, ya no digamos la tarde, explicárselo.

—Porque aquí no hay playa —le contesté. En un hecho insólito, Matilda se dio por bien servida. Debajo de la buganvilia, Tere ya saludaba a sus clientes, que se acababan de estacionar detrás de mí.

Esa noche, mientras Matilda y yo veíamos una película, ella anidada en la cuna entre mi brazo y mi pecho, recibí la llamada. Era un miembro del equipo de Luna, un tipo del que Beatriz y yo habíamos hablado cuando ella empezaba a investigar. Julio Rangel, se llama. Su voz se oía apresurada, como si me hablara desde una ambulancia. Me citó en un restaurante en Polanco. «Te conviene», me dijo. «Nos conviene a los dos». Colgué, casi sin darme cuenta de que había aceptado la invitación.

Antes de empujar la puerta que lleva al interior del lugar encuentro a un hombre de piel muy oscura, vestido de traje azul rey, con un pañuelo rosa en el saco y una camisa abierta hasta la mitad del torso. Está sentado en la terraza, con un cigarrillo en una mano y el celular en la otra, arrastrando el índice por la pantalla de abajo hacia arriba. Trae zapatos sin calcetines aunque es noviembre y hace frío. Se debe haber tardado una hora en peinarse y otra en elegir el atuendo. Sus brazos llenan las mangas de su traje. No me ha visto. Me da gusto poder verlo sin que él lo sepa.

—Disculpa. ¿Julio?

Rangel alza la mirada, su boca fruncida en una mueca displicente, en lo que decide si soy el gerente del restaurante o un mesero.

—¿Martín Ferrer? —me dice, poniéndose de pie. Es mucho más chaparro de lo que pensé; le debo sacar casi una cabeza—. Julio Rangel. Encantado. Vente.

Su celular se quedó prendido sobre la mesita, en la foto de una rubia en bikini junto al hijo obeso de Luna Braun. Rangel recoge el aparato y me abre la puerta del restaurante. Al extender el brazo libera una nube de loción que atravieso al entrar. Huele a las páginas de una de esas revistas de moda que ensalzan las virtudes de comprar ropa para la que yo no tengo el dinero ni la percha. Tal vez me debería haber puesto algo más fino que este suéter de lana.

Un mesero de sonrisa tiesa deposita el menú junto a nuestros platos y nos ofrece de beber. Rangel pide que le traigan la carta, aunque le digo que yo no pienso acompañarlo. En el ínterin veo el menú —jaiba desnuda, carne wagyu, tartar de cecina—, hasta llegar al precio. Casi 2 000 pesos, elijas lo que elijas. Mi súper de la semana sale considerablemente más barato.

—No te preocupes. Yo pago.

—Está caro para ser un restaurante mexicano.

—Es que te traje al *top* restaurante mexicano.

Dejo el menú y me pongo la servilleta sobre el muslo.

—Sigo sin entender cómo conseguiste mi número.

—Tengo tu teléfono desde hace meses.

—No me interesa saber desde cuándo sino por qué lo tienes.

Rangel se rasca la hendidura de la barbilla. Dos anillos plateados le decoran la mano.

—¿No tomas? —me pregunta.

—Desde hace unos meses.

—No me digas que eres alcohólico.

—Mi novia me pidió que dejara de tomar y dejé de tomar.

—Te tiene bien educadito.

—Quiero darle gusto.

—Debe ser cansado estar con alguien así.

—Supongo que a ti te gustan más sumisas.

—Eso dices porque no nos conoces —remata Rangel, en plural. Por un instante siento que no estoy frente a una persona sino frente a una legión.

Llega el sumiller con la carta de vinos. Aunque nos sugiere botellas mexicanas, Rangel escoge uno francés. No quiero saber cuánto le va a costar; solo el nombre me remite a uno de esos vinos que mi papá daría un riñón por tener en la cavita que esconde en la despensa. Se me antoja, claro, pero hoy quiero estar alerta. Con dos copas bastaría para decir idioteces.

—¿Llevas mucho tiempo en Polanco? —le pregunto, mientras le dan a catar el vino. Rangel lo olisquea y después señala la copa vacía con la palma de la mano hacia el techo, más resignado que entusiasta.

—Compré hace un año. Antes rentaba un depa en la Condesa. No hay comparación, la verdad. Todo es más limpio por acá. Los restaurantes, las calles, hasta la gente.

—No sabría decirte. Yo llevo viviendo en San Pedro de los Pinos desde hace siglos.

Rangel le da un sorbo al vino, hace buches, traga.

—¿Y eso dónde queda?

—Al lado de la Nápoles.

—Pues mientras tú estés contento.

—Estoy muy contento, gracias.

—¿Y aquí naciste?

—Aquí nací. Mi familia se mudó a Cozumel cuando era chico.

—Qué jodido.

—¿Y tú? ¿Desde cuándo estás con Luna?

—Un rato.

Llega el mesero a tomar nuestra orden. Si el menú me lo permitiera, probablemente ordenaría un solo plato, un café descafeinado y se acabó. Por desgracia, estoy obligado a elegir dos entremeses, una entrada y un postre. Ni me fijo cuando le señalo platillos al mesero, quien los repite cada vez que le indico qué escogí: «chayote, salicornia, sal de gusano, fantástico», «la sopa de hongos de lluvia, deliciosa», «el wagyu con semillas de hinojo, magnífico»; Rangel, por su parte, enuncia cada ingrediente como si él los hubiera cosechado. Parece una parodia del hombre al que creí que conocería.

—Dijiste que tienes algo que ofrecerme —Rangel asiente—. ¿De tu parte o de tu patrón?

—No, no es de parte de mi patrón —me contesta, enfatizando la última palabra para darme a entender que, en su universo, patrón es un insulto. Me alegra si así lo tomó.

—Pues acá estoy. ¿En qué te puedo servir?

—Saca tu teléfono, por favor. —Rangel abre la mano—. No te lo voy a quitar, te lo juro.

Lo pongo sobre el mantel y Rangel lo toma para cerciorarse de que esté apagado. Satisfecho, saca su celular y me muestra cómo desliza el índice por la pantalla para hacer lo mismo. Tiene los nudillos de la mano atravesados de cicatrices costrosas. A pesar de su estatura, probablemente me haría picadillo.

Moviéndose lento, como si estuviera debajo del agua, Rangel cruza las piernas, entrelaza los dedos en la rodilla y, aún sin verme a los ojos, me dice que el «senador» lo puso a investigar quién estaba detrás de los reportajes de Beatriz y que desde hace meses ha recabado información sobre nosotros. Sabe que soy abogado y sabe de Alicia, de Matilda y de la demanda contra Arturo. Me confiesa que él se encargó de que perdiéramos el asunto.

—No puedo entrar en detalles, pero no tuve de otra.

—Con disculpas no arreglas nada.

—No te estoy pidiendo perdón. —Su voz, grave y pedregosa, no queda con su estatura ni su atuendo de figurín—. Tampoco vine para arreglar lo de Arturo. Lo hecho, hecho está.

—Pues gracias por tu sinceridad.

—Quiero ayudarte. Que tú me ayudes.

—¿Yo? ¿Cómo?

Rangel me ve sin parpadear.

—Ya sabes, con mi jefe.

Estoy a punto de decirle que no le creo —¿cómo creer que él traicionaría a Luna?— cuando nos interrumpe el mesero, con las manos acomodadas como feligrés, para presentar nuestros platillos. Apenas escucho su meticulosa descripción del pulpo en tinta de habanero que está por colocar frente a nosotros: sigo pensando en qué opinar sobre la propuesta de Rangel. Algo sé de su vida, gracias a Beatriz. Tiene menos autoridad en la oficina que Octavio Landa, secretario personal y *consigliere* de Luna, uno de esos coyotes de la política que se dedican a llevar la agenda de sus jefes, zanjar los tratos mugrosos y mantener los secretos bajo llave. En fotos, Landa tiene el gesto despreocupado de un buda y la vestimenta de un cirquero. Puede que se trate del encargado de las operaciones turbias de Luna; hay, por ejemplo, una lista de periodistas desaparecidos en Quintana Roo, cuyos casos siguen abiertos. A Rangel también lo encontramos en internet —siempre en reuniones oficiales, al borde de la foto, el último en el abrazo colectivo—, pero no había rastro suyo en redes sociales, como si solo existiera dentro de su entorno laboral.

—Provecho —me dice. Creí que empuñaría el tenedor como si fuera un martillo y que masticaría como cavernícola, pero sus modales no desentonarían con los de mi familia materna, donde mi abuela no me dejaba probar la sopa si no sostenía bien la cuchara. Al verlo comer se desdibuja el esbozo de nuevo rico silvestre que me había trazado de él. No sé de dónde viene ni cómo es, y eso me incomoda. Lo más probable es que sí tenga dinero y que su padre y su abuelo también hayan estado metidos en la política. Me imagino a su madre, una mujer recia, de sociedad, orgullosa de que su primogénito trabaje para un senador. La imagino sentada en mi casa de San Ángel, dueña de una vida como la que yo perdí. Mi desprecio por él se difumina. ¿Lo envidio? ¿Envidio su posición económica, el amor propio con el que se vistió y acicaló, la holgura con la que se comporta en un lugar como este? ¿Qué?

—¿Martín? ¿Todo bien?

No he probado mi entremés, un sope, decorado de forma extravagante, con una rodaja de chayote de sombrero.

—Todo bien, sí.

—¿Qué opinas de lo que te dije?

Quiero salir de aquí burlándome de esta comida de turistas y chilangos burgueses, que pagan dos mil pesos por lo que podrían comprar en una esquina, pero este maldito sope es lo mejor que he probado en años. No me acordaba que la comida podía saber así.

—Opino que no sé por qué alguien como tú cambiaría de bando.

—¿A qué te refieres con «alguien como tú»?

—Me refiero a alguien que lleva tanto tiempo con el mismo patrón.

Rangel rebana su pulpo y después usa el cuchillo para barnizar el bocado de salsa, maniobrando con la paciencia de una última cena. Mientras come me platica (nunca con la boca llena) sobre su relación con Luna. Dice que desde hace tiempo hay diferencias irreconciliables entre ellos. Usa ese término, que yo tiendo a ligar con problemas maritales, haciéndome sentir que esta reunión es una especie de adulterio. No se trata, me jura, de una desavenencia cualquiera, sino de años de trabajar para alguien a quien no respeta y en quien no confía.

—Los reportajes de Beatriz lo tienen vuelto loco. No para de mover palancas para evitar que hablen de él en la radio, en la tele, en la prensa. Nunca lo he visto así de ocupado en algo, con todo y que hace unas semanas se murió su mamá. Obviamente me culpa a mí de no haber detenido este desmadre. De no haber hecho algo para frenar a tu novia.

Nos recogen los platos. El mío está limpio, como si acabara de lavarlo.

—Supongo que te corrió.

—Lo que importa no es si me corrió o no. Lo que importa es lo que tú y yo podemos hacer juntos si nos lanzamos contra él.

La sola idea de tener compañía en esta batalla me provoca una sonrisa. Lástima que ese compañero sería Rangel, un alzado que me invitó aquí para embarrarme su estilo de vida en la cara; un politiquillo al que claramente no le falta nada; un soltero, diez años menor que yo, que vive en Polanco y cuyo traje cuesta más que mi coche.

—Veámonos con Beatriz y platiquemos. Imagínate si reunimos lo que ustedes tienen para el siguiente reportaje y lo que yo les puedo dar.

—¿Y tú cómo sabes que tenemos planeado otro reportaje?

—Porque hablé con el editor de tu novia.

—Tú sí no tienes límites.

—Ya te expliqué. Era mi trabajo.

—Jodiendo a Arturo. Amedrentando editores. ¿Qué más? Supongo que también tuviste algo que ver con que corrieran a mi amigo de la presidencia municipal de Cozumel.

—De eso no me puedo hacer responsable.

—Alguien de tu equipo, entonces.

—Martín —me dice, acercándose a mí—. No te estoy diciendo que estuvo bien. Pero algo podemos hacer. Llevo diez años con Luna Braun, imagínate-

—Señores, con su permiso. Sus segundos tiempos —interrumpe el mesero, sonriendo de oreja a oreja, mientras otro mesero, sin delantal, vestido de marrón, nos pone los segundos platillos enfrente. Vuelvo a echarme el discursito (la enumeración de ingredientes, la pedante glosa de la cocción y el marinado) aunque ganas no me falten de pedirle que nos sirva y se calle.

—La duda es por qué tú me necesitas a mí, Julio.

—Carajo. Pensé que eras listo. ¿Cómo se supone que voy a sacar todo a la luz? ¿En mi programa de tele? ¿En mi columna de *Reforma*?

Sus cachetes se enrojecen y se inflaman, no sabe dónde clavar la vista y las palabras se le atoran en la lengua. Pruebo mi sopa de hongos; está aún mejor que el pinche sope.

—¿Qué tal?, ¿te gustó? —me pregunta.

—Está bien.

—¿No has ido al restaurante de este chef en Nueva York? No mames. Una maravilla.

—Prefiero gastar en libros que en viajes.

—Eso dicen los que no pueden viajar.

—Cuidadito, cabrón.

—Te pido una disculpa —me dice, limpiándose la boca con la servilleta—. Volvamos a lo nuestro.

—No hay nada nuestro, Julio.

Parece como si no me escuchara.

—Necesitamos que Beatriz publique lo que tenemos entre los tres. Piénsalo. Una cantera de datos.

Me quedo pensando en ese «necesitamos».

—Muchísimos, en efecto.

—Pues déjenme echarles ojo.

—¿A qué se dedica tu papá, Julio?

—¿Y eso qué chingados tiene que ver?

—Me da curiosidad.

—¿A qué se dedica el tuyo, güey?

—Pensé que me habías investigado.

—Tampoco me puse a buscar si tus parientes usan bóxers o truzas.

—Bueno, pues es restaurantero —le digo, recorriendo el lugar con la mirada, sus muebles con acabados de madera, su larguísima barra rectangular, la luz aperlada que viste los muros y la jardinera interior—. Le gustaría venir aquí. Debería traerlo.

Creo escuchar una risa contenida de Rangel, que no levanta la vista del plato.

—¿Qué fue eso? —le pregunto.

—¿Qué fue qué?

—Eso. Ese ruido. Te estabas burlando de mí.

—No seas paranoico.

—¿Crees que no conseguiría reservación? ¿Que no puedo pagar un restaurante como este?

Rangel sigue preparando sus bocaditos.

—Yo no dije nada.

—No me vengas a ningunear. No se te olvide que tú eres el que me llamó.

—Relájate y come. Te va a dar una embolia.

Le pido otra copa al mesero, que inmediatamente me sirve del vino francés.

—Se va a enojar Beatriz —me dice Rangel, en tono de burla, cuando me ve probar la copa.

—Es mi pedo.

—Me queda claro.

—¿Sabes una cosa?

—A ver.

—No te creo nada. —Rangel me mira de soslayo, con una ceja arriba, más intrigado que otra cosa—. No te creo este teatrito de apagar celulares y abrir las cartas. Tampoco creo que estés dispuesto a darme un solo dato que no pueda conseguir en Google. Es otro juego, tuyo y de tu jefe, para ver si consiguen espantarnos y que dejemos de hablar de ustedes.

Un grupo de japoneses se ponen de pie y se van. Cuando abren la puerta para salir se cuela un chiflón de aire que me golpea el cuello y la espalda. No me había fijado que las ventanas dan a un frondoso jardín que rodea el restaurante. De no haber entrado por la calle pensaría que estamos a la mitad del bosque. De pronto me siento aislado: consciente de que estamos cerca de ser los únicos clientes aquí.

—Entonces —me dice, ya con el plato vacío—, supongo que no nos vamos a asociar.

—Primero me voy a trabajar de mucama que pactar contigo, para que me entiendas rápido.

—Te vas a arrepentir.

—No me amenaces.

—No te estoy amenazando. Te estoy siendo honesto. —Rangel vuelve a poner los codos en la mesa para inclinarse hacia mí. Espera que yo lo siga, pero me quedo quieto, de brazos cruzados, recargado contra el respaldo—. Sin mi ayuda no le vas a ganar.

—Métete tu ayuda por el culo, cabrón.

Rangel llama al mesero con un ademán. La sonrisa del joven desaparece como por arte de magia: supongo que nadie más en la historia de este restaurante había pedido la cuenta antes de que salieran todos los tiempos. Yo, por supuesto, dejo que Rangel haga lo que le plazca. Mi posición es transparente: de mí no se va a venir a burlar ningún político con su ropa de pasarela, su cocina molecular y sus vinos de Borgoña. Por si quedaba alguna duda le aviento mi tarjeta de crédito en la cara. Apenas la suelto registro cómo se enturbia el ambiente: una línea cruzada, un flanco abierto, una granada al aire. El semblante entero de Rangel se tuerce. Con un latigazo de la mano tira mi tarjeta y, con esa mano ya libre, estrella su puño contra el mantel. El servicio —el *bartender*, la recepcionista, el equipo de meseros— nos mira, sin saber todavía si deben intervenir. Antes de que él arrastre su silla hacia atrás, yo ya estoy de pie, viéndolo desde arriba. Rangel baja la cabeza, aclarando que no piensa pelearse. Se levanta muy despacio, mientras el mesero se acerca a tientas, recoge mi tarjeta del piso y me la devuelve. Antes de que se vaya, Rangel saca la cartera y le entrega otro plástico, ofreciendo una disculpa.

—Y ponle 20% de propina, por la escenita de aquí mi socio.

—Yo no soy tu socio, tu amigo ni tu compadre.

—Ya, güey. Ya entendí que no quieres que trabajemos juntos. El pedo va a ser tuyo.

—Y sigues amenazándome, cabrón.

Rangel se plancha el saco con la mano atravesada de cicatrices y después se arregla el pañuelo hasta que queda un triángulo impecable asomándose desde la bolsita.

—Te voy a contar algo, antes de irme.

—¿Otro de tus golpes de pecho?

—No, para nada. De esta anécdota la neta sí me enorgullezco, y más después de conocerte.

A nuestro alrededor, el personal del restaurante nos da espacio, fingiendo que no están atentos a la discusión.

—Yo cerré los negocitos de tu papá. A *mí* se me ocurrió hablar con Oropeza, en la Secretaría de Turismo, para que los cruceros no pararan en su pinche bar de nacos. Ya después clausuramos la farmacia que tenía el pobre de tu viejo. Hasta fui a amenazar a tu familia, en la casita esa amarilla en la que viven.

El mesero regresa con la cuenta. Algo en mi rostro, más que el de Rangel, parece advertirle que no se acerque.

—No me veas así, Martincito. Es en serio. Me abrió la puerta tu jefa, vestida con un poncho que seguro se compró en una tienda de *souvenirs* en el aeropuerto. No sabes cómo lloraba. Patética.

Rangel me da la espalda, sin miedo, para firmar el *voucher* y guardar la tarjeta en su cartera de cuero. El resto, nuestra despedida, ocurre tan rápido que apenas tengo tiempo de pensar en lo que digo y hago. Yo salgo primero y Rangel me ve irme, con los brazos en la espalda y el pecho turgente, al aire. Antes de darme la media vuelta le doy las gracias por buscarme, por decirme esto. Le aseguro que ahora Beatriz no va a ir contra su exjefe, ni contra Ávila, Kuri y Caballero.

—A tu jefe nadie lo puede tocar, pero tú no eres Luna Braun. Agárrate. No sabes lo que viene.

Voy de regreso a mi casa, orgulloso de haber sido tajante con Rangel, el primer responsable de La Gran Tragedia Cozumeleña al que logro encarar. A la mitad del camino, sin embargo, mi estómago empieza a gruñir. Tengo hambre. Sería indigno volver al restaurante y pedir que me sirvan los platos que faltaban. Mejor me estaciono en un Burger King.

La fiesta de cumpleaños de mi papá es el sábado en Cozumel. Le dije a Beatriz que me iría mañana, miércoles, para disfrutar a mi familia. Lo que no sabe es qué haré durante esos días en Cancún. Hoy le digo. Estoy seguro de que se molestará, pero terminará por disculparme cuando regrese con suficiente información para veinte reportajes. Por lo pronto vino a pasar la noche antes de que me despida de ella por una semana. Si por mí fuera me iría menos tiempo, pero tengo esa cita en Cancún y mi papá cumple 70. No me entusiasma la celebración.

Cuando mi mamá cumplió 68 en febrero, su fiesta acabó cuando mi papá, ya borracho, se agarró a gritos con un amigo suyo al que se le ocurrió elogiar al presidente. Al día siguiente fuimos a comer a la hamburguesería y, antes de ordenar, fui yo quien discutió con mi cuñado, después de que Nick dijera que, de vivir en Estados Unidos, apoyaría la expulsión de los indocumentados. No fue, ni por asomo, la mayor barbaridad que le he oído. Esa noche, mis padres y yo finalmente partimos pastel, en relativa tranquilidad, lejos de Emilia, sus hijos y su marido. Para este fin de semana, tengo la certeza, me espera un maratón similar.

—No puede ser así de horrible —me dice Beatriz, recogiendo la ropita que Matilda dejó desperdigada en el pasillo, tras oír cómo es la dinámica disfuncional de los Ferrer alrededor de los cumpleaños, los santos, los bautizos y las bodas.

—De verdad. Para lo único que somos buenos es para los funerales.

—Dices que para el de Carlos organizaron un fiestón.

—Un banquete, sí. Después tuvieron que vender la última cuatrimoto porque a mi papá no le alcanzaba para su operación de la cadera.

—Mentiroso.

—Es en serio. —Le acerco el canasto de la ropa sucia. Beatriz no encuentra el gemelo de un pequeño calcetín rosa—. Son felices de endeudarse con tal de poder comprar jamón serrano.

—¿Qué no fue ese día el que te peleaste con Bernardo, cuando me hablaste desde el hotel?

Doy con el calcetín debajo del tapete de la sala.

—No me peleé con él. Discutí con él. Andaba terco.

—¿Él andaba terco?

—Más terco que yo. Y ya ves. Bien que nos platicó todo.

—¿Sabes si se enteraron en su trabajo? ¿No tuvo broncas?

Arrojo el calcetín al cesto y me quedo corto. Prefiero que Beatriz no se entere de que corrieron a Bernardo, ni que sospecho que Rangel estuvo detrás del despido. Le digo que todo está bien y Beatriz no indaga más: me da un beso de camino a la cocina y me pregunta si quiero preparar o pedir algo de cenar. Sugiero que cocinemos y después la veo hurgar en la alacena y elegir ingredientes. Intento hallar un gesto que delate su embarazo: una mueca de esfuerzo al ponerse de puntitas en busca del aceite, un pujido de molestia al inclinar la espalda hacia el interior del refri. Nada. Durante el primer trimestre, Alicia colgó fotos del ultrasonido en el espejo del baño, decoró el cuarto de Matilda apenas supo que era niña y llevaba un minucioso registro fotográfico de cómo se ensanchaba su barriga. En contraste, Beatriz ni siquiera me ha dicho qué nombre se le antoja para el bebé. El único ajuste que hizo fue cancelar un viaje en avión a Acapulco, segura de que sería más prudente apoyar a Ramón desde la oficina. Me inquieta pensar que la maternidad no la define ni la definirá.

Tras no encontrar nada apetecible en la cocina, ordeno unos tacos por teléfono y, apenas cuelgo, le pido a Beatriz que se siente junto a mí. Sé que ir a Cancún a hablar con quien voy a hablar contradice cada juramento que le he hecho desde que decidió tener a nuestro hijo. También sé que nunca tendré otra oportunidad como esta. Seguro me tachará de ingenuo, pero en el fondo admirará mi tenacidad, una virtud que mi padre fue extraviando. Voy al grano, sin carraspeos, sin pausas, admitiéndole que me voy a quedar dos noches en Cancún y que de ahí viajaré a Cozumel.

—¿Y no había vuelos directos el sábado? —me pregunta.

—No chequé.

—¿Y a qué vas dos días a Cancún?

—Tengo una cita.

Beatriz sonríe, meneando la cabeza: el gesto de quien se sabe timado.

—Claro. Una cita.

—No te dije antes para que no te enojaras.

—Déjame adivinar. ¿Alguien o algo relacionado con Luna?

—Tengo que hacer esto. Esto y ya. Te juro.

—Te hubiera creído, hace como diez mentiras.

—Te estoy diciendo la verdad. ¿No me has dicho tú que es mejor ser honesto?

—Esa es la justificación de un adolescente, Martín. Me juraste que ibas a dejar lo de Luna en paz.

—Cambié de opinión. Pasaron cosas —le digo, consciente de qué mal me explico. Cosas, mentiras, verdades, juramentos: ese es, en efecto, el vocabulario de un adolescente. Tras años de dialogar conmigo mismo sobre Luna, sigo sin poder verbalizar lo que busco de forma coherente. Beatriz se queda quieta y, solo por un instante, disfruto fantasear que así acabará el pleito entre nosotros: me dará un jalón de orejas, me deseará suerte y aquí estará cuando regrese. La fantasía, no obstante, dura poco. No la corta de tajo un llanto o un azotón de puertas. Hubiera preferido ese desenlace, pero lo que ella quiere es escucharme, forzarme a hablar. Sentada sobre el taburete que tengo junto al estéreo, me pregunta qué quiero encontrar, yo que no soy periodista o entrevistador; yo que no tengo calle, que trabajo en un despacho, con una secretaria y un pasante. Le platico de mi cena con Rangel: cómo me trató, lo que me ofreció a cambio de ayuda.

—Nunca he estado tan cerca de ellos.

—Eso es lo que me preocupa.

—Si hubieras estado ahí entenderías. Me dijo que Luna está vuelto loco.

—Eso me preocupa más. —Los suspiros desilusionados de Beatriz son idénticos a los suspiros desilusionados de Arturo—. Rangel fue a hablar con mi editor, ¿sabías?

Ya debería saber cómo defenderme en sus interrogatorios; cómo responder con algo más funcional que el silencio; cómo no echarme de cabeza al bajar la frente.

—¿Te contó eso en la cena? ¿Te contó que fue a pedirnos que no lo publicáramos a cambio de información?

—Me imagino que por eso no escribiste el último texto.

—¿De qué hablas? Si después de ver a Rangel, lo *primero* que Santoyo hizo fue bajar a pedirme que lo escribiera. *Yo* soy la que no le va a dedicar una letra más a ese tema.

—¿Ni siquiera si te digo que Rangel fue el que mandó clausurar los negocios de mi familia?

—Y ahora quieres que cierre tu despacho.

—No tengo de otra. Es la única pelea que me queda.

Beatriz se quita el fleco de la boca.

—¿Y Matilda? ¿Tu trabajo? ¿Yo?

—Es más que algo personal. Es un deber. Un deber moral con mi país.

Beatriz me quita los ojos de encima, su gesto asqueado.

—Tu deber se hubiera dado por bien servido cuando estos hijos de la chingada perdieron las elecciones en Quintana Roo. ¿Y qué? ¿Te quedaste satisfecho? Qué va. Jodiste y jodiste para que me apurara con el segundo reportaje, buscaste a un colega mío sin mi autorización, fuiste a hacer el ridículo con Bravo Robles y ahora vas con quién sabe quién a Cancún, a seguir metido en esta pendejada.

—¿Ahora es una pendejada?

—Por supuesto que sí. —En la calle pasa un vendedor de camotes. El volumen agresivo de su grabación desgraciadamente no interrumpe a Beatriz—. No era una pendejada cuando empezamos a trabajar juntos. Tampoco cuando me dieron la portada, ni cuando publiqué por segunda vez. Pero ¿ahorita? ¿Después de que viste lo que hicieron con Arturo? ¿A ti no te parece una necedad?

—Me parece un trabajo inconcluso, eso es lo que me parece.

—El problema contigo es que todo siempre se queda así. Nunca dices ahí muere.

—Voy a la cita, hablo con esta gente y ya.

Beatriz guarda silencio. Ojalá me viera con tristeza, desilusión o hartazgo. Me mira, más bien, como la gente mira a un lisiado entrar a un restaurante. Todavía puedo escuchar al camotero cuando ella ya recoge sus cosas, con su chamarra plegada sobre el antebrazo. La sigo, pidiendo que me diga qué le molestó tanto, aunque no quiero oír su explicación. No quiero que ella ni nadie me disuada de ir a Cancún.

—¿Otra vez te vas a ir así? —Mi tono alarmado no embona con la calma de hormiga con la que Beatriz lleva su maleta, su computadora y su bolso cerca de la entrada. No estoy preocupado hasta que recoge unas botas del clóset. Las dejó aquí la primera vez que se quedó a dormir y hasta ahora nunca se las había llevado.

—Voy a ver a Ávila en Cancún —le confieso, pero ni así consigo que detenga su escarceo alrededor de la sala y las recámaras.

—Aquí está tu cartera. Estaba entre los cojines.

La vuelvo a aventar a la sala.

—¿Sí me oíste o no?

—¿Cómo puede ser que *esto* no sea suficiente? —Beatriz abre los brazos de un extremo a otro del departamento—. ¿Cómo puedes vivir insatisfecho? ¿Qué más necesitas, carajo?

—Necesito ver a Ávila a la cara y preguntarle sobre Luna. Eso es lo único que me hace falta.

Beatriz recoge su bolso.

—No sabes en lo que te estás metiendo.

—Voy a platicar con él. Tampoco es una negociación.

—Con ellos todo es una negociación. Y vas a volver a perder.

Eso es lo último que dice antes de dejar sus llaves en la mesa y cerrar la puerta.

Esperaba que la fiesta fuera un caos y mi familia no me defraudó. Convencido de que sus nietos se aburrirían en una reunión de adultos, mi papá insistió en comprar una piñata para entretenerlos, a pesar de que mi mamá le pidió a su marido que por favor no gastara en idioteces. Él, por supuesto, le dio la razón y, por supuesto, me llevó a comprar los dulces y la piñata para tener alguien con quien compartir la responsabilidad.

—Tu papi sigue invitando gente como si viviéramos en el DF —me dijo mi mamá cuando volvimos del súper, mientras vertía un frasco de aceitunas enlatadas en un recipiente de cristal que han usado para fiestas desde que tengo memoria—. Evidentemente va a sobrar comida y alcohol. El problema es que la comida me la acabo echando yo y el alcohol se lo acaba tomando él.

Tan acostumbrada está al patetismo que mi mamá no me comparte esas observaciones con tristeza, ni siquiera con un afán de burlarse de su matrimonio. Lo dice, más bien, como la gente habla del clima.

Apenas acabamos de comer —hubo bufet catalán—, mi papá arrastró a mis sobrinos al jardín y, frotándose las manos, les enseñó la piñata. Los niños se rascaron la nuca al unísono. Pero es *tu* cumpleaños, Tito, le dijo Diego. ¿A poco a tu edad sigues jugando a eso?, le preguntó Íñigo. Ambas dudas válidas, pero mi papá aún confiaba que ese Iron Man de engrudo y cartón sería un éxito. Por desgracia, olvidó que necesitaría una cuerda para moverlo. Antes de que pudiera convencer a Nick de ir a la ferretería cayó un aguacero. De cualquier modo, mi cuñado no se iba a mover del sillón para abrir otra cerveza por su cuenta, ni mucho menos para hacerle un favor a su suegro.

—¿Ves? Te dije que la piñata era mala idea —le dijo mi mamá, como si su marido tuviera la culpa de que en Cozumel llueva.

—Ya sé. Perdóname, mi vida.

Como dignos obesos en ciernes, mis sobrinos no querían esforzarse para conseguir dulces. A sabiendas de que nadie los obligaría a pegarle a la piñata mientras siguiera lloviendo, se acercaron a sus padres para ver si de todos modos podrían quedarse con los dulces.

—*Fine by me* —dijo Nick, aún tumbado en el sillón, viendo una película de superhéroes. Emilia no estaba tan segura de que llevarse los dulces fuera sensato. Es imposible detener a Íñigo y a Diego cuando abren el primer chocolate: la única forma de que paren de comer es que se acabe la comida.

—¿Por qué no mejor los guardamos aquí y su abuelito se los da cuando vengan?

A mis sobrinos esto no les pareció un acuerdo justo. Bastó que Íñigo protestara para que mi papá apareciera con un paquete de paletas.

—Ándenle, chaparritos. Éntrenle.

Mi mamá lo jaló del codo.

—¿Qué no oíste? Tu hija dice que no se los des y ahí vas, directo a dárselos.

Al cabo de una hora de las más desangeladas conversaciones con los habitantes más insulsos de la isla, Íñigo, indigesto, vomitó un charco color rosa mexicano sobre la alfombra. Era el principio del final. Mi mamá regañó a su marido y Emilia se acercó a hacerle coro, mientras Nick le ayudaba a Diego a arrancarle la cabeza a Iron Man, un padrecito enjabonaba la alfombra y yo, cansado del ruido y las típicas pláticas sobre las bajas en el turismo, huía a la recámara principal para hacer una llamada.

Un día antes estaba en casa de Damián Ávila, donde mi búsqueda por fin rendía frutos. Tan franco como Bravo Robles había sido inescrutable, Ávila resultó un hereje dispuesto. Hasta amenazarlo con lo que Beatriz supuestamente tenía preparado para el tercer reportaje me pareció un empellón innecesario: hubiera bastado elogiar su mansión, repleta de pinturas y estatuas corrientes, para que me diera el número y el verdadero nombre del Diplomático, un tipo que según él tiene amenazado al senador.

—Averigua lo que hace. Ráscale, ándale. ¿Quieres chingarte al senador? Pues es a través de él. Nomás que tú y yo no nos conocemos, eh.

—Entiendo.

Recordé lo último que me dijo Beatriz: con ellos todo es una negociación. Quizás hubiera estado orgullosa de mí, hablando con Ávila al tú por tú. En algún lugar del mar frente a nosotros sonó la bocina inconfundible de un crucero. A la orilla de la alberca, con las pantorrillas en el agua, estaba sentada una actriz colombiana, de ojos verdes y piel oscura, tan quieta que parecía parte de la decoración.

—El hijo de puta de Luna me hereda sus broncas y ahora yo aparezco en los encabezados. Me acusan de amedrentar ejidatarios, de fomentar el narcotráfico, hasta de prostituir menores de edad. Me tachan de corrupto. Ladrón, criminal —me dijo, aunque yo más bien veía a un hombre disminuido, que hablaba muy rápido, como si le quedara poco tiempo.

Apenas guardé la libreta, Ávila dejó caer la cabeza y empezó a berrear. La actriz, que no había volteado a vernos, caminó hacia él y le recogió el rostro levantándole la barbilla. Después jaló su bikini hacia abajo y se descubrió una de las tetas. Ávila abrió la boca mansamente y se llevó el pezón a la boca. La actriz lo ciñó a ella, mientras él succionaba con los ojos cerrados y las pestañas húmedas.

—Chiquito, solo así se tranquiliza —me explicó, acariciándole la coronilla al que fue gobernador de Quintana Roo—. Shhh, shhh, shhh, ya pasó, ya pasó —le canturreaba. Ávila se quedó pegado ahí cuando me despedí de su nodriza. A pesar de la extraña escena, fui de vuelta al hotel agitado de entusiasmo.

Cerré la puerta y me senté en el colchón hendido donde duermen mis papás. Traía la libreta en la mano, aunque no la necesitaba: de tanto leerlo ya me había memorizado el número y el nombre de Arturo Palacios, el Diplomático. No había hallado nada al poner su nombre en Google y la incógnita, admito, me llenaba de un fervor arqueológico. ¿Sería yo el primero en descubrir a uno de los socios insignes de Luna y compañía?

Me quedé un buen rato ahí, con la libreta sobre la cama y el celular recargado en la barriga, escuchando cómo la fiesta, allá abajo, se descosía en gritos y portazos. No es mi culpa, mi vida, no es mi culpa, clamaba mi papá. Por la ventana escuché los pasos de los invitados inundar la banqueta, rumbo a sus coches, rumbo a cualquier casa que no fuera esta.

Era una llamada, pero se sentía como un paso monumental. Pensé en Matilda; en Beatriz. Lo haría por y para ellas. Era irresponsable marcar desde el teléfono de la casa, de modo que marqué desde el mío, asumiendo el costo de lo que viniera. Me contestó una voz atiplada y vulgar. «¿Qué?», fue lo único que dijo. Me hice pasar por un cliente, recomendado por el exgobernador, para descubrir qué traficaba el mentado Diplomático. Apenas solté la pregunta me colgó el teléfono.

Cuando mi papá regresa de la cocina me encuentra con el celular, viendo un sitio de internet que Emilia me acaba de enseñar para descubrir cuál era la canción número uno en la radio el día en que nací. Cuarenta y ocho horas después de lo planeado finalmente partimos el pastel aquí en la casa, solo nosotros cuatro porque Nick estaba harto de su familia política y se llevó a sus hijos a esquiar.

—¿Quieres saber cuál es tu canción, mano?

Mi papá se sienta en el camastro junto a mí. El repiqueteo de un taladro, en un hotel en construcción, acompaña nuestra plática.

—No, gracias. Aquí tienes tu agua.

—Esto también dice qué día de la semana nací. A ver si te acuerdas.

—Un miércoles. A las siete de la noche. Me acuerdo porque estaba de viaje y…

—No pudiste llegar al parto. Sí. Ya sé.

—Me hubiera gustado ser el primero en verte.

—A mí también.

—Lo que importa es que acá estamos. —Mi papá se da una cachetada para matar un mosco y me ofrece repelente—. No me has dicho cómo conseguiste la cita con Ávila. Me da curiosidad.

Me froto repelente en las pantorrillas y los antebrazos.

—No me vas a creer.

—Cuéntame.

—Gracias a la *Quién*.

—¿La revista de sociales?

—Le hicieron un reportaje al hijo de Ávila unos meses antes de las elecciones. Unas fotos en su casa para, hazme el favor, un número sobre los solteros más codiciados de México. Y ahí decía el nombre del fraccionamiento. Un lugar de película. Mansiones de millones de dólares, con vista al mar.

—No puedo creerlo.

—Te dije.

—Qué cínicos esos hijos de su chingada madre.

—Más bien no les importa. Si vieras qué fácil es comunicarse con ellos. Estar en el mismo cuarto, pues. Le marqué a Ávila, le di mi nombre, le dije que Beatriz y yo habíamos escrito los dos reportajes aquellos y él me propuso que nos viéramos.

Mi papá levanta las cejas.

—¿Así de fácil?

—Así de fácil.

—Primero te cita el tal Rangel y después este tipo. No sé. Algo no encaja.

—Todo me suena medio improvisado, la verdad. No creo que haya un plan entre ellos.

—Ojalá que no.

Le había platicado a mi papá de la cena con Rangel, omitiendo que fue él quien cerró la farmacia y el bar por órdenes de Luna. Confesárselo le restaría peso y dimensión a su rencor. Hay odios que vale la pena cultivar.

—¿Crees que hice mal en hablarle al tal Diplomático?

—Suena peligroso. Todo lo que me cuentas suena peligroso.

—¿De plano?

—Sí, pero quita esa cara —me dice, sobándome la rodilla como si acabara de golpearme contra un escalón—. Estás ocupado. Tienes una buena pareja. Saliste ileso de ese rollo. Eso es lo que me importa.

—¿Qué negocio crees que habrá llevado ese güey con Luna?

—No tengo idea.

—Si tuvieras que apostar.

—Manito, no sé. ¿Narco? ¿Tratante de blancas?

—Nunca vamos a saber.

—Gracias a Dios. Quién sabe dónde y con quién te hubieras metido.

El hielo en el vaso cruje al derretirse. Mi papá me jala la camisa hacia abajo para taparme y me acaricia la panza.

—Me dejaste pensando, la última vez que viniste, después de que platicamos de cuando nació mi nieta.

—No me tomes en serio cuando bebo. Tú sabes que exagero.

—Escúchame un segundo, ¿sí?

Un ladrido distante me transporta a cuando llegamos a esta isla. Para mi padre y para mí, ese día siempre es ayer.

—Hiciste que me acordara de cómo fue para mí cuando tú naciste. Saliendo del hospital, debes haber tenido tres días de nacido, íbamos rumbo al estacionamiento cuando sacaste tu mano de la cobija y me apretaste el dedo. Tu mamá dijo que los bebés tan chicos no pueden apretar nada, que era un milagro lo que habías hecho. No sé si es cierto, pero quiero creer que tu primer esfuerzo fue para decirme aquí estoy, papá. Aquí estoy.

Veo el piso, donde dejé el vaso de agua. Me gustaría encontrarme con dos sombras idénticas, pero mi papá es un esqueleto y yo necesito ponerme a dieta. Aquí estoy, junto a él, desde hace cuatro décadas, ¿y de qué ha servido?

Antes del huracán, la muerte de Carlos y los reportajes de Beatriz, un sueño me acompañó durante años. A veces me despertaba al poco tiempo de acostarme, como si cristalizarlo fuera tan urgente que era mejor no perder el tiempo durmiendo. En otras ocasiones me envolvía despierto, sin angustias, y era yo quien lo narraba, esperando llegar a cada momento como si se tratara de mi anécdota preferida. Soñaba con el presente como debió ser. Me veía caminar hacia el portón de la casona de San Ángel, a las dos de la tarde de un domingo. Adentro, los manteles estaban puestos y la sombrilla del jardín abierta. Afuera, la calle estaba limpia y quieta, como un andén espera los primeros pasajeros. Y uno por uno llegaban ustedes, intactos: mi madre y mis tías, con la misma ropa, viniendo del mismo lugar, indistinguibles unas de otras; mi hermana, sus hijos y su marido, un tipo elegante y cordial, que al verme me daba una amistosa palmada en el hombro.

Llegaban Alicia y Matilda, sonriéndome como en esta vida no me sonríen. Mi esposa me peinaba el copete; mi hija hablaba sin tropiezos, con la seguridad de una niña alegre y completa. Finalmente llegabas tú, revisando la hora en ese reloj que tuviste que vender cuando nos mudamos, abotonando un saco azul recién comprado, los tacones de tus zapatos golpeando el empedrado con fuerza, como herraduras. Eras tú, más ancho pero más ligero, con los pies en tierra firme. Caminabas en silencio, porque no había preocupaciones ni dudas que compartir. Y sabía, al verte, que todo estaba bien. Que no vivías en esta casita en Cozumel sino en aquella casa en San Ángel, que estabas satisfecho con lo que tenías y con lo que habías perdido. Tus hijos estaban casados y contentos, tu esposa sana y cuerda. Después entrabas, abriendo los brazos al ver a tus nietos en el jardín. Y yo cerraba la puerta, habiéndote devuelto todo. Salvándote, aunque solo fuera ahí.

Mi padre no se conmueve al escucharme.

—¿Y quién te dijo que yo quiero eso de ti?

—Es mi responsabilidad.

—Nadie, si acaso tu hija, es tu responsabilidad. Nada ganas queriendo redimir mis fallas, buscando lo que yo perdí, obsesquiándole tu rencor a toda esa gente que nos hizo daño y que no vale nada.

No sé cuándo fue la última vez que me habló así. Echaba de menos sus regaños.

—Preocúpate por Beatriz, por Matilda, pero no te preocupes por mí —me dice, y su rostro de viejo se parte en una sonrisa—. Digo que naciste un miércoles y parece como si hubiera sido un día cualquiera, como este lunes o el martes que viene, pero es más que eso. Ese día naciste tú y yo contigo.

Antes de cenar, mi mamá nos obliga a rezar el padre nuestro. Prepara entomatadas, la salsa apenas picante y las tortillas tiesas. Ya sentados me pide que me comunique con Bernardo para ayudarlo a encontrar trabajo. Mi hermana se queja cuando se acaba la crema y mi papá sale a comprar otro bote. Voy al jardín con Emilia después de cenar, mientras ella fuma. Los taladros de los hoteles en construcción siguen sonando. Mi hermana suspira, aliviada de estar lejos de su marido y sus hijos. Me acerco y ella recuesta la frente sobre mi hombro. Se ve joven, como un recuerdo encarnado. Apenas me separo se prensa de mi camisa.

—Espérate —me pide—. Un ratito más.

Le aviso a mi mamá que esta vez no dormiré en ningún hotel y ella sube a buscar almohadas y sábanas limpias. Mi papá corre a ayudarle.

Mi mamá me ofrece de vuelta el mamut de Matilda. Le sugiero que se quede con él para cuando vengamos de visita.

Me despido de mi papá, que lee en su cuarto, con una copa de vino. Él me extiende el dedo índice y yo lo rodeo con la mano y lo aprieto muy fuerte.

Esto somos. Esto y ya.

Los cruceros ya zarparon y las calles están despejadas. Sin turistas que atender, las joyerías y las casas de cambio cierran sus puertas, y solo los cozumeleños caminan las plazas, entran y salen de la iglesia, se sientan a ver las luces distantes de Playa del Carmen. Una barda de cemento separa al malecón de la playa. Abajo, en busca del mar, encuentro balsas con nombre de mujer, encalladas en un amasijo de arena, musgo y botellas cuyos envases de plástico titilan en la noche. A la avenida la divide un estrecho camellón del que despuntan palmeritas con los troncos encalados. Qué bonita debe de haber sido la isla hace siglos, antes de los hoteles y las marisquerías, de los cruceros y los campos de golf, de la llegada de los terratenientes millonarios, los políticos y los empresarios. De nada sirve imaginar ese pasado. Es inútil añorar lo que no puede recobrarse.

Del malecón se extienden un par de penínsulas de concreto donde la banqueta se prolonga en medias lunas hacia la playa. Me detengo en una de ellas, cerca de una horrorosa fuente que hoy está vacía. Enfilo mi mirada hacia el oeste, en dirección a la Ciudad de México, a mi despacho, a Matilda y Beatriz.

No me he atrevido a marcarle desde que me subí al avión. Quiero decirle lo que hasta ahora entiendo. Quiero pedirle otra oportunidad, una más, para comprobarle que puedo ser otra persona. Quiero decirle que la quiero y la extraño y que me entusiasma lo que nos espera. Quiero decirle todo eso, pero no me contesta.

Julio

La casa de la señora Luna tenía pinta de casota californiana cruzada con El Partenón. El piso era de mármol y los jarrones del pasillo, que Luna compró cuando le construyó la propiedad a su mamacita, estaban decorados con figuras olímpicas y guerreros apuñalando leones. Ese estilo no quedaba con el techo tejado, que más bien parecía traído de Beverly Hills. Así la diseñó Luna porque, según él, no hay casas más frescas que las de Los Ángeles. Lo griego le gustaba porque Grecia es la cuna de la democracia y él siempre se ha sentido heredero de esa tradición. Eso me decía cuando me dirigía la palabra.

Desde la cena con Ignacio no me invitaba a las reuniones, ni Landa se juntaba conmigo. Espinoza se había hecho güey con mi sueldo y Mónica dizque no podía ayudarme porque estaba ocupada. No había tenido días más aburridos desde las vacaciones de la secundaria, sin amigos ni primos con quienes jugar, encerrado en mi cuarto respondiendo crucigramas. Así me divertía en la adolescencia. Ahora perdía el tiempo en el gimnasio y tomando clases de golf. No había podido pegarle bien a la pelotita ni una vez.

Pusieron el féretro donde iba el comedor para que lo iluminara el candelabro de la sala. El ataúd hubiera sido una exageración para Cleopatra. Cuando llegué acababa de terminar una de las misas y Luna le besaba la mano al arzobispo. Oso llegaba de viaje al día siguiente. Hasta donde supe, porque eso había visto en el Instagram de Marina, estaban de vacaciones en Bora Bora. No quise platicar con nadie, así que fui a servirme un whisky. Apenas le di un trago cuando dos brazos me sacaron el aire, sin dejarme respirar.

—Negro, Negro, Negro —me dijo una voz conocida, a un centímetro del oído. Su aliento arrastraba un olor a puro y licores revueltos.

—Quítate, Landa.

Estábamos en un cuarto al que la anciana se refería como la sala de música, por el piano de cola blanco que tenía junto al ventanal. Éramos los únicos ahí, rodeados de colecciones de huevos de Fabergé y muñecas rusas. Un retrato de Luna, el día de su boda, decoraba la barra. La señora había recortado a la novia antes de enmarcarlo.

—Negro, Negrito, qué gusto verte, chingada madre —me dijo Landa, como si me hubiera visto por última vez hace diez años y no diez horas antes—. Sírveme un whiskito, ¿no? Órale.

—Sírvetelo tú. No soy tu muchacha.

—Ya, no seas cabrón conmigo. ¿Qué te hice? Ven, dame un abrazo.

—¿Qué te metiste, eh?

—Una tachita deliciosa. —Landa se pegó a mí, nuestras narices rozándose, casi—. ¿Qué? ¿A poco sí se nota un chingo?

Tenía las pupilas del tamaño del iris y los ojos muy abiertos. No dejaba de entiesar la quijada ni podía parar de sonreír.

—No, güey. Leve.

—Fuuuf. Qué alivio —me dijo, otra vez abrazándome, soltando largos mmms y aaahs—. No es mi culpa que la ruca se haya muerto cuando yo andaba de fiesta.

—Es martes.

Landa se fue al otro lado de la barra a servirse whisky sin un hielo ni una gota de agua mineral.

—¿Y? —me preguntó, secándose la boca con la punta de la corbata—. Cualquier día es bueno para meterte una tacha. ¿Quieres una?

—Estamos en un velorio.

—Me hubiera dado un rivo para entablarme.

—Mejor deja de meterte chingaderas.

—Acompáñame tantito, no seas puto. En lo que se me baja. Es que no mames —dijo, sacudiendo las manos—, está ruda esta madre.

—Tampoco soy tu nana. Deja la botella y vete a tu casa. Ya mañana hablas con el senador.

—Me mata el pinche ojete si piensa que no vine.

—Entonces relájate y sales en un rato.

—No te vayas, Negro. ¿Por qué estás tan seco conmigo? Dime qué te pasa.

—No sé ni por dónde empezar.

—Es por lo de Caballero y la putita esa, ¿verdad? Negro, Negrito, Negro, te juro por esta que soy inocente.

Ya sabes que yo no tengo nada que ver con Tevetronik. El *sheriff* debe haber mandado a sus guarros a poner esas cámaras.

—Sí, claro. Por eso dizque te «intoxicaste» ese día antes de ir a cenar.

—¡Me intoxiqué, güey! Pinche pulpo podrido, me cae. De veras no tenía idea. Yo lo único que hice fue contratar a esos culeros para que te tuvieran checadito afuera de tu casa. Eso y ya.

Landa vuelve a abrazarme.

—Bueno, y también te hice la reservación en Nizuc, aunque te dije que yo no me había encargado de nada. Pero te juro que hasta ahí, eh. Tú eres mi *brother*, no mames. Mi pinche *brother* del alma.

—¿Qué con Nizuc?

—Es que ibas a ver al Diplomático y ese hijo de su pinche madre lleva algunos *business* medio espesos. El senador no quería que te juntaras en El Recinto y hubiera pedos. ¡Pero hasta ahí! De veras que no hice nada más. Igual le dije al senador algo de pasadita sobre Marina, pero nada más. Te juro que hasta ahí llegó la cosa.

—A toda madre.

—Bueno, también le dije que sospechaba que te querías cambiar de chamba. ¡Y nada más, eh! Por mi madre que nada más. ¿Otro abracito para hacer las paces?

Entre todos los hijos de puta que conozco, me tenía que chingar este naco.

—Híjole. Ahora que me acuerdo, también le platiqué lo del crédito para tu departamento. ¡Y ya! Te juro que eso fue todo. ¡No te vayas, rey!

Fui de vuelta al comedor, listo para acabar de tragar mierda. Bravo Robles ya había llegado. Viéndolo darle el pésame a Luna, cualquiera hubiera creído que ellos también eran *brothers* del alma. Luna le decía querido Juan Manuel, queridísimo Juan Manuel, y Bravo Robles le respondía lo siento tanto, Óscar, lo siento tantísimo, Óscar. En lo que yo esperaba mi turno, Landa aprovechó para abrazar a quien se dejara. Cada apretón parecía darle un orgasmo. Ronroneaba de placer mientras la hija del senador lloraba contra su pecho.

—Sí, así mero, Robertita. Abrázame con ganas. Lo necesitas. Lo necesitas mucho, ¿verdad? Cómo quería yo a tu abuelita. Yo sé, yo sé. Apriétame. Suéltalo todo, ándale. Todo, todo…

Bravo Robles y Luna se quedaron un rato ahí, enganchados de las muñecas, viéndose a los ojos. Se parecen tanto entre sí, con el mismo cuerpo casi gordo y el mismo bigotito de general de la Revolución, que hasta podrían ser hermanos.

Me acerqué a Luna con la cabeza agachada. Me vio y dejó de sonreír, de llorar, de dar las gracias.

—Lo siento mucho, senador —le dije. Él me registró levantando la barbilla—. Sabe usted que mi madre murió cuando yo era chico, así que sé muy bien lo que siente. Si me necesita para cualquier cosa, por favor no dude en llamarme. Usted sabe que puede contar…

—Sácate.

—Sí, por supuesto. Discúlpeme, senador. Solo le quería decir cuánto lo siento. Sé que quiso muchísimo a su madre-

Inclinó el cuerpo hacia mí, para que nadie más pudiera oírlo.

—Voy a contar hasta tres.

Luego enderezó la espalda y, sin verme a los ojos, paró el índice y movió la boca para decir uno.

Después paró el dedo medio y dijo dos.

No llegó al tres antes de que me saliera de la casa, zigzagueando entre parientes y políticos, atravesando el jardín hacia la puerta. En vez de pegarle a Landa o a Luna me fui contra un pino en la banqueta. No sé qué habrá pensado la familia que pasó junto a mí, rumbo al velorio, mientras yo le daba de puñetazos al árbol. Solo me acuerdo que el papá tomó de la mano a sus dos hijos y jalándolos les dijo vénganse, rápido, para dentro.

Más que las confesiones de Landa, lo que me encabronó fue darme cuenta de que Luna ni siquiera me considera su enemigo. Si fuera un rival de peso se hubiera visto obligado a fingir cordialidad, a tratarme como a Bravo Robles. Conmigo se podía dar el lujo de despreciarme en público.

Pasé el camino de Bosques a Polanco piense y piense en cómo solucionar mis problemas. Hasta consideré cambiarme de partido, una movida que me costaría lo poco de capital que me quedaba. Primero muerto que irme al PAN o al PRD, los Titanics de la política mexicana. La mitad del PRI se está aliando con Morena y Luna ahora está coqueteando con algunos de ellos, así que ahí no me aceptarían nunca. Los del Verde igual sí, pero son más lacayos del senador que los priistas. Duraría dos semanas antes de acabar vendiendo periódico en un semáforo. Mi carrera dependía de hacer las paces con el jefe.

—Señor Rangel, qué gusto volver a verlo. ¿Cómo le va? ¿Todo bien? Pase por aquí, por favor —me dijo la chica, dejando su escritorio y guiándome hacia el mismo cuarto que la vez pasada. Me volvió a ofrecer café, asegurándome que el maestro estaría conmigo en un instante. Luego se puso la mano a la altura del corazón, hizo una reverencia y me preguntó si tenía contemplado pagar el segundo módulo.

—Todavía no sé.

—Muy bien, señor Rangel. No se preocupe. Usted tómese su tiempo.

La chica volvió con las mismas galletas. Les di una mordida y el bocado me supo a aserrín con mantequilla. Cuando volteé me topé con el maestro, ya adentro del cuarto, pidiéndome que no me pusiera de pie para saludarlo. Nos dimos la mano y luego se preparó café en una taza con una frase escrita alrededor del cilindro.

Tú debes ser el cambio que deseas ver en el mundo

GHANDI

El maestro dejó el café sobre la mesa y se sentó frente a mí, con las palmas de las manos sobre el escritorio.

—Está mal escrito eso. Es G-a-n-d-h-i, no G-h-a-n-d-i.

El maestro giró la taza y lo leyó, en voz baja.

—Tal vez es una prueba.

Apenas habíamos cruzado palabra y ya me arrepentía de haber regresado.

—¿Es una prueba ver si sé cómo se escribe Gandhi?

—O ver si te importan esos detalles. Tú dime.

No quise entrarle a otro round de preguntas y preguntas sin respuestas.

—¿Quieres saber por qué volví?

—Me interesa más saber por qué te fuiste.

—Volví porque tengo broncas en el trabajo.

—El trabajo no es el problema.

—¿Ah, no?

—El problema eres tú, Julio.

La mancha de café seguía en la pared y el maestro estaba vestido igual. Parecía que entre la última visita y esta habían pasado minutos y no semanas. Ojalá así hubiera sido. Cada vez que volvía a ETS me quedaban menos cosas. Una mañana llegué con pareja. Luego volví sin ella. Ahora regresaba sin sueldo fijo. ¿Qué perdería de ese momento a la siguiente visita? ¿Mi casa? ¿Mi coche? ¿El resto de mi dignidad?

—El problema siempre somos nosotros mismos. Nuestro entorno simplemente reacciona de acuerdo con lo que toca. ¿Dirías que una pelota tiene la culpa de rebotar cuando choca contra un muro?

—Diría que la culpa la tiene el que aventó la pelota.

—¿Te das cuenta cómo tiendes a no asumir la responsabilidad de tus actos?

—¿Ahora las pelotas se avientan solas?

—Te pido que tomes la dinámica con seriedad.

Saqué mi cajetilla de cigarros.

—¿Puedo?

—Aquí puedes hacer lo que quieras.

—Gracias —le dije, y prendí el cigarro, usando mi taza de cenicero—. Hay algo que no entiendo.

—Te escucho.

—¿Cómo cobran miles de dólares por estas pláticas y no les alcanza para contratar un servicio que venga a limpiar las paredes?

—¿Te disgusta nuestra apariencia?

—Me molesta no saber en qué se gastan mi dinero.

—Te importa cómo se ven las cosas.

Solté el humo hacia el foco y me quedé viendo cómo se dispersaba por el techo.

—Supongo.

—¿Siempre fuiste así?

—Ah, ya vamos a hablar de mi infancia. —Ni una sonrisa, ni un guiño como respuesta—. No, no siempre fui así.

—Detrás de toda voluntad de poder hay una voluntad de venganza.

—Yo no tengo rencores.

—Sé honesto, por favor.

—Estoy siendo honesto.

—¿Entonces no estás de acuerdo conmigo?

—Ya sé adónde vas, cabrón.

—Yo no voy a ningún lado. El que está en control de esta charla eres tú.

—Si por mí fuera estaríamos hablando de cómo arreglar mis problemas laborales.

—Dime, ¿tengo tipo de psicoanalista?

Arrastré la silla plegable y me acerqué al maestro para verle la cara, pálida, con los cachetes lampiños, las orejas puntiagudas y la boca medio morada que tienen los que se murieron de frío. No me gustó verlo a los ojos.

—Más bien pareces Drácula.

—Un vampiro te drena. ¿Así sientes que ha sido nuestro intercambio?

—A veces.

—Y, sin embargo, ¿qué me has dicho de ti que no pueda leer en tu examen? Apenas me hablaste de tu niñez y tu adolescencia. Te molestaste cuando mencioné a tu madre.

—No estoy acostumbrado a hablar de eso.

—Nadie está acostumbrado a hablar de sí mismo o a escucharse a sí mismo. Estamos acostumbrados a prestar atención a los demás, a atender al otro, como si nosotros no importáramos. ¿Te parece justo?

—No.

—¿Te gusta dedicar tu vida a cuidar a terceros en vez de procurarte a ti?

Apagué el cigarro.

—Claro que no.

—Entonces, ¿por qué no te permites oírte a ti mismo? ¿Oírte por primera vez?

—No sabría por dónde empezar.

—Cuéntame del día en que murió tu madre.

—¿Qué quieres saber? No me acuerdo de casi nada.

—¿Dónde estabas?

—En la casa.

—¿Quién te dio la noticia?

—Creo que mi papá.

—¿Y qué hizo él?

—Encerrarse en su cuarto.

—¿Se volvió a casar?

—Sigue soltero.

—¿Y tú por qué no te has casado?

—No sé.

—¿Qué fue lo último que ella te dijo?

—Se fue sin despedirse.

—¿Adónde?

—A San Andrés. Con su familia. De ahí era.

—¿Allá se murió?

—Allá murió. Un jueves.

—¿Cuándo?

—Cuando yo era niño.

—¿Y cómo?

—La mataron.

—¿Quiénes?

—No sé.

—¿La violaron?

—Y echaron su cuerpo al río.

—¿Al río?

—Sí, al río.

—¿La extrañas?

—Siempre.

—¿Por qué no lloras, Julio?

—Porque siento que si lloro no voy a dejar de llorar nunca.

—Está bien. —El maestro extendió su mano blanca y la puso sobre la mía. Estaba gélida—. ¿Te puedo hacer otra pregunta?

No podía hablar. Le dije que sí con la cabeza.

—¿A tu mamá le gustaría ver que su hijo no es autosuficiente? ¿Le gustaría saber que alguien más lo usa? ¿Que su único hijo no está en control de su propia vida?

Le dije que no con la cabeza.

—Quiero oírte, Julio.

—No, no le gustaría.

—¿Vas a seguir trabajando para los demás o vas a velar por tus propios intereses?

—Por mis propios intereses.

—¿Vas a crecer como ser humano o vas a dejar que la inseguridad te venza?

Mi voz se sentía nueva. Cada vez más fuerte.

—Voy a crecer como ser humano.

—¿Vas a alejarte de esos parásitos que solo te ordenan qué hacer y qué decir?

—Voy a alejarme de esos parásitos que solo me ordenan qué hacer y qué decir.

—¿Vas a llevar a cabo todo lo necesario para lograr eso? ¿Para que tu mamá, que te está viendo allá arriba, esté orgullosa de ti?

—Todo lo posible.

—¿Todo lo posible o todo?

Apreté los puños por debajo de la mesa, sintiendo el clic de los huesos que me rompieron a patadas en la adolescencia.

—Todo.

Aunque ya no formaba parte de la toma de decisiones en la oficina, no me convenía desaparecer públicamente. Por eso me puse un buen traje y fui a la fiesta de la hija del gobernador del Estado de México. Tampoco tenía nada mejor que hacer.

Apenas pisé el jardín me topé al presidente en la mesa del centro. La hija del gobernador es su ahijada. Fui al bautizo, una fiestota en una hacienda por Valle de Bravo, donde todas las mujeres tenían que ir de lila y el bolo eran pases para un spa, una caja de castañas confitadas y una tonelada de caviar. El presidente fue el padrino, así como apadrina decenas de hijos de senadores, diputados y gobernadores de su partido. ¿Qué mejor manera de quedar bien con el jefe que hacerlo tu compadre?

Ese día el gobernador tampoco se midió. Como su hija era fan de *Frozen*, rentó una pista de hielo, en la que unos animadores, disfrazados como los personajes de la película, daban vueltas y piruetas sin parar. Ahí encontré a Landa, ya pedo, patinando como retrasado mental con una botella de whisky en la mano, persiguiendo a la princesa de la película, que huía cada vez que se le acercaba mi colega.

Oso y Marina estaban sentados alrededor de una mesa periquera, debajo de la carpa, tomándose *selfies* y presumiendo bronceado. Saludé al gobernador, lo felicité por la fiesta, le juré que en algún momento me metería a patinar y luego no supe qué hacer. Lo mejor era ir con Oso a darle el pésame por su abuela, aunque eso implicara saludar a Marina.

—Lo siento mucho, hermano —le dije, y él me abrazó sin fuerza.

—Ya era hora de que se muriera la pinche anciana. ¿Sabes que no me heredó? —Oso también ya estaba pedo—. Toda la lana del abuelo va para mi papá. Como si el cabrón necesitara dinero.

—Qué joda.

—Ya me lo quedaré todo yo, no te preocupes.

Saludé a Marina intentando ser casual. Puta madre qué bien olía. Nos separamos y su perfume se me quedó pegado a la nariz. Salivando, me puse tan rojo que saqué un cigarro para tener algo con qué taparme la cara.

—Voy por un chupe. ¿Quieren algo?

—¿Tú vas a tomar? —me preguntó ella, burlándose de mí—. ¿No que nunca, nunca tomabas?

—A veces tomo. Cuando hay buena fiesta.

Marina volteó a ver la pista de hielo.

—¿Esta es buena fiesta?

—Ahorita vengo. ¿Seguro no quieres nada, Oso?

Óscar ni siquiera me dio las gracias por ofrecerle un trago. Caminé al ladito de la pista, viendo a Landa gritar mientras patinaba borracho y tiraba whisky al piso, escuchando el metal de los patines raspar el hielo. Antes de llegar a la barra, donde había un pastel de cumpleaños del tamaño de un tinaco, me interceptó Valentín Sierra, un compañero de la prepa que ahora era senador del Partido Verde. Traía saco de lana para el frío, un pañuelo con flores de cachemira, *t-shirt* rosa, jeans acampanados y zapatos de gamuza. ¿Por qué todos los políticos jóvenes se visten como mirreyes listos para ir a un concierto de Luis Miguel en Las Vegas? Y pensar que en la adolescencia ese asno me parecía un ícono de la moda.

—Mi queridísimo Vale, ¿cómo estás?

Valentín se rascó los huevos por encima de los jeans.

—Muerto, *man*. No mames la peda ayer. Empezamos a las dos de la tarde en Contramar y acabamos a las seis de la mañana en una suite del St. Regis.

No fui a esa suite, pero he estado ahí un millón de veces. Ni le pregunté qué pasó.

—Pues sírvete algo.

—¿No tendrás un pasecito para el aliviane?

—¿Ubicas a Landa? Él siempre viene armado.

Pedí un whisky en las rocas y Valentín un suero de agua mineral, twist de limón y sal en la orilla.

—Pero escarcha bien el vaso, cabrón —le dijo al mesero—. Embárrale limón y dale vueltas. Eso, eso… que quede bonito. Ahora ponle una rodaja de pepino, pa' que me sepa a algo esa chingadera. Pero no la agarres con las manos, no mames. Para eso están las pinzas. No, pues ya valió madre. Tírala y sírveme otra.

Valentín le dio la espalda a la barra.

—¿Cómo ves a estos pendejos? Te juro que el servicio cada vez está peor. No sé de dónde chingados los sacan —al mesero le dijo—: ¿Sí sabes hablar español o nomás tarahumara?

El mesero sonrió por compromiso. Valentín bostezó, tallándose los ojos. El whisky me enfrió las tripas y me relajó. Había cuervos parados en la lona, viendo hacia la pista de hielo.

—Oigo puras cosas buenas de ti, *man* —me dijo, brindando—. Que te va de huevos. Dice George que te vio en el bautizo de su hijo, con una nueva nave verguísima.

—Un Mercedes.

—¿El sl?

—El cla.

—El Coupé. ¿El chiquito?

—No tan chiquito.

—Yo tuve que comprarme una troka, por los niños, ya sabes. Una gls. Me salió en millón y medio, antes de blindarla. ¿El tuyo en cuánto anda?

Era mejor no inventar una cifra. Valentín claramente sabía de coches.

—Creo que me salió en medio millón.

—Una ganga.

—Sí. No estuvo mal.

—Oye, hablando con George veíamos si hay chance de juntar a la banda de la prepa para irnos en unos meses a Tulum o Playa, a llenar una casa con putitas y mandarnos a volar por un fin de semana.

Nada se me antojaba menos que un fin de semana con Jorge y compañía.

—Estaría a toda madre, Vale.

—Me urge un *break* de mi vieja. Tú porque eres listo y sigues soltero. Yo llevo tres años cambiando pañales.

Llegó un senador, al que no recordé de nombre, por una copa. Solo supe que él también era del Partido Verde. Medía más a lo ancho que a lo alto, con una panza tan fofa que le tapaba la hebilla del cinturón.

—¿Sí conoces a Héctor Cásares? —me preguntó Valentín, presentándonos—. Este también es del Verde, aunque esté gordo, viejo y feo.

La risa de Cásares sonaba a licuadora.

—Sierra es del Verde, aunque sea honesto.

Valentín se echó a reír. Luego se repartieron palmadas en la espalda. Cásares se atragantó con un gargajo, al que acabó escupiendo a un lado de la barra. Le pidió al mesero que viniera con una servilleta a limpiarlo, recogió un tequila y se fue.

—Esos son los pinches indios con los que tengo que trabajar. Avísame cuando se abra una plaza con Luna, ¿no? Puto Verde me tiene hasta la madre. ¿Tú estás contento?

—Feliz.

—Seguro andas ganando más o menos buen varo. Aprendiendo mucho de tu jefe.

—He tenido suerte.

—Me da chingos de gusto por ti, *man*. Sobre todo tomando en cuenta de dónde vienes. No creas que se nos olvida.

Volvimos a brindar, recargados en la barra, y cuando le devolví la mirada a la pista de hielo me topé a Landa, saliendo con los patines puestos, destruyendo el pasto del jardín, rumbo a nosotros. Tiró la botella de whisky, hablando por teléfono, evidentemente tomando órdenes porque lo único que decía era sí, sí, por supuesto, sí, entendido. Luego colgó y, sin saludar ni ver a Valentín, al que probablemente desprecia por no ser del PRI, me llamó por mi nombre.

—El *sheriff* quiere que te lances por un par de cosas. ¿Tienes dónde apuntar?

Prefería no tomar nota del mandado enfrente de Valentín.

—¿Nos sentamos allá y me dices?

—No hay tiempo. Pinche ojete me acaba de bajar la peda de la gritiza que me puso. Me pidió específicamente que fueras tú por todo.

—¿Pues qué tanto necesita?

—Saca tu celular y anota.

—Si quieres ahorita te alcanzo, Vale. Deja platico con Landa un segundito.

—No, no. Aquí estoy bien, gracias.

—¿Seguro? Son asuntos de chamba.

—Ya, pinche Negro —me dijo Landa—. Escribe y deja de hacerte güey.

Luna quería un bote de Excedrin, pero Excedrin Migraña, no el Excedrin normal. Un Gatorade sabor naranja. Si no había sabor naranja, entonces un Pedialyte, pero solo si era el rojo. Si no había Pedialyte rojo, con una Coca-Cola bastaba, pero tenía que ser *light*. Quería tres conchas de Maque, dos de chocolate y una de vainilla. Escuché a Valentín reírse, mientras Landa seguía.

—Anótalo bien, Negro. Que no se te vaya a olvidar nada. —También tenía que pasar por un kilo de chicozapote, un kilo de mandarina, un ungüento para las hemorroides y papel de baño—. El más suavecito que encuentres. Nada de esas chingaderas que te raspan el culo como lija.

—Perfecto —dije, guardando el celular dentro del saco.

—Y que subas tú a dárselos personalmente. Que no vayas a dejarlos con el portero. Ah, y una botella de Macallan 18. No le vayas a comprar el 12. Ya sabes que le caga.

Landa me pellizcó el cachete y regresó a la pista de hielo, recogiendo la botella de whisky que había dejado en el pasto. Valentín se acabó el suero y pidió una cuba.

—Pensándolo bien, Julio, mejor no me avises si llega a haber un puesto con Luna. Para hacer el mandado ya tengo con mi vieja.

Y se fue riendo. El único que me veía con compasión era el mesero.

—¿Le sirvo otro whiskito, joven?

Luna estaba acostado bocabajo, en calzones, con un basurero al lado de la cama y muchos kléenex usados sobre la alfombra. A juzgar por la escena, los pañuelos podrían haber tenido lágrimas, mocos, semen o una mezcla de los tres. El cuarto olía a lo que apestan las axilas de los que no se ponen desodorante. Junto a la cama, en una mesa de cristal, había un puro apagado y una foto de su mamá.

—¿Qué haces ahí? Cierra la puerta.

—Le traje todo lo que me pidió.

—¿Ves el vaso y la jarra ahí junto a la tele? Llena la jarra con Gatorade y el vaso con whisky. No los vayas a mezclar. Ya yo decido cómo me los tomo. Ahora tráemelos.

Luna parecía enfermo. No se podía dar la vuelta ni sentarse. Me tronó los dedos para que recogiera los pañuelos y los echara al basurero, y luego para acomodarle una almohada debajo del cuerpo, a la altura de la ingle. Después me pidió que fuera al baño a dejar el rollo de papel que compré y me lavara las manos.

Cuando regresé lo encontré en la misma posición pero con los calzones a la altura de las rodillas, sus nalgas peludas de fuera.

—Saca el tubo de ungüento y destápalo. Nomás pícale ahí en el agujero, pero sin apretarle para que no se salga todo.

Volteé la tapa, la hundí en la punta del tubo y salió un gusano de pasta blanca.

Luna paró el culo.

—Ahora póntelo en los dedos. No lo esparzas mucho porque se diluye. El chiste es que te quede un buen montoncito, de preferencia entre el índice y el medio. ¿Sí te enjuagaste las manos?

—Sí, senador.

—Muy bien. Ahora acércate. Préstame tu mano. ¿Sientes ahí, donde están esas bolas duras, duras, duras?

Ponlo. No te va a pasar nada. Así mero. Pero suavecito, cabrón, ¿qué no ves que me duele? Masajéale para que quede bien esparcido. Nomás sin mancharme las nalgas que luego se me pegan los calzones.

—Listo, senador.

—Pon un poquito más. Me arde un chingo.

Le puse un poquito más.

—Ahora sácate a la chingada y ten tu celular prendido por si necesito que vengas otra vez.

Aunque Luna nos prohíbe acercarnos a gente de la prensa sin su permiso, decidí hablar con Guillermo Santoyo, el editor del semanario en el que publica Pineda, un cabrón que parece sacado de un códice azteca. Ninguno de sus empleados levantó la vista cuando atravesé el primer piso, una covacha sin luz natural ni cuadros en las paredes. Subí al segundo piso feliz de no haberme topado con Pineda.

Santoyo se puso de pie muy formal cuando toqué la puerta de su oficina, al fondo de un pasillo de piso marmoleado. Tenía *El Universal* abierto en la pantalla de su computadora, una HP del siglo veinte. «Pasa, pasa», me dijo, llevándome hasta mi asiento como hacen los capis de los restaurantes. Su camisa blanca tenía manchas en las axilas, color caldo de pollo. A la única silla frente a su escritorio le urgía una retapizada. Nomás estar sentado era una tortura. Una fila de clavos amenazaban con agujerarme las nalgas o, peor, el traje.

—Cuéntame, Julio. ¿En qué te puedo ayudar?

El escritorio tenía varios cactus, en distintas macetitas, cada uno más pequeño que el anterior. La luz de la única ventana daba a un calendario en la pared, donde Santoyo había apuntado temas y apellidos. «Pineda», decía, en plumón azul y circulado con plumón rojo, ese mismo viernes.

—¿Y eso para qué es?

—Ah, es nomás para acordarme de qué va a escribir cada quien. A mi edad ya no basta apuntar algo en una libreta. Hay que tener agendas, pizarrones, alertas en el celular, calendarios, post-its en el baño.

Jo, jo, jo. Moví las nalgas de un lado a otro de la silla, intentando encontrar una posición en la que no tuviera un clavo picándome el culo.

—¿Y qué reportajes tienen planeados para los próximos números? Cuéntame.

—Deja me acuerdo —me dijo, enumerando con los dedos—, viene una portada sobre Pemex, luego otra sobre abusos del ejército en Veracruz. Estamos trabajando algo sobre el cultivo de amapola en Guerrero. Y lo que vaya saliendo, ya sabes.

—¿Algo sobre gente de mi partido?

—¿A quién te refieres, perdón?

—Me refiero a gente de la que ustedes hayan escrito recientemente.

Santoyo juntó los labios y emitió un muy largo ummm.

—¿Gente con la que tú estás involucrado, dices?

—Yo no estoy diciendo que estoy involucrado con nadie. Me refiero a personas de mi partido.

—¿Exgobernadores?

—Tal vez.

Otra vez el largo ummm.

—¿Exgobernadores que tienen que ver con algunas compañías inmobiliarias en el sur del país?

—No sabría decirte.

—¿O más bien hablas de un ilustre senador cuyo apellido rima con Tuna?

—Hablo de lo que ha escrito una reportera de tu equipo. Una chica que parece obsesionada con un mismo tema.

—¿Y qué te gustaría saber?

—Si tiene planeado escribir de otra cosa. Variarle un poco. —Volteé a ver el nombre de Pineda en el calendario otra vez—. Creo que le haría bien a la revista, Guillermo. Por algo no vendes como antes. Los lectores se cansan de leer lo mismo.

—Agradezco tu consejo, Julio. De verdad —me dijo, apenas conteniendo el tono sarcástico—. Pero no sabría decirte si esta chica, como tú le dices, va a escribir sobre ese senador que conoces o que no conoces. Sé que, en efecto, tenía contemplado otro reportaje. Un tercer texto, pues.

Santoyo la pasaba bien. Claramente yo no era el primer político en ir con él para medirle el agua a los camotes. Ponerle un freno a Beatriz era la única forma de ganarme el respeto de Luna, de volver a colaborar con él, en el único trabajo que he tenido. Necesitaba convencer al indio ese.

—Debe haber alguna manera de que yo ayude a que tu reportera contemple otros temas.

—Interesante. Te escucho.

—Pues no sé. Llevo mucho tiempo en el senado. Me entero de chismes. Negocios.

—¿Cómo los de Quintana Roo?

—No sé a qué te refieres. Hablo de tratos que otros senadores hacen por debajo de la mesa.

—¿Otros senadores de tu partido?

Más por inercia que por otra cosa, toqué el cacto que tenía cerca. Era del tamaño de un tejocote, en una maceta de barro, llena de piedras blancas. Una espina se me quedó clavada en la punta del pulgar.

—No sé.

—¿O te refieres a políticos que están, digamos, más hacia la izquierda?

Me llevé el dedo a la boca para limpiarlo de sangre.

—¿Personas afiliadas a Morena, dices?

Santoyo levantó los brazos, enseñándome el interior de las palmas.

—Puede ser. Quién sabe.

—No, hombre. Claro que no. Los de Morena están haciendo un trabajo absolutamente intachable. Ejemplar. Entiendo perfectamente que tu revista los apoye, los cuide, los proteja.

—No sé qué quieres decir con eso de apoyar, cuidar y proteger. —Santoyo apuntó al piso con el dedo índice—. Aquí se hace periodismo imparcial y objetivo.

—Por supuesto. Me queda clarísimo. La pluralidad de tu revista es evidente. Además, lo mejor sería no golpear al próximo presidente de México o a su partido, ¿de acuerdo?

—Lo ideal sería criticar al partido que está en el poder. Y el PRI, en mi muy humilde opinión, merece ser criticado.

—Claro —le dije, diciendo que sí con la cabeza—. Pues, ¿qué opinas si te doy datos de alguien como Federico Trueba? ¿Bravo Robles?

—Ah caray. ¿Qué información tienes?

—Para dártela me gustaría asegurarme de que tu revista va a tener esa variedad de temas de la que hablamos.

Santoyo arrastró su silla hacia atrás y cruzó las piernas. Traía puestos unos zapatos negros, más de policía que de editor.

—Muéstrame esa información y con todo el gusto del mundo le damos una pensada a eso de la variedad.

—¿Y cómo puedo estar seguro de que tu equipo no va a volver a hablar de ciertas personas?

—Tendrías que confiar en mí.

—Preferiría tener la certeza.

—Puedes estar seguro de que, a menos que me des esa información que dices tener, mi reportera va a publicar la última parte de su reportaje. —Santoyo sabía que me tenía contra las cuerdas. Si no me sonrió fue por puro decoro—. Ya me dirás qué opinas, por supuesto. Te agradezco muchísimo la visita. Estás en tu casa.

Y así, tan campante, me llevó a la puerta. Arriba, el calendario en la pared, con el nombre de Pineda circulado, colgaba como una guillotina.

Rumbo a la salida finalmente la vi. Acababa de llegar al trabajo, supongo, porque tenía su bolsa, una abominación mutante de cuero y felpa, sobre el escritorio. Igual y venía de comer con Ferrer en alguno de los restaurantes godínez que abundan por ahí. Traía un suéter amarillo arremangado hasta los codos y una curita en el brazo, de esas que te ponen cuando te sacan sangre. Aunque su suéter no era entallado de cualquier manera se le marcaban las tetas, firmes y bien puestas. Su pelo y su piel, casi igual de oscuros, eran muy parecidos al pelo y la piel de mi mamá. En fotos, Pineda me había parecido una naca fachosa. En persona, la neta, la perrita estaba potable. Hubiera preferido que fuera gorda y fea.

De vuelta al trabajo, Mónica me recibió con una noticia. Habían desalojado mi oficina. El hijo de un amigo del jefe la ocuparía al miércoles siguiente.

—¿Y mis muebles? ¿Mis cuadros?

—Tus muebles se fueron a la calle —me dijo, como si un sillón de cuero de cien mil pesos fueran chingaderas—. Tus cuadros yo creo que también. Por ahí te puse una caja con tu computadora y otros tiliches.

—No mames, Moni.

—Órdenes del senador.

—¿Por qué?

—Ya tú sabrás.

—¿Y lo que me deben? No he cobrado mi cheque.

Sonó el teléfono y Mónica regresó a su escritorio para contestarlo. Después de dar los buenos días tapó el micrófono.

—Adiós, Julio.

El café que el viejo preparó me supo a una cucharada de café instantáneo diluida en una cubeta de agua. Así de pinche sabe todo en la casa de ese ahorrador compulsivo, que cuenta los chícharos que le pone al arroz y rellena las botellas de *shampoo* en la regadera para no comprar unas nuevas. ¿Qué hubiera opinado mi mamá al verme de vuelta en la pocilga de la que ella siempre quiso que escapara? Nada bueno.

—Estás pálido, tú —me dijo el viejo—. ¿No andarás enfermo?

—No he dormido casi.

—Mucho trabajo, seguro.

—No creas. He tenido algunos problemas con el senador.

Ojalá hubieran sido nomás algunos problemas. La humillación en el velorio, esa visita a casa de Luna después de la fiesta infantil, la puta conversación con Santoyo, todo eso me había pasado factura. Me valió madre que Mónica me intentara detener y entré a la oficina de Luna. Lo encontré sentado sobre su dona de plástico para las hemorroides.

—Usted a mí no me va a correr.

—Danos un instante, Moni, ¿sí? —le pidió a su secretaria, que seguía en la puerta, a punto de llamar a seguridad para que me sacaran a patadas—. Julito, correrte es lo más generoso que puedo hacer. Estás de suerte, créeme.

Había pensado en perdonarme, me dijo, pero luego de dar con mi repuesto decidió que no valía la pena tenerme ahí, aunque me pagara una décima parte de mi sueldo. Lo había decidido antes de que me obligara a untarle crema en el culo, incluso antes del velorio de su mamá. Me hubiera gustado contestarle sin que me temblaran las manos. Le recordé cómo Landa y yo le ayudamos a hacer dinero haciendo tratos corruptos con proveedores de todo tipo. Por si eso no bastaba, le avisé que había guardado el expediente de la niña de Akumal a la que violó el hijo de Ávila. No, no solo quiero mi viejo puesto. Quiero una diputación, algo mejor a lo que tenía, le dije, repitiendo para dentro lo último que me dijo el maestro en ETS, mientras Luna usaba los nudillos para limpiarse las lágrimas que había soltado de tanto reírse.

—Ahora sí me caíste bien, Julito. No sabía que te importaba tanto perder tu chamba.

Por supuesto que no le platiqué eso al viejo. Aunque noviembre apenas empezaba, estaba muy concentrado decorando el árbol de Navidad que mi mamá ponía cuando yo era niño. Cada año lo saca más temprano.

—Todos pasamos por épocas así. Hay semanas donde tengo tantos pedidos que hasta pienso en contratar un asistente. Ya mejorará la cosa —me aseguró—. ¿Cómo lo ves? ¿Le hacen falta esferas?

—Se ve igual que siempre.

El viejo lo tomó como un cumplido.

—Ah, qué bueno. ¿Quieres una bufanda? Tengo una de lana muy fina que me regaló tu primo Édgar.

—Estoy bien con el café, gracias.

Las luces del árbol titilaban. Aunque él cada día se veía más jodido, su sala seguía igual, no tanto porque la cuidara sino porque no había ni un mueble recién comprado. Se me había olvidado qué oscura era la casa de noche. La luz de las lámparas apenas llegaba a las paredes.

—¿Cuándo acaban de arreglar lo de tu departamento? —me preguntó, porque ese fue el pretexto que le di para quedarme con él por unos días, cansado de volar mi dron desde la terraza, de ver series de Netflix, de estar solo.

—Dicen que las tuberías llegan en una semana.

—¿Una semana? Pero si ni traes maleta.

—Mañana paso por ropa.

—Te tengo un regalo. Era para Navidad, pero como no traes nada te lo doy mañana para cuando vayas a la oficina.

En algún momento tendría que reconocer que me habían corrido, que vendería el departamento, que si necesitaba un asistente su hijo estaría disponible. Todo se había venido abajo en un abrir y cerrar de ojos. Con Luna hablé tan rápido, tan nervioso, que no tomó más de un minuto poner mi ultimátum sobre la mesa.

—Si no me da lo que quiero le juro que voy a la tele —le dije.

—¿Para hacerte famoso o qué?

—Para decir lo de la niña de Akumal. A ver qué opinan Oscarito y Roberta cuando se enteren.

—Pensarían que estás loco. Si tienes suerte, un par de periódicos recogerían tus declaraciones. A la mañana siguiente te caería un tsunami de demandas. Y de ahí en adelante pus no sé, Julito. A trabajar limpiando baños en el aeropuerto, yo creo. Lo harías bien. Para algo has ido al gimnasio.

—No le creo que no le importe.

—No me importa nada —me dijo, sin mover ni un músculo. Luego prendió un puro y recargó la espalda contra el ventanal de la oficina. Atrás de él, la ciudad entera parecía escoltarlo—. No me importa lo del hijo de Ávila, no me importa qué información tienes, no me importa lo que sabes o no sabes. Ni siquiera me importa si el PRI pierde la presidencia, para que me entiendas rápido. Es más, ojalá pierda. Morena tiene razón. Hay que cambiar de mentalidad y enfocarnos en los pobres. Chinguen a su madre los empresarios y los políticos de siempre.

El senador no lo decía de chiste. Su discurso no era el mismo desde la cena con Ignacio. ¿Dónde estaba el hombre que defendía y presumía su riqueza? Creo que nunca lo había escuchado hablar de los pobres, ni mucho menos de Morena, partido que en una de esas llegará al poder en el 2018.

—¿Ya tan rápido va a cambiar de bando, senador? ¿No que la lealtad era lo más importante?

—No confundas ser leal con ser pendejo. Lo que está pasando es un naufragio y yo no me voy a hundir con el resto del PRI. La corrupción en este sexenio ha sido intolerable.

—Usted preocupándose por la corrupción. No sea cínico.

—Óyeme, cabrón. A mí no me hablas así. Yo siempre me he preocupado por mi México. —Una nube de humo le tapaba la cara—. Por eso mismo me lastiman las calumnias de Pineda. Mentiras como esas dañan a nuestro país, a nuestra democracia.

—Usted sabe perfectamente que nada de lo que Pineda dijo es falso.

—El punto es que me cansé de darte oportunidades para que le pusieras un alto y ve nomás cómo me fallaste.

—Ya le expliqué que intenté hasta donde pude.

—¿Sabes que hace unos días Ferrer fue a ver a Bravo Robles para sacarle información sobre mí? El propio Juan Manuel me lo dijo. Ya hasta ese güey y yo hicimos las paces y Pineda y su novio siguen chingando. Ahora dime, ¿qué estás haciendo tú para remediarlo? Venir a llorarme. Qué desilusión has sido, Julito. De veras que qué desilusión.

El viejo desconectó las luces del árbol y se tronó los dedos, chuecos de tanto usarlos.

—Espero que me hagas caso y contrates al plomero que te recomendé para la instalación.

—Ya le hablé.

—¿Te cotizó? Siempre hay que echarle ojo al presupuesto antes de empezar la obra.

—Mañana me lo dan.

—Te sugiero que le llames a otro, nomás para comparar.

Salí de la oficina de Luna sintiéndome inútil. No quedaba ningún pendiente, ninguna cita. No me dieron ganas de despedirme de nadie más que de Landa. Lo encontré frente a su computadora, viendo la pasarela de Victoria's Secret en YouTube.

—¿Ya hablaste con el *sheriff*?

—Ya.

Landa le puso pausa al video.

—¿Así de la chingada estuvo?

—Peor.

En el corcho, donde antes estaba la portada de la revista de chismes con Marina y yo, había un recorte nuevo, de un suplemento de sociales. En la inauguración de una galería de arte, frente a un cuadro que podría haber pintado un niño de kínder, salían Luna Braun, Landa y el escuincle que esa semana ocuparía la que antes era mi oficina, un güerito de unos 25 años, vestido como aprendiz de Julio Rangel.

—Entonces ya te vas, rey.

¿Le daba las gracias a Landa? ¿Le mentaba la madre? Lo único que se me ocurrió fue arrancar el recorte del corcho, hacerlo bolita y tirarlo al basurero.

—Ándale, Negrito. Fue un gusto chingarle contigo. Suerte.

No era un hasta luego, ni un al rato te hablo para cenar en Au Pied Du Cochon e ir por unas putas. Era el adiós de un tipo que no piensa volver a verte en su vida.

De salida recogí mi computadora y solo una de mis cajas, la que tenía cosas que supuse que necesitaría en otro trabajo, como mi agenda, mi colección de plumas fuente, clips y un sacapuntas. En el estacionamiento entregué el gafete y el tarjetón con mi lugar asignado. Arranqué rumbo a casa del viejo. En un semáforo de Reforma chequé el celular. No había un solo correo nuevo, ni un mensaje de despedida. Cero.

Desperté a las diez de la mañana, más tarde que durante el resto del sexenio. De día, el arbolito de plástico se veía más pinche que de noche, con sus esferas de todos tamaños y colores, sus ramas medio pelonas y su tronco sin heno. Un plato de huevos revueltos me esperaba en el comedor, tapado con una servilleta. Sobre el sofá había un par de camisas con mis tres iniciales bordadas en los puños. Una tarjeta en la bolsa decía «mucha suerte», en la letra del viejo.

Me pareció *ad hoc* que por fin estrenara una camisa suya para ir a deshacerme de todo lo que acumulé cuando me vestía de Ermenegildo Zegna. A mediodía fui con mi asesor financiero para ver qué podía hacer para vender el departamento aunque me faltaran mínimo cinco años para liquidar el crédito. Luego fui a la Mercedes a ver qué miseria de precio de agencia me darían por mi carro. Para acabar pasé a recoger unos trajes y ropa, así no tendría que repetir atuendo de lunes a viernes en lo que buscaba trabajo. Abrí la computadora para revisar mi saldo. Solo en octubre había gastado 300 mil pesos. A ese paso me quedaría sin un centavo antes de febrero.

Esa noche, mientras el viejo acababa un pedido en la sala, con el tocadiscos puesto en la música veracruzana que tanto le gustaba a mi mamá, me encerré en el cuarto a hacer una lista de la gente que me podría conseguir chamba. Después de tachar a senadores, diputados, burócratas y miembros de distintos equipos priistas me quedó un puñadito de nombres, todos compañeros de la universidad. Algunos trabajaban en corporaciones transnacionales como Chrysler y Nestlé, otros en despachos también transnacionales, pero la mayoría, sobre todo los ingenieros y los economistas, eran burócratas del IMSS, de la Secretaría de Energía, de Pemex y demás. La lista, pues, no prometía. Hasta arriba estaba Alfredo Pizarro, el único de la banda al que había seguido viendo cada mes, aunque solo cenara con él para asuntos de trabajo. Un puesto respetable en ese despacho en el que Pizarro ya era socio solucionaría mis broncas.

Para ahorrar lo cité a comer en una de esas fondas argentinas de la Condesa donde la comida era aceptable cuando todavía había argentinos en el barrio. Ahí iba los fines de semana al volver de Quintana Roo. Viví a unos pasos de esa glorieta, en un *loft* mal iluminado y peor ventilado, que en esa época me parecía el lugar más chic de la ciudad.

Pizarro llegó tarde y de malas.

—No mames, Rangel. Podíamos habernos visto más cerca de mi oficina.

—No estoy para gastos.

—¿No que no venías a la Condesa ni a punta de madrazos?

—Yo nunca dije eso.

—Eso decías cada vez que te invitaba por acá. La última vez te quejaste, ¿de qué fue? Ah, claro. De que no había buen *valet parking*.

—Dame chance. Me quedé sin trabajo.

Pizarro abrió el menú.

—Bueno, pues pidamos. Tengo que regresar a las cuatro en punto.

Tuve que aparentar que mi trabajo con Luna había concluido por el cambio de gobierno. La posibilidad de que el próximo presidente no fuera del PRI, por ejemplo. Le agregué de mi cosecha para quedar mejor parado. La neta es que yo ya estaba harto de trabajar en el senado, Freddy, y más con los escándalos que rodean a Luna y al PRI. Además, prefiero mil veces trabajar en la iniciativa privada. Pizarro se quedó callado. Nunca sé qué piensa de lo que platico, en parte porque entre que yo hablo y él responde siempre hay un intermedio en el que se me queda viendo, muy quieto, con esos ojos tan claros que parecen vacíos.

—Híjole, Rangel.

Solté el cuchillo sobre el plato. La carne no era término medio, como la había pedido, sino bien cocida.

—Híjole, ¿qué?

—No te vayas a encabronar conmigo, pero te tengo que ser sincero.

—Por favor.

—No creo que puedas conseguir un puesto en la IP. Si yo fuera dueño de una empresa nunca contrataría a alguien como tú.

—¿A qué te refieres con «alguien como tú»?

—No sé ni en qué haya consistido tu chamba —dijo, toreando mi pregunta—. Solo sé que me invitabas a cenar para preguntarme detalles confidenciales que, la neta, nada más te compartía a cambio de representar en un par de cosas a Luna y su gente.

—Ok. En una empresa es difícil. ¿Y en un despacho?

—¿Como el mío? —dije que sí con la cabeza—. Tienes mi edad y nunca has sido ni pasante. ¿Hace cuánto que no trabajas en algo relacionado con derecho? Ningún despacho te pondría ni de secretaria.

Me tocó a mí quedarme callado.

—¿No sería más fácil que trabajaras con otro senador?

—Ya te dije que no quiero seguir metido en la política.

—Pues no veo cómo vas a conseguir algo que te pague lo que ganabas.

—El dinero es lo de menos, Freddy.

Aunque dijo creerme, Pizarro insistió en pagar la cuenta. Lo acompañé a su BMW, sospechando que la negociación no había jalado por culpa del restaurante que escogí. En un tonito de pena ajena, con el que no estoy acostumbrado a que me hablen, me sugirió hablar con Moisés Ramos, otro compañero de la universidad que trabaja en un banco. Tal vez él tendría una opción para mí. Pizarro fue la tercera persona esa semana en desearme suerte. Antes de pedir un Uber encontré una mancha de chimichurri en el pecho de mi camisa nueva.

Salí de la junta con Moisés sin saber exactamente qué me desanimó más de la que podía ser mi siguiente chamba. Todos, hasta los gerentes, trabajaban en cubículos chiquititos. Todos, además, entraban a las ocho de la mañana, salían a las ocho de la noche y tenían máximo una hora para comer. Las oficinas estaban en un edificio sobre Insurgentes, de esos que por fuera parecen hechos de espejos, con un Oxxo junto a la entrada. Moisés me presumió los restaurantes que tenían ahí a la vuelta, los mismos en los que seguro comían Pineda y sus colegas. Hooters, Chilli's, Sushi Itto. ¿Y el sueldo?

—Pues entre 20 y 35, mi Jules. —La corbata de Moisés tenía estampado el logo de los Pumas—. No está mal, ¿verdad?

—Lo que sea es bueno.

—Mándame tu currículum y yo se lo paso al *chief.* —Moisés había sido un mediocre en la carrera, así que no me sorprendía la mediocridad de su actual trabajo. Me sorprendía, eso sí, que yo estuviera a punto de ser su colega.

—Oye, y cuéntame, ¿a poco sí es cierto eso de que tu exjefe tiene millones invertidos en hotelitos en la playa?

Si algo le aprendí a Luna fue a hablar sin decir realmente nada. Podría haberle dicho la verdad, claro. Sí, sí es cierto, Moi. Fíjate que yo mismo le eché la mano para hacer una cantidad de dinero que ni tú ni todas las personas con las que trabajas verán por el resto de sus vidas. ¿Cómo? Uy, Moi. Si vieras lo fácil que es conseguir proveedores que quieran pasarte una corta. Landa y yo hicimos lana a través de fotocopiadoras, impresoras, computadoras, cartuchos de tinta, tapetes, alfombras, escusados, lavabos, servicios de limpieza, trajes para senadores, trajes para guardaespaldas, trajes para choferes, corbatas, pines, pañuelos, gorras, logos, camisetas, relojes, placas de automóviles, material de oficina, plumas de lujo, nuevos asientos para la cámara de diputados, nuevos mingitorios para la cámara de senadores, analgésicos en el IMSS y cemento, marmolería y mezcla para construcciones. Calculo que solo una milésima de ese billete acabó en los hotelitos en Quintana Roo. ¿Dónde está el resto? Ni idea, Moi. En una de esas Pineda y Ferrer saben.

No, no creo que Pineda querría sentarse a cotorrear conmigo. Si vieras cómo me trató su editor, como si yo no hubiera trabajado con uno de los políticos más poderosos de México por diez años. ¿Y Ferrer? Ferrer tal vez sí me vería. Se muere si supiera lo que te acabo de platicar. ¿A poco crees que le gustaría hacer equipo conmigo para vengarnos de Luna?

Me tomó cinco minutos redactar mi currículum, en el que básicamente había solo un inciso, y mandárselo a Moisés en un correo vacío, sin siquiera darle las gracias por recibirme en el banco. Le marqué a Ferrer esa misma noche. Sonaba como si mi llamada lo hubiera despertado. Oí a una niña preguntarle quién hablaba y, más al fondo, las voces dobladas de una caricatura.

No volvería a cagarla como la cagué con Pizarro. Ferrer no cenaría con este Julio sino con el Julio que fui hasta hace unas semanas. Lo invité a Pujol, el mejor restaurante de México.

—Ahí nos vemos —me aseguró, la niña gritándole al oído. Apenas colgué abrí el clóset y escogí mi más bonito traje, mi mejor camisa y mis zapatos favoritos.

El viejo decide qué voy a desayunar, comer y cenar. En la noche, esté yo dormido o despierto, entra a ponerme una mano en la frente y palparme los cachetes. A todos lados entra cuando se le pega la gana. No sé si cree que estoy enfermo o que vivo en constante peligro mortal. Me peinaba en el baño, antes de venir para acá, cuando abrió sin tocar para ver qué iba a hacer, con quién y a qué hora tenía pensado llegar. Cada minuto que paso con él me siento más un niño que un adulto.

—Tengo una cita de trabajo.

—Qué gusto, Julio. ¿Con los del banco?

—No, con nadie de ningún banco.

—¿No es con un político o sí?

—Tranquilo, carajo. Es con el socio de un despacho.

—¿De veras?

Me eché spray en el pelo y luego me puse lo último que quedaba de mi loción.

—¿Para qué te diría mentiras?

El viejo abanicó el aire del baño.

—Abre la ventana antes de irte, ¿sí? Dejas todo oliendo a tienda departamental.

—Ahorita la abro.

—¿Cuánto tiempo estuviste en la regadera, eh? ¿Qué no sabes que hay escasez de agua en la ciudad?

Me puse una última capa de cera en el copete y salí por mi saco y mi pañuelo. El viejo me seguía, dando pasitos cortos, de cuarto en cuarto.

—¿Por qué no te pones las camisas que te hice?

—Me puse una el otro día, pero la manché de salsa.

—¿Y la otra? Ese azul quedaría bien bonito con tu traje.

—Voy muy tarde.

Más bien iba temprano. El que iba tarde era Ferrer. Me imagino que quiere darme a entender que mi tiempo no le importa. Le pido a la *hostess* que me regale unos minutos de tolerancia y salgo a fumar. Antes ordeno un *old fashioned* con el mejor bourbon que tengan. Qué rico es que te vuelvan a tratar como te mereces, aunque sea por una noche.

En lo que espero me meto al Instagram de Marina, a ver qué tanto ha hecho desde que la dejé de ver. Ahora promociona un té de matcha, supongo que por unos centavos. En la publicidad sale vestida para ir al gimnasio, sonriendo detrás del mostrador de la cocina de su departamento, con un tarro lleno de un menjurje verde y espumoso. En otras fotos sale en bikini, afuera de una alberca, de frente y de espaldas, o en minifalda en el set del programa de deportes en el que ahora trabaja como edecarne. Óscar a veces aparece junto a ella en la playa, parando la trompa en Bora Bora, o nadando con delfines. Estoy analizando el bikini de Marina, pensando si se lo he visto puesto y se lo he quitado, cuando una vocecita de mayordomo de película me llama por mi nombre. Cuando alzo la cara me topo con un espécimen vestido con pantalones guangos y un suéter de lana que yo no le regalaría ni a mi papá. Me toma un segundo saber a quién tengo enfrente.

—Martín Ferrer —le digo, poniéndome de pie. Aunque es alto, Ferrer tiene el cuerpo de esos niños que eran unos cerdos y luego se estiraron y la grasa nomás se repartió por todos lados—. Julio Rangel. Encantado.

Quiero caerle bien, así que le abro la puerta para dejarlo pasar. Ferrer camina jorobado, con las rodillas muy juntas y los ojos en sus zapatos. O tiene un tirón en la espalda o no quiere que nadie aquí lo reconozca. Tal vez le da pena que lo vean cenando conmigo.

Israel, el mismo mesero que me atendió la vez pasada, me entrega el menú del día y yo le pido que traiga la carta de vinos. No sé si por ganas de ahorrar o qué, pero Ferrer me avisa que hoy él no va a tomar. Por si le angustia el gasto le digo que no se preocupe, yo le voy a invitar. Ferrer se hace el que no me oye y se clava en el menú, viéndolo con desconfianza. Para que se relaje le aseguro que no hay mejor restaurante mexicano que este. Su respuesta es ver el techo, con cara de que no puede creer que haya gente dándose estos lujos cuando hay niños muriéndose de hambre en Chiapas.

—Sigo sin entender cómo conseguiste mi número —me dice, de pronto.

—Tengo tu teléfono desde hace meses.

—No me interesa saber desde cuándo sino por qué lo tienes.

Su tono y hasta su pose me recuerdan a Oso y a Jorge y a todos esos güeyes que no están acostumbrados a pedir las cosas por favor sino a dar órdenes. Supongo que hablar así es lo que le queda a Ferrer de su infancia de niño rico, cuando vivía de lo que robaba el lacra de su abuelo, amigo del Negro Durazo, López Portillo y esos ojetes.

—¿No tomas? —le pregunto, para cambiar el tema.

—Desde hace unos meses.

—No me digas que eres alcohólico.

—Mi novia me pidió que dejara de tomar y dejé de tomar.

No esperaba que él metiera a Pineda en la conversación y menos para hacer un despliegue de mandilonería de ese calibre.

—Te tiene bien educadito —le digo, de broma.

—Quiero darle gusto —me contesta, muy serio.

—Debe ser cansado estar con alguien así.

—Supongo que a ti te gustan más sumisas.

—Eso dices porque no nos conoces.

Ferrer está a punto de contestarme con alguna otra frasecita de intelectual mamerto cuando llega Gerardo, el sumiller, a tocar la campana y detener el round, con la carta de vinos bajo el brazo. Me sugiere que pida no sé qué botella del Valle de Guadalupe y no sé qué otra de Querétaro, pero yo quiero un francesito, aunque lo prudente sea pedir uno de batalla.

—¿Llevas mucho tiempo en Polanco? —me pregunta Ferrer, mientras yo huelo el vino.

—Compré hace un año. Antes rentaba un depa en la Condesa. No hay punto de comparación, la verdad. Todo es más limpio por acá. Los restaurantes, las calles, hasta la gente.

—No sabría decirte. Yo llevo viviendo en San Pedro de los Pinos desde hace siglos.

—¿Y eso dónde queda?

—Al lado de la Nápoles.

—Pues mientras tú estés contento.

—Estoy muy contento, gracias.

—¿Y aquí naciste? —le pregunto, para que no piense que me he memorizado su biografía. Me contesta que su familia se mudó a Cozumel cuando era niño, y yo, que sé que su papi salió huyendo del DF, endeudado hasta el cuello, le digo que esa mudanza seguro fue jodida. Ferrer vuelve a ver al techo, en un gesto igualito al de hace rato.

—Dijiste que tienes algo que ofrecerme. ¿De tu parte o de tu patrón? —me pregunta, despectivo, apenas nos toman la orden.

—No, no es de parte de mi patrón.

—Pues acá estoy —me dice, estirando el cuello. —¿En qué te puedo servir?

—Saca tu teléfono, por favor.

Le prometo que no se lo voy a quitar y él lo avienta al mantel en vez de dármelo. Me vale madre si no le gustan mis precauciones, pero tengo que andar con cuidado.

—Muy bien, Martín. Antes que nada te agradezco que hayas venido. Me imagino que esto debe ser incómodo. —Ferrer le da un trago a su agua y vuelve a cruzar los brazos. No me quita sus ojos verdes y chiquitos de encima, así que me concentro en mi copa de vino mientras hablo—. Solo te pido que me escuches con calma y no te pares.

—Te escucho.

—Desde hace meses, antes de que se publicara el reportaje de tu novia, Luna me puso a investigarlos a ustedes. Era parte de mi chamba, ya sabes. Es fácil saber de Beatriz porque ahí están sus columnas, pero contigo no está tan sencillo. Me ayudó que estudiamos la misma carrera, aunque a mí me batearon de La Libre, con todo y mis calificaciones, supongo que por no tener los contactos que tenía tu familia. Preguntando entre colegas me enteré que te habías graduado con el promedio más alto de tu generación y que luego trabajaste en Soto y Hagsater no sé cuántos años. Me contaron que te habías casado con la hija de Eugenio Ponce, que habías tenido una hija con ella, que ganabas una lana, que te iba a toda madre pues, pero que te habías salido del despacho justo antes de que te hicieran socio, según esto porque te peleaste con tu jefe.

—No me fui por eso. Me peleé con él mucho antes.

—Bueno, equis. No importa. El hecho es que te fui siguiendo la pista hasta llegar a lo que haces ahorita. Ahí me puse a estudiar a fondo tus clientes, las demandas que llevas y demás. Y descubrí que andabas representando a Arturo Pineda, el tío de Beatriz.

Ferrer traga al oír el nombre de Pineda. No tengo idea de qué vaya a hacer cuando escuche lo que falta.

—El caso es que yo me encargué de que perdieran. No puedo entrar en detalles, pero en parte fue mi culpa. No tuve de otra.

Ferrer, me queda claro, se muere de ganas de sacarme de las greñas para madrearme en la banqueta. Alguien, creo que fue su pasante, me contó que tiene el peor carácter del mundo. Se le nota. Basta ver cómo habla, bufando, con la quijada chueca.

—Con disculpas no arreglas nada-

—No te estoy pidiendo perdón. Tampoco vine para arreglar lo de Arturo. Lo hecho, hecho está.

—Pues gracias por tu sinceridad.

—Quiero ayudarte. Que tú me ayudes.

—¿Yo? ¿Cómo?

Para haber sido un alumno y un abogado exitoso, Ferrer es sorprendentemente lento. Se lo voy a tener que deletrear.

—Con mi jefe —le digo, con la mejor sonrisa del arsenal.

No sé si está a punto de escupirme o insultarme, porque Israel llega con nuestros primeros platos. Yo, que no he disfrutado una comida así desde hace semanas, empiezo apenas puedo. Ferrer no levanta los cubiertos, nomás se queda ahí pasmado. El poco pelo que le queda se ve más oscuro que cuando nos sentamos, mojado de sudor. Sigue sin probar su plato. Le pregunto si se siente bien.

—Todo bien, sí.

—¿Qué opinas de lo que te dije?

Ferrer examina su entremés, como si él fuera un entomólogo, el tenedor un bisturí y el sope una araña. Veo las caras satisfechas y felices de unos japoneses sentados en una esquina del salón y de una pareja de gringos junto a nosotros. El único capaz de sufrir en este lugar es él.

—Opino que no sé por qué alguien como tú cambiaría de bando.

—¿A qué te refieres con «alguien como tú»?

—Me refiero a alguien que lleva tanto tiempo con el mismo patrón.

Le confieso que hace mucho no me gusta trabajar para Luna, que no lo respeto, que no me inspira confianza, y luego, para que se sienta orgulloso, pero también porque algo hay de cierto en eso, agrego que los reportajes de su novia sacaron de pedo al senador tan cabrón que hasta ha intentado que no salga nada al respecto en la tele, la radio y la prensa.

—Supongo que te corrió.

—Lo que importa no es si me corrió o no. Lo que importa es lo que tú y yo podemos hacer juntos si nos lanzamos contra él. Veámonos con Beatriz y platiquemos. Imagínate si reunimos lo que ustedes tienen para el siguiente reportaje y lo que yo les puedo dar.

Ferrer se pasa la lengua por dentro del cachete.

—¿Y tú cómo sabes que tenemos planeado otro reportaje?

—Porque hablé con el editor de tu novia.

—Tú sí no tienes límites.

—Ya te expliqué. Era mi trabajo.

—Jodiendo a Arturo. Amedrentando editores. ¿Qué más? Supongo que también tuviste algo que ver con que corrieran a mi amigo de la presidencia municipal de Cozumel.

—No fui yo directamente.

—Alguien de tu equipo, entonces.

Ferrer menea la cabeza de lado a lado, diciendo no en voz bajita, no no no. Esta plática puede acabar muy rápido si no saco el *charm*. Me acerco a él, casi tirando su vaso de agua con el codo.

—Martín, no te estoy diciendo que estuvo bien. Por eso hagamos algo. No tienes idea de las cosas que puedo conseguir. Diez años, güey. Diez años trabajando para Luna. Estuve con él desde que era gobernador. Conozco a Caballero, a Kuri, a todos los que aparecen en el reportaje. ¿De veras no me necesitas?

Ahora es a mí a quien Israel interrumpe para presentar los siguientes platillos. Le sonrío, paciente, mientras nos explica qué lleva cada cosa. Ferrer se quedó con la respuesta atorada en la garganta, creo, porque deja su índice tieso entre él y yo, esperando a que Israel termine de hablar y nos sirva la comida.

—La duda es por qué tú me necesitas a mí, Julio.

—Carajo, güey. Pensé que eras listo. ¿Qué crees que yo puedo salir en la tele hablando mierda de mi jefe? ¿Escribo en el *Reforma*?

No me doy cuenta de qué tanto alcé la voz hasta que volteo y me topo con las miradas de las mesas de junto. Ferrer aprovecha esta pausa para probar su sopa. Luna dice que la forma en que comemos dice mucho de cómo somos. Ferrer parece un tipo que tiene miedo de que alguien le quite lo suyo.

—¿Qué tal?, ¿te gustó? —le pregunto.

—Está bien.

—¿No has ido al restaurante de este chef en Nueva York? No mames. Una maravilla.

—Prefiero gastar en libros que en viajes.

La pedantería de este cabrón es una obra de arte.

—Eso dicen los que no pueden viajar.

—Cuidadito, cabrón.

—Volvamos a lo nuestro —le pido, en buena onda.

—No hay nada nuestro, Julio.

Hago como que no volvió a ser agresivo y continúo.

—Me preguntaste por qué te necesito. Te necesito para que Beatriz publique lo que tengo junto con lo que tienen ustedes, que seguro son muchísimos datos que no conozco.

—Muchísimos, en efecto.

—Pues déjenme echarles ojo.

—¿A qué se dedica tu papá, Julio?

—¿Y eso qué chingados tiene que ver?

El hueco entre que yo hablo y él contesta es tan largo que me da tiempo de oír conversaciones completas de las mesas de junto. Algo sabe de mí que no quiere decirme. Tal vez sabe que el viejo es sastre y lo que necesita es checar si me atrevo a aceptárselo.

—Me da curiosidad —me responde y luego se lame la boca. No me late hacia dónde se está dirigiendo esto—. El mío es restaurantero. Le gustaría venir aquí. Debería traerlo.

Apenas puedo aguantar la risa. Ni su papá ni él podrían pagar un entremés de la carta.

—¿Qué fue eso? —me pregunta.

—¿Qué fue qué?

—Eso. Ese ruido. Te estabas burlando de mí.

—No seas paranoico.

—¿Crees que no conseguiría reservación? ¿Que no puedo pagar un restaurante como este?

—Yo no dije nada.

—No me vengas a ningunear —me dice, señalándome con las puntas del tenedor—. No se te olvide que tú eres el que me llamó.

—Relájate y come. Te va a dar una embolia.

Ferrer le truena los dedos a Israel.

—Tú, tráeme una copa —le dice, sin agregar un por favor.

—Se va a enojar Beatriz.

—Es mi pedo.

—Me queda claro.

—¿Sabes una cosa?

—A ver.

—No te creo nada —me dice, apenas abriendo la boca—. No te creo este teatrito de apagar celulares y abrir las cartas. Tampoco creo que estés dispuesto a darme un solo dato que no pueda conseguir en Google. Es otro juego, tuyo y de tu jefe, para ver si consiguen espantarnos y que dejemos de hablar de ustedes.

—Entonces —le digo, abrochándome el saco—, supongo que no nos vamos a asociar.

—Primero me voy a trabajar de mucama que pactar contigo, para que me entiendas rápido.

—Sin mi ayuda no le vas a ganar.

Ferrer se empina la copa entera de un trago.

—Métete tu ayuda por el culo, cabrón.

No me ha acabado de insultar cuando yo ya tengo la mano arriba, llamando a Israel para pedirle la cuenta, con todos los agradecimientos que Ferrer no dijo a lo largo de la cena.

Israel se da la media vuelta y Ferrer se esculca las nalgas para sacar la cartera.

—No necesito que tú me pagues nada —le recuerdo, y su reacción es aventarme su tarjeta de crédito en la cara. Me da directo en la nariz, pero no es el golpe lo que me emputa sino darme cuenta de que la mitad del restaurante, los meseros que me atienden, el *bartender* que me sirvió mi *old fashioned*, la *hostess* que me dio unos minutos de tolerancia, acaban de ver lo que este pendejo hizo. Ferrer claramente sabe cuando un pleito va a escalar de gritos a putazos porque antes de que pueda pararme ya lo tengo encima de mí, con la mano abierta y en alto, como si me fuera a cachetear.

—Tranquilo, ya. Tranquilo —le digo, solo porque no pienso madrearme en mi restaurante favorito.

Israel se acerca, hablando tan bajo que apenas entiendo cuando me pregunta si estoy bien.

—Todo en orden, hermano, todo en orden. Te pido una disculpa. Aquí tienes mi tarjeta. Y ponle 20% de propina, por la escenita de aquí mi socio.

—Yo no soy tu socio, tu amigo ni tu compadre —me dice Ferrer, todavía buscando pleito.

—Ya, güey. Ya entendí que no quieres que trabajemos juntos. Allá tú.

Me levanto, arreglando el pañuelo que casi se sale de la bolsita del saco cuando le pegué a la mesa, y le confieso todo a Ferrer. Todo es todo. No se me ocurre que lo estoy retando a echárseme encima hasta que voy a la mitad de mi choro, en la parte en la que Landa me ayudó a clausurar la farmacia de su papá en Cozumel. Cada palabra me recuerda la persona que fui, un hijo de puta que no se dejaba de nada ni de nadie. Sobre todo ahorita, que mi última posibilidad de seguir en el tablero se está yendo por la coladera, prefiero ser ese Julio que el chillón al que Luna sacó de su oficina tronando los dedos. Creo que Ferrer piensa que no es cierto que yo me encargué de cerrar los negocitos de su familia, ni que fui a amenazarlos a su puerta, porque no quita esa cara de confusión épica.

—No me veas así, Martincito. Es en serio. Me abrió la puerta tu jefa, vestida con un poncho que seguro se compró en una tienda de *souvenirs* en el aeropuerto. No sabes cómo lloraba. Patética.

Así como de repente sabemos que agarramos el camino equivocado, así sé que Ferrer y yo seremos enemigos, y no de esos que solo te desean mala suerte, sino enemigos activos, de esos que se dedican a hacerte la vida imposible.

—Pues muchas gracias por hablarme —me dice, tirando de la hebilla del cinturón que, ahora veo, se había desabrochado para comer sin que le apretaran los pantalones—. Y muchas gracias por tu sinceridad. Ha sido una cena muy productiva.

—¿De plano?

—Cómo no. Ahora Beatriz tiene un imbécil más a quien pegarle.

El *bartender* apaga las luces de la barra y, de pronto, el restaurante se siente frío, desocupado y oscuro.

—Solo tú crees que a alguien le va a importar que un empleado de Luna haya cerrado un bar y una farmacia hace diez años.

—Ya veremos.

—Te faltan huevos.

—A tu jefe nadie lo puede tocar, pero tú no eres Luna Braun —me dice, alejándose de mí—. Agárrate, güey. No sabes lo que viene.

Ferrer se va sin voltear atrás. Aliviados de que la discusión no haya pasado a mayores, el personal empieza a recoger las copas y los platos sucios. Ya ni para traicionar a Luna soy bueno. Me siento de luto, pero no sé por qué o por quién. De lo único que estoy seguro es que tenía menos problemas entrando al restaurante que saliendo de él.

Bastó reunirme una sola vez con el director del banco para que Moisés me hablara a darme las buenas noticias.

—Ya estuvo, mi Jules.

—¿Ya estuvo qué?

—La chamba. Le caíste de poca madre al *chief*.

Cerré los ojos, acostado en el sillón del que no me he parado desde la cena con Ferrer, imaginándome en uno de esos cubículos, revisando reportes, hojas de Excel y documentos engargolados, desayunando en iHop, comiendo hamburguesas en Chilli's y cenando lo que sobró de la comida, cada vez más gordo, con un traje que compré en rebajas, escapándome al baño para jalármela por puro tedio, saludando a mis colegas con sus apodos, chismeando en lo que me sirvo un café instantáneo, buscando promociones para volar a un *all-inclusive*, viviendo en un departamento en la misma colonia que Ferrer y esperando con ansias mi aguinaldo para poder cogerme putas en moteles, putas mexicanas de dos mil pesos, mientras Landa y mi reemplazo viajan por el mundo, comen, duermen y cogen en restaurantes, casas y hoteles de lujo.

—Qué gusto —le respondí a Moisés.

—Sí, carnal. Le caíste tan bien que no le importó contratarte aunque le vayas al Cruz Azul.

Una vida entera de hablar de deportes, de memes y de viejas a las que nunca nos cogeríamos, eso me esperaba del otro lado del teléfono.

—¿Cuándo empiezo?

—Te van a marcar para que vengas a firmar contrato el viernes. Date una vuelta y el sábado nos vamos a festejar mi cumpleaños con los de la universidad. ¿Cómo ves?

Lo vi mal, la verdad, pero aquí estoy, en un restaurante bar cuyo nombre olvidé apenas lo apunté en Google Maps, donde las televisiones sintonizan el mismo partido de futbol mexicano, los vinos son un insulto y la arrachera tiene consistencia chiclosa. Estoy sentado en la cabecera, lejos del resto del grupo. Casi todos vienen con su esposa, casi todas están embarazadas y casi todos están pedos. Alfredo Pizarro no viene acompañado porque su mujer y su hijo se fueron a pasar el fin de semana a su casa en Valle de Bravo. La noche pinta tan aburrida, entre conversaciones sobre pañales, fiestas a las que fuimos hace quince años y la última temporada de *Game of Thrones*, que me empino cuatro whiskies antes de que acabe el primer tiempo del partido.

Moisés se levanta, tirando de su trago. Le da gracias a sus amigos por venir y luego alza el vaso y lo apunta hacia mí.

—Y un brindis por el buen Jules, que el lunes empieza a trabajar conmigo.

Mis viejos compañeros de la universidad brindan por mí. Qué milagro, dice no sé quién, bienvenido, dice otro. Les agradezco, consciente de que esto, más que un cumpleaños, es mi ceremonia de reingreso al club de los pendejos. Igual y este siempre fue mi lugar, acá con los corrientes, los fachosos, los que viven contentotes con viejas, viajes, bonos, clósets y casas de medio pelo. Pizarro nomás me sonríe, tirando mala vibra. Cuando acaba el partido se sienta junto a mí.

—¿Cómo no te dan hueva, Freddy? —le pregunto, mientras el mesero, que insiste en decirme campeón, me sirve otro chupe.

—¿Quiénes? —Pizarro señala a los demás con la vista, justo cuando Moisés termina de contar un chiste y sus amigos se cagan de risa—. ¿Ellos? Son buenas personas.

Recibo el trago. Lo pruebo.

—Son unos gatos.

—Pues tú eres el que va a trabajar con ellos.

—Nada más porque necesito chamba.

—Estás feliz entonces.

—Feliz. Súper feliz. Muy feliz.

—No creo que sea feliz nadie que tenga que decir que es feliz tres veces seguidas.

Pizarro habla sin quitarle la vista de encima a la tele, acariciando su anillo de casado con el pulgar.

—¿Por qué me odias, Freddy?

—Porque siempre has sido una mierda conmigo. Sobre todo cuando te volviste —y aquí Pizarro dibuja comillas en el aire— «importante».

—Sigo siendo importante.

—Nunca fuiste importante. Nada más te quedaba bien el disfraz. —Pizarro le guiña el ojo a alguien del otro lado de la mesa y, tal vez porque estoy pedo, empiezo a creer que solo me invitaron para burlarse de mí, que todos están encantados de verme de vuelta, después de que no les contesté ni un correo desde que nos graduamos.

—Y ahora el rata de Luna se baja del barco antes de que se hunda y tú te jodes. Qué pena.

—Te da gusto, pero bien que te dimos lana.

—Unos centavitos más, unos centavitos menos. Al final del día, no sabes la alegría que me da no tener que ir a esas cenas a las que me obligabas a ir, no tener que platicar contigo, no tener que pasarte información de nada.

—Cenabas conmigo porque te convenía, cabrón. ¿Cuántos clientes no le pasé a tu despacho?

—Exacto. Antes me convenía.

—Pinche envidioso. Darías los huevos por ser yo.

—¿Cuándo? ¿Ahorita? No, gracias.

Me empino el resto del vaso de whisky y, sin pensarlo dos veces, escupo un chorro de alcohol y saliva en la cara de Pizarro, empapándole el pelo, los lentes y los ojos. Ni siquiera se ha limpiado con una servilleta cuando yo empiezo a gritarles a todos que son unos indios, unos pobres, unos pinches nacos. En cosa de nada mis compañeros cierran filas y me sacan del bar a empujones y patadas. Moisés, mi colega, encabeza el grupo que me lleva a la banqueta cuando mis insultos brincan de los hombres a sus parejas. Supongo que esto significa que ya no iré el lunes a trabajar al banco.

De camino a casa del viejo me para la policía y, como no hay forma de disimular media botella de whisky, solo me dejan libre cuando saco cuatro mil pesos del cajero. El proceso dura más de una hora así que, cuando abro la puerta, ya estoy más crudo que pedo. La sala huele tan cabrón a pescado que tengo que respirar por la nariz para no vomitar sobre la alfombra. En el comedor está el viejo, comiendo huachinango a la veracruzana, el platillo favorito de mi mamá, con la tele y el tocadiscos apagado.

—¿Quieres? —me pregunta—. Ahora sí me salió re bueno.

—¿Eso hiciste todo el día? ¿Cocinar?

—Ir al mercado y guisar, sí. ¿Qué tiene?

Voy a la cocina por un vaso de agua, intentando caminar en línea recta.

—No digas guisar, por amor de Dios.

—Estás borracho, Julio.

—Estoy borracho, Julio.

El viejo se para de la mesa y me sigue al garrafón de plástico que tiene arrumbado junto al refri.

—Ya sabes que en esta casa no se bebe.

—Esta no es mi casa, así que puedo hacer lo que yo chingados quiera.

—Ahora me insultas.

Le doy una palmadita en el hombro.

—Nomás te digo la verdad.

Y así lo dejo, solo en su cocina apestosa, con su pescado a la veracruzana y su pinche arbolito de Navidad de plástico. Estoy listo para que entre al cuarto a regañarme, a decirme que hago mal en faltarle al respeto, pero se va a dormir sin decirme buenas noches. Seguro cree que estoy de la chingada y que nunca voy a cambiar. Si eso piensa está muy correspondido.

El estómago me pesa. Cada vez que me muevo o me acomodo en el colchón escucho cómo el alcohol que no he digerido bota de un lado a otro de mis tripas. Un dolor de cabeza infernal me aprieta de la frente a las orejas. Me da náuseas el olor a huachinango que se filtró hasta acá, pero también el olor a detergente barato de las sábanas y las almohadas que huelen a polvo, tal vez porque no las he usado en una década. Nunca he podido dormir si no tengo una solución para mis problemas y hoy no es la excepción. El malestar no ayuda, obviamente, pero ahora sí no tengo idea de cómo salir de esta. Después de que Pineda me mencione en su reportaje, ¿qué voy a hacer? ¿En qué voy a trabajar? ¿Quién va a contratar al criado corrupto de un hijo de puta como Luna? Por primera vez pienso en mi edad como una condena. Qué puta chinga haber valido madre a la mitad de mis treinta.

Ir de la cama al baño no me toma más de unos pasos y, sin embargo, no llego al escusado antes de vomitar una cascada de arrachera y whisky amargo en el lavabo. Prendo la llave del agua, quito el tapón y me siento sobre el escusado, con los codos en las rodillas y la cara entre las palmas de las manos. Las náuseas me aprietan la garganta y no se van, ni siquiera cuando vuelvo a vomitar, una y otra vez, hasta que lo único que sale es un chorro amarillento.

Mi teléfono suena y la pantalla me marca número desconocido. Lo pongo en altavoz, para hablar de lejos y no manchar el aparato, pero tengo que bajarle el volumen y pegármelo al oído apenas reconozco la voz del otro lado. Es el Diplomático.

—¿Qué onda? —le digo, cansado de lo que me va a decir antes de que me lo diga.

—¿Cómo que qué onda, cabrón? —Seguro a Landa se le olvidó decirle que me corrieron y que yo ya no me voy a encargar de negociar con él—. Llevo hora y media queriendo comunicarme con ustedes y nadie me contesta.

Arranco un pedazo de papel de baño para limpiarme la boca.

—¿Todo bien?

—Estás chillando, ¿o qué?

—No, no. Para nada. Estaba dormido. Dime ¿qué pasa?

—Pasa que recibí una llamada en la tarde, del número de un Martín. —El Diplomático se aleja del teléfono para preguntarle a alguien más—. ¿Martín, qué? Ah, ya. Ferrer. Martín Ferrer.

Las náuseas se me quitan y los ojos se me secan de golpe. Lo único que queda es el dolor de cabeza.

—¿Te dio su nombre? ¿Ferrer te dio su nombre?

—El nombre te aparece en la pantalla, güey. ¿Qué tú no tienes un iPhone de los nuevos?

—Claro.

—¿Te suena ese Ferrer?

—Sí. Lo conozco. Es un reportero. Un abogado más bien.

—Pues sabía cómo me llamo. Que me hablaba de parte de nuestro querido exgober para ver qué tenía yo que ofrecerle.

—Yo no le dije nada.

—Nadie te está acusando. —El Diplomático sorbe mocos. Escucho música de su lado, algo de reguetón—. Pero esto no puede andar pasando, ¿me oyes? Mi nombre no puede andar por ahí mencionándose. Un reportero no me puede contactar así como así.

—De acuerdo.

—Pues arréglalo, Julito. Arréglalo tú o lo arreglo yo por ti.

El Diplomático cuelga antes de que pueda decirle que ya no trabajo en el senado. Luna se moriría si se entera de lo que acabo de oír. No solo eso. Quién sabe qué pasaría con él si el Diplomático y sus negocios salieran en la prensa. Arriba de mí está la ventanita que de chico cerré para que la paloma se quedara encerrada acá dentro. Está abierta.

El maestro se dobla las mangas del cuello de tortuga y luego se peina su uniceja. Ya tiene su café instantáneo enfrente, así que no sé qué esperamos para platicar de todo lo que le acabo de contar. Prendo otro cigarro. Desde que llegué me he fumado casi una cajetilla y el humo me pica la garganta. La boca todavía me sabe a jugos gástricos y traigo una cruda que apenas me deja abrir los ojos. No pude dormir.

—¿Cómo te sientes de estar a punto de acabar el primer módulo? —me pregunta.

—Peor que cuando lo empecé.

—La noche es más oscura justo antes del amanecer.

—Dime por favor que no acabas de citar una película de Batman.

Pasa Jossimar por la ventana, acompañado de su maestro, un clon del mío. Trae un corte de pelo al rape pero largo arriba, con el número tres rasurado justo arriba del oído, y una camiseta que dice Armani Exchange en letras que le abarcan todo el pecho. Se despide con la señal de amor y paz. Pinches futbolistas nacos.

—¿Jossimar ya pagó el segundo módulo?

—No veo por qué eso te inquieta.

—Porque yo no puedo pagarlo. No tengo dinero.

—Seguro podemos llegar a un arreglo. —El maestro tiene los colmillos pálidos y filosos. Ahora entiendo por qué casi nunca sonríe—. Confiamos en tu futuro.

—¿En mi futuro? ¿Qué no oíste lo que te acabo de platicar?

—Te corrieron. Tienes miedo de que la periodista escriba sobre ti. Estás preocupado por lo del Catedrático.

—Diplomático.

—No importa cómo se llama. Importa qué vas a hacer tú para solucionar tus problemas.

—Ni siquiera sé si quiero solucionarlos. Igual es mejor bajar la guardia, aceptar que no pude y ya. Estar satisfecho con lo que tengo.

El maestro extiende los brazos y me señala.

—Está en nuestra naturaleza no estar satisfechos nunca.

Pienso en todos los viajes que no he hecho, la ropa que no me he comprado, las viejas que no me he cogido.

—Ni siquiera sé cómo recuperar lo que tenía.

—Pues haz algo. Comprométete a hacer un cambio.

—¿Qué sugieres?

El maestro pide permiso para contarme una historia. Abro la cajetilla para sacar otro cigarro. Esta vacía.

—Érase una vez un empresario que trabajaba en el Centro, en una de las esquinas más bulliciosas de la ciudad. Un buen día, en una junta, un organillero se puso al pie de la ventana que daba a su oficina. Molesto por el ruido, el empresario se vio obligado a detener la reunión para salir a la banqueta y pedirle al músico que se fuera a otro lugar.

»Oiga, pero la calle es de todos. Yo me puedo poner donde se me dé la gana.

»¿No podría irse a la otra esquina? De por sí tengo suficiente con los gritos de la cuadra.

»Si tanto le molesta, ¿por qué no se muda?

»¿No le parece que es más sencillo si usted deja de tocar aquí?

»El organillero se negó rotundamente y el empresario no vio otra manera de solucionar el problema más que sacando el primer billete que encontró en su cartera.

»Mil pesos. ¿Con eso tiene?

»El organillero tomó el dinero y se fue con su instrumento a otra esquina.

»A la mañana siguiente, el empresario volvió a escuchar la misma canción, a la misma hora, debajo de la misma ventana. Al asomarse, por supuesto, encontró al organillero, quien le sonrió, feliz de haber dado con una manera sencilla de recibir un buen ingreso. El empresario fue a la banqueta y, a regañadientes, le ofreció un billete de denominación más baja. El músico, no obstante, exigió la misma cantidad que el día anterior. Y, así, con otros mil pesos en la bolsa, se fue chiflando una vez más.

»A la mañana siguiente el organillero volvió a hacer lo mismo, pero el empresario no se quedó con los brazos cruzados. Intentó apelar a la buena voluntad de la policía local, incluso envió a sus guardaespaldas a amenazarlo. Nada logró moverlo. Al cabo de un mes, el organillero se convirtió no solo en una fuente de problemas sino en un egreso constante, al son de cinco mil pesos por semana.

»Un día, sin embargo, el organillero se instaló, preparó su instrumento y empezó a tocar, sin saber que el empresario acababa de perder un cliente. Estaba, digamos, de un mal humor poco característico en él. Harto de tener que darle mordida al limosnero, el empresario salió de su oficina, pero no se dirigió a la banqueta sino a su coche, donde dormitaba uno de sus guardaespaldas.

Abrió la cajuela, sacó una llave de tuercas y salió a la calle.

»No dijo nada. Ni siquiero lo amenazó. Se abalanzó contra el organillo, hasta hacerlo pedacitos. A la próxima, le dijo al organillero, levantando la llave de tuercas, voy por ti».

—Y el organillero nunca volvió a pararse en la banqueta —le digo, anticipando la moraleja.

El maestro saca una cajetilla nueva y la desliza hacia mí.

—¿Tú qué crees, Julio? ¿Tú qué crees?

Aunque sigo con escalofríos, me lanzo al gimnasio y me subo a la caminadora a correr hasta que me acalambro. No pasa un segundo en el que no piense si hay otra manera de quitarme al Diplomático de encima, detener a Pineda y volver a quedar bien con Luna. No doy con otra opción. Sudando, sin siquiera bañarme luego de hacer ejercicio, me encierro en mi departamento. Las plantas del balcón están amarillas y la jarra de agua que dejé en el comedor está cubierta por una nata musgosa. La sala huele a que algo está muerto o podrido. Me cuesta trabajo agarrar el teléfono. Las manos no me dejan de temblar de la cruda, el cansancio, los nervios.

Tengo que llamar cuatro veces para que Landa me conteste. Está en la tina, tomando choco milk y fumándose un gallo, su mezcla favorita para curarse la cruda. Yo hablo desde el balcón, mientras fumo y echo ceniza a la calle, viendo cómo se desintegra conforme va cayendo.

—Voy a pasar a verte.

—No, ni madres, Negro. Me cuelgan de los huevos.

—Quédate ahí y te veo en diez minutos. —Un avión pasa tan bajo que el ruido me empuja de vuelta a la sala—. Me la debes. Voy a ir a tu casa y me vas a abrir la puerta.

—Estás pendejo si crees que voy a hablar con el *sheriff*. No voy a andar de corre ve y dile. Tus pedos son tus pedos.

—¿Quién le dijo a Luna que yo quería otra chamba? ¿Quién le dijo cómo saqué el crédito para el depa? ¿Quién le dijo que me estaba cogiendo a Marina?

—¿De qué tanto quieres hablar o qué?

—Tengo que pedirte un favor. Un favor enorme.

Landa eructa contra el teléfono.

—Órale pues. Aprovecha ahorita que mi vieja se llevó a los niños al cine. Pinches ojetes insisten en volver a ver *Zootopia*.

Dos días después de reunirme con Landa recibo un mensaje suyo. Vente a mi depa que tengo algo que darte, dice. Un par de emojis me guiñan el ojo al final del texto. Mi ropa está en la tintorería, así que me visto con lo que dejé en el clóset antes de mudarme, unos jeans agujerados, una camisa amarilla de Abercrombie and Fitch y unos mocasines cafés con las suelas medio despegadas. Cada paso que doy suena como el cuac de un pato.

El viejo todavía no sale a la sastrería. Está en su recámara, haciéndose el nudo de la corbata frente al espejo.

—¿Cómo dormiste? ¿Mejor? —me pregunta.

—Más o menos.

—Desayuna bien, ¿sí? Te piqué fruta.

En un mueble junto a él hay una foto de mi mamá. Su cara y su pelo oscuro y chino ocupan todo el marco ovalado, de esos que se usaban antes.

—Salgo rápido y regreso.

Me voy sin probar la papaya y el plátano que me dejó en la cocina. El tráfico de Tlalpan a la Condesa es una locura, así que me tardo una hora en llegar al departamento de Landa. Me desespera estar parado, sin nada que me distraiga. Solo ahí es donde pienso en lo que acabo de hacer.

No me sorprende que Landa esté aquí en martes. No hay semana en la que no le invente a su mujer que tiene que salir de viaje para escaparse a su *loft* con sus putas de confianza. Cuando llego a la puerta ya me espera su chofer, afuera de una camioneta blindada, para pedirme las llaves y estacionarme el coche, un gesto de amabilidad muy raro en Landa. Supongo que algo importante tiene que darme. Me subo al elevador. Se me olvidó peinarme y lavarme los dientes.

El *loft* de Landa es el departamento más espectacular de la Condesa, un barrio que escogió porque está lleno de jóvenes y a los jóvenes no les importa si haces fiesta cinco veces por semana. Se nota que contrató a la diseñadora de interiores que le recomendé. A diferencia de su oficina, este lugar no tiene un rastro de la naquería que lo caracteriza. No hay alfombras horrorosas sino un piso de madera recién pulida, tampoco hay muebles rojos sino negros, como la mayoría de los acabados. En la terraza, donde Landa puso un asador, una fogata y unas mesas periqueras, también hay un jacuzzi de piedra. Ahí lo encuentro, con una botella descorchada de Vega Sicilia Único. Hay dos copas. Junto al vino está el periódico, abierto en la sección metropolitana, y una grapa a la que le queda poquita coca.

—Buen día, Negrito —me dice, feliz de la vida. El agua le llega hasta el ombligo, dejando al descubierto sus chichis depiladas—. ¿Y ese *look*, rey? ¿Se incendió tu clóset o qué?

—Es lo único que tenía limpio.

—Así venías vestido la primera vez que te vi. Estás disfrazado de Julio Rangel en el 2007. —Landa se ríe de su propio chiste—. Ándale. Métete. Está bien calientita el agua.

—No traigo traje de baño.

—En calzones, entonces.

—Gracias. Aquí estoy bien.

—No seas tímido, pinche Negro. ¿Un vino?

Son las diez de la mañana, pero se lo acepto.

—¿Qué estamos festejando?

—¿Cómo? —Landa señala el periódico, un círculo de vino sobre el papel—. ¿Qué no has visto?

Arrastro una silla de las mesas periqueras y me siento frente a él. Desde esa altura me doy cuenta de que Landa está desnudo. Su manita izquierda no para de toquetearse los huevos y la verga.

—¿Te quedé a deber algo? —le pregunto.

—Está cubierto. Yo le pasé su billete a Barrientos. Quedó chingona la nota, ¿no?

El Único es de mis vinos favoritos, pero el primer trago me sabe ácido y desagradable. Tal vez es el recuerdo de la peda del fin de semana.

—Muy.

—Y ya no te preocupes por el Diplo. Me encargué de que se enterara de cómo arreglaste todo este desmadre. Está muy agradecido.

—¿Y Ávila?

—En eso está el *sheriff*. Le va a caer la marabunta al pendejo. Se lo merece por ir de rajón con Ferrer.

No se me ocurren nada más que monosílabos. Ok. Bien. Sí. Va.

—Dijiste que tenías algo que darme.

—Tranquilo, Negro. Disfruta tu copa, chingada madre.

Landa se para del jacuzzi, quejándose del frío, y camina a la barra a morder un popote a la mitad. Sus nalgas están picoteadas de celulitis, igual que sus muslos. Luego se vuelve a meter al agua burbujeante. El calor que sale del agua me llega hasta los zapatos, colándose hacia mis pies por el hueco de las suelas.

—No tenían que ensañarse así —le digo.

Landa usa el popote para aspirar lo que quedaba de la grapa.

—¿A qué te refieres?

—Leí la noticia en varios periódicos. Algunos fotógrafos de nota roja hasta entraron al departamento. No mames cómo la dejaron, güey.

—¿Qué querías? ¿Que la sedaran como a un perro?

—Pensé que iba a ser, no sé, más limpio.

Desde ahí podía leer la nota de Barrientos. «Vinculan al narcotráfico en el caso de la periodista Beatriz Pineda». Una foto de ella acompaña el texto. Veo su cara morena y su pelo oscuro y chino, acordándome de esa mañana cuando la vi de lejos, sin que ella supiera, después de que fui a hablar con su editor. Qué seria se veía. Qué guapa me pareció.

—Te rifaste por el *sheriff*, Negro. Hiciste bien en defenderlo. Te lo va a agradecer siempre, ya verás.

Dejo la copa, sin tomármela, en la mesa periquera.

—Tengo que irme. Gracias por el favor.

—Órale pues —me dice, resignado—. Te dejé un sobre allá en la barra, donde están los popotes.

Voy hacia allá, alejándome del vapor que sale del jacuzzi. Un clip junta un sobrecito a una invitación. La abro y veo que es para la boda de Roberta Luna. De parte del senador Óscar Luna Braun, dice la tarjeta adentro. En su letra cursiva están escritas dos palabras.

No faltes.

EPÍLOGO

Martín

Reconozco algunos rostros: su editor, un par de colegas y amigos. A Paco, su hermano, lo veo en la cafetería. Trae jeans negros y un saco del mismo color, con ese brillo que adquiere la ropa que ha pasado demasiadas veces por la tintorería. Estoy comprando unas galletas porque hoy, para variar, olvidé desayunar; él acaba de tirar un vaso de café a la basura y va por otro. Me pregunta si recuerdo una noche en la que subimos a la azotea del departamento a echar cuetes que un tal Edmundo, amigo suyo de la carrera, compró para Año Nuevo. La Beatriz estaba ahí, me dice. ¿No te acuerdas, Martín? Todos estábamos borrachos. Hasta los vecinos nos regañaron.

—Fue el día que mi hermana se quemó horrible —me dice, su voz afónica, como si hubiera pasado la mañana entera gritando.

No me acuerdo de esa noche, ni recuerdo una sola cicatriz en el cuerpo de mi novia. Lo pienso y no recuerdo un solo lunar suyo.

Paco le echa una, dos, tres, cuatro cucharadas de azúcar a su café y después vuelve a preguntarme si de veras no me acuerdo del accidente. No entiendo por qué le importa más ese momento que otros.

—Claro, claro —le digo, apiadándome de él—. Ese día en la azotea, con tu cuate Edmundo. Muchos cuetes. Cuando Beatriz se quemó.

—Exacto —me dice, con el cuerpo agitado de cafeína—. La llevé al hospital. Tú tenías que trabajar al día siguiente. Sangraba y sangraba en el coche. Creo que esa fue la última vez que la vi llorar.

Al notar el énfasis con el que Paco habla de cómo Beatriz sangraba y sangraba, la pareja que esperaba a pagar da un paso hacia atrás, alejándose de nosotros.

—Le debe haber dolido mucho para haber llorado así —me dice.

Nos quedamos callados. Señales de forcejeo. Lesiones por arma blanca. Heridas por arma de fuego. Hasta ahí pude llegar cuando leí la nota en el periódico. En la cafetería hay una pareja con la vista clavada en sus teléfonos, una anciana que se baña el suéter de migajas al morder un cuernito y un hombre de aspecto desbaratado que lee un balance bancario en su computadora mientras se mordisquea los padrastros de los dedos. No sé por qué están aquí, pero canjearía mi día por el de cualquiera de ellos.

—Qué bueno ver a tanto colega suyo, ¿verdad? —me pregunta Paco.

—No sé quiénes son familia y quiénes del trabajo.

—Los que entramos a la misa somos familia.

—Qué poquitos.

—Ya no queda nadie —me dice, llevándose una menta a la boca—. Gracias por la corona que compraste, por cierto.

—Ni lo menciones —le digo, porque, en efecto, hubiera preferido que no dijera nada. En el puesto de flores de la calle la corona me pareció elegante. Cuando por fin la vi en el velatorio me dio la impresión de ser demasiado fastuosa y cursi: el tipo de objeto que solo podría comprar alguien que nunca conoció a Beatriz.

—Creo que a ella no le gustaban las flores —le digo.

—A todo mundo le gustan las flores.

—Yo siempre le llevaba unas.

Se las llevaba y se quejaba. ¿Para qué gastas tu dinero en esto, Martín? Mejor cómprate unos zapatos, que tanta falta te hacen.

No sé en qué momento empezamos a caminar a la puerta de la funeraria. Afuera, en la calle, el claxon de un microbús suena como el tema de *El Padrino*.

—¿Quieres saber cuál era la canción número uno el día que naciste? —le pregunto, sacando mi teléfono, porque no se me ocurre cómo cambiar el tema—. Me enseñaron este sitio. Nomás dime tu cumpleaños.

—A ver, pon el de Beatriz —me pide Paco. Desbloqueo el celular y busco la página. Nació en marzo, de eso estoy seguro, pero no me acuerdo si fue el 8 o el 9. Tampoco sé si nació en 78 o 79. Arturo me ve titubear—. ¿A poco no te acuerdas de su cumpleaños, Martín?

—¿Cómo no me voy a acordar? Marzo. Marzo 10.

—Mi hermana nació el 12 de marzo de 1978.

Después de eso la conversación no tiene adónde ir. Le doy el pésame y Paco me aprieta el hombro, pidiéndome ánimo, como si fuera mi hermana a la que mataron.

La gente —digo la gente porque en un velorio, por definición, no pueden haber invitados— empieza a dispersarse. Me falta darle el pésame a alguien más, no he hecho ni dicho suficiente: supongo que eso sienten todos los que vienen a estas cosas a las que no hay ningún motivo para acudir. En el pasillo, una señora de limpieza barre pétalos amarillos del piso de mármol y los echa a una bolsa de basura. Una prima de Beatriz regaña a sus hijos por intentar abrir el féretro. Los niños salen a jugar al vestíbulo entre risotadas, mientras la señora, con los mismos ojos y la voz de mi novia, se inclina para decirle un secreto a Arturo.

—Imagínate si la hubieran visto después de como la dejaron —escucho que le dice.

—¿Pues para qué los traes, Hilda? Los niños no entienden de estas cosas —le responde Arturo, poniéndose de pie. Un par de orangutanes, vestidos como plomeros, con overoles grises y astrosos, entran por la puerta trasera para cargar el féretro al crematorio. Antes de salir detrás de ellos, Arturo me arroja una mirada agria. Prefiere que no vaya, asumo.

Santoyo, el editor de Beatriz, entabla una conversación conmigo mientras orinamos lado a lado en los mingitorios.

—Qué horrible todo, ¿no?

—Horrible —repito, sin saber exactamente a qué se refiere.

—Tan buena reportera, mi Beatriz.

—Buenísima.

—¿De dónde eres, tú? —Santoyo sacude las caderas y se sube la bragueta—. ¿Trabajabas con ella en algún lado? ¿En *El Universal*?

—Soy Martín.

—¿Martín? —pregunta, aunque lo saludé afuera y adentro de su oficina por lo menos tres veces.

—Fui pareja de Beatriz.

Santoyo alza las cejas. No tiene ni la menor idea de quién soy. Quizás tampoco sabe que Beatriz tenía novio. El tipo tiene uno de esos rostros sin facciones memorables. Siempre está sudado.

Desde que Beatriz murió las noticias han estado ocupadas por la captura de Damián Ávila por tráfico de menores, la renuncia de miembros del PRI y el PAN que poco a poco se han ido uniendo a Morena, la caída del peso, Putin, Trump y Siria. De Beatriz se ha publicado poco. En los periódicos en los que trabajó, las esquelas le dan el pésame a familias de empresarios y políticos por el sensible fallecimiento de sus padres, abuelos, tíos y compadres. En *El Universal* su muerte apareció en la sección metropolitana. Le dieron una de las esquinas inferiores.

Le pregunto a Santoyo si piensan escribir algo al respecto. Un ensayo. Un perfil de Beatriz. Un reportaje.

Santoyo se lava las manos.

—¿A quién le va importar otro muertito, otro reportero que se pasó de metiche, otra mujer que acabó acuchillada en su propia casa?

—A mí me importa.

—Y a mí también. Pero no nos va a llevar a ningún lado. —Su tono es casi un susurro, como si estuviera hablando solo consigo mismo—. Un día después de esto encontraron una fosa con veinte cadáveres en Tamaulipas. Hay de noticias a noticias, Martín.

—Entonces no van a hacer nada.

Santoyo prende el secador de manos, con su ruido de turbina.

—Lo que me gustaría es publicar algo de lo que ella llevaba investigado sobre los campos en Guerrero. No hay mejor homenaje para un periodista que leerlo.

—Pero si apenas empezaba a investigar eso.

—Qué va. Si ya me había dado las primeras cuartillas. Este fin de semana volaba a Acapulco.

—Beatriz no podía volar.

—¿Cómo que no podía volar? —Santoyo me da la espalda, caminando hacia fuera del baño—. ¿De qué hablas?

—Por cosas de salud.

—Pues a mí no me dijo nada. Hasta le sacamos el boleto. Estaba bien entusiasmada.

—Pero era peligroso.

—Lo peligroso era quedarse, claramente.

Quiero decirle que no tiene ni puta idea de lo que habla. ¿Cómo iba a ser más peligroso quedarse a escribir y leer en su departamento que meterse embarazada a un campo de amapola? Estoy a punto de acelerar el paso, darle un tirón a su chamarra de cuero y mentarle la madre. ¿Él qué sabe de los planes que Beatriz y yo teníamos? No le creo que ella estuviera dispuesta a volar durante su primer trimestre, después de que el ginecólogo se lo había prohibido, ni mucho menos a hacer una locura como adentrarse en las zonas más agrestes de Guerrero. Pero no lo detengo y Santoyo tampoco se da la vuelta para darme explicaciones.

Corro para emboscar a Arturo en el estacionamiento, cuando ya se ha despedido de familiares, colegas y amigos, y lo único que le queda es ir de vuelta a encerrarse en su departamento. Trae puesto el traje gris con el que vive y muy probablemente duerme. Las solapas y mangas del saco otra vez están manchadas de pelos de su perro. Presiento que platicar con él me hará daño.

—Acabo de hablar con Santoyo.

—¿Ah, sí?

—Dice que no va a mover un dedo. —Jalo aire, como si fuera a soltar un alarido—. Arturo, tengo el nombre completo de la persona a la que le hablé desde Cozumel. Hasta creo saber quién fue el culpable. ¿En serio ni tú ni él van a escribir algo?

Arturo sigue su camino hacia la salida.

—No sé si te acuerdes, pero me corrieron de mi trabajo.

—Publica en otro lugar.

—¿Dónde?

—Pues uno de tus colegas, entonces. A ver si tan solidarios.

—Contigo todo se reduce a una *vendetta*.

—Entonces no hagas nada y ya.

—Martín —me dice, deteniéndose, con la vista en otro lado—, si no hago nada es por ti. *Por ti*.

—Por mi culpa.

—Por tu bien.

Un viento frío agita las copas de los árboles, soltando una lluvia de hojas pajizas sobre nosotros, los coches, el asfalto.

—Saqué algunas de sus cosas en una maleta. Juguetitos que le regalé de niña y que ella guardaba en su recámara: luchadores de plástico, botes de jabón para hacer burbujas, unas láminas para jugar lotería. Sus libros. Cosas para recordarla.

—¿Y su ropa?

—La voy a regalar, yo creo. ¿Quién la va a querer?

Ayer abrí los cajones que ella usaba en mi departamento. Al morir, mi abuelo dejó terrenos en deuda, casas, coches, muebles, caballos y suficientes trajes como para vestir a la burocracia mexicana. Beatriz dejó un par de suéteres de colores, la camiseta azul con la que dormía y un cepillo de dientes.

—Ella no sabe —me dice Arturo, en presente—, pero tengo un álbum de recortes con sus publicaciones. Hasta conservo algunos trabajos suyos de la universidad. El primero me lo dedicó a mí, ¿tú crees?

—Te quería mucho.

—Era como mi hija.

—¿No la viste? ¿No la viste antes de que la trajeran a la funeraria?

—¿Para qué?

Las palabras se forman en mi garganta pero tardan una eternidad en salir. Me cuesta trabajo darle sonido a una sola sílaba, quizás porque prefiero no escuchar lo que, por primera vez, diré en voz alta.

—Íbamos a tener un hijo, Arturo.

—Yo la llevé a hacerse la prueba de sangre.

Todavía llevo la polaroid en mi cartera. Cuando nadie me ve deslizo los dedos por la curva del que hubiera sido mi hijo.

—¿Iba a tenerlo o no?

—Martín. No todo se trata de ti.

—¿Le hicieron una autopsia? ¿Iba a tenerlo?

Arturo escupe en el piso y me pone la mano en el mismo lugar donde la puso Paco. Sus ojos están en el cuello de mi camisa, en mi pecho.

—Claro que lo iba a tener.

—¿Me lo juras?

—Por supuesto, hombre —me dice, pero su mirada nunca se atraviesa con la mía—. Ya. Serénate.

Arturo pisa la calle alzando la mano para detener un taxi. Afuera de la funeraria, un anciano con sombrero y uniforme marrón se detiene en la banqueta para tocar una melodía arrítmica en un organillo. Son casi las cinco y el sol le golpea la espalda y traza su contorno, desdibuja sus facciones, lo funde con su instrumento en una sola mancha negra. No parece una presencia tanto como un vacío; un hueco tijereteado sobre la banqueta, en forma de hombre y máquina. Pasa una ambulancia. Se oye un ladrido. La ciudad toca su partitura a destiempo.

Julio

Salvo por el campo de golf, ir a la hacienda de Luna es lo mismo que meterte a una de esas exposiciones de fotografías viejas en el senado, a las que a veces me mandaban a hacer bulto. Él nunca me ha contado la historia, porque supongo que no se la sabe o le vale madre, pero hace años uno de sus caballerangos me dijo que el lugar tenía más de doscientos años y que por ahí había pasado la Revolución. El camino empedrado que lleva al edificio principal está rodeado por una hilera de arbustos plumeros que parecen peinarse contra las ventanas del coche. La hilera termina en un claro que da al campo de golf de un lado y a las caballerizas del otro, donde pastan caballos de todos tamaños y colores. Un puente de ladrillo cruza el río y el sol anaranjado se esconde detrás de un bosque de pinos tan altos que ni siquiera asomándome por el parabrisas logro ver sus puntas. La vereda sube, el coche tiembla y, cinco minutos después de haber cruzado la entrada, llego a la rotonda donde miembros del gabinete presidencial se bajan de una camioneta blindada después de que sus choferes y guaruras les abren la puerta.

Adentro de la hacienda hay una iglesia, que en otros tiempos le pertenecía al pueblo. Ya no hay espacio cuando llego, así que oigo la misa recargado junto al portón de madera partida. No sé de retablos ni motivos religiosos, pero el que tengo enfrente, pintado de oro escarapelado desde el altar hasta el techo, debería ser patrimonio de la humanidad. No hay banca que no esté ocupada por un político, un actor, un cantante o un empresario. Supongo que entre los invitados yo soy el que tiene menos lana. Le doy la paz al dueño de una constructora, al director de un periódico y a un exsecretario de Hacienda. Luna invitó a 900 personas. Ni Bravo Robles faltó. El único que no sabe qué hace aquí soy yo.

Landa es la primera persona conocida que me encuentro cuando acaba la ceremonia y pasamos al coctel de bienvenida, en un jardín decorado con miles de luces colgantes y velas, donde una tropa de meseros ofrece canapés asiáticos y martinis. Landa y yo brindamos con champaña. Está muy fría. Las burbujas me pican la lengua.

—A mí me tocaba conseguir las botellas —le digo.

—Ya sé. Yo hablé para cerrar el trato. No le digas a nadie, pero pedí dos cajas extra para acá tu servidor.

—Bien por ti. ¿Tú qué conseguiste?

—¿Yo? Las tachas. —Landa se palpa el pecho de su esmoquin—. Acá las traigo, rey.

Óscar y Marina pasan por el arco de piedra que separa la hacienda del jardín y se detienen a saludar a un asesor de Morena que estaba platicando con Jorge. Ella trae un vestido que combina con el pasto y un peinado al que le sobran dos horas en el salón de belleza. Se puso un collar de Tiffany que yo le regalé. Voltea a verme, pero yo desvío la mirada de vuelta hacia Landa.

—¿Qué pasa, pinche Negro? ¿A poco sigues con el pendiente por lo de la reportera esa? Si se enteró del Diplomático no había de otra. Le rascó los huevos al tigre. A mí tampoco me gusta jugar esa carta. Es solo para ocasiones especiales, pues.

—No hables de eso como si fuera celebrar un cumpleaños, no mames.

Para Landa, las críticas son ruido blanco.

—Ve nomás al marrano de Óscar. ¿Cómo se ligó un culito así?

Marina alza la mano y me sonríe, pero no le hago caso. En las bocinas suena una tonada de música clásica que he oído mil veces pero no reconozco. Un mesero me ofrece *sashimi* de hamachi con tropiezos de almendra y rodajas de jalapeño. Otro me rellena la copa. Del techo de la caballeriza sale disparada la primera tanda de fuegos artificiales, en verdes, blancos y rojos. Los ojos de Landa, negros como mechas, reflejan las explosiones.

—Chingones, ¿verdad? Nos los mandaron gratis desde el Estado de México. Buen pedo el gober, la neta. También pichó los Cohiba del baño.

—Me dijiste que tenías buenas noticias.

Landa habla, pero los cuetes no me dejan oírlo. Le pido que me lo diga en secreto para entenderlo.

—Que te lo diga el *sheriff* —me dice, casi lamiéndome la oreja—. Te vas a cagar para dentro.

Luego me da una nalgada y se va a brindar con Lourdes y otro magistrado. Cuando me ve, Lourdes me sopla un beso.

La boda es en el gran patio de la hacienda. Filas y filas de mesas alrededor de la pista. De los balcones, el techo y los arcos de la entrada cuelgan cortinas de flores púrpuras. Mónica, sentada junto a mí en una esquina, me dice que son amarantos. La carta es un menú y yo escojo sopa de piñones, ensalada de langosta, pato laqueado y el fondant de chocolate belga. Las mesas de quesos deben equivaler a la producción de lácteos de Francia. De cada lado de la fiesta, meseros rebanan patas de jabugo para los invitados. La cursi de Roberta baila una chingadera de Bruno Mars con el novio, un diputado del PRI que para el próximo año, seguramente, tendrá un mejor cargo en Morena. Luna se para a hacer un brindis y lo primero que hace es agradecerle al presidente su amable presencia. A Roberta le dice mi princesa, mi sol, mi niña, mi cielo, ojalá tu abuelita hubiera estado aquí para ver tu boda. Luego se le parte la voz y se suena la nariz con la servilleta. La concurrencia aplaude y chifla. Prenden más fuegos artificiales, verdes, blancos y rojos. Fotógrafos de revistas de sociales apuntan sus cámaras, piden sonrisas, disparan y luego anotan nombres y apellidos. Por ahí veo a gente que va a los cursos de ETS. Oso se acerca a felicitarme por mi nuevo trabajo. Le digo que no sé a qué se refiere y me contesta que Marina y él están muy felices por mi éxito. Le doy las gracias. Luego se acerca Jorge, a recordarme que los de la prepa van a festejar el año nuevo en Cancún, sin viejas. «No sé si vaya, George, no sé si vaya. Yo te aviso». La champaña se acaba y el mesero me ofrece Hendrick's, Zacapa, Herradura Reposado, Chivas Regal, Mezcal Amores o Grey Goose. Me voy por el whisky. A las dos, Landa arranca una mata de amarantos y se los pone de peluca para bailar con una actriz en la pista. Lo veo ofrecerle una tacha y depositarla en su boca. Antes de irme me escapo para caminar por la hacienda. El caballerango me dijo que, si me fijaba bien, todavía encontraría marcas de balas en algunos muros. Me acuerdo de una clase de historia durante la prepa en la que el profesor habló de los generales que se hicieron terratenientes millonarios cuando, al acabar la guerra, la Revolución les hizo justicia.

Luna me llama cuando me ve ponerme el saco.

—Ven, Julito, ven. Te quiero presentar a alguien —me dice.

—Alex, te presento a Julio Rangel.

Alejandro tiene las dimensiones, la barba y el pelo blanco de Santa Clos. Su cara está tan roja que parece como si le estuviera a punto de dar una reacción alérgica. Trae un vaso de tequila recargado sobre la barriga. Su mano es esponjosa y su saludo desconfiado.

—Julio, Alejandro es un magnífico desarrollador y un muy leal amigo mío.

Alejandro y yo nos saludamos. Encantado, mucho gusto, un placer.

—Después de diez años de trabajo honrado, acá mi querido Julito nos deja para dirigir un área de la Secretaría de Comunicaciones y Transportes. Me pidió quedarse más tiempo conmigo, pero yo le dije que el gobierno ya necesita hombres honestos como él.

—Gracias, senador.

—Les pido que intercambien números. Alejandro te va a echar una llamada en la semana para contarte qué tiene planeado. Pónganse de acuerdo. Hay mucho que podemos hacer juntos cuando venga el cambio de gobierno.

El senador me aleja de Alejandro. Me dice, emocionado, que este contacto puede cambiarme la vida.

—Alejandro es de los consentidos de Andrés Manuel. Trae un montón de proyectos, uno más grande que el otro. Si entablas una buena relación, tú y yo ya la hicimos de aquí a que acabe el próximo sexenio.

—No se preocupe, senador. Yo me encargo. Muchas gracias.

El senador me abraza muy fuerte.

—Pinche Julito, de veras —me dice al oído, riéndose—. No era para tanto. Mira que chingarte a la reporterita esa.

—Ya sabe, senador. Aquí estamos.

—Yo sé. Y lo aprecio mucho.

El senador me da un beso tronado en el cachete y se va a brindar con el presidente. Rumbo al estacionamiento me intercepta Marina. Se ve recién maquillada, pero ni así disimularía la peda que trae. Me pregunta dónde he andado, por qué no bailo, si ya me voy, una duda tras otra, y yo respondo sin abrir la boca, moviendo los hombros para arriba y después caminando hacia el *valet parking*.

—Te extraño. ¿Tú no me extrañas a mí?

—Estás borracha.

—Ya no me quieres.

Llega mi coche. Me entregan las llaves. Le doy doscientos pesos al valet.

—Regrésense con cuidado.

De salida me estaciono en la bahía antes del puente. Me quito los zapatos y los calcetines y meto los pies al río, caminando por la orilla. La luna apenas ilumina el agua. Uno que otro caballo resopla. El olor ácido de los fuegos artificiales todavía flota por acá. No sé por qué siento nostalgia. Tal vez no debería irme. ¿Para qué, si todavía es temprano? Mejor me quedo a festejar mi nuevo puesto. Antes de volver me bajo la bragueta y meo en el río.

Martín

Matilda corretea al cachorro dorado, con un moño por collar, que le regaló su padrastro. Lo alcanza y le jala la cola y el perro voltea para brincarle sobre el pecho, sus patas manchando de tierra su vestido. Me siento con mi cerveza al final del jardín, donde Christian puso el castillo de plástico que le compró a mi hija. Alicia va y viene con platos desechables, cubiertos de plástico y refractarios con comida. Christian apunta su cámara de fotógrafo profesional hacia mi hija, mientras Matilda abraza a su nueva mascota. Sus compañeritos juegan en el trampolín, corren y ríen de un lado a otro.

—¿Dónde está Cynthia? —le pregunto a Alicia, en lo que destapo otra cerveza.

—No la invitamos. Ya sabes cómo es tu hija. ¿No quieres un vaso de agua?

—Me podrían haber avisado que le iban a comprar un pinche perro.

—¿Se lo ibas a comprar tú? ¿Qué no te lo había pedido ella desde hace años?

—Quería que adoptáramos uno.

—Bueno, pues ahora tiene un golden retriever.

Cuando me acabo la cerveza voy a la sala de Christian a llenar un vaso de plástico con tequila.

Partimos el pastel que Alicia le compró a Matilda en vez del que yo le traje. Cuando le cantan las mañanitas, me voy al baño en señal de protesta. Después me paso rebanadas de chocolate y cajeta con tragos de alcohol. El cachorro se arrima a mi pierna, moviéndome la cola. Cree que todos somos sus amigos. Lo alejo con el pie y vuelvo a la sala, a rellenar el vaso.

Regreso al jardín cuando Matilda abre sus regalos, sentada sobre el pasto, rodeada de cajas envueltas en papel metálico. Quiere saber qué le dio su mami. Alicia le explica que el perrito es de parte de Christian y ella, pero a mi hija eso le parece un fraude. Pide un regalo por persona y no hay quien pueda explicarle que está siendo descortés. Para frenar el drama, le entrego la muñeca que le compré. Matilda arranca la envoltura con los dientes.

—Ya no me gustan las muñecas.

—¿De qué hablas? Eres una niña. A las niñas les gustan las muñecas.

—No me gustan.

—Pero si ni siquiera la has visto bien.

—¡Que no me gustan las muñecas!

—No seas malagradecida, carajo. Todavía que voy al puto Palacio de Hierro a comprarte tu regalo. —Alicia me detiene y su vientre hinchado y duro choca contra mi cadera—. Dame un segundo. Tu hija no puede ser así. No puede no apreciar lo que le damos.

—Estás exagerando —me dice Christian.

—A ti no te estoy hablando, cabrón.

—Martín, vamos para la casa —me pide Alicia.

—No me voy a mover de aquí hasta que la niña me pida una disculpa. Discúlpate conmigo, Matilda.

Mi hija se cruza de brazos.

—¡Discúlpate, chingada madre!

Christian me pide que no grite enfrente de los niños. Se acerca a mí para jalarme rumbo a la sala y, apenas siento sus manos, la fiesta, los gritos, el pastel y el jardín desaparecen como el mundo desaparece en un clavado. Me oigo gruñir. A Matilda chillar. A Alicia pedir que alguien haga algo, lo que sea, para ayudar a su marido. Cuando recobro la consciencia estoy sobre Christian, con las rodillas hundidas en el lodo, azotando su nuca contra el suelo. No paro de golpearlo hasta no sentir que mi puño quiebra algo, que mis nudillos se hunden más allá de la piel y el hueso.

Cuando por fin me separan lo veo tirado, tosiendo sangre y saliva sobre el pasto. Lo último que me llevo, antes de que Alicia me corra a gritos, es la cara de mi hija. Tiene los pómulos inflamados, los ojos casi líquidos entre tanta lágrima. Me ve como si yo fuera un extraño que entró a atacar a su familia. Y sé, con una certeza espeluznante, que nunca olvidará esto.

Voy de vuelta al departamento, sacudiendo la mano, engarrotada de calambres. Me cuesta trabajo mantenerme en un carril y, como bebí no sé cuántas cervezas, tengo miedo de que me detenga la policía. Hace mucho frío. En Cozumel debe hacer calor. Seguro allá el cielo está despejado.

Cruzo el túnel que me llevará a San Pedro de los Pinos cuando por el espejo retrovisor veo a una mancha blanca cruzar la calle a contracorriente del flujo de autos. Freno por instinto, a la mitad de la avenida, y corro por la banqueta hacia el animal, sin que me importen los claxons y las mentadas de madre. El perro me siente detrás y acelera. Solo porque está cojo logro alcanzarlo en un camellón. Me encorvo y abro las manos para recibirlo en un abrazo, pero el perro da brincos torpes para alejarse de mí, escabulléndose hacia dentro de un tubo que emerge del concreto. Me asomo y veo que la coladera, en la que a duras penas cabría Matilda, es un callejón sin salida. Su forma circular me remite a la curva del ultrasonido. Ven, le digo al perro. Ven acá. Atrapado, el animal gira y se bate contra los muros de concreto. Me agacho junto al cilindro para no tapar lo poco que queda de sol y le tiendo la mano. Me muestra las fauces. Tiene una pata con sangre, un rasguño al rojo vivo en el hocico y el manto sucio, como una nube colmada de lluvia. Entre ladridos me arroja mordidas. Aúlla. Ven, chaparro. Ven conmigo. Anda. Déjame salvarte.

Índice